SPANIS

P9-DWE-795

6-22-11

SINSAJO

SUZANNE

COLLINS

SINSAJO

Traducción de Pilar Ramírez Tello

MOLINO

Título original: *Mockingjay*
Autora: Suzanne Collins

Publicado originalmente por Scholastic Press,
un sello de Scholastic Inc., 557 Broadway, New York.

© del texto, Suzanne Collins, 2010
© de la traducción, Pilar Ramírez Tello, 2010
Diseño: Phil Falco
Adaptación cubierta: Aura Digit
Fotocomposición: Víctor Igual, S.L.

© de esta edición, RBA Libros, S.A., 2010
Pérez Galdós, 36 08012 Barcelona
www.rbalibros.com / rba-libros@rba.es

Primera edición: septiembre 2010

Ref: MONL014
ISBN: 978-84-2720-038-8
Depósito legal: B-32.967-2010
Impreso por: PRINTER I. G. Newco, S. L.

Para Cap, Charlie e Isabel

PRIMERA PARTE

LAS CENIZAS

Me miro los zapatos, veo cómo una fina capa de cenizas se deposita sobre el cuero gastado. Aquí es donde estaba la cama que compartía con mi hermana Prim. Allí estaba la mesa de la cocina. Los ladrillos de la chimenea, que se derrumbaron formando una pila achicharrada, sirven de punto de referencia para moverme por la casa. ¿Cómo si no iba a orientarme en este mar de color gris?

No queda casi nada del Distrito 12. Hace un mes, las bombas del Capitolio arrasaron las casas de los humildes mineros del carbón de la Veta, las tiendas de la ciudad e incluso el Edificio de Justicia. La única zona que se libró de la incineración fue la Aldea de los Vencedores, aunque no sé bien por qué. Quizá para que los visitantes del Capitolio que tuvieran que pasar por aquí sin más remedio contaran con un sitio agradable en el que alojarse: algún que otro periodista; un comité que evaluara las condiciones de las minas; una patrulla de agentes de la paz encargada de atrapar a los refugiados que volvieran a casa...

Pero yo soy la única que ha vuelto, y sólo para una breve visita. Las autoridades del Distrito 13 estaban en contra de que lo hiciera, lo veían como una empresa costosa y sin sentido, tenien-

do en cuenta que en estos momentos hay unos doce aerodeslizadores sobre mí, protegiéndome, y ninguna información valiosa
que obtener. Sin embargo, tenía que verlo, tanto que lo conver-
tí en una condición indispensable para aceptar colaborar con
ellos.

Finalmente, Plutarch Heavensbee, el Vigilante Jefe que había
organizado a los rebeldes en el Capitolio, alzó los brazos al cielo
y dijo: «Dejadla ir. Mejor perder un día que perder otro mes.
Quizá un recorrido por el 12 es lo que necesita para convencerse
de que estamos en el mismo bando».

El mismo bando. Noto un pinchazo en la sien izquierda y me
la aprieto con la mano; es justo donde Johanna Mason me dio
con el rollo de alambre. Los recuerdos giran como un torbellino
mientras intento dilucidar qué es cierto y qué no. ¿Cuál ha sido
la sucesión de acontecimientos que me ha llevado hasta las ruinas de mi ciudad? Es difícil porque todavía no me he recuperado
de los efectos de la conmoción cerebral y mis pensamientos tien-
den a liarse. Además, los medicamentos que me dan para controlar el dolor y el estado de ánimo a veces me hacen ver cosas.
Supongo. Aún no estoy del todo convencida de que alucinara la
noche que vi el suelo de la habitación del hospital convertido en
una alfombra de serpientes en movimiento.

Utilizo una técnica que me sugirió uno de los médicos: empiezo con las cosas más simples de las que estoy segura y voy
avanzando hacia las más complicadas. La lista empieza a darme
vueltas en la cabeza:

«Me llamo Katniss Everdeen. Tengo diecisiete años. Mi casa
está en el Distrito 12. Estuve en los Juegos del Hambre. Escapé.

El Capitolio me odia. A Peeta lo capturaron. Lo creen muerto. Seguramente estará muerto. Probablemente sea mejor que esté muerto...»

—Katniss. ¿Quieres que baje? —me dice mi mejor amigo, Gale, a través del intercomunicador que los rebeldes me han obligado a llevar. Está arriba, en uno de los aerodeslizadores, observándome atentamente, listo para bajar en picado si algo va mal.

Me doy cuenta de que estoy agachada con los codos sobre los muslos y la cabeza entre las manos. Debo de parecer al borde de un ataque de nervios. Eso no me vale, no cuando por fin empiezan a quitarme la medicación.

Me pongo de pie y rechazo su oferta.

—No, estoy bien.

Para dar más énfasis a la afirmación, empiezo a alejarme de mi antigua casa y me dirijo a la ciudad. Gale pidió que lo soltaran en el 12 conmigo, pero no insistió cuando me negué. Comprende que hoy no quiero a nadie a mi lado, ni siquiera a él. Algunos paseos hay que darlos solos.

El verano ha sido abrasador y más seco que la suela de un zapato. Apenas ha llovido, así que los montones de ceniza dejados por el ataque siguen prácticamente intactos. Mis pisadas los mueven de un lado a otro; no hay brisa que los desperdigue. Mantengo la mirada fija en lo que recuerdo como la carretera, ya que cuando aterricé en la Pradera no tuve cuidado y me di contra una roca. Sin embargo, no era una roca, sino una calavera. Rodó y rodó hasta quedar boca arriba, y durante un buen rato no pude evitar mirarle los dientes preguntándome de quién serían, pensando en que los míos seguramente tendrían el mismo aspecto en circunstancias similares.

Sigo la carretera por costumbre, pero resulta ser una mala elección porque está cubierta de los restos de los que intentaron huir. Algunos están incinerados por completo, aunque otros, quizá vencidos por el humo, escaparon de lo peor de las llamas y yacen en distintas fases de apestosa descomposición, carroña para animales, llenos de moscas. «Yo te maté —pienso al pasar junto a una pila—. Y a ti. Y a ti.»

Porque lo hice, fue mi flecha, lanzada al punto débil del campo de fuerza que rodeaba la arena, lo que provocó esta tormenta de venganza, lo que hizo estallar el caos en Panem.

Oigo en mi cabeza lo que me dijo el presidente Snow la mañana que empezábamos la Gira de la Victoria: «Katniss Everdeen, la chica en llamas, ha encendido una chispa que, si no se apaga, podría crecer hasta convertirse en el incendio que destruya Panem». Resulta que no exageraba ni intentaba asustarme. Quizá intentara pedirme ayuda de verdad, pero yo ya había puesto en marcha algo que no podía controlar.

«Arde, sigue ardiendo», pienso, entumecida. A lo lejos, los incendios de las minas de carbón escupen humo negro, aunque no queda nadie a quien le importe. Más del noventa por ciento de la población ha muerto. Los ochocientos restantes son refugiados en el Distrito 13, lo que, por lo que a mí respecta, es como decir que hemos perdido nuestro hogar para siempre.

Sé que no debería pensarlo, sé que debería sentirme agradecida por la forma en que nos han recibido: enfermos, heridos, hambrientos y con las manos vacías. Aun así, no consigo olvidarme de que el Distrito 13 fue esencial para la destrucción del 12. Eso no me absuelve, hay culpa para dar y tomar, pero sin ellos no habría formado parte de una trama mayor para derrocar al Capitolio ni habría contado con los medios para lograrlo.

Los ciudadanos del Distrito 12 no poseían un movimiento de resistencia organizada propio, no tenían nada que ver con esto. Les tocó la mala suerte de ser mis conciudadanos. Es cierto que algunos supervivientes creen que es buena suerte librarse del Distrito 12 por fin, escapar del hambre y la opresión, de las peligrosas minas y del látigo de nuestro último jefe de los agentes de la paz, Romulus Thread. Para ellos es asombroso tener un nuevo hogar ya que, hasta hace poco, ni siquiera sabíamos que el Distrito 13 existía.

En cuanto a la huida de los supervivientes, todo el mérito es de Gale, aunque él se resista a aceptarlo. En cuanto terminó el Vasallaje de los Veinticinco (en cuanto me sacaron de la arena), cortaron la electricidad y la señal de televisión del Distrito 12, y la Veta se quedó tan silenciosa que los habitantes escuchaban los latidos del corazón del vecino. Nadie protestó ni celebró lo sucedido en el campo de batalla, pero, en cuestión de quince minutos, el cielo estaba lleno de aerodeslizadores que empezaron a soltar bombas.

Fue Gale el que pensó en la Pradera, uno de los pocos lugares sin viejas casas de madera llenas de polvo de carbón. Llevó a los que pudo hacia allí, incluidas Prim y mi madre. Formó el equipo que derribó la alambrada (que no era más que una inofensiva barrera metálica sin electricidad) y condujo a la gente al bosque. Los guió hasta el único lugar que se le ocurrió, el lago que mi padre me enseñó de pequeña, y desde allí contemplaron cómo las llamas lejanas se comían todo lo que conocían en este mundo.

Al alba, los bomberos se habían ido, los incendios morían y los últimos rezagados se agrupaban. Prim y mi madre habían montado una zona médica para los heridos e intentaban tratarlos con lo que encontraban por el bosque. Gale tenía dos juegos de arco y flechas, un cuchillo de cazar, una red de pescar y más de ochocientas personas aterradas que alimentar. Con la ayuda de los más sanos, se apañaron durante tres días. Entonces los sorprendió la llegada del aerodeslizador que los evacuó al Distrito 13, donde había alojamientos limpios y blancos de sobra para todos, mucha ropa y tres comidas al día. Los alojamientos tenían la desventaja de estar bajo tierra, la ropa era idéntica y la comida relativamente insípida, pero para los refugiados del 12 eran detalles menores. Estaban a salvo; cuidaban de ellos; seguían vivos y los recibían con los brazos abiertos.

Aquel entusiasmo se interpretó como amabilidad, pero un hombre llamado Dalton, un refugiado del Distrito 10 que había logrado llegar al 13 a pie hacía algunos años, me contó el verdadero motivo: «Te necesitan. Me necesitan. Nos necesitan a todos. Hace un tiempo sufrieron una especie de epidemia de varicela que mató a bastantes y dejó estériles a muchos más. Ganado para cría, así es como nos ven». En el 10 trabajaba en uno de los ranchos de ganado conservando la diversidad genética de las reses con la implantación de embriones de vaca congelados. Seguramente tiene razón sobre el 13, porque no se ven muchos niños por allí, pero ¿y qué? No nos encierran en corrales, nos forman para trabajar y los niños van a la escuela. Los que tienen más de catorce años han recibido rangos militares y se dirigen a ellos respetuosamente, llamándolos «soldados». Todos los refugiados han recibido automáticamente la ciudadanía.

Sin embargo, los odio. Aunque, claro, ahora odio a casi todo el mundo. Sobre todo a mí.

La superficie que piso se vuelve más dura y, bajo la capa de cenizas, noto los adoquines de la plaza. Alrededor del perímetro hay un borde de basura donde antes estaban las tiendas. Una pila de escombros ennegrecidos ocupa el lugar del Edificio de Justicia. Me acerco al sitio donde creo que estaba la panadería de la familia de Peeta; no queda mucho, salvo el bulto fundido del horno. Los padres de Peeta, sus dos hermanos mayores..., ninguno llegó al 13. Menos de una docena de los que antes eran los más pudientes del Distrito 12 escaparon del incendio. En realidad, a Peeta no le queda nada aquí. Salvo yo...

Retrocedo para alejarme de la panadería, tropiezo con algo, pierdo el equilibrio y me encuentro sentada en un pedazo de metal calentado por el sol. Me pregunto qué sería antes, hasta que recuerdo una de las recientes renovaciones de Thread en la plaza: cepos, postes para latigazos y esto, los restos de la horca. Malo. Esto es malo. Me trae las imágenes que me atormentan, tanto despierta como dormida: Peeta torturado por el Capitolio (ahogado, quemado, lacerado, electrocutado, mutilado, golpeado) para sacarle una información sobre los rebeldes que él desconoce. Aprieto los ojos con fuerza e intento llegar a él a través de cientos de kilómetros de distancia, enviarle mis pensamientos, hacerle saber que no está solo. Pero lo está, y yo no puedo ayudarlo.

Salgo corriendo. Me alejo de la plaza y voy al único lugar que no ha destruido el fuego. Paso junto a las ruinas de la casa del alcalde, donde vivía mi amiga Madge. No sé nada de ella ni de su familia. ¿Los evacuaron al Capitolio por el cargo de su padre o los abandonaron a las llamas? Las cenizas se levantan a mi alrededor, así que me subo el borde de la camiseta para taparme la boca. No me ahoga pensar en lo que estoy respirando, sino pensar en a quien estoy respirando.

La hierba está achicharrada y la nieve gris también cayó aquí, pero las doce bellas casas de la Aldea de los Vencedores están intactas. Entro rápidamente en la casa en la que viví el año pasado, cierro la puerta de golpe y me apoyo en ella. Parece que no ha cambiado nada. Está limpia y el silencio resulta escalofriante. ¿Por qué he vuelto al 12? ¿De verdad me va a ayudar esta visita a responder a la pregunta de la que no puedo huir?

«¿Qué voy a hacer?», susurro a las paredes, porque yo no tengo ni idea.

Todos me hablan, hablan, hablan sin parar. Plutarch Heavensbee, su calculadora ayudante Fulvia Cardew, un batiburrillo de líderes de los distritos, dirigentes militares..., pero no Alma Coin, la presidenta del 13, que se limita a mirar. Tiene unos cincuenta años y un pelo gris que le cae sobre los hombros como una sábana. Su pelo me fascina por ser tan uniforme, por no tener ni un defecto, ni un mechón suelto, ni siquiera una punta rota. Tiene los ojos grises, aunque no como los de la gente de la Veta; son muy pálidos, como si les hubieran chupado casi todo el color. Son del color de la nieve sucia que estás deseando que se derrita del todo.

Lo que quieren es que asuma por completo el papel que me han diseñado: el símbolo de la revolución, el Sinsajo. No basta con todo lo que he hecho en el pasado, con desafiar al Capitolio en los Juegos y despertar a la gente. Ahora tengo que convertirme en el líder real, en la cara, en la voz, en la personificación de la revuelta. La persona con la que los distritos (la mayoría en guerra abierta contra el Capitolio) pueden contar para incendiar el camino hacia la victoria. No tendré que hacerlo sola, tienen a un equipo completo de personas para arreglarme, vestirme, escribir mis discursos y orquestar mis apariciones (como si todo eso no me sonara horriblemente familiar), y yo sólo tengo que representar mi papel. A veces los escucho y a veces me limito a contemplar la línea perfecta del pelo de Coin y a intentar averiguar si es una peluca. Al final salgo de la habitación porque la cabeza me duele, porque ha llegado la hora de comer o porque, si no salgo al exterior, podría ponerme a gritar. No me molesto en decir nada, simplemente me levanto y me voy.

Ayer por la tarde, cuando cerraba la puerta para irme, oí a Coin decir: «Os dije que tendríamos que haber rescatado primero al chico». Se refería a Peeta, y no podría estar más de acuerdo con ella. Él sí que habría sido un portavoz excelente.

Y, en vez de eso, ¿a quién pescaron en la arena? A mí, que no quiero cooperar. Y a Beetee, el inventor del 3, a quien apenas veo porque lo llevaron al departamento de desarrollo armamentístico en cuanto pudo sentarse. Literalmente, empujaron su cama con ruedas hasta una zona de alto secreto y ahora sólo sale de vez en cuando para comer. Es muy listo y está muy dispuesto a colaborar con la causa, pero no tiene mucha madera de instigador. Luego está Finnick Odair, el *sex symbol* del distrito pescador que mantuvo vivo a Peeta en la arena cuando yo no podía. A él también quieren transformarlo en un líder rebelde, aunque primero tendrán que conseguir que permanezca despierto durante más de cinco minutos. Incluso cuando está consciente, tienes que decirle las cosas tres veces para que le lleguen al cerebro. Los médicos dicen que es por la descarga eléctrica recibida en la batalla, pero yo sé que es bastante más complicado. Sé que Finnick no puede centrarse en nada de lo que sucede en el 13 porque intenta con todas sus fuerzas ver lo que sucede en el Capitolio con Annie, la chica loca de su distrito, la única persona a la que ama en este mundo.

A pesar de tener serias reservas, tuve que perdonar a Finnick por su parte en la conspiración que me trajo hasta aquí. Al menos él entiende un poco por lo que estoy pasando. Además, hace falta mucha energía para permanecer enfadada con alguien que llora tanto.

Me muevo por la planta baja con pasos de cazadora, reacia a hacer ruido. Recojo algunos recuerdos: una foto de mis padres en su boda, un lazo azul para Prim, y el libro familiar de plantas medicinales y comestibles. El libro se abre por una página con flores amarillas y lo cierro rápidamente, ya que las pintó el pincel de Peeta.

«¿Qué voy a hacer?»

¿Tiene sentido hacer algo? Mi madre, mi hermana y la familia de Gale están por fin a salvo. En cuanto al resto del 12, o están muertos, lo que es irreversible, o protegidos en el 13. Eso deja a los rebeldes de los distritos. Obviamente, odio al Capitolio, pero no creo que convertirme en el Sinsajo beneficie a los que intentan derribarlo. ¿Cómo voy a ayudar a los distritos si cada vez que me muevo consigo que alguien sufra o muera? El hombre al que dispararon en el Distrito 11 por silbar; las repercusiones en el 12 cuando intervine para que no azotaran a Gale; mi estilista, Cinna, al que sacaron a rastras, ensangrentado e inconsciente, de la sala de lanzamiento antes de los Juegos. Las fuentes de Plutarch creen que lo mataron durante el interrogatorio. El inteligente, enigmático y encantador Cinna está muerto por mi culpa. Aparto la idea porque es demasiado dolorosa para detenerse en ella sin perder mi ya de por sí frágil control de la situación.

«¿Qué voy a hacer?»

Convertirme en el Sinsajo... ¿Supondría más cosas buenas que malas? ¿En quién puedo confiar para que me ayude a responder a esa pregunta? Sin duda, no en la gente del 13. Lo juro, ahora que mi familia y la de Gale están a salvo, no me importaría huir. Sin embargo, me queda un trabajo inacabado: Peeta. Si supiera con certeza que está muerto, desaparecería en el bosque sin mirar atrás. Sin embargo, hasta que lo haga, estoy bloqueada.

Me vuelvo al oír un bufido. En la entrada de la cocina, con el lomo arqueado y las orejas aplastadas, se encuentra el gato más feo del mundo.

—*Buttercup*.

Miles de personas muertas, pero él ha sobrevivido e incluso parece bien alimentado. ¿De qué? Puede entrar y salir de la casa por una ventana que siempre dejamos entornada en la despensa. Habrá estado comiendo ratones de campo; me niego a considerar la alternativa.

Me agacho y le ofrezco una mano.

—Ven aquí, chico.

No es probable, está furioso por su abandono. Además, no le ofrezco comida, y mi habilidad para proporcionarle sobras siempre ha sido lo único que me daba puntos ante él. Durante un tiempo, cuando los dos nos encontrábamos en la vieja casa porque a ninguno nos gustaba la nueva, creí que nos habíamos unido un poquito. Está claro que se acabó el vínculo. Se limita a parpadear, cerrando sus desagradables ojos amarillos.

—¿Quieres ver a Prim? —le pregunto.

El sonido le llama la atención, ya que es la única palabra que significa algo para él aparte de su propio nombre. Deja escapar un maullido oxidado y se acerca, así que lo recojo del suelo, lo acaricio, me acerco al armario, saco la bolsa de caza y lo meto dentro sin más ni más. No tengo otra forma de transportarlo en el aerodeslizador, y mi hermana le tiene muchísimo aprecio al bicho. Por desgracia, su cabra, *Lady*, un animal que sí que valía algo, no ha aparecido.

Oigo en el intercomunicador a Gale diciéndome que tenemos que volver, pero la bolsa de caza me ha recordado otra cosa que quería recuperar. La cuelgo en el respaldo de una silla y subo corriendo las escaleras en dirección a mi dormitorio. Dentro del armario está la chaqueta de cazador de mi padre. Antes del Vasallaje la traje aquí desde la casa vieja pensando que su presencia consolaría a mi madre y a mi hermana cuando muriese. Si no la hubiera traído, habría acabado convertida en cenizas.

El suave cuero me reconforta y, durante un instante, me calman los recuerdos de las horas pasadas bajo ella. Entonces, sin razón aparente, empiezan a sudarme las manos y una extraña sensación me sube por la nuca. Me vuelvo para observar el cuarto, pero está vacío; todo está en su sitio, no se oye nada alarmante. ¿Qué es, entonces?

Me pica la nariz. Es el olor: empalagoso y artificial. Una mancha blanca asoma del jarrón lleno de flores secas que hay sobre mi cómoda. Me acerco con precaución y allí, apenas visible entre sus protegidas primas, hay una rosa blanca recién cortada. Perfecta hasta la última espina y el último pétalo de seda.

Y sé al instante quién me la ha enviado.

El presidente Snow.

Cuando empiezo a sentir arcadas por el hedor, retrocedo y me largo. ¿Cuánto tiempo lleva aquí? ¿Un día? ¿Una hora? Los rebeldes revisaron la Aldea de los Vencedores antes de que me permitieran venir; buscaban explosivos, micrófonos o cualquier cosa extraña, pero quizá la rosa no les pareció digna de mención. A mí sí.

Bajo las escaleras y cojo la bolsa de la silla dejando que rebote en el suelo, hasta que recuerdo que está ocupada. Una vez en la entrada hago señales como loca al aerodeslizador, mientras *Buttercup* se retuerce en su encierro. Le doy un codazo, cosa que no sirve más que para enfurecerlo. El vehículo se materializa sobre mí y deja caer una escalera. Me subo a ella y la corriente me paraliza hasta que llego a bordo.

Gale me ayuda a bajar de la escalera.

—¿Estás bien?

—Sí —respondo, y me limpio el sudor de la cara con la manga.

Quiero gritar que Snow me ha dejado una rosa, pero no estoy

segura de que sea buena idea compartir la información con alguien como Plutarch delante. En primer lugar, porque me haría sonar como una loca, como si me lo hubiera imaginado, lo cual es posible, o como si reaccionara exageradamente, lo que me supondría un billete de vuelta a la tierra farmacéutica de los sueños de la que estoy intentando salir. Nadie lo entenderá del todo, no entenderán que no es sólo una flor, ni siquiera una flor del presidente Snow, sino una promesa de venganza; no había nadie en el estudio con nosotros cuando me amenazó antes de la Gira de la Victoria.

Esa rosa blanca como la nieve colocada en mi cómoda es un mensaje personal para mí. Significa que tenemos un asunto inacabado. Susurra: «Puedo encontrarte, puedo llegar hasta ti, quizá te esté observando en estos precisos instantes».

¿Habrá alguna aeronave del Capitolio viniendo derecha hacia nosotros para borrarnos del mapa? No dejo de buscar indicios de un ataque durante el viaje sobre el Distrito 12, pero nadie nos persigue. Al cabo de varios minutos, cuando oigo un intercambio entre Plutarch y el piloto que confirma que el espacio aéreo está vacío, empiezo a relajarme un poco.

Gale señala con la cabeza la bolsa de caza, de la que salen aullidos.

—Ya sé por qué querías venir.

—Tenía que hacerlo, por poco probable que fuera recuperarlo —respondo. Suelto la bolsa en un asiento, donde la odiosa criatura empieza a emitir un gruñido ronco y amenazador—. Ay, cállate ya —le digo a la bolsa, y me dejo caer en el asiento acolchado de la ventanilla que está frente al gato.

Gale se sienta a mi lado.

—¿Ha sido muy malo?

—No podría ser mucho peor —contesto.

Lo miro a los ojos y veo mi propia pena reflejada en los suyos. Nos damos la mano para agarrarnos con fuerza a una parte del 12 que Snow no ha logrado destruir. Guardamos silencio durante el resto del viaje al 13, que sólo dura unos cuarenta y cinco minutos, una simple semana a pie. Resulta que Bonnie y Twill, las refugiadas del Distrito 8 con las que me encontré en el bosque el verano pasado, no estaban tan lejos de su destino. Sin embargo, parece que no lo consiguieron. Cuando pregunté por ellas en el 13, nadie sabía de quién hablaba. Supongo que murieron en el bosque.

Desde el aire, el 13 parece tan alegre como el 12: las ruinas no echan humo, como el Capitolio nos muestra en la televisión, pero apenas queda vida sobre la superficie. En los setenta y cinco años transcurridos desde los Días Oscuros (cuando se suponía que el 13 había quedado destruido en la guerra entre el Capitolio y los distritos), casi todas las nuevas construcciones se han hecho bajo tierra. Ya había unas instalaciones subterráneas bastante grandes allí, desarrolladas a lo largo de los siglos como refugio clandestino de líderes gubernamentales en caso de guerra o como último recurso para la humanidad si la vida se volvía imposible en la superficie. Lo más importante para la gente del 13 es que se trataba del centro del programa de desarrollo de armas nucleares del Capitolio. Durante los Días Oscuros, los rebeldes del 13 lograron hacerse con el control del lugar, apuntaron con los misiles al Capitolio e hicieron un trato: se harían los muertos a cambio de que los dejaran en paz. El Capitolio tenía otro arsenal nuclear en el oeste, pero no podía atacar al 13 sin sufrir su venganza, así que se vio obligado a aceptar el trato. El Capitolio demolió los restos visibles del distrito y cortó todos los accesos desde el exterior. Quizá los líderes del Gobierno pensaron que, sin ayuda, el 13 moriría solo. Estuvo a punto de hacerlo unas cuantas veces, pero logró salir adelante gracias a un estricto racionamiento de recursos, una disciplina agotadora y una vigilancia continua ante posibles ataques del exterior.

Ahora los ciudadanos viven bajo tierra casi todo el tiempo. Puedes salir a hacer ejercicio y tomar el sol a unas horas muy concretas de tu horario. No puedes saltarte tu horario. Cada mañana se supone que tienes que meter el brazo derecho en un cacharro de la pared que te tatúa en la parte interior del antebrazo cuál será tu programa para el día. La tinta de color morado enfermizo dicta: «7:00 - Desayuno. 7:30 - Trabajo en la cocina. 8:30 - Centro educativo, aula 17». Etcétera, etcétera. La tinta es indeleble hasta las «22:00 - Aseo». Entonces pierde su cualidad impermeable y puedes quitártela con agua. Las luces se apagan a las 22:30, lo que indica que ha llegado la hora de dormir para todos los que no estén en el turno de noche.

Al principio, cuando estaba enferma en el hospital, podía evitar la impresión del horario. Sin embargo, en cuanto me trasladé al compartimento 307 con mi madre y mi hermana, se suponía que tenía que cumplir el programa. Salvo para ir a comer, hago caso omiso de lo que pone en mi brazo. Me limito a volver al compartimento, a vagar por el 13 o a dormirme en cualquier escondrijo: un conducto de ventilación abandonado, detrás de las tuberías del agua de la lavandería... Hay un armario en el Centro Educativo que me viene genial porque, al parecer, nunca necesitan reponer material para las clases. Aquí son tan frugales con las cosas que desperdiciar algo es casi un delito. Por suerte, los habitantes del Distrito 12 nunca hemos sido muy derrochadores, pero una vez vi a Fulvia Cardew arrugar un trozo de papel en el que sólo había escrito un par de palabras, y la miraron de tal forma que era como si hubiera asesinado a alguien. Se le puso la cara roja como un tomate, lo que hizo que las flores plateadas grabadas en sus rollizas mejillas se notaran todavía más: era la imagen misma del exceso. Uno de mis escasos placeres en el 13 es observar al grupito de mimados «rebeldes» del Capitolio que intentan adaptarse.

No sé durante cuánto tiempo podré seguir despreciando la precisión horaria exigida por mis anfitriones. En estos momentos me dejan en paz porque me han clasificado como mentalmente desorientada (lo dice en mi pulsera médica de plástico) y todos tienen que tolerar mis incoherencias. Sé que no durará para siempre, igual que tampoco puede durar su paciencia con el tema del Sinsajo.

Desde la pista de aterrizaje, Gale y yo bajamos unas escaleras que llevan al compartimento 307. Aunque podríamos usar el ascensor, me recuerda demasiado al que me llevaba a la arena. Me está costando mucho acostumbrarme a pasar tanto tiempo bajo tierra. Sin embargo, después del surrealista encuentro con la rosa, es la primera vez que este descenso me hace sentir más segura.

Vacilo ante la puerta marcada con el número 307, temiendo las preguntas de mi familia.

—¿Qué les voy a contar sobre el Distrito 12? —le pregunto a Gale.

—Dudo que te pidan detalles. Ellas lo vieron arder, así que estarán más preocupadas por cómo lo lleves tú —me responde, tocándome la mejilla—. Igual que me pasa a mí.

Aprieto la mejilla contra su mano durante un segundo.

—Sobreviviré.

Después respiro hondo y abro la puerta. Mi madre y mi hermana están en casa para «18:00 - Reflexión», una media hora de descanso antes de la cena. Noto que están preocupadas e intentan calcular mi estado emocional. Antes de que nadie pregunte nada, vacío la bolsa de caza y la hora se convierte en «18:00 - Adoración del gato». Prim, llorando, se sienta en el suelo y mece al odioso *Buttercup*, que sólo interrumpe su ronroneo de vez en cuando para bufarme. Me lanza una mirada especialmente petulante cuando mi hermana le ata el lazo azul al cuello.

Mi madre abraza con fuerza la foto de boda y después la coloca, junto con el libro de plantas, en la cómoda proporcionada por el Gobierno. Cuelgo la chaqueta de mi padre en el respaldo de una silla y, por un momento, es como estar en casa, así que supongo que el viaje al Distrito 12 no ha sido una completa pérdida de tiempo.

Cuando salimos hacia el comedor para «18:30 - Cena», el brazalector de Gale empieza a pitar. Tiene aspecto de reloj o brazalete grande, pero recibe mensajes escritos; tener un brazalector es un privilegio especial que se reserva a los más importantes para la causa, un estatus que Gale logró por su rescate de los ciudadanos del 12.

—Nos necesitan a los dos en la sala de mando —dice.

Avanzo unos cuantos pasos por detrás de él e intento prepararme antes de sumergirme en lo que seguro será otra implacable sesión *sinsajística*. Me rezago en la puerta de la sala de mando, una habitación de alta tecnología mezcla de sala de reuniones y sala de guerra, equipada con paredes que hablan, mapas electrónicos que muestran los movimientos de la tropa en distintos distritos y una gigantesca mesa rectangular con cuadros de control que no debo tocar. Sin embargo, nadie nota mi presencia, están todos reunidos en torno a una pantalla de televisión situada en el otro extremo de la sala, en la que se ven veinticuatro horas al día las retransmisiones del Capitolio. Justo cuando estoy pensando en escabullirme, Plutarch, cuyo amplio cuerpo tapaba el televisor, me ve y me hace gestos urgentes para que me acerque. Lo hago a regañadientes, intentando imaginar por qué me iba a interesar a mí, ya que siempre es lo mismo: grabaciones de batallas, propaganda, repeticiones del bombardeo del Distrito 12 o un siniestro mensaje del presidente Snow. Así que me resulta casi divertido ver a Caesar Flickerman, el eterno presentador de los Juegos del Hambre, con su cara pintada y su traje chispeante, preparándose para hacer una entrevista..., hasta que la cámara se retira y veo que su invitado es Peeta.

Dejo escapar un sonido, la misma combinación de grito ahogado y gruñido que se produce cuando te sumerges en el agua y te falta tanto el oxígeno que duele. Aparto a la gente a empujones y me pongo delante de él, con la mano sobre la pantalla. Busco en sus ojos algún rastro de dolor, cualquier señal de tortura, pero no hay nada. Peeta parece sano hasta el punto de resultar robusto; le brilla la piel, que no tiene defecto alguno, como cuando te arreglan de pies a cabeza. Su gesto es sereno, serio. No logro conciliar esta imagen con la del chico machacado y ensangrentado que atormenta mis sueños.

Caesar se acomoda en el sillón que hay frente a Peeta y lo mira durante un buen rato.

—Bueno..., Peeta..., bienvenido de nuevo.

—Imagino que no pensabas volver a entrevistarme, Caesar —responde Peeta, sonriendo un poco.

—Confieso que no. La noche antes del Vasallaje de los Veinticinco... Bueno, ¿quién iba a pensar que volveríamos a verte?

—No formaba parte de mi plan, eso te lo aseguro —dice Peeta, frunciendo el ceño.

—Creo que a todos nos quedó claro cuál era tu plan —afirma Caesar, acercándose un poco a él—: sacrificarte en la arena para que Katniss Everdeen y tu hijo pudieran vivir.

—Exacto, simple y llanamente. —Peeta recorre con los dedos el diseño de la tapicería del brazo del sillón—. Pero había más gente con planes.

«Sí, otra gente con planes», pienso. ¿Habría averiguado Peeta que los rebeldes nos usaron como marionetas? ¿Que mi rescate se organizó desde el principio? ¿Y, finalmente, que nuestro mentor, Haymitch Abernathy, nos traicionó a los dos en favor de una causa por la que fingía no sentir interés?

En aquel momento de silencio noto las arrugas que se han formado entre las cejas de Peeta: o lo ha averiguado o se lo han dicho. Sin embargo, el Capitolio ni lo ha asesinado ni lo ha castigado. Por el momento, eso supera mis más locas esperanzas, así que me alimento de su buen aspecto, de su salud física y mental, que me corre por las venas como la morflina que me dan en el hospital para mitigar el dolor de las últimas semanas.

—¿Por qué no nos hablas de la última noche en la arena? —sugiere Caesar—. Ayúdanos a aclarar un par de cosas.

Peeta asiente, pero se toma su tiempo para contestar.

—Aquella última noche... Hablarte sobre esa última noche..., bueno, primero tienes que imaginar cómo era estar en la arena. Era como ser un insecto atrapado bajo un cuenco lleno de aire hirviendo. Y jungla por todas partes, jungla verde, viva y en movimiento. Un reloj gigantesco va marcando lo que te queda de vida. Cada hora significa un nuevo horror. Tienes que imaginar que en los últimos dos días han muerto dieciséis personas, algunas de ellas defendiéndote. Al ritmo que van las cosas, los últimos ocho estarán muertos cuando salga el sol. Salvo uno, el vencedor. Y tu plan es procurar no ser tú.

Empiezo a sudar al recordarlo; aparto la mano de la pantalla y la dejo caer muerta junto al costado. Peeta no necesita pincel para pintar imágenes de los Juegos. Sabe trabajar igual de bien con las palabras.

—Una vez en la arena, el resto del mundo se vuelve muy lejano —sigue diciendo—. Todas las personas y cosas que amas o te importan casi dejan de existir. El cielo rosa, los monstruos de la jungla y los tributos que quieren tu sangre se convierten en tu realidad, en la única que importa. Por muy mal que eso te haga sentir, vas a matar a otros seres humanos, porque en la arena sólo se te permite un deseo, y es un deseo muy caro.

—Te cuesta la vida.

—Oh, no, te cuesta mucho más que la vida. ¿Matar a gente inocente? Te cuesta todo lo que eres.

—Todo lo que eres —repite Caesar en voz baja.

La sala guarda silencio y puedo notar que ese silencio se extiende por Panem, una nación entera inclinándose sobre sus televisores, porque nadie había hablado antes sobre cómo es realmente la arena.

—Así que te aferras a tu deseo —sigue Peeta—. Y esa última noche sí, mi deseo era salvar a Katniss, pero, aun sin saber lo de los rebeldes, había algo que fallaba. Todo era demasiado complicado. Me arrepentí de no haber huido con ella antes, aquel mismo día, como me había sugerido. Sin embargo, ya no había forma de evitarlo.

—Estabas demasiado inmerso en el plan de Beetee para electrificar el lago de sal —dice Caesar.

—Demasiado ocupado jugando a alianzas con los demás. ¡No tendría que haberles permitido separarnos! —estalla Peeta—. Ahí fue donde la perdí.

—Cuando te quedaste en el árbol del rayo, mientras Johanna Mason y ella se llevaban el rollo de alambre hasta el agua —aclara Caesar.

—¡No quería hacerlo! —exclama Peeta, sonrojándose de la emoción—. Pero no podía discutir con Beetee sin dar a entender que estábamos a punto de romper la alianza. Cuando se cortó el alambre empezó la locura. Sólo recuerdo algunas cosas: haber intentado encontrarla, ver cómo Brutus mataba a Chaff, matar a Brutus... Sé que ella me llamó. Después el rayo cayó en el árbol y el campo de fuerza que rodeaba la arena... voló por los aires.

—Lo voló Katniss, Peeta. Ya has visto las grabaciones.

—Ella no sabía lo que estaba haciendo. Ninguno entendíamos el plan de Beetee. Se ve claramente que Katniss intentaba averiguar qué hacer con el alambre —responde Peeta.

—De acuerdo, aunque parece sospechoso, como si formara parte del plan de los rebeldes desde el principio.

Peeta se pone en pie y se inclina sobre la cara de Caesar, agarrando los brazos del sillón de su entrevistador.

—¿En serio? ¿Y formaba parte del plan que Johanna estuviera a punto de matarla? ¿Que la descarga eléctrica la paralizara? ¿Provocar el bombardeo? —añade, gritando—. ¡No lo sabía, Caesar! ¡Lo único que intentábamos los dos era protegernos el uno al otro!

Caesar le pone una mano en el pecho, en un gesto que le servía tanto de protección como de ademán conciliador.

—Vale, Peeta, te creo.

—Vale —responde él. Se aparta de Caesar, retira las manos y se las pasa por el pelo, alborotando el perfecto peinado de sus rizos rubios. Se deja caer en el sillón, angustiado.

Caesar espera un momento y lo observa.

—¿Y vuestro mentor, Haymitch Abernathy?

El gesto de Peeta se endurece.

—No sé qué sabía Haymitch.

—¿Podría haber formado parte de la conspiración?

—Nunca lo mencionó.

—¿Y qué te dice el corazón? —insiste Caesar.

—Que no tendría que haber confiado en él, eso es todo.

No he visto a Haymitch desde que lo ataqué en el aerodeslizador y le dejé las largas marcas de mis uñas en la cara. Sé que lo ha pasado mal porque el Distrito 13 prohíbe terminantemente tanto la producción como el consumo de bebidas alcohólicas, hasta el punto de mantener bajo llave el alcohol del hospital. Por fin Haymitch se ve obligado a mantenerse sobrio, sin alijos secretos ni brebajes caseros que le faciliten la transición. Lo tienen recluido hasta que se le pase, y creen que no está presentable para aparecer en público. Debe de ser espantoso, pero dejé de sentir compasión por él cuando me di cuenta de que nos había engañado. Espero que esté viendo la emisión del Capitolio en estos momentos y sepa que Peeta también lo ha abandonado.

Caesar le da unas palmaditas en el hombro.

—Podemos parar, si quieres.

—¿Es que tenemos que hablar de algo más? —dice Peeta, irónico.

—Te iba a preguntar por tu opinión sobre la guerra, pero si estás demasiado afectado...

—Oh, no lo suficiente para no contestar a esa pregunta. —Peeta respira hondo y mira directamente a la cámara—. Quiero que todos me veáis, estéis en el Capitolio o en el lado rebelde, que os detengáis un segundo a pensar sobre lo que podría significar esta guerra para los seres humanos. Casi nos extinguimos luchando entre nosotros la última vez, ahora somos aún menos y estamos en condiciones más difíciles. ¿De verdad es lo que queréis hacer? ¿Que nos aniquilemos por completo? ¿Con la esperanza de... qué? ¿De que alguna especie decente herede los restos humeantes de la tierra?

—No sé... no estoy seguro de seguirte... —dice Caesar.

—No podemos luchar entre nosotros, Caesar —explica Peeta—. No quedará suficiente gente viva para seguir adelante. Si no deponemos todos las armas (y tendría que ser ahora mismo), todo acabará.

—Entonces, ¿estás pidiendo un alto el fuego? —pregunta Caesar.

—Sí, estoy pidiendo un alto el fuego —replica Peeta, cansado—. Y ahora, ¿podemos pedir ya a los guardias que me lleven a mi alojamiento para que pueda construir otros cien castillos de naipes?

Caesar se vuelve hacia la cámara.

—De acuerdo, creo que hemos acabado. Volvemos a nuestra programación habitual.

La música pone fin a la emisión y aparece una mujer leyendo una lista de los productos que escasearán en el Capitolio: fruta fresca, pilas solares, jabón... La observo con una atención desacostumbrada porque sé que todos están esperando mi reacción a la entrevista. Sin embargo, me es imposible procesarlo todo tan deprisa: la alegría de ver sano y salvo a Peeta, su defensa de mi inocencia en el plan rebelde y su innegable complicidad con el Capitolio al pedir un alto el fuego. Oh, hizo que pareciera que condenaba a ambos bandos del conflicto, pero, llegados a este punto, teniendo en cuenta que los rebeldes sólo han conseguido victorias menores, un alto el fuego supondría una vuelta al estado anterior. O algo peor.

Detrás de mí oigo que surgen las acusaciones contra Peeta. Las palabras «traidor», «mentiroso» y «enemigo» rebotan en las paredes. Como no puedo sumarme a la ira de los rebeldes ni rebatirla, decido que lo mejor es largarme. Justo cuando llego a la puerta, la voz de Coin se eleva por encima de las demás.

—No se te ha dado permiso para salir, soldado Everdeen.

Uno de los hombres de Coin me pone una mano en el brazo; aunque no es un gesto agresivo, después de la arena reacciono a la defensiva ante cualquier contacto desconocido, así que aparto el brazo de golpe y salgo corriendo por los pasillos. Detrás de mí oigo una refriega, pero no me paro. Hago un rápido repaso mental de mis pequeños escondrijos y acabo en el armario de material escolar, hecha un ovillo contra una caja llena de tizas.

—Estás vivo —susurro, llevándome la mano a las mejillas, notando una sonrisa tan amplia que debe de parecer una mueca. Peeta está vivo. Y es un traidor. Sin embargo, ahora mismo no me importa lo que sea, ni lo que diga, ni para quién lo diga; sólo que sigue siendo capaz de hablar.

Al cabo de un rato se abre la puerta y alguien entra. Gale se sienta a mi lado; le sangra la nariz.

—¿Qué ha pasado? —le pregunto.

—Me interpuse en el camino de Boggs —responde él, encogiéndose de hombros. Le limpio la nariz con la manga—. ¡Cuidado!

Intento ser más delicada, dar golpecitos en vez de restregar.

—¿Cuál de ellos es?

—Bueno, ya lo sabes, el lacayo favorito de Coin, el que intentó pararte. —Me quita la mano—. ¡Déjalo! Vas a conseguir que me desangre.

El goteo se ha convertido en todo un chorro, así que me rindo.

—¿Te has peleado con Boggs?

—No, sólo le he bloqueado la puerta cuando intentó seguirte. Su codo me acertó en la nariz —responde Gale.

—Seguramente te castigarán.

—Ya lo han hecho —responde, enseñándome la muñeca, y yo me quedo mirándola sin entenderlo—. Coin me ha quitado el brazalector.

Me muerdo el labio para intentar mantenerme seria, pero me resulta tan ridículo...

—Lo siento, soldado Gale Hawthorne.

—No lo sientas, soldado Katniss Everdeen —responde, sonriendo—. La verdad es que me sentía muy estúpido yendo a todas partes con ese cacharro. —Los dos empezamos a reírnos—. Creo que ha sido una degradación en toda regla.

Es una de las pocas cosas buenas del 13: haber recuperado a Gale. Como ya no estamos bajo la presión del matrimonio concertado del Capitolio entre Peeta y yo, hemos vuelto a nuestra antigua amistad. Él no lo fuerza, no intenta besarme ni hablar de amor. O yo he estado demasiado enferma o él está dispuesto a darme espacio, o simplemente sabe que sería demasiado cruel, teniendo en cuenta que Peeta está en manos del Capitolio. Sea cual sea la razón, vuelvo a tener a alguien a quien contar mis secretos.

—¿Quiénes son estas personas?

—Somos nosotros si hubiéramos contado con armas nucleares en vez de con unos cuantos trozos de carbón —me responde.

—Quiero pensar que el 12 no habría abandonado al resto de los rebeldes en los Días Oscuros.

—Puede que lo hubiéramos hecho de haber sido cuestión de rendirse o iniciar una guerra nuclear. En cierto modo, es asombroso que sobrevivieran.

Quizá sea porque sigo teniendo las cenizas de mi distrito en los zapatos, pero, por primera vez, estoy dispuesta a ver en los del 13 algo que no les había visto hasta ahora: mérito. Por seguir vivos contra todo pronóstico. Sus primeros años tuvieron que ser terribles, acurrucados en las cámaras subterráneas después de que los bombardeos redujeran su ciudad a polvo. La población diezmada, sin posibilidad de pedir ayuda a algún aliado. A lo largo de los últimos setenta y cinco años han aprendido a ser autosuficientes, han convertido a sus ciudadanos en un ejército y han construido una nueva sociedad sin ayuda de nadie. Serían aún más poderosos si esa epidemia de varicela no hubiera reducido su índice de natalidad y no estuvieran tan desesperados por aumentar su reserva genética y sus criaderos. Quizá sean militaristas, demasiado organizados y algo faltos de sentido del humor, pero aquí siguen, y están dispuestos a derrocar al Capitolio.

—De todos modos, han tardado mucho en aparecer —digo.

—No fue fácil, tenían que organizar una base rebelde en el Capitolio y montar una red clandestina en los distritos. Después necesitaban a alguien que lo pusiera todo en marcha. Te necesitaban a ti.

—Necesitaban a Peeta también, aunque parece que se les ha olvidado.

—Peeta puede haber causado mucho daño hoy —responde Gale con el rostro ensombrecido—. La mayoría de los rebeldes no harán caso de lo que ha dicho, claro, pero hay distritos en los que la resistencia es más inestable. No cabe duda de que el alto el fuego ha sido idea del presidente Snow. El problema es que, en boca de Peeta, suena muy razonable.

Temo la respuesta de Gale, pero lo pregunto de todos modos:

—¿Por qué crees que lo ha dicho?

—Puede que lo hayan torturado o persuadido. Yo creo que ha hecho algún trato para protegerte. Habrá aceptado la idea del alto el fuego a cambio de que Snow lo dejara presentarte como una chica embarazada y aturdida que no tenía ni idea de lo que pasaba cuando los rebeldes la tomaron prisionera. Así, si los distritos pierden, todavía tendrías una oportunidad. Si sabes aprovecharla. —Debo de tener cara de perplejidad, porque Gale dice la siguiente frase muy despacio—: Katniss..., todavía intenta mantenerte con vida.

¿Mantenerme con vida? Entonces lo entiendo: los Juegos no han terminado. Salimos de la arena, pero como no nos mataron, su último deseo de proteger mi vida sigue en pie. Su idea es que yo no destaque, que permanezca a salvo y encerrada mientras transcurre la guerra. Así ninguno de los dos bandos tendrá motivos para matarme. ¿Y Peeta? Si ganan los rebeldes, será desastroso para él; y si gana el Capitolio, ¿quién sabe? Quizá nos permitan vivir a los dos (si juega bien sus cartas) para que veamos cómo continúan los Juegos...

Me pasan varias imágenes por la cabeza: la lanza perforando el cuerpo de Rue en la arena, Gale colgado del poste de los latigazos, el páramo cubierto de cadáveres que antes era mi hogar. ¿Y para qué? ¿Para qué? Se me calienta la sangre y recuerdo otras cosas: la primera vez que intuyo un levantamiento, en el Distrito 8; los vencedores de la mano la noche antes del Vasallaje de los Veinticinco; y que no fue un accidente que disparara la flecha al campo de fuerza de la arena. Estaba deseando clavarla en lo más profundo del corazón de mi enemigo.

Me levanto de golpe y tiro una caja de cien lápices, que se desperdigan por el suelo.

—¿Qué pasa? —me pregunta Gale.

—No puede haber un alto el fuego —respondo antes de agacharme para meter los palitos de grafito gris oscuro en su caja—. No podemos retroceder.

—Lo sé —responde Gale mientras agarra un puñado de lápices y los alinea perfectamente dándoles golpecitos en el suelo.

—Sea cual sea la razón por la que lo ha dicho, Peeta se equivoca.

Los estúpidos palitos no se meten en la caja, y mi frustración me hace romper unos cuantos.

—Lo sé. Dámelos, vas a hacerlos pedazos.

Gale me quita la caja y la vuelve a llenar con movimientos rápidos y precisos.

—No sabe lo que han hecho con el 12. Si hubiera visto lo que había en el suelo... —empiezo.

—Katniss, no te lo estoy discutiendo. Si pudiera pulsar un botón y matar a todas y cada una de las personas que trabajan para el Capitolio, lo haría sin dudar —afirma; después mete el último lápiz en la caja y la cierra—. La cuestión es: ¿qué vas a hacer tú?

Resulta que la pregunta a la que había estado dando tantas vueltas sólo tenía una respuesta posible, aunque para reconocerlo me ha hecho falta ver la estratagema que Peeta había montado por mí.

«¿Qué voy a hacer?»

Respiro hondo. Subo un poco los brazos (como si recordara las alas negras y blancas que me dio Cinna) y los dejo caer a los lados.

—Voy a ser el Sinsajo.

Los ojos de *Buttercup* reflejan la tenue luz de la bombilla de seguridad que hay sobre la puerta. Está tumbado en el hueco del brazo de Prim, de vuelta a su trabajo de protegerla de la noche. Mi hermana está acurrucada junto a mi madre; dormidas tienen el mismo aspecto que la mañana de la cosecha que me llevó a mis primeros Juegos. Yo tengo una cama para mí sola porque estoy recuperándome y porque, de todos modos, nadie puede dormir conmigo con tantas pesadillas y patadas.

Después de dar vueltas durante horas, por fin acepto que pasaré la noche en vela, así que, bajo la atenta mirada de *Buttercup*, voy de puntillas por el frío suelo de baldosas hasta la cómoda.

El cajón del centro contiene la ropa que me han dado aquí. Todos vestimos los mismos pantalones y camisas grises, con la camisa metida por dentro. Debajo de la ropa guardo las pocas cosas que llevaba cuando me sacaron de la arena: mi insignia del sinsajo; el símbolo de Peeta, el medallón de oro con fotos de Prim, Gale y mi hermana; un paracaídas plateado con la espita para sacar agua de los árboles; y la perla que Peeta me dio unas horas antes de que mi flecha hiciera volar por los aires el campo de fuerza. El Distrito 13 confiscó mi tubo de pomada dermatológica para usarla en el hospital, y mi arco y mis flechas porque sólo los guardias pueden llevar armas. Los tienen a buen recaudo en la armería.

Tanteo en busca del paracaídas y meto los dedos dentro hasta dar con la perla. Después me siento en mi cama con las piernas cruzadas y me acaricio los labios con la suave superficie irisada de la perla. No sé por qué, pero me calma; es como un frío beso de la persona que me la regaló.

—¿Katniss? —susurra Prim. Está despierta y me mira a través de la oscuridad—. ¿Qué te pasa?

—Nada, un mal suelo. Vuelve a dormir.

Es automático, siempre aparto a Prim y a mi madre para protegerlas.

Con cuidado de no despertar a nuestra madre, Prim se baja de la cama, recoge a *Buttercup* y se sienta a mi lado. Me toca la mano en la que tengo la perla.

—Estás fría —me dice; saca una manta extra de los pies de la cama, nos enrolla con ella a los tres, y me envuelve también en su calor y el calor del pellejo de *Buttercup*—. Podrías contármelo, ¿sabes? Se me da bien guardar secretos, no se lo diría a nadie. Ni siquiera a mamá.

Entonces se ha ido de verdad, se ha ido la niña pequeña a la que le colgaba la blusa como si fuera la colita de un pato, la que necesitaba ayuda para llegar a los platos, la que suplicaba ver los pasteles glaseados del escaparate de la panadería. El tiempo y la tragedia la han obligado a crecer demasiado deprisa, al menos para mi gusto, y ahora es una joven que sutura heridas sangrantes y sabe que nuestra madre no puede enterarse de todo.

—Mañana por la mañana voy a aceptar convertirme en el Sinsajo —le confieso.

—¿Porque quieres o porque te ves obligada?

—Las dos cosas, supongo —respondo, entre risas—. No, quiero hacerlo. Tengo que hacerlo si ayuda a que los rebeldes derroten a Snow. —Aprieto la perla con fuerza en el puño—. Pero es que... Peeta... Temo que los rebeldes lo ejecuten por traidor si ganamos.

Prim se lo piensa un poco.

—Katniss, no creo que entiendas lo importante que eres para la causa, y la gente importante suele conseguir lo que desea. Si quieres mantener a Peeta a salvo de los rebeldes, puedes.

Supongo que soy importante. Se tomaron muchas molestias para rescatarme y, además, me llevaron al 12.

—¿Quieres decir... que podría exigir que otorguen inmunidad a Peeta? ¿Y tendrían que aceptar?

—Creo que podrías exigir lo que quisieras y ellos tendrían que aceptarlo —afirma Prim, arrugando la frente—. Pero ¿cómo puedes asegurarte de que mantengan su palabra?

Recuerdo todas las mentiras que Haymitch nos contó a Peeta y a mí para conseguir lo que quería. ¿Cómo lograr que los rebeldes no rompan el trato? Una promesa verbal detrás de puertas cerradas o una promesa en papel podrían evaporarse después de la guerra. Podrían negar su existencia o su validez, y los testigos en la sala de mando no servirían de nada. De hecho, seguramente serían los que firmaran la sentencia de muerte de Peeta. Necesito un grupo de testigos mucho mayor. Necesito todos los que pueda.

—Será en público —digo en voz alta. *Buttercup* da un rabotazo, como si estuviera de acuerdo—. Haré que Coin lo anuncie delante de toda la población del 13.

—Eso suena bien —responde Prim, sonriendo—. No es una garantía, pero será mucho más difícil que se retracten.

Siento el alivio de haber llegado a una solución real.

—Debería despertarte más a menudo, patito.

—Ojalá lo hicieras —dice Prim, y me da un beso—. Intenta dormir, ¿vale?

Y lo hago.

Por la mañana veo que tengo «7:00 - Desayuno», seguido inmediatamente de «7:30 - Mando», lo que me viene bien, ya que será mejor que empiece lo antes posible. En el comedor paso mi horario, que incluye algún número de identificación, por delante de un sensor. Mientras deslizo la bandeja por el estante metálico detrás del que se encuentran los contenedores de comida, veo que el desayuno es tan predecible como siempre: un cuenco de cereales calientes, una taza de leche y un puñadito de fruta o verdura. Hoy: puré de nabos. Todo ello sale de las granjas subterráneas del 13. Me siento en la mesa asignada a los Everdeen, los Hawthorne y algunos otros refugiados, y me trago la comida deseando repetir, pero aquí nunca se repite. Han convertido la nutrición en una ciencia exacta, tienes que consumir las calorías suficientes para llegar a la siguiente comida, ni más ni menos. El tamaño de las raciones se basa en tu edad, tu altura, tu constitución, tu salud y la cantidad de trabajo físico que exige tu horario. La gente del 12 recibe porciones algo más grandes que los nativos del 13 para que ganemos algo de peso. Supongo que los soldados esqueléticos se cansan demasiado deprisa. Sin embargo, funciona; en un mes empezamos a parecer más sanos, sobre todo los niños.

Gale coloca su bandeja junto a la mía, y yo intento no quedarme mirando sus nabos con cara penosa, porque estoy deseando comer más y él siempre me pasa su comida a la mínima de cambio. Aunque me concentro en doblar con mucho primor la servilleta, una cucharada de nabos aterriza en mi cuenco.

—Tienes que dejar de hacer esto —le digo, pero como ya estoy comiéndomelo, no resulto muy convincente—. De verdad. Seguro que es ilegal o algo así.

Tienen normas muy estrictas sobre la comida. Por ejemplo, si no te terminas algo y quieres guardarlo para después, no puedes sacarlo del comedor. Al parecer, en los primeros días hubo algún incidente con la gente que acaparaba comida. Para unas personas como Gale y como yo, que llevamos años suministrando comida a nuestras familias, es difícil. Sabemos pasar hambre, pero no que nos digan cómo manejar las provisiones que tenemos. En cierto modo, el Distrito 13 es más controlador que el Capitolio.

—¿Qué van a hacer? Ya me han quitado el brazalector —responde Gale.

Mientras rebaño el cuenco tengo un momento de inspiración:

—Oye, quizá debería poner eso como condición para ser el Sinsajo.

—¿Que pueda darte mi puré de nabos?

—No, que podamos cazar —digo, captando su atención—.

Tendríamos que entregarlo todo en la cocina, pero podríamos...

—No tengo que terminar la frase: podríamos estar al aire libre, en el bosque, volver a ser nosotros mismos.

—Hazlo. Ahora es el momento, podrías pedir la luna y tendrían que encontrar la forma de bajártela.

No sabe que ya voy a pedirles la luna cuando exija el perdón de Peeta. Antes de decidir si se lo cuento o no, un timbre marca el final del turno de comedor. La idea de enfrentarme a Coin sola me pone nerviosa.

—¿Qué tienes en tu horario?

Gale se mira el brazo:

—Clase de historia nuclear. Donde, por cierto, se ha notado tu ausencia.

—Tengo que ir a la sala de mando, ¿vienes conmigo?

—Vale, pero quizá me echen después de lo de ayer.

Cuando vamos a soltar las bandejas, añade:

—¿Sabes? Será mejor que metas a *Buttercup* en tu lista de exigencias. No creo que aquí conozcan bien el concepto de mascotas inútiles.

—Oh, le encontrarán un trabajo. Le tatuarán la pata todas las mañanas —respondo, pero tomo nota mental de incluirlo, por Prim.

Al llegar a la sala de mando, Coin, Plutarch y los suyos ya están reunidos. La aparición de Gale hace que algunos arqueen las cejas, pero nadie lo echa. Mis notas mentales se han hecho un lío, así que pido papel y lápiz nada más llegar. Mi aparente interés en el proceso (la primera vez que lo demuestro desde que llegué aquí) los pilla por sorpresa. Se miran entre ellos.

Seguramente me tenían preparado un sermón superespecial, sin embargo, Coin en persona me pasa el material, y todos guardan silencio mientras me siento y me pongo a garabatear la lista: «*Buttercup*. Cazar. Inmunidad de Peeta. Anunciado en público».

Ya está. Es probable que se trate de mi única oportunidad para negociar.

«Piensa, ¿qué más quieres?»

Lo noto a mi lado, de pie, y añado «Gale» a la lista. Creo que no podría hacer esto sin él.

Empieza a dolerme la cabeza otra vez y mis ideas se enredan. Cierro los ojos y empiezo a recitar en silencio: «Me llamo Katniss Everdeen. Tengo diecisiete años. Mi casa está en el Distrito 12. Estuve en los Juegos del Hambre. Escapé. El Capitolio me odia. A Peeta lo capturaron. Está vivo. Es un traidor, pero está vivo. Tengo que mantenerlo con vida...».

La lista. Sigue pareciendo demasiado corta, debería intentar pensar con más perspectiva, más allá de nuestra situación actual, en un futuro en el que quizá yo ya no valga nada. ¿No debería pedir más? ¿Por mi familia? ¿Por el resto de los míos? Las cenizas de los muertos hacen que me pique la piel. Recuerdo el enfermizo sonido de mi pie al dar contra la calavera; el aroma de la sangre y las rosas me aguijonea la nariz.

El lápiz se mueve solo por la página. Abro los ojos y veo las letras temblorosas: «Yo mato a Snow». Si lo capturan, quiero ese privilegio.

Plutarch tose con discreción:

—¿Ya has terminado?

Levanto la mirada y miro la hora: llevo sentada aquí veinte minutos. Finnick no es el único con problemas de concentración.

—Sí —respondo con voz ronca, así que me aclaro la garganta—. Sí, éste es el trato: seré vuestro Sinsajo.

Espero a que terminen con sus suspiros de alivio, sus palabras de felicitación y sus palmaditas en la espalda. Coin permanece tan impasible como siempre, observándome, poco impresionada.

—Pero tengo algunas condiciones —continúo, alisando la hoja—. Mi familia se queda con nuestro gato.

Esa petición, la más insignificante, da lugar a un gran debate. Los rebeldes del Capitolio no le dan importancia, claro que puedo quedarme mi mascota, mientras que los del 13 enumeran las extremas dificultades que eso presenta. Al final se decide que nos mudemos al nivel superior, que cuenta con el lujo de una ventana de veinte centímetros que da al exterior. *Buttercup* puede entrar y salir a hacer sus cosas, y se espera de él que se busque comida por su cuenta. Si se salta el toque de queda, lo dejan fuera. Si provoca problemas de seguridad, le pegarán un tiro de inmediato.

Me suena bien, no difiere mucho de su forma de vida desde que nos fuimos, salvo por lo del tiro. Si lo veo demasiado delgado, siempre puedo pasarle algunas tripas si acceden a mi siguiente petición.

—Quiero cazar. Con Gale. En el bosque —digo, y todos guardan silencio.

—No iremos lejos, usaremos nuestros propios arcos y podéis usar la carne en la cocina —añade Gale.

Me apresuro a seguir hablando antes de que digan que no.

—Es que... no puedo respirar aquí encerrada como un... Me pondría mejor más deprisa si... si pudiera cazar.

Plutarch empieza a explicar los inconvenientes (los peligros, la seguridad adicional, el riesgo de heridas), pero Coin lo corta.

—No, dejad que lo hagan. Dadles un par de horas al día, las descontaremos de su tiempo de entrenamiento. Un radio de medio kilómetro con unidades de comunicación y dispositivos de seguimiento en los tobillos. ¿Qué más?

Repaso la lista:

—Gale. Lo necesito a mi lado para hacer esto.

—¿A tu lado cómo? ¿Fuera de cámara? ¿En todo momento? ¿Quieres que lo presentemos como tu nuevo amante? —pregunta Coin.

No lo ha dicho en tono burlón, sino todo lo contrario, de manera muy práctica, pero se me abre la boca igual.

—¿Qué?

—Creo que tendríamos que seguir con el romance actual. Si abandona tan deprisa a Peeta puede que la audiencia pierda simpatía por ella —dice Plutarch—. Sobre todo porque creen que está embarazada.

—Cierto. Entonces, en pantalla Gale puede ser un compañero rebelde más. ¿Te parece bien? —dice Coin, y yo me quedo mirándola; ella lo repite, impaciente—: Para Gale, ¿es suficiente?

—Siempre podemos presentarlo como tu primo —dice Fulvia.

—No somos primos —respondemos Gale y yo a la vez.

—Ya, pero quizá deberíamos mantenerlo delante de las cámaras, por las apariencias —dice Plutarch—. Fuera de cámara, es todo tuyo. ¿Algo más?

Me ha puesto nerviosa el giro de la conversación, la insinuación de que estaría dispuesta a deshacerme de Peeta, de que estoy enamorada de Gale, de que todo ha sido puro teatro. Me empiezan a arder las mejillas. Resulta humillante que crean que dedico tiempo a pensar en quién quiero que presenten como mi amante, teniendo en cuenta las circunstancias actuales.

—Cuando acabe la guerra, si ganamos, indultaréis a Peeta.

Silencio total. Noto que Gale se tensa, supongo que debería habérselo dicho antes, pero no estaba segura de su reacción, ya que tenía que ver con Peeta.

—No se le castigará de ninguna forma —sigo diciendo, y se me ocurre añadir algo más—. Lo mismo vale para los demás tributos capturados, Johanna y Enobaria.

La verdad es que no me importa Enobaria, la cruel tributo del Distrito 2; de hecho, no la soporto, pero me parece mal dejarla fuera.

—No —responde Coin sin más.

—Sí —replico—. No es culpa suya que los abandonaseis en la arena. ¿Quién sabe lo que les estará haciendo el Capitolio?

—Se les juzgará junto con los demás criminales de guerra y se les tratará como disponga el tribunal —dice ella.

—¡Se les garantizará la inmunidad! —Me levanto de la silla con voz potente—. Tú en persona lo prometerás delante de toda la población del Distrito 13 y lo que queda del 12. Pronto. Hoy. Quedará grabado para generaciones futuras. Tanto tú como tu Gobierno os haréis responsables de su seguridad, ¡o tendréis que buscaros a otro Sinsajo!

Mis palabras quedan flotando en el aire un largo instante.

—¡Ésa es ella! —oigo que Fulvia susurra a Plutarch—. Justo ahí, con el disfraz, los disparos de fondo y un poco de humo.

—Sí, eso es lo que queremos —responde Plutarch en voz baja.

Me gustaría lanzarles una mirada asesina, pero creo que sería un error apartar la vista de Coin. Veo que calcula el coste de mi ultimátum, que sopesa si lo merezco.

—¿Qué dices, presidenta? —pregunta Plutarch—. Podrías conceder un perdón oficial, dadas las circunstancias. El chico... ni siquiera es mayor de edad.

—De acuerdo —dice al fin Coin—. Pero será mejor que cumplas.

—Cumpliré cuando hayas hecho el anuncio —respondo.

—Convocad una asamblea de seguridad nacional durante la hora de reflexión de hoy —ordena—. Haré el anuncio entonces. ¿Queda algo en tu lista, Katniss?

Tengo el papel hecho una bola en mi puño derecho, así que aliso la hoja sobre la mesa y leo las irregulares letras.

—Sólo una cosa más: yo mato a Snow.

Por primera vez veo la sombra de una sonrisa en los labios de la presidenta.

—Cuando llegue el momento, las dos lo echaremos a suertes —responde.

Quizá esté en lo cierto, la verdad es que no soy la única con derecho a reclamar la vida de Snow, y creo que ella es perfectamente capaz de hacer el trabajo.

—Me parece justo —transijo.

Coin mira brevemente su brazo y el reloj. Ella también tiene que seguir un horario.

—La dejo en tus manos, Plutarch.

Sale de la sala, seguida de su equipo, y nos quedamos Plutarch, Fulvia, Gale y yo misma.

—Excelente, excelente —dice Plutarch, dejándose caer en la silla con los codos en la mesa, restregándose los ojos—. ¿Sabes lo que echo de menos más que nada? El café. ¿Tan impensable es tener algo con lo que tragar mejor las gachas y los nabos?

—No sabíamos que aquí serían tan estrictos —nos explica Fulvia mientras masajea los hombros de Plutarch—. No en los puestos más elevados.

—O que al menos contaríamos con la opción de hacer algo al margen —añade Plutarch—. Bueno, incluso en el 12 teníais un mercado negro, ¿no?

—Sí, el Quemador —dice Gale—. Allí es donde intercambiábamos.

—¿Lo ves? ¡Y mira lo éticos que habéis salido los dos! Prácticamente incorruptibles. —Plutarch suspira—. Oh, bueno, las guerras no duran para siempre. En fin, me alegra teneros en el equipo —comenta, y se dispone a aceptar el enorme cuaderno encuadernado en cuero que Fulvia le ofrece—. Ya sabes, a grandes rasgos, lo que esperamos de ti, Katniss. Sé que no estás del todo conforme con tu participación. Espero que esto te ayude.

Plutarch me pasa el cuaderno. Durante un instante lo miro con suspicacia, pero la curiosidad me puede y lo abro. En el interior hay un retrato de mí, firme y fuerte, con un uniforme negro. Sólo existe una persona capaz de haber diseñado el traje, que a primera vista parece muy práctico, pero que resulta ser una obra de arte: la caída del casco, la curva del peto, el ligero abullonado de las mangas que deja ver los pliegues blancos bajo los brazos... En sus manos, vuelvo a ser un sinsajo.

—Cinna —susurro.

—Sí, me hizo prometer no enseñártelo hasta que decidieras por ti misma ser el Sinsajo. Créeme, ha sido una gran tentación —dice Plutarch—. Venga, echa un vistazo.

Paso las páginas despacio, examinando todos los detalles del uniforme: las minuciosas capas de blindaje, las armas ocultas en las botas y el cinturón, el refuerzo especial sobre el corazón... En la última página, bajo el boceto de mi insignia del sinsajo, Cinna ha escrito: «Todavía apuesto por ti».

—¿Cuándo...? —empiezo, pero me falla la voz.

—Veamos... Bueno, después del anuncio del Vasallaje de los Veinticinco. ¿Unas cuantas semanas antes de los Juegos, quizá? Además de los bocetos, tenemos tus uniformes. Oh, y Beetee tiene algo muy especial esperándote en la armería. No te daré pistas, no quiero arruinar la sorpresa.

—Vas a ser la rebelde mejor vestida de la historia —dice Gale, sonriendo. De repente me doy cuenta de que había estado aguantándose. Igual que Cinna, desde el principio quería que tomara esta decisión.

—Nuestro plan es lanzar un asalto a las ondas —dice Plutarch—. Hacer lo que nosotros llamamos «propos» (abreviatura de *spots* de propaganda) en los que salgas tú y emitirlos para que los vea todo Panem.

—¿Cómo? El Capitolio controla las emisiones —dice Gale.

—Pero nosotros tenemos a Beetee. Hace unos diez años básicamente rediseñó la red subterránea que transmite toda la programación. Cree que existe una posibilidad real de conseguirlo. Obviamente, necesitaremos algo que emitir, así que, Katniss, el estudio te espera cuando quieras. ¿Fulvia? —añade después, dirigiéndose a su ayudante.

—Plutarch y yo hemos estado hablando sobre cómo demonios enfocar esto. Creemos que lo mejor sería construir a nuestro líder rebelde, construirte a ti, desde fuera... hacia dentro. Es decir, vamos a buscarte el *look* de Sinsajo más despampanante que podamos ¡y después te fabricaremos una personalidad que esté a la altura! —exclama Fulvia alegremente.

—Ya tenéis su uniforme —comenta Gale.

—Sí, pero ¿está Katniss herida y ensangrentada? ¿Arde en ella el fuego de la rebelión? ¿Hasta qué punto podemos ensuciarla sin repugnar a los espectadores? En cualquier caso, tiene que impresionar. Es decir, está claro que esto... —dice Fulvia, atrapándome rápidamente la cara entre las manos— no nos sirve.

—Aparto la cara por reflejo, pero ella ya está recogiendo sus cosas—. Por tanto, con eso en mente, tenemos otra sorpresita para ti. Venid, venid.

Fulvia nos hace un gesto, y Gale y yo la seguimos a ella y a Plutarch al pasillo.

—A veces las mejores intenciones pueden resultar muy insultantes —me susurra Gale.

—Bienvenido al Capitolio —contesto en voz baja.

Sin embargo, las palabras de Fulvia no me afectan. Abrazo con fuerza el cuaderno de bocetos y me permito tener esperanza. Si Cinna lo quería, debe de ser la decisión acertada.

Subimos al ascensor, y Plutarch consulta sus notas.

—Veamos, es el compartimento tres, nueve, cero, ocho.

Pulsa el botón que pone «39», pero no pasa nada.

—Tendrás que meter la llave —comenta Fulvia.

Plutarch saca una llave que lleva colgada de una delgada cadena bajo la camisa y la mete en una rendija que no había visto antes. Las puertas se cierran.

—Ah, ya estamos.

El ascensor desciende diez, veinte, treinta y tantas plantas, aunque yo creía que el Distrito 13 no abarcaba tanto. Al parar, las puertas se abren a un pasillo lleno de puertas rojas que casi parecen decorativas comparadas con las grises de los pisos superiores. Cada una lleva un número: 3901, 3902, 3903...

Cuando salimos, me vuelvo y veo que unas rejas metálicas se cierran sobre las puertas normales del ascensor. Al mirar de nuevo adelante, un guardia ha salido de una de las habitaciones del otro extremo del pasillo. Una puerta se cierra en silencio detrás de él mientras se acerca a nosotros.

Plutarch se acerca a saludarlo levantando una mano, y el resto lo seguimos. Aquí hay algo que no encaja; es algo más que el ascensor blindado, la claustrofobia de estar a tantos metros bajo tierra y el olor a antiséptico. Con sólo mirar a Gale sé que él también lo nota.

—Buenos días, estábamos buscando... —empieza a decir Plutarch.

—Se han equivocado de planta —lo interrumpe el guardia.

—¿En serio? —pregunta Plutarch, consultando sus notas—. Tengo aquí apuntada la tres, nueve, cero, ocho. ¿Podría hacer una llamada a...?

—Me temo que debo pedirles que se marchen ahora mismo. Las discrepancias en las asignaciones se solucionan en las oficinas centrales —dice el guardia.

Está justo delante de nosotros, el compartimento 3908, a unos cuantos pasos. La puerta (de hecho, todas las puertas) parecen incompletas. No tienen pomos. Se abrirán al empujarlas como la que ha utilizado el guardia.

—¿Y dónde era eso, por favor? —pregunta Fulvia.

—Encontrarán las oficinas centrales en el nivel siete —responde el guardia mientras extiende los brazos para acorralarnos de vuelta al ascensor.

Del otro lado de la puerta 3908 me llega un sonido, un gemido muy débil, como un perro asustado que intenta evitar que le peguen, aunque con un tono muy humano y familiar. Miro a Gale a los ojos un segundo, pero con eso basta para dos personas que funcionan como nosotros. Dejo caer el cuaderno de Cinna a los pies del guardia haciendo mucho ruido. Un segundo después de que se agache a recuperarlo, Gale también se agacha y se choca a posta con su cabeza.

—Oh, lo siento —dice, soltando una risita y agarrándose a los brazos del guardia como si pretendiera recuperar el equilibrio, aunque lo que en realidad hace es volverlo un poco para que no me vea.

Es mi oportunidad, paso corriendo junto al guardia distraído, abro la puerta que pone 3908 y allí me los encuentro, medio desnudos, llenos de moratones y esposados a la pared.

Mi equipo de preparación.

El hedor a cuerpos sucios, orina rancia e infección me llega a través de la nube de antiséptico. La única forma de reconocerlos son sus alteraciones más notables en pro de la moda: los tatuajes faciales dorados de Venia, los tirabuzones naranjas de Flavius y la perenne piel verde claro de Venia, que ahora cuelga un poco, como si su cuerpo fuera un globo desinflándose lentamente.

Al verme, Flavius y Octavia se aplastan contra la pared de azulejos como si esperasen un ataque, aunque yo nunca les he hecho daño. Lo peor que les he hecho es pensar maldades sobre ellos que jamás dije en voz alta, así que ¿por qué retroceden?

El guardia me ordena que salga, pero, por el movimiento posterior, sé que Gale ha logrado detenerlo. Me dirijo a Venia en busca de respuestas porque siempre ha sido la más fuerte. Me agacho y le tomo las manos heladas, que se aferran a las mías como un torno.

—¿Qué ha pasado, Venia? ¿Qué hacéis aquí?

—Nos sacaron del Capitolio —responde ella con voz ronca.

—Pero ¿qué está pasando aquí? —pregunta Plutarch, entrando en la habitación.

—¿Quién os sacó? —insisto.

—Gente —responde ella sin precisar—. La noche que huiste.

—Nos pareció que quizá te reconfortaría tener a tu equipo de siempre —dice Plutarch detrás de mí—. Lo solicitó Cinna.

—¿Cinna solicitó esto? —le salto, porque si hay algo que sé es que Cinna nunca habría aprobado que abusaran así de estos tres, teniendo en cuenta la paciencia y la amabilidad con las que los trataba él—. ¿Por qué los tienen como a criminales?

—Te aseguro que no lo sé.

Algo en su voz hace que me lo crea, y la palidez de Fulvia lo confirma. Plutarch se vuelve hacia el guardia, que acaba de aparecer en la puerta con Gale detrás y le dice:

—Sólo me contaron que los habían encerrado. ¿Por qué los están castigando?

—Por robar comida —responde el guardia—. Tuvimos que retenerlos después de un altercado por un trozo de pan.

Venia junta las cejas como si intentara encontrarle el sentido.

—Nadie nos decía nada. Teníamos mucha hambre. Sólo cogió una rebanada.

Octavia, temblorosa, empieza a sollozar y ahoga el sonido en su andrajosa túnica. Me acuerdo de que la primera vez que sobreviví a la arena Octavia me pasó un panecillo por debajo de la mesa porque no soportaba verme con hambre. Me arrastro hasta ella.

—¿Octavia? —le digo, pero, al tocarle el brazo, da un respingo—. ¿Octavia? No va a pasar nada. Te sacaré de aquí, ¿vale?

—Esto parece demasiado extremo —dice Plutarch.

—¿Es porque se llevaron una rebanada de pan? —pregunta Gale.

—Hubo repetidas infracciones anteriormente. Se les advirtió, pero robaron más pan —explica el guardia; hace una pausa, como si no entendiera nuestro enfado—. No se puede robar pan.

No logro que Octavia se descubra la cara, pero la levanta un poco. Las esposas se le resbalan un poquito por las muñecas y dejan al descubierto las rozaduras en carne viva que hay debajo.

—Os voy a llevar con mi madre —les aseguro, y me dirijo al guardia—. Desencadénalos.

—No tengo autorización —responde el guardia, sacudiendo la cabeza.

—¡Que los desencadenes! ¡Ahora!

Mi grito le hace perder la compostura; los ciudadanos medios no lo tratan así.

—No tengo órdenes de liberarlos, y tú no tienes autoridad para...

—Hazlo con la mía —interviene Plutarch—. De todos modos, veníamos a recogerlos, los necesitan en Defensa Especial. Yo asumo toda la responsabilidad.

El guardia sale para hacer una llamada y vuelve con unas llaves. Los del equipo de preparación llevan tanto tiempo apretujados que, cuando les quitan las esposas, les cuesta caminar. Gale, Plutarch y yo tenemos que ayudarlos. El pie de Flavius se engancha en una rejilla metálica sobre una abertura circular en el suelo, y se me encoge el estómago cuando caigo en por qué una habitación necesita un desagüe. Las manchas de miseria humana que deben de haberse limpiado a manguerazos de estas paredes de azulejos blancos...

En el hospital busco a mi madre, la única en la que confío

para cuidar de ellos. Tarda un minuto en reconocerlos, dadas sus condiciones actuales, pero se la ve consternada, y sé que no es por lo mal que están, porque ha sido testigo de cosas peores en el Distrito 12, sino por darse cuenta de que este tipo de cosas también ocurren en el 13.

A mi madre la recibieron bien en el hospital, aunque la consideran más una enfermera que un médico, a pesar de llevar toda la vida curando gente. Sin embargo, nadie se mete cuando guía al trío a una sala de reconocimiento para evaluar sus heridas. Me coloco en un banco del pasillo a la entrada del hospital y espero el veredicto. Ella sabrá leer en sus cuerpos el dolor que les han causado.

Gale se sienta a mi lado y me pone un brazo sobre los hombros.

—Tu madre los arreglará —me dice, y yo asiento y me pregunto si estará pensando en los brutales latigazos que le dieron en el 12.

Plutarch y Fulvia se sientan en el banco que tenemos enfrente, pero no comentan nada sobre el estado de mi equipo. Si no sabían nada de esto, ¿qué pensarán de este movimiento de la presidenta Coin? Decido echarles una mano.

—Supongo que nos han dado un aviso a todos —comento.

—¿Qué? No. ¿A qué te refieres? —pregunta Fulvia.

—Castigar a mi equipo de preparación es una advertencia —respondo—, y no sólo para mí, sino también para vosotros; nos dicen quién es la que está al mando y qué pasa si no la obedecemos. Si os habíais hecho ilusiones sobre llegar el poder, yo me olvidaría. Al parecer, un linaje del Capitolio no sirve de protección por aquí, e incluso puede que sea un lastre.

—No podemos comparar a Plutarch, que fue el cerebro de la revuelta, con esos tres esteticistas —dice Fulvia en tono glacial.

—Si tú lo dices, Fulvia —respondo, encogiéndome de hombros—. Pero ¿qué pasaría si le llevaras la contraria a Coin? A mi equipo lo secuestraron, así que al menos les queda la esperanza de poder volver algún día al Capitolio. Gale y yo podemos vivir en el bosque. ¿Y vosotros? ¿Adónde huiríais?

—Quizá seamos un poquito más necesarios para la guerra de lo que tú crees —dice Plutarch sin inmutarse mucho.

—Claro que sí, igual que los tributos eran necesarios para los Juegos. Hasta que dejaron de serlo, momento en el que pasamos a ser muy prescindibles..., ¿verdad, Plutarch?

Eso acaba con la conversación. Esperamos en silencio hasta que mi madre nos encuentra.

—Se pondrán bien —informa—, no han sufrido daños físicos permanentes.

—Bien, maravilloso —dice Plutarch—. ¿Cuándo pueden ponerse a trabajar?

—Seguramente mañana. Eso sí, cabe esperar cierta inestabilidad emocional después de todo lo que han pasado. No estaban preparados para ello, teniendo en cuenta la vida que llevaban en el Capitolio.

—Así estamos todos —responde Plutarch.

Plutarch me libera de mis responsabilidades como Sinsajo para el resto del día, no sé si porque el equipo de preparación está fuera de servicio o porque yo estoy demasiado nerviosa. Gale y yo vamos a comer, y nos sirven estofado de alubias con cebolla, una gruesa rebanada de pan y una taza de agua. Después de la historia de Venia, el pan se me atranca, así que le paso el resto a Gale. Ninguno de los dos habla mucho mientras comemos, pero, después de limpiar los cuencos, Gale se sube la manga y deja al descubierto su horario.

—Ahora me toca entrenamiento.

Le pego un tirón a mi manga y pongo mi brazo al lado del suyo.

—Yo también —respondo, y recuerdo que ahora el entrenamiento significa caza.

Estoy tan ansiosa por escapar al bosque, aunque sea por un par de horas, que me olvido de mis preocupaciones. Una inmersión en el follaje y la luz del sol me ayudarán a ordenar las ideas. Gale y yo salimos de los pasillos principales y corremos como críos hacia la armería. Cuando llegamos estoy sin aliento y mareada, un recordatorio de que todavía no me he recuperado del todo. Los guardias nos entregan nuestras viejas armas, además de cuchillos y un saco de arpillera para guardar las presas. Les permito ponerme el dispositivo en el tobillo e intento hacer como si escuchara cómo usar el intercomunicador portátil. Lo único que se me queda grabado es que tiene un reloj y que debemos estar dentro del 13 a la hora designada si no queremos que nos retiren nuestros privilegios de caza. Es la única regla que me esforzaré en seguir.

Salimos a la gran área de entrenamiento vallada junto al bosque. Los guardias abren las puertas sin hacer comentarios. Sería muy complicado atravesarlas solos, ya que se trata de una altura de nueve metros que siempre está electrificada y acaba en unos afiladísimos rizos de acero. Atravesamos el bosque hasta casi perder de vista la verja, nos detenemos en un pequeño claro y echamos la cabeza atrás para disfrutar de la luz del sol. Giro en círculos con los brazos extendidos a los lados, sin correr mucho para que el mundo no me dé demasiadas vueltas.

La falta de lluvia que vi en el 12 también ha afectado a estas plantas, así que hay algunas con hojas quebradizas que han formado una alfombra bajo nuestros pies. Nos quitamos los zapatos. De todos modos, los míos no me encajan bien, ya que, con su norma de que nada falta al que no malgasta, los del 13 me dieron un par que se le había quedado pequeño a alguien. Al parecer, uno de los dos anda raro, porque han cedido por donde no debían.

Cazamos como en los viejos tiempos: en silencio, sin palabras para comunicarnos; en el bosque nos movemos como dos partes de un mismo ser. Anticipamos los movimientos del otro y nos protegemos las espaldas. ¿Cuánto tiempo hace desde la última vez que disfrutamos de esta libertad? ¿Ocho meses? ¿Nueve? No es exactamente lo mismo después de todo lo sucedido, con los dispositivos de seguimiento en los tobillos y mi necesidad de descansar a menudo, pero es lo más parecido a la felicidad que puedo sentir en estos momentos.

Aquí los animales no son lo bastante suspicaces, y el momento de más que tardan en ubicar nuestro desconocido olor significa su muerte. En hora y media tenemos una docena variada (conejos, ardillas y pavos), y decidimos dejarlo para pasar el resto del tiempo junto a un estanque que debe de alimentarse de un manantial subterráneo, ya que el agua es fresca y dulce.

Cuando Gale se ofrece a limpiar las presas, no pongo objeción. Me meto unas hojas de menta en la boca, cierro los ojos y me recuesto en una roca para empaparme de los sonidos dejando que el abrasador sol de la tarde me queme la piel, casi en paz hasta que la voz de Gale me interrumpe.

—Katniss, ¿por qué te importa tanto tu equipo de preparación?

Abro los ojos para ver si está de broma, pero mira con el ceño fruncido el conejo que despelleja.

—¿Y por qué no?

—Hmmm, a ver... ¿Porque se han pasado un año entero poniéndote guapa para la matanza? —sugiere.

—Es más complicado, los conozco. No son ni malos ni crueles, ni siquiera son listos. Hacerles daño es como hacer daño a unos niños. No ven... Es decir, no saben... —Me enredo yo sola.

—¿No saben qué, Katniss? ¿Que los tributos (que son los verdaderos niños de esta historia, no tu trío de raros) se ven obligados a luchar hasta morir? ¿Que ibas a la arena para entretener a la gente? ¿Era eso un gran secreto en el Capitolio?

—No, pero ellos no lo ven como nosotros —respondo—. Los educan así y...

—¿De verdad los estás defendiendo? —me pregunta, arrancándole la piel al conejo de un solo movimiento.

Eso me pica porque, de hecho, es lo que estoy haciendo, y resulta ridículo. Hago lo que puedo por encontrar una postura lógica.

—Supongo que defiendo a cualquiera al que traten así por llevarse una rebanada de pan. ¡Quizá me recuerde demasiado a lo que te pasó a ti por un pavo!

Aun así, tiene razón, resulta extraño lo mucho que me preocupo por el equipo de preparación. Debería odiarlos y querer verlos colgados de un árbol. Sin embargo, están completamente perdidos y pertenecían a Cinna, y él estaba de mi lado, ¿no?

—No busco pelea —dice Gale—, pero no creo que Coin estuviera enviándote un mensaje al castigarlos por romper las reglas. Seguramente pensaba que lo verías como un favor —afirma; después mete el conejo en el saco y se levanta—. Será mejor que nos vayamos si queremos regresar a tiempo.

Paso de la mano que me ofrece para ponerme de pie y me levanto a trompicones.

—Pues vale —respondo.

Ninguno de los dos habla durante el camino de vuelta, pero, una vez dentro del recinto, me acuerdo de otra cosa.

—Durante el Vasallaje de los Veinticinco, Octavia y Flavius tuvieron que irse porque no podían parar de llorar. Y Venia apenas fue capaz de decirme adiós.

—Intentaré recordarlo mientras te... rehacen.

—Sí, hazlo.

Le entregamos la carne a Sae la Grasienta en la cocina. A ella le gusta bastante el Distrito 13, aunque cree que a los cocineros les falta algo de imaginación. Obviamente, una mujer capaz de hacer un estofado aceptable con perro salvaje y ruibarbo debe de sentirse muy limitada en un sitio como éste.

Exhausta por la caza y la falta de sueño, vuelvo a mi compartimento y lo encuentro vacío. Entonces recuerdo que nos hemos mudado por *Buttercup* y subo a la planta de arriba en busca del compartimento E. Es idéntico al 307, salvo por la ventana (de sesenta centímetros de ancho por veinte de alto) situada en la parte central superior del muro exterior. Hay una pesada placa metálica que se cierra sobre ella, pero en estos momentos está abierta y no veo a cierto gato por ninguna parte. Me estiro en la cama y un rayo de sol de la tarde juega sobre mi rostro. Cuando mi hermana me despierta son ya las «18:00 - Reflexión».

Prim me cuenta que han estado anunciando la asamblea desde la hora de la comida. Toda la población debe asistir, salvo los que tengan trabajos esenciales. Seguimos las instrucciones que nos dan para llegar al Colectivo, una enorme sala en la que caben sin problemas los miles de personas que aparecen. Resulta evidente que la construyeron para un aforo mayor, y quizá se llenara antes de la epidemia. Prim señala discretamente los resultados del desastre: las cicatrices en los cuerpos de los habitantes y los niños con leves desfiguraciones.

—Aquí han sufrido mucho —comenta.

Después de lo de esta mañana, no estoy de humor para sentir lástima por el 13.

—No más que nosotros en el 12 —respondo.

Veo que mi madre conduce a un grupo de pacientes capaces de moverse, todavía vestidos con los camisones y las batas del hospital. Finnick está entre ellos; parece desorientado, aunque está guapísimo. Lleva un trozo de cuerda fina de menos de treinta centímetros entre las manos, demasiado corto para que haga un nudo servible. Mueve los dedos rápidamente, atando y desatando mientras mira a su alrededor. Seguramente forma parte de su terapia. Me acerco y lo saludo:

—Hola, Finnick. —No parece darse cuenta, así que le doy un codazo para llamarle la atención—. ¡Finnick! ¿Cómo estás?

—Katniss —responde, agarrándome la mano, creo que lo alivia encontrar una cara conocida—. ¿Por qué nos reunimos aquí?

—Le dije a Coin que sería su Sinsajo, pero la obligué a prometer que otorgaría inmunidad a los demás tributos si los rebeldes ganan. En público, para que haya muchos testigos.

—Ah, bien, porque me preocupa Annie, que diga algo que consideren traición sin que ella lo sepa.

Annie. Oh, oh, se me había olvidado por completo.

—No te preocupes, me encargaré de ello.

Aprieto la mano de Finnick y voy derecha al podio que hay al frente. Coin, que observa su discurso, arquea las cejas al verme.

—Necesito que añadas a Annie Cresta a la lista de indultados —le digo.

—¿Quién es? —pregunta la presidenta, frunciendo un poco el ceño.

—Es la... —¿Qué? En realidad no sé cómo llamarla—. Es la amiga de Finnick Odair, del Distrito 4. Otra vencedora. La detuvieron y se la llevaron al Capitolio cuando la arena voló en pedazos.

—Ah, la chica loca. En realidad no es necesario, no tenemos costumbre de castigar a los más frágiles.

Pienso en la escena de esta mañana, en Octavia acurrucada junto a la pared, en que Coin y yo debemos de tener una definición completamente distinta de la fragilidad. Sin embargo, me limito a responder:

—¿No? Entonces no supondrá ningún problema añadir a Annie.

—De acuerdo —dice la presidenta, escribiendo su nombre—. ¿Quieres estar aquí arriba durante el anuncio? —me pregunta, y sacudo la cabeza—. Eso me parecía. Será mejor que te pierdas entre la multitud lo antes posible, porque estoy a punto de empezar.

Vuelvo con Finnick.

En el 13 tampoco malgastan las palabras. Coin pide la atención del público y le dice que he aceptado ser el Sinsajo siempre que se indulte a los demás vencedores (Peeta, Johanna, Enobaria y Annie) por los perjuicios que pudieran causar a los rebeldes. La multitud murmura y noto que no están de acuerdo. Supongo que nadie dudaba que quisiera ser el Sinsajo, así que ponerme precio (un precio que, además, les salva la vida a posibles enemigos) los enfada. Permanezco impasible antes las miradas hostiles que me lanzan.

La presidenta permite unos momentos de tensión antes de seguir con el mismo brío de siempre, aunque las palabras que surgen de sus labios son nuevas para mí.

—Sin embargo, a cambio de esta solicitud sin precedentes, la soldado Everdeen ha prometido dedicarse en cuerpo y alma a la causa. Por tanto, si se desvía de su misión, tanto en motivos como en hechos, lo consideraremos una ruptura del acuerdo y el fin de la inmunidad, de modo que el destino de los cuatro vencedores quedaría determinado por las leyes del Distrito 13, al igual que el suyo. Gracias.

En otras palabras: si me aparto del guión acabaremos todos muertos.

Otra fuerza a la que enfrentarse, otra parte que busca el poder y ha decidido usarme como ficha de su juego, aunque las cosas nunca parecen salir según lo previsto. Primero estaban los Vigilantes de los Juegos, que me convirtieron en su estrella para después recuperarse como pudieron de aquel puñado de bayas venenosas. Después el presidente Snow, que intentó usarme para apagar las llamas de la rebelión y sólo consiguió que cada uno de mis actos resultara incendiario. A continuación, los rebeldes me atrapan en la zarpa metálica que me saca de la arena y me nombran Sinsajo, y después tienen que recuperarse de la conmoción de descubrir que quizá yo no desee las alas. Y ahora Coin, con su puñado de preciados misiles y su maquinaria bien engrasada, descubre que es mucho más difícil acicalar a un sinsajo que cazarlo. Pero ha sido la más rápida en determinar que tengo mis propios objetivos y, por tanto, no puede confiar en mí. Ha sido la primera que me ha marcado en público como una amenaza.

Acaricio la espesa capa de burbujas de mi bañera. Limpiarme es el paso preliminar para decidir mi nuevo aspecto. Con el pelo dañado por el ácido, la piel quemada por el sol y unas feas cicatrices, el equipo de preparación tiene que ponerme guapa y después herirme, quemarme y marcarme de manera más atractiva.

—Ponedla en base de belleza cero —fue lo primero que ordenó Fulvia esta mañana—. Trabajaremos a partir de ahí.

Al final resulta que la base de belleza cero es el aspecto que tendría una persona si se levantara de la cama con un aspecto perfecto, pero natural. Significa que me cortan las uñas a la perfección, aunque no las pintan; que tengo el pelo sedoso y reluciente, aunque sin peinar demasiado; que me dejan la piel suave e impoluta, aunque sin pintarla; que me hacen la cera y me borran las ojeras, aunque sin realizar mejoras visibles. Supongo que Cinna dio las mismas instrucciones el primer día que llegué como tributo al Capitolio. Aquello era distinto, ya que era una concursante y ahora soy una rebelde, así que supongo que tendré que parecerme más a mí misma. Sin embargo, resulta que los rebeldes televisados también tienen que estar a la altura.

Después de enjuagarme la espuma, me vuelvo y veo a Octavia esperando con una toalla. Sin la ropa chillona, el exceso de maquillaje, los tintes, las joyas y los adornos del pelo, no tiene nada que ver con la mujer que conocí en el Capitolio. Recuerdo que un día se presentó con una melena rosa fuerte salpicada de parpadeantes luces de colores con forma de ratones. Me dijo que en casa tenía varios ratones como mascotas, cosa que me repugnó en su momento, ya que nosotros consideramos alimañas a los ratones, a no ser que estén cocinados. Sin embargo, a Octavia le gustaban porque eran pequeñitos, suaves y hacían ruidos chillones, como ella. Mientras me seca, intento acostumbrarme a la Octavia del Distrito 13. Su color de pelo real resulta ser un caoba muy bonito. Tiene una cara normal, aunque con una dulzura innegable. Es más joven de lo que pensaba, quizá veintipocos. Sin las uñas decorativas de ocho centímetros sus dedos son casi cortos y no dejan de temblar. Quiero decirle que no pasa nada, que me aseguraré de que Coin no vuelva a hacerle daño, pero los moratones multicolores que florecen bajo su piel verde me recuerdan mi impotencia.

Flavius también parece desvaído sin los labios morados y la ropa de colores. Eso sí, ha conseguido ordenar más o menos sus tirabuzones naranjas. Es Venia la que ha cambiado menos: su pelo turquesa cae liso en vez de estar de punta, y se le ven las raíces grises, pero los tatuajes son su rasgo más llamativo, y siguen tan dorados y sorprendentes como siempre. Se acerca y le quita la toalla a Octavia.

—Katniss no va a hacernos daño —le dice a Octavia en voz baja, aunque firme—. Ella ni siquiera sabía que estábamos allí. Todo irá mejor ahora.

Octavia asiente levemente, aunque no se atreve a mirarme a los ojos.

No es fácil dejarme en base de belleza cero, ni siquiera con el arsenal de productos, herramientas y cacharros que Plutarch tuvo la previsión de sacar del Capitolio. Mi equipo lo hace bastante bien hasta que intentan solucionar el agujero que me dejó Johanna en el brazo al sacar el dispositivo de seguimiento. El equipo médico no tuvo en cuenta la estética cuando lo remendó, así que ahora tengo una cicatriz irregular y llena de bultos que ocupa el tamaño de una manzana. Normalmente me lo tapa la manga, pero el traje de Cinna está diseñado para que las mangas lleguen hasta justo encima del codo. Es un problema tan gordo que llaman a Fulvia y Plutarch para analizarlo. Juro que la visión de la cicatriz hace que Fulvia tenga arcadas. Cuánta sensibilidad para alguien que trabaja con un Vigilante. En fin, supongo que sólo está acostumbrada a ver cosas desagradables en una pantalla.

—Todos saben que tengo la cicatriz —digo, malhumorada.

—Saberlo y verla son dos cosas muy distintas —replica Fulvia—. Es completamente repulsivo. Plutarch y yo pensaremos en algo durante la comida.

—No pasará nada —dice Plutarch, restándole importancia—, puede que con un brazalete o algo así.

Asqueada, me visto para poder ir al comedor y me encuentro con mi equipo de preparación apiñado en un grupito junto a la puerta.

—¿Es que os traen aquí la comida? —les pregunto.

—No —responde Venia—, se supone que tenemos que ir a un comedor.

Suspiro para mis adentros y me imagino entrando en el comedor con estos tres detrás, pero, de todos modos, la gente siempre me mira, así que tampoco varía mucho.

—Os enseñaré dónde es, venga.

Las miradas furtivas y los murmullos por lo bajo que suelo despertar no son nada comparados con la reacción que produce mi estrafalario equipo de preparación. Las bocas abiertas, los dedos acusadores, las exclamaciones...

—No hagáis caso —les digo a los tres, que me siguen por la fila con la mirada gacha y movimientos mecánicos para aceptar los cuencos de estofado de pescado grisáceo y quingombó, y las tazas de agua.

Nos sentamos a mi mesa junto a un grupo de la Veta que resulta ser un poco más discreto que la gente del 13, aunque quizá por vergüenza. Leevy, que era vecino mío en el 12, saluda con cautela a mi equipo , y la madre de Gale, Hazelle, que debe de saber lo de su encierro, levanta una cucharada de estofado.

—No os preocupéis —comenta—, sabe mejor de lo que parece.

Sin embargo es Posy, la hermana de cinco años de Gale, la que más ayuda. Corre por el banco hasta Octavia y le toca la piel con indecisión.

—Eres verde, ¿estás enferma?

—Es por moda, Posy, como llevar pintalabios —explico.

—Se supone que es bonito —susurra Octavia, y veo que las lágrimas están a punto de mojarle las pestañas.

Posy se lo piensa y afirma, rotunda:

—Creo que estarías bonita con cualquier color.

Los labios de Octavia esbozan una diminuta sonrisa, y responde:

—Gracias.

—Si de verdad quieres impresionar a Posy tendrás que teñirte de rosa chillón —dice Gale al dejar su bandeja junto a la mía—. Es su color favorito. —Posy suelta una risita y se desliza por el banco para volver con su madre. Gale señala con la cabeza el cuenco de Flavius—. Será mejor que no se te enfríe, no mejora la consistencia.

Todos nos ponemos a comer. El estofado no sabe mal, pero sí que tiene una viscosidad difícil de soportar, como si tuvieras que tragar tres veces cada bocado para bajarlo del todo.

Gale, que no suele hablar mucho durante las comidas, se esfuerza por mantener viva la conversación preguntando por el maquillaje. Sé que intenta suavizar las cosas porque anoche discutimos cuando sugirió que no había dejado más opción a Coin que contrarrestar mi exigencia con la suya:

«—Katniss, ella dirige este distrito. No puede hacerlo si parece que se pliega a tu voluntad.

»—Quieres decir que no soporta ninguna disensión, aunque sea justa —contraataqué.

»—Quiero decir que la dejaste mal. Obligarla a otorgar la inmunidad a Peeta y los otros sin saber qué clase de problemas pueden causar...

»—Entonces, ¿tendría que haber seguido con el guión y dejar que los demás tributos se las apañen? Da un poco igual, ¡porque eso es lo que estamos haciendo de todas formas!».

Entonces le cerré la puerta en las narices. No me senté con él en el desayuno, y cuando Plutarch lo envió a entrenamiento esta mañana, lo dejé marchar sin decir palabra. Sé que sólo hablaba porque se preocupa por mí, pero necesito que esté de mi parte, no de la de Coin. ¿Cómo es que no lo sabe?

Después de comer, Gale y yo tenemos que ir a Defensa Especial para reunirnos con Beetee. En el ascensor, Gale dice al fin:

—Sigues enfadada.

—Y tú sigues sin sentirlo.

—Sigo manteniendo lo que dije. ¿Quieres que te mienta?

—No, quiero que te lo vuelvas a pensar y llegues a la conclusión correcta —respondo, pero se ríe.

Tengo que dejarlo pasar, no tiene sentido intentar dictar a Gale lo que debe pensar. Además, para ser sincera, ésa es una de las razones por las que confío en él.

La planta de Defensa Especial está situada casi tan abajo como las mazmorras en las que encontramos al equipo de preparación. Es una colmena de salas llenas de ordenadores, laboratorios, equipo de investigación y pistas de pruebas.

Cuando preguntamos por Beetee, nos dirigen a través del laberinto hasta que llegamos a una enorme ventana de lámina de vidrio. Dentro guardan la primera cosa bella que veo en el Distrito 13: una réplica de un prado lleno de árboles de verdad y plantas en flor, y repleto de colibrís. Beetee está sentado inmóvil en una silla de ruedas en el centro del prado observando cómo un pájaro verde flota en el aire sorbiendo el néctar de una gran flor naranja. Sus ojos siguen al pájaro que se aleja, y entonces nos ve y nos hace un gesto amistoso para que entremos con él.

El aire es fresco y respirable, no húmedo y pesado como cabría esperar. Desde todas las esquinas nos llega el zumbido de alas diminutas, que antes confundía con el de los insectos de nuestro bosque. Me pregunto cómo es posible que hayan construido algo tan bello en este lugar.

Beetee todavía tiene la palidez de un convaleciente, aunque detrás de esas gafas que tan mal le sientan se le ven los ojos brillantes de la emoción.

—¿A que son magníficos? Los del 13 llevan años estudiando aquí su aerodinámica. Vuelo hacia delante y marcha atrás, y velocidades de hasta noventa y seis kilómetros por hora. ¡Ojalá pudiera fabricarte unas alas así, Katniss!

—Dudo que supiera manejarlas —respondo entre risas.

—Un segundo aquí y otro allí. ¿Serías capaz de derribar a un colibrí con una flecha? —me pregunta.

—Nunca lo he intentado, no tienen mucha carne.

—No, y no eres de las que matan por deporte —dice él—, pero seguro que cuesta acertarles.

—Quizá podría usarse una trampa —comenta Gale; tiene esa expresión distante que pone cuando está dándole vueltas a algo—. Se usa una red con una malla muy fina, se cierra una zona y se deja una abertura de unos dos metros cuadrados. En el interior se ponen flores con néctar de cebo. Mientras se alimentan, se cierra la abertura. Huirían al oír el ruido, pero sólo llegarían al otro extremo de la red.

—¿Funcionaría eso? —pregunta Beetee.

—No lo sé, sólo es una idea —responde Gale—. Puede que sean demasiado listos.

—Puede, pero juegas con su instinto natural de huir del peligro. Pensar como tus presas..., así se descubren sus puntos débiles.

Recuerdo algo en lo que no quiero pensar: mientras nos preparábamos para el Vasallaje, vi una cinta en la que Beetee, que no era más que un crío, conectaba dos cables y electrocutaba a una manada de chicos que intentaba cazarlo. Las convulsiones de los cuerpos, las expresiones grotescas... En los momentos anteriores a su victoria en aquellos lejanos Juegos del Hambre, Beetee contempló las muertes de los demás. No era culpa suya, sólo defensa propia. Todos actuábamos en defensa propia...

De repente quiero salir de la sala de los colibrís antes de que alguien empiece a montar una trampa.

—Beetee, Plutarch nos ha dicho que tenías algo para mí.

—Cierto, así es, tu nuevo arco.

Pulsa un control manual en el brazo de la silla y sale rodando de la sala. Mientras lo seguimos por las vueltas y revueltas de Defensa Especial, nos explica lo de la silla.

—Ahora puedo caminar un poco, pero me canso muy deprisa. Me resulta más fácil manejarme con esto. ¿Cómo le va a Finnick?

—Tiene... problemas de concentración —respondo; no quiero decir que sufre un deterioro mental completo.

—Problemas de concentración, ¿eh? —dice Beetee, esbozando una sonrisa triste—. Si supieras por lo que ha pasado Finnick en los últimos años, sabrías el mérito que tiene que siga entre nosotros. En fin, dile que he estado trabajando en un nuevo tridente para él, ¿vale? Algo para distraerlo un poco.

Diría que lo que menos necesita Finnick son distracciones, pero prometo pasar el mensaje.

Cuatro soldados protegen la entrada del pasillo que pone: «Armamento especial». Comprobar los horarios de los antebrazos no es más que un paso preliminar. También nos hacen escáneres de huellas, retina y ADN, y tenemos que pasar a través de unos detectores de metal especiales. Beetee deja su silla de ruedas fuera, aunque le proporcionan otra cuando entramos. Todo me parece muy extraño porque no creo que nadie criado en el Distrito 13 pueda ser una amenaza para el Gobierno. ¿Han montado estas medidas de seguridad por la reciente entrada de inmigrantes?

En la puerta de la armería nos encontramos con una segunda ronda de comprobaciones de identidad (como si mi ADN hubiera cambiado en el rato que hemos tardado en recorrer los veinte metros del pasillo) y por fin nos permiten entrar en la colección de armas. Tengo que reconocer que el arsenal me quita el aliento: fila tras fila de armas de fuego, lanzadores, explosivos y vehículos armados.

—Obviamente, la División Aerotransportada se guarda por separado —nos explica Beetee.

—Obviamente —respondo, como si no cupiera duda.

No sé cómo van a encajar un arco y una flecha en un equipo de alta tecnología como éste, hasta que llego a una pared llena de arcos mortíferos. Durante el entrenamiento jugué con muchas de las armas del Capitolio, pero ninguna había sido diseñada para el combate militar. Centro mi atención en un arco de aspecto letal tan lleno de miras y dispositivos varios que seguro que ni puedo levantarlo, por no hablar ya de disparar con él.

—Gale, quizá quieras probar unos cuantos de éstos —dice Beetee.

—¿En serio? —responde Gale.

—Al final te darán un arma de fuego para la batalla, por supuesto, pero si apareces como parte del equipo de Katniss en las propos, una cosa de éstas quedará más vistosa. Se me había ocurrido que te gustaría elegir una que te vaya bien.

—Sí, claro.

Gale agarra justo el arco que me había llamado la atención hace un momento y se lo lleva al hombro. Apunta con él hacia varios lugares de la sala y observa todo a través de la mira.

—No parece muy justo para los ciervos —comento.

—Pero no lo usaría contra los ciervos, ¿no? —responde él.

—Ahora mismo vuelvo —dice Beetee antes de meter un código en un panel y abrir así una puertecita. Lo veo desaparecer y se cierra la puerta.

—Entonces, ¿te resultaría fácil usarlo contra personas? —pregunto.

—No he dicho eso —responde Gale, bajando el arco—, pero si hubiera tenido un arma con la que evitar lo que pasó en el 12..., si hubiera tenido un arma para mantenerte fuera de la arena... la habría usado.

—Yo también —reconozco, aunque no sé qué decirle sobre las consecuencias de matar a una persona, sobre cómo esa persona sigue dentro de ti para siempre.

Beetee vuelve con una caja negra, alta y rectangular mal colocada entre su reposapiés y el hombro. Se detiene y se inclina hacia mí.

—Para ti.

Dejo la caja en el suelo y abro los pestillos del lateral. La tapa se abre sin hacer ruido. Dentro, sobre un lecho de terciopelo marrón arrugado, hay un arco negro impresionante.

—Oh —susurro, admirada.

Levanto con cuidado el arco para contemplar su exquisito equilibrio, el elegante diseño y la curva de los extremos que, de algún modo, recuerdan a las alas de un pájaro en vuelo. Hay algo más: tengo que quedarme muy quieta para asegurarme de que no me lo imagino, pero no, el arco está vivo. Me lo llevo a la mejilla y noto el ligero zumbido que me llega hasta los huesos de la cara.

—¿Qué está haciendo? —pregunto.

—Te saluda —explica Beetee, sonriendo—. Ha oído tu voz.

—¿Reconoce mi voz?

—Sólo tu voz. Verás, sólo querían que diseñara un arco bonito para tu disfraz, ¿sabes? Sin embargo, no dejaba de pensar que era una pérdida de tiempo. Es decir, ¿y si alguna vez lo necesitas de algo más que de adorno? Así que lo dejé sencillo por fuera y volqué mi imaginación en el interior. Es más fácil explicarlo con la práctica, ¿queréis probarlos?

Queremos. Ya nos han preparado un campo de tiro. Las flechas que ha diseñado Beetee son tan extraordinarias como el arco; entre las dos cosas, puedo disparar con precisión a más de noventa metros. La variedad de flechas (afiladas como cuchillas, incendiarias, explosivas) convierten el arco en un arma multidisciplinar. Cada tipo de flecha tiene el astil de un color distinto y puedo usar el arco con la voz cuando quiera, aunque no sé para qué iba a querer hacerlo. Para desactivar las propiedades especiales del arco sólo tengo que decir: «Buenas noches». Entonces se va a dormir hasta que el sonido de mi voz vuelve a despertarlo.

Cuando dejo a Beetee y a Gale para volver con mi equipo de preparación, estoy de buen humor. Aguanto pacientemente el resto del trabajo de maquillaje y me pongo mi disfraz, que ahora incluye una venda ensangrentada sobre la cicatriz del brazo, de modo que quede claro que he entrado en combate hace poco. Venia me pone la insignia del sinsajo a la altura del corazón. Recojo el arco y el carcaj de flechas normales que me hizo Beetee sabiendo que nunca me permitirían andar por aquí con las flechas cargadas. Después pasamos al estudio y me tengo que quedar de pie una eternidad mientras retocan el maquillaje, la luz y el humo. Al final empiezan a disminuir las órdenes que la gente invisible escondida en la misteriosa cabina acristalada envía por el intercomunicador. Fulvia y Plutarch ya pasan más tiempo examinando que retocando. Y por fin se hace el silencio; durante cinco minutos enteros se limitan a observarme hasta que Plutarch dice:

—Creo que así vale.

Me piden que me acerque a un monitor. Vuelven a poner los últimos minutos de grabación y veo a la mujer en la pantalla. Su cuerpo parece más alto, más imponente que el mío; tiene la cara manchada, pero *sexy*; las cejas son de color negro y las frunce en un gesto de desafío; le salen volutas de humo de la ropa, como sugiriendo que acaba de apagarse o que está a punto de arder. No sé quién es esta persona.

Finnick, que lleva unas cuantas horas dando vueltas por el decorado, se me acerca por detrás y dice con un toque de su antiguo humor:

—Querrán matarte, besarte o ser como tú.

Todos están emocionados y muy contentos con su trabajo. Ya casi es hora de bajar a cenar, pero insisten en seguir. Mañana nos centraremos en los discursos y las entrevistas, y tendré que fingir estar en batallas de los rebeldes. Hoy sólo necesitan un lema, una única línea que puedan meter en una propo corta para Coin.

La línea es: «¡Pueblo de Panem: lucharemos, desafiaremos y acabaremos con nuestra hambre de justicia!». Por la forma en que la presentan sé que han pasado meses, puede que años, creándola y que están muy orgullosos de ella. Sin embargo, es mucho para mí, muy rígido. No me imagino diciéndolo de verdad en la vida real, salvo imitando el acento del Capitolio para reírme de ellos. Como cuando Gale y yo imitábamos el lema de Effie Trinket: «¡Que la suerte esté siempre, siempre de vuestra parte!». Pero tengo a Fulvia encima describiendo una batalla en la que acabo de estar, que mis camaradas están muertos a mi alrededor y que, para arengar a los vivos, debo volverme hacia la cámara y ¡gritar la línea!

Me devuelven corriendo a mi sitio, y la máquina de humo entra en acción. Alguien pide silencio, las cámaras empiezan a rodar y oigo: «¡Acción!». Así que levanto el arco sobre la cabeza y chillo con toda la rabia que logro reunir:

—¡Pueblo de Panem: lucharemos, desafiaremos y acabaremos con nuestra hambre de justicia!

El plató guarda silencio. Y el silencio dura y dura.

Finalmente se activa el intercomunicador y la dura risa de Haymitch resuena por el estudio. Se contiene lo justo para decir:

—Y así, amigos míos, es como muere una revolución.

La conmoción que sufrí ayer al oír la voz de Haymitch, al saber que no sólo volvía a estar en forma, sino que además volvía a ejercer algún control sobre mi vida, me puso furiosa. Dejé el estudio de inmediato y hoy me he negado a hacer caso de sus comentarios desde la cabina. Aun así, supe inmediatamente que estaba en lo cierto sobre mi actuación.

Ha tardado toda la mañana en convencer a los demás de mis limitaciones, de que no soy capaz de hacerlo, de que no puedo plantarme en un estudio de televisión con un disfraz, maquillaje y una nube de humo falso, y arengar a los distritos a la victoria. La verdad es que resulta sorprendente que haya sobrevivido tanto tiempo a las cámaras. El mérito, por supuesto, es de Peeta. Sola no puedo ser el Sinsajo.

Nos reunimos en torno a la enorme mesa de Mando: Coin y los suyos; Plutarch, Fulvia y mi equipo de preparación; un grupo del 12 en el que están Haymitch y Gale, aunque también otros tantos que me sorprenden, como Leevy y Sae la Grasienta. En el último momento aparece Finnick empujando la silla de Beetee, acompañados por Dalton, el experto en ganado del 10. Supongo que Coin ha reunido a esta extraña selección para que sea testigo de mi fracaso.

Sin embargo, es Haymitch el que da la bienvenida a todos, y por sus palabras entiendo que han venido porque él los ha invitado. Es la primera vez que estamos en una habitación juntos desde que le arañé la cara. Evito mirarlo a los ojos, aunque veo su reflejo en uno de los relucientes cuadros de control que cubren las paredes: está algo amarillo y ha perdido mucho peso, así que es como si hubiera encogido. Durante un segundo temo que se esté muriendo; tengo que recordarme que no me importa.

Lo primero que hace Haymitch es enseñar la grabación que acabamos de hacer. Creo que he alcanzado un nuevo mínimo bajo las órdenes de Plutarch y Fulvia, porque tanto mi voz como mi cuerpo están como descoyuntados, van a saltos, igual que una marioneta a la que manipulan fuerzas invisibles.

—De acuerdo —dice Haymitch cuando acaba—. ¿Alguien está dispuesto a afirmar que esto nos va a servir para ganar la guerra? —Nadie lo hace—. Eso nos ahorra tiempo. Bueno, vamos a guardar silencio un minuto. Quiero que todos penséis en un incidente en el que Katniss Everdeen os conmoviera. No cuando envidiabais su peinado, ni cuando su vestido ardió, ni cuando disparó medio bien con un arco. No cuando Peeta hacía que os gustara. Quiero oír un momento en el que ella en persona os hiciera sentir algo real.

El silencio se alarga y empiezo a pensar que no acabará nunca, hasta que habla Leevy:

—Cuando se ofreció voluntaria para ocupar el lugar de Prim en la cosecha. Porque estoy seguro de que pensaba que iba a morir.

—Bien, un ejemplo excelente —dice Haymitch; agarra un

rotulador morado y se pone a escribir en un cuaderno—. Voluntaria en lugar de su hermana en la cosecha. —Mira a su alrededor y añade—: Otro.

Me sorprende que el siguiente sea Boggs, a quien había tomado por un robot musculoso que hacía cumplir la voluntad de Coin:

—Cuando cantó la canción. Mientras la niña moría.

En algún lugar de mi cerebro aparece la imagen de Boggs con un niño apoyado en sus caderas. Creo que en el comedor. Puede que no sea un robot, al fin y al cabo.

—A quién no se le partió el corazón con eso, ¿verdad? —comenta Haymitch mientras lo escribe.

—Yo lloré cuando drogó a Peeta para poder ir a por su medicina ¡y cuando le dio un beso de despedida! —suelta Octavia; después se tapa la boca, como si de repente se diera cuenta de que había cometido un error.

Pero Haymitch se limita a asentir y dice:

—Ah, sí: droga a Peeta para salvarle la vida. Muy bonito.

Las anécdotas empiezan a surgir rápidamente y sin orden. Cuando me alié con Rue; cuando le di la mano a Chaff en la noche de la entrevista; cuando intenté cargar con Mags... Y una y otra vez, cuando saqué esas bayas que significaron tantas cosas distintas para cada persona: amor por Peeta, negativa a rendirme en una situación imposible o desafío ante la crueldad del Capitolio.

Haymitch levanta el cuaderno y anuncia:

—Entonces, ésta es la pregunta: ¿qué tienen todos estos acontecimientos en común?

—Que eran Katniss —responde Gale en voz baja—, nadie le estaba diciendo qué hacer ni qué decir.

—¡Sin guión, sí! —exclama Beetee, dándome una palmadita en la mano—. Así que sólo tenemos que dejarte solita, ¿verdad?

La gente se ríe, incluso yo sonrío un poco.

—Bueno, todo esto está muy bien, pero no ayuda mucho —dice Fulvia, malhumorada—. Por desgracia, sus oportunidades para ser maravillosa son muy reducidas en el 13. Así que, a no ser que estés sugiriendo lanzarla al combate...

—Eso es justo lo que estoy sugiriendo —responde Haymitch—: sacarla al campo de batalla y dejar que las cámaras graben.

—Pero la gente cree que está embarazada —señala Gale.

—Haremos correr la voz de que perdió al bebé por culpa de la descarga eléctrica de la arena —contesta Plutarch—. Muy triste, una desgracia.

La idea de enviarme a combatir es controvertida, aunque Haymitch tiene un buen caso. Si sólo actúo bien en circunstancias reales, ahí es donde debería estar.

—Si la dirigimos o le damos un guión, lo mejor que podemos esperar de ella es algo aceptable. Tiene que salir de ella, a eso es a lo que responde la gente.

—Aunque tengamos cuidado, no podemos garantizar su seguridad —dice Boggs—. Será un blanco para todos...

—Quiero ir —lo interrumpo— Aquí no sirvo de nada a los rebeldes.

—¿Y si te matan? —pregunta Coin.

—Pues aseguraos de grabarlo bien. Podréis usarlo de cualquier modo —respondo.

—Vale —dice ella—, pero vayamos paso a paso. Primero encontraremos la situación menos peligrosa que pueda arrancarte algo de espontaneidad. —Se pasea por la sala y examina los mapas iluminados de los distritos, en los que se ven las posiciones de las tropas en la guerra—. Llevadla esta tarde al 8. Por la mañana han tenido muchos bombardeos, pero parece que el ataque ha pasado. La quiero armada con un pelotón de guardaespaldas. Los cámaras en el terreno. Haymitch, tú estarás en el aire y en contacto con ella. Veamos qué pasa. ¿Algún comentario más?

—Lavadle la cara —dice Dalton, y todos se vuelven hacia él—. Todavía es una jovencita, y así parece que tiene treinta y cinco años. Está mal. Como algo que haría el Capitolio.

Coin da por finalizada la reunión y Haymitch le pregunta si puede hablar conmigo en privado. Todos se van, salvo Gale, que remolonea vacilante a mi lado.

—¿Qué te preocupa? —le pregunta Haymitch—. Yo soy el que necesita guardaespaldas.

—No pasa nada —le digo a Gale, y él se va.

Nos quedamos los dos solos, acompañados por el zumbido de los instrumentos y el ronroneo del sistema de ventilación. Haymitch se sienta frente a mí.

—Vamos a tener que trabajar juntos de nuevo, así que, adelante, dilo de una vez.

Pienso en el cruel intercambio a voces del aerodeslizador y en el rencor de después, aunque me limito a decir:

—No puedo creerme que no rescataras a Peeta.

—Lo sé.

Falta algo, y no porque él no se haya disculpado, sino porque éramos un equipo, habíamos acordado mantener a Peeta a salvo. Era un trato poco realista hecho al abrigo de la noche, pero un trato al fin y al cabo, y, en el fondo de mi corazón, yo sabía que los dos habíamos fallado.

—Ahora dilo tú —le pido.

—No puedo creerme que le quitaras la vista de encima aquella noche —responde Haymitch.

Asiento, eso es todo.

—Lo repito una y otra vez en mi cabeza, lo que podría haber hecho para mantenerlo a mi lado sin romper la alianza, pero no se me ocurre nada.

—No tenías elección, y aunque hubiera podido hacer que Plutarch se quedara para rescatarlo aquella noche, nos habrían derribado a todos. Apenas salimos de allí contigo.

Por fin miro a Haymitch a los ojos, ojos de la Veta, grises, profundos y rodeados de los círculos oscuros de las noches sin dormir.

—Todavía no está muerto, Katniss.

—Seguimos en el juego —afirmo, intentando sonar optimista, aunque se me quiebra la voz.

—Sí, y sigo siendo tu mentor —responde, y me apunta con el rotulador—. Cuando estés en tierra, recuerda que yo estoy arriba. Tendré mejor vista que tú, así que haz lo que te diga.

—Ya veremos.

Regreso a la sala de belleza y observo cómo desaparecen los ríos de maquillaje por el desagüe conforme me restriego la cara. La persona del espejo está andrajosa, con la piel irregular y los ojos cansados, pero se me parece. Me arranco la venda y dejo al aire la fea cicatriz del dispositivo. Eso es. Eso también se me parece.

Como estaré en una zona de combate, Beetee me ayuda con la protección que diseñó Cinna. Un casco de un metal entretejido que se encaja en la cabeza. El material es flexible, como tela, y puede subirse como una capucha si no quiero tenerlo puesto todo el rato. Un chaleco para reforzar la protección de mis órganos vitales. Un pequeño auricular blanco que se une al cuello del traje por medio de un cable. Beetee me engancha una máscara en el cinturón por si hay un ataque con gases.

—Si ves que alguien cae al suelo por alguna razón desconocida, póntela de inmediato —me dice.

Para terminar, me cuelga a la espalda un carcaj dividido en tres cilindros de flechas.

—Recuerda: a la derecha, fuego; a la izquierda, explosivo; al centro, normal. No creo que los necesites, pero más vale prevenir que curar.

Boggs aparece para acompañarme a la División Aerotransportada. Justo cuando aparece el ascensor, Finnick llega corriendo, muy nervioso.

—¡Katniss, no me dejan ir! ¡Les dije que estoy bien, pero ni siquiera me dejan quedarme en el aerodeslizador!

Observo a Finnick: las piernas desnudas asomando bajo el camisón y las zapatillas del hospital, el pelo enredado, la cuerda a medio anudar enrollada en los dedos, la mirada de lunático. Sé que no servirá de nada pedir que lo dejen venir, ni siquiera yo creo que sea buena idea, así que me doy una palmada en la frente y digo:

—Ay, se me había olvidado, es por esta estúpida conmoción cerebral: se supone que tenía que decirte que fueras a ver a Beetee en Armamento Especial. Ha diseñado un nuevo tridente para ti.

Al oír la palabra *tridente* es como si surgiera el viejo Finnick.

—¿De verdad? ¿Qué hace?

—No lo sé, pero si se parece a mi arco y mis flechas, te va a encantar. Tendrás que entrenar con él, eso sí.

—Claro, por supuesto. Supongo que será mejor que baje.

—Finnick, ¿y si te pones pantalones?

Él se mira las piernas como si se diera cuenta por primera vez de lo que lleva puesto, se quita el camisón y se queda en ropa interior.

—¿Por qué? ¿Es que esto —añade, poniendo una pose provocativa muy ridícula— te distrae?

No puedo evitar reírme porque tiene gracia, y más gracia todavía por lo incómodo que parece Boggs. Además, me hace feliz ver que Finnick suena como el chico que conocí en el Vasallaje de los Veinticinco.

—Es que tengo sangre en las venas, Odair —digo, entrando en el ascensor antes de que se cierren las puertas—. Lo siento —añado, dirigiéndome a Boggs.

—No te preocupes, creo que lo has... llevado muy bien. Al menos mejor que si hubiera tenido que detenerlo.

—Sí.

Le echo un vistazo. Tendrá unos cuarenta y tantos años, lleva el pelo gris muy corto y sus ojos son azules. Una postura increíble. Hoy ha hablado dos veces y lo que ha dicho me hace pensar que preferiría ser mi amigo antes que mi enemigo. Quizá debería darle una oportunidad, pero parece tan fiel a Coin...

Oigo una serie de chasquidos fuertes y el ascensor se detiene un segundo antes de empezar a moverse hacia la izquierda.

—¿También avanza lateralmente? —pregunto.

—Sí, hay una red entera de caminos de ascensor bajo el 13 —responde—. Ésta está justo encima del radio de transporte que da a la quinta plataforma de despegue. Nos lleva al hangar.

El hangar, las mazmorras, Defensa Especial, un sitio para cultivar comida, otro donde generar aire, purificadores de aire y agua...

—El 13 es más grande de lo que creía.

—La mayoría no es mérito nuestro —dice Boggs—. Básicamente lo heredamos. Lo que hemos procurado hacer es mantenerlo en funcionamiento.

Vuelven los chasquidos, bajamos brevemente (un par de plantas) y las puertas se abren para dejarnos entrar en el hangar.

—Oh —dejo escapar sin querer al ver la flota, hilera tras hilera de distintos tipos de naves—. ¿También heredasteis esto?

—Algunos los fabricamos nosotros, otros formaban parte de las fuerzas aéreas del Capitolio. Los hemos actualizado, claro.

Vuelvo a notar una punzada de odio contra el 13.

—Entonces, ¿teníais todo esto y dejasteis indefensos al resto de los distritos frente al Capitolio?

—No es tan sencillo —replica—. No hemos estado en posición de lanzar un contraataque hasta hace poco. Apenas nos manteníamos con vida. Después de vencer y ejecutar a la gente del Capitolio, sólo un puñado de los nuestros sabía cómo pilotar. Podríamos haberlos bombardeado con misiles nucleares, sí, pero siempre queda la pregunta más importante: si iniciamos una guerra de ese tipo contra el Capitolio, ¿quedaría algún ser humano vivo?

—Eso suena como lo que dijo Peeta, y vosotros lo llamasteis traidor.

—Porque pidió un alto el fuego —responde Boggs—. Habrás notado que ninguno de los dos bandos ha lanzado armas nucleares. Estamos funcionando a la antigua. Por aquí, soldado Everdeen —concluye, señalando uno de los aerodeslizadores pequeños.

Subo las escaleras y veo que dentro están el equipo de televisión y sus herramientas. Todos los demás llevan los monos militares gris oscuro del 13, incluso Haymitch, aunque él parece incómodo con lo ceñido que le queda el cuello.

Fulvia Cardew entra a toda prisa y deja escapar un bufido de frustración al verme la cara.

—Tanto trabajo tirado a la basura. No te culpo a ti, Katniss, es que hay muy poca gente con rostros fotogénicos. Como él —dice, agarrando a Gale, que está hablando con Plutarch, y volviéndolo hacia nosotros—. ¿A que es guapo?

Lo cierto es que Gale está impresionante con el uniforme, supongo. Sin embargo, la pregunta nos avergüenza a los dos, dada nuestra historia. Intento pensar en una réplica ingeniosa cuando Boggs dice en tono brusco:

—Bueno, es normal que no nos impresione mucho: acabamos de ver a Finnick Odair en ropa interior.

Decido que, efectivamente, Boggs me gusta mucho.

Se nos avisa del inminente despegue, así que me siento al lado de Gale, frente a Haymitch y Plutarch, y me abrocho el cinturón. Nos deslizamos a través de un laberinto de túneles que se abren a una plataforma. Una especie de elevador hace que la nave suba poco a poco de una planta a otra. De repente estamos en el exterior, en un gran campo rodeado de bosques, y después despegamos de la plataforma y las nubes nos envuelven.

Una vez libre del bullicio previo a la misión, me doy cuenta de que no tengo ni idea de qué me espera en este viaje al Distrito 8. De hecho, sé muy poco sobre el estado real de la guerra y lo que hace falta para ganarla. Tampoco sé qué pasaría si lo hiciéramos.

Plutarch trata de explicármelo en términos simples. En primer lugar, todos los distritos luchan contra el Capitolio, salvo el 2, que siempre ha tenido una relación privilegiada con nuestros enemigos, a pesar de su participación en los Juegos del Hambre. Reciben más comida y mejores condiciones de vida. Después de los Días Oscuros y la supuesta destrucción del 13, el Distrito 2 se convirtió en el nuevo centro de defensa del Capitolio, aunque en público se presenta como el hogar de las canteras de la nación, igual que el 13 era conocido por sus minas de grafito. El Distrito 2 no sólo fabrica armas, sino que entrena e incluso suministra agentes de la paz.

—¿Quieres decir... que algunos de los agentes nacen en el 2? —pregunto—. Creía que eran del Capitolio.

—Eso se supone que debéis creer —responde Plutarch, asintiendo—. Y algunos sí que son del Capitolio, pero su población nunca podría mantener una fuerza de ese tamaño. Además, está el problema de reclutar a ciudadanos criados en el Capitolio para una aburrida vida de privaciones en los distritos. Un compromiso de veinte años en el cuerpo, sin casarse y sin hijos. Algunos se lo tragan por el honor del cargo, mientras que otros lo aceptan como alternativa al castigo. Por ejemplo, únete a los agentes de la paz y te perdonaremos las deudas. En el Capitolio hay muchas personas ahogadas por las deudas, aunque no todas ellas sirven para el servicio militar, así que el Distrito 2 es nuestra fuente de tropas adicionales. Para ellos es una forma de escapar de la pobreza y la vida en las canteras. Los educan como a guerreros, ya has visto lo dispuestos que están sus hijos a presentarse voluntarios como tributos.

Cato y Clove. Brutus y Enobaria. He visto su buena disposición y también su sed de sangre.

—Pero ¿todos los demás distritos están de nuestra parte? —pregunto.

—Sí. Nuestro objetivo es tomar los distritos uno a uno y acabar en el 2, de modo que el Capitolio se quede sin suministros. Entonces, cuando esté más débil, lo invadiremos —explica Plutarch—. Será un reto completamente distinto, pero no adelantemos acontecimientos.

—Si ganamos, ¿quién estará a cargo del Gobierno? —pregunta Gale.

—Todos —responde Plutarch—. Vamos a formar una república en la que la gente de todos los distritos y el Capitolio pueda elegir a sus propios representantes y enviarlos a un Gobierno centralizado. No pongáis esa cara, ya ha funcionado antes.

—En los libros —masculla Haymitch.

—En los libros de historia —replica Plutarch—, y si nuestros ancestros pudieron hacerlo, nosotros también.

A decir verdad, nuestros ancestros no tienen muchas razones para presumir de nada. Es decir, no hay más que ver el estado en el que nos dejaron, con guerras y el planeta destrozado. Está claro que no les importaba lo que les pasara a los que vinieran detrás, aunque esta idea de la república suena mejor que nuestro sistema actual.

—¿Y si perdemos? —pregunto.

—¿Si perdemos? —repite Plutarch; mira a las nubes y esboza una sonrisa irónica—. Entonces seguro que el año que viene tenemos unos Juegos del Hambre memorables. Lo que me recuerda... —Saca un frasco de su chaleco, se echa unas cuantas pastillas violetas en la mano y nos las ofrece—. Las hemos llamado «jaula de noche» en tu honor, Katniss. Los rebeldes no pueden permitirse que capturen a uno de nosotros, pero os prometo que será completamente indoloro.

Acepto una cápsula, sin saber bien dónde meterla. Plutarch me da un golpecito en el hombro, en la parte delantera de mi manga izquierda. Lo examino y encuentro un bolsillo diminuto que sirve tanto para guardar como para esconder la pastilla. Aunque me ataran las manos, podría inclinar la cabeza y sacarla de un mordisco.

Al parecer, Cinna ha pensado en todo.

El aerodeslizador desciende rápidamente en espiral sobre una ancha carretera a las afueras del 8. Casi de inmediato se abren las puertas, se colocan las escaleras y nos escupen al asfalto. En cuanto desembarca la última persona, el dispositivo se pliega, y la nave asciende y desaparece. Me quedo con una guardia personal compuesta por Gale, Boggs y otros dos soldados. El equipo de televisión consiste en un par de robustos cámaras del Capitolio con pesadas máquinas móviles que rodean sus cuerpos y los hacen parecer insectos, una directora llamada Cressida que se ha afeitado la cabeza (tatuada con vides verdes) y su ayudante, Messalla, un joven delgado con varios pares de pendientes. Tras una observación más atenta descubro que también tiene un agujero en la lengua, que adorna con una bola plateada del tamaño de una canica.

Boggs nos saca de la carretera a toda prisa y nos lleva hacia una fila de almacenes, mientras un segundo aerodeslizador se acerca para aterrizar. En él hay suministros médicos y una tripulación de seis médicos, a juzgar por sus inconfundibles uniformes blancos. Todos seguimos a Boggs por un callejón que avanza entre dos sosos almacenes grises. Lo único que adorna las maltrechas paredes metálicas son las escaleras de acceso al tejado. Cuando llegamos a la calle, es como si hubiéramos entrado en otro mundo.

Están trayendo a los heridos del bombardeo de esta mañana en camillas caseras, carretillas, carros, sobre los hombros y en brazos; sangrando, mutilados e inconscientes. Los lleva una gente desesperada a un almacén en el que han pintado una torpe hache sobre la puerta. Es una escena sacada de mi antigua cocina, con mi madre tratando a los moribundos, sólo que multiplicado por diez, por cincuenta, por cien. Me esperaba edificios bombardeados, pero me veo frente a cuerpos humanos rotos.

¿Aquí es donde piensan grabarme? Me vuelvo hacia Boggs.

—Esto no va a funcionar —le digo—. Aquí no sirvo de nada.

Debe de verme el pánico en los ojos, porque se detiene un momento y me pone las manos en los hombros.

—Sí que servirás, deja que te vean. Eso les hará más bien que todos los médicos del mundo.

La mujer que dirige la entrada de los nuevos pacientes nos ve, tarda un momento en reaccionar y se acerca. Sus ojos castaño oscuro están hinchados por la fatiga, y huele a metal y sudor. Tendría que haberse cambiado la venda del cuello hace unos tres días. La correa de la que cuelga el arma automática que lleva a la espalda se le clava en el cuello, así que la mueve para cambiarla de posición. Hace un gesto brusco con el pulgar para ordenar a los médicos que entren en el almacén. Ellos obedecen sin rechistar.

—Ésta es la comandante Paylor, del 8 —dice Boggs—. Comandante, ésta es la soldado Katniss Everdeen.

Parece joven para ser comandante, treinta y pocos, pero su voz tiene un tono autoritario que deja claro que no la nombraron por accidente. A su lado, con mi reluciente traje nuevo, cepilladita y limpia, me siento como un pollito recién salido del cascarón, sin experiencia y aprendiendo a moverme por el mundo.

—Sí, sé quién es —dice Paylor—. Entonces, estás viva. No estábamos seguros.

¿Me lo imagino o hay un deje de acusación en su voz?

—Todavía no lo tengo muy claro —respondo.

—Ha estado recuperándose —explica Boggs, dándose unos golpecitos en la cabeza—. Conmoción cerebral —añade, y baja la voz—. Aborto. Pero ha insistido en venir para ver a vuestros heridos.

—Bueno, de ésos tenemos muchos —responde Paylor.

—¿Crees que es buena idea reunirlos a todos ahí? —pregunta Gale, frunciendo el ceño.

A mí no me lo parece, cualquier enfermedad contagiosa se propagaría como el fuego por este hospital.

—Creo que es un poquito mejor que dejarlos morir —responde Paylor.

—No me refería a eso —replica Gale.

—Bueno, ahora mismo ésa es la otra alternativa, pero si se os ocurre una tercera opción y conseguís que Coin la respalde, soy toda oídos —concluye Paylor, y me hace un gesto para que entre—. Vamos, Sinsajo. Y tráete a tus amigos, por supuesto.

Miro hacia el espectáculo circense que representa mi equipo, me preparo y la sigo al interior del hospital. Una especie de gruesa cortina industrial está colgada a todo lo largo del edificio formando un pasillo de tamaño considerable. Hay cadáveres tumbados codo con codo; la cortina les roza la cabeza y unas telas blancas les tapan la cara.

—Hemos empezado a excavar una fosa común a unas cuantas manzanas al oeste de aquí, pero no puedo dedicar hombres a trasladarlos —explica Paylor.

Me agarro a la muñeca de Gale.

—No te apartes de mí —le susurro entre dientes.

—Estoy aquí —responde en voz baja.

Atravieso la cortina y es insoportable. Mi primer impulso es taparme la nariz para evitar el hedor a lino manchado, carne putrefacta y vómito, todo empeorado por el calor del almacén. Han abierto las claraboyas que cruzan el alto techo metálico, pero el aire que consigue entrar no basta para disipar la niebla de abajo. Los finos rayos de luz solar son la única iluminación y, mientras mi vista se acostumbra, distingo filas y más filas de heridos sobre catres, palés y en el suelo, porque hay tantos que no caben de otro modo. El zumbido de las moscas, los gemidos de dolor de los heridos y los sollozos de los seres queridos que los atienden se combinan en un coro desgarrador.

En los distritos no tenemos hospitales de verdad, morimos en casa, lo que me resulta una perspectiva mucho más deseable que lo que tengo delante. Entonces recuerdo que muchas de estas personas habrán perdidos sus hogares en los bombardeos.

Empiezo a notar cómo me baja el sudor por la espalda, cómo me llena las manos. Respiro por la boca para intentar mitigar el olor. Empiezo a ver unos puntitos negros y creo que me desmayaré en cualquier momento, hasta que veo a Paylor observándome con atención, esperando a ver de qué estoy hecha y si habían acertado al pensar que podían contar conmigo. Así que suelto a Gale y me obligo a avanzar por el almacén, a caminar por el estrecho pasillo entre dos filas de camas.

—¿Katniss? —dice una voz ronca a mi izquierda, entre el estrépito general—. ¿Katniss?

Una mano se extiende hacia mí a través de la bruma y me agarro a ella para apoyarme. Unida a la mano hay una joven con una herida en la pierna. La sangre ha empapado los vendajes, que están repletos de moscas. En su cara se ve el dolor, aunque también otra cosa, algo que parece completamente incongruente dada la situación.

—¿De verdad eres tú? —me pregunta.

—Sí, soy yo —consigo responder.

Alegría, ésa es la otra expresión; al oír mi voz se le ilumina el rostro, se le borra el sufrimiento durante un instante.

—¡Estás viva! No lo sabíamos. La gente decía que sí, ¡pero no lo sabíamos! —exclama, emocionada.

—Acabé un poco maltrecha, pero ya estoy mejor —respondo—. Igual que te pasará a ti.

—¡Tengo que contárselo a mi hermano! —dice la mujer, que se sienta como puede y llama a alguien que está unas camas más allá—. ¡Eddy, Eddy! ¡Está aquí! ¡Es Katniss Everdeen!

Un chico de unos doce años se vuelve hacia nosotros. Las vendas le ocultan media cara, y la mitad de su boca que queda al aire se abre como si fuera a exclamar algo. Me acerco a él, le aparto los húmedos rizos castaños de la frente y murmuro un saludo. No puede hablar, aunque su ojo bueno se clava en mí como si deseara memorizar cada detalle de mis facciones.

Oigo que murmuran mi nombre, que corre como la pólvora por el aire caliente del hospital.

—¡Katniss! ¡Katniss Everdeen!

Los sonidos de dolor y pena se desvanecen y pasan a ser palabras ilusionadas. Me llaman desde todas las esquinas. Empiezo a moverme y a aceptar las manos que me ofrecen, a tocar las partes sanas de los que no pueden mover sus extremidades, a decir: «Hola», «¿Cómo estás?», «Me alegro de conocerte». Nada importante, ningún asombroso lema inspirador, pero da igual. Boggs tiene razón: es verme, verme viva, lo que los inspira.

Los dedos hambrientos me devoran, quieren tocar mi carne. Mientras un hombre herido me sostiene la cara entre las manos, doy gracias en silencio a Dalton por sugerir que me lavara el maquillaje. Qué ridícula y perversa me sentiría presentándome ante esta gente con aquella máscara pintada del Capitolio. Las heridas, la fatiga, las imperfecciones... Así es como me reconocen, por eso soy uno de ellos.

A pesar de la controvertida entrevista con Caesar, muchos preguntan por Peeta, me aseguran que saben que hablaba bajo coacción. Hago lo que puedo por sonar positiva sobre nuestro futuro, aunque todos se afligen muchísimo cuando descubren que he perdido el bebé. Quiero ser sincera y contar a una mujer que llora que todo fue una farsa, una táctica en el juego, pero decir ahora que Peeta es un mentiroso no ayudaría a su imagen ni a la mía, ni a la causa.

Empiezo a entender mejor por qué se han esforzado tanto en

protegerme, lo que significo para los rebeldes. En mi lucha continua contra el Capitolio, que a veces me pareció tan solitaria, no he estado sola. Tengo miles y miles de personas de los distritos a mi lado. Ya era su Sinsajo mucho antes de aceptar el puesto.

Una nueva sensación empieza a germinar en mi interior, pero no logro definirla hasta estar encima de una mesa despidiéndome de la gente, que corea mi nombre con voces roncas. Poder. Tengo un poder que no conocía. Snow lo supo en cuanto enseñé las bayas. Plutarch lo sabía cuando me rescató de la arena. Y ahora Coin lo sabe, tanto que tiene que recordar en público a los suyos que no soy yo la que lo controla todo.

Una vez fuera, me apoyo en el almacén, recupero el aliento y acepto la cantimplora de agua de Boggs.

—Lo has hecho muy bien —me dice.

Bueno, no me desmayé ni vomité, ni huí gritando. Básicamente me dejé llevar por la ola de emoción que recorría el lugar.

—Tenemos buen material —dice Cressida.

Miro a los cámaras insecto que sudan bajo el peso de su equipo y a Messalla tomando notas; se me había olvidado por completo que me filmaban.

—La verdad es que no he hecho mucho —respondo.

—Tienes que aceptar el mérito de lo que hiciste en el pasado —replica Boggs.

¿Lo que he hecho en el pasado? Pienso en la senda de destrucción que dejo a mi paso; me tiemblan las rodillas y tengo que sentarme.

—He hecho de todo.

—Bueno, no eres ni mucho menos perfecta, pero, tal como están las cosas, nos tendremos que conformar contigo —responde Boggs.

Gale se agacha a mi lado, sacudiendo la cabeza.

—No puedo creer que los dejaras a todos tocarte. Temía que salieras corriendo de un momento a otro.

—Cierra el pico —le digo, entre risas.

—Tu madre se va a sentir muy orgullosa cuando vea la grabación.

—Mi madre ni siquiera se fijará en mí, estará demasiado horrorizada por las condiciones en las que están los enfermos —respondo, y me vuelvo hacia Boggs—. ¿Es así en todos los distritos?

—En la mayoría siguen los ataques. Estamos intentando llevar ayuda a donde podemos, pero no basta.

Se calla un minuto, distraído por lo que le dicen a través del auricular. Me doy cuenta de que no he oído ni una vez a Haymitch, así que toqueteo el mío por si está roto.

—Tenemos que volver a la pista de vuelo de inmediato —dice Boggs, ayudándome a levantarme—. Hay un problema.

—¿Qué clase de problema? —pregunta Gale.

—Se acercan bombarderos —responde Boggs; me pone la mano en la nuca y me coloca el casco de Cinna en la cabeza—. ¡Moveos!

Sin saber bien lo que pasa, salgo corriendo por la parte delantera del almacén en dirección al callejón que lleva a la pista, aunque no percibo ninguna amenaza inminente. El cielo está vacío, sin una nube. En la calle sólo se ven las personas que llevan a los heridos al hospital. No hay enemigo ni alarmas. Entonces empiezan a sonar las sirenas y, en cuestión de segundos, una formación en uve de aerodeslizadores del Capitolio aparece volando bajo sobre nosotros y dejan caer sus bombas. Salgo volando por los aires y me doy contra la pared principal del almacén. Noto un dolor desgarrador justo encima de la parte de atrás de la rodilla derecha, y también me ha dado algo en la espalda, aunque creo que no ha atravesado el chaleco. Intento levantarme, pero Boggs me empuja de nuevo al suelo y me protege con su cuerpo. La tierra tiembla bajo mí mientras siguen cayendo y detonando las bombas.

Es una sensación horrible estar atrapada contra la pared oyendo la lluvia de explosiones. ¿Cuál era la expresión que empleaba mi padre para las presas fáciles?: «Como pescar en un barril». Nosotros somos los peces y la calle es el barril.

—¡Katniss! —me grita Haymitch al oído, sobresaltándome.

—¿Qué? Sí, ¿qué? ¡Estoy aquí!

—Escúchame, no podemos aterrizar durante el bombardeo, pero es esencial que no te vean.

—Entonces, ¿no saben que estoy aquí? —pregunto, ya que había supuesto que, como siempre, era mi presencia lo que había provocado aquel castigo.

—Nuestros espías creen que no, que este ataque ya estaba programado —responde Haymitch.

Entonces interviene Plutarch, con voz tranquila aunque enérgica, la voz de un Vigilante Jefe acostumbrado a tomar decisiones bajo presión.

—Hay un almacén azul claro a tres edificios del vuestro. Tiene un búnker en la esquina norte. ¿Podéis llegar hasta él?

—Lo intentaremos —responde Boggs.

Plutarch debe de haber sonado en los auriculares de todos, porque mis guardaespaldas y equipo se están levantando. Busco a Gale con la mirada instintivamente y veo que está de pie, al parecer ileso.

—Tenéis unos cuarenta y cinco segundos hasta el siguiente bombardeo —dice Plutarch.

Dejo escapar un gruñido de dolor cuando mi pierna derecha recibe el paso del resto del cuerpo, pero me sigo moviendo, no hay tiempo para examinar la herida y, además, mejor no mirarla. Por suerte, tengo puestos los zapatos que diseñó Cinna; se agarran al asfalto al contacto y suben con impulso al soltarse. No habría podido moverme con el par que me asignaron en el 13. Boggs va en cabeza, pero no me adelanta nadie más, sino que me siguen el ritmo para protegerme los costados y la retaguardia. Me obligo a correr porque los segundos pasan. Dejamos atrás el segundo almacén gris y corremos delante de un edificio de color tierra. Más adelante veo una fachada azul desvaído, el almacén del búnker. Acabamos de llegar a otro callejón y sólo nos queda cruzarlo para llegar a la puerta, cuando llega la segunda oleada de bombas. Mi instinto hace que me lance al interior del callejón y que ruede hacia la pared azul. Ahora es Gale el que se tira sobre mí para ofrecerme otra capa de protección. Esta vez dura más, aunque estamos más lejos.

Me pongo de lado y me encuentro mirando a Gale a los ojos. Durante un instante, el mundo desaparece y sólo existe su cara enrojecida, el pulso que le late en las sienes, sus labios ligeramente abiertos intentando recuperar el aliento.

—¿Estás bien? —me pregunta, y sus palabras quedan casi ahogadas por una explosión.

—Sí, creo que no me han visto. Es decir, que no nos siguen.

—No, tenían otro blanco.

—Lo sé, pero ahí sólo está...

Los dos nos damos cuenta a la vez:

—El hospital.

Gale se levanta al instante y grita a los demás:

—¡Están bombardeando el hospital!

—No es problema vuestro —dice Plutarch con firmeza—. Id al búnker.

—¡Pero sólo hay heridos! —exclamo.

—Katniss —me dice Haymitch por el auricular, y sé lo que viene después—, ¡ni se te ocurra...!

Me arranco el auricular y lo dejo colgando de su cable. Sin esa distracción oigo otro sonido: ametralladoras que disparan desde el tejado del almacén color tierra del otro lado del callejón: alguien responde al ataque. Antes de que puedan detenerme, corro hacia una escalera de acceso y empiezo a subir, a trepar, una de las cosas que mejor se me dan.

—¡No pares! —me grita Gale por detrás.

Entonces oigo que estampa su bota en la cara de alguien. Si es la de Boggs, Gale lo pagará con creces. Llego al tejado y me arrastro por el alquitrán; me detengo lo justo para ayudar a Gale a subir, y los dos nos dirigimos a la fila de nidos de ametralladoras colocados en la parte del almacén que da a la calle. Hay unos cuantos rebeldes en cada uno. Nos metemos en un nido con un par de soldados y nos agachamos detrás de la barrera.

—¿Sabe Boggs que estáis aquí?

Es Paylor, que está a mi izquierda, detrás de una de las armas, mirándome con curiosidad.

Intento ser evasiva sin mentir del todo:

—Sí que lo sabe, sin duda.

—Ya me lo imagino —responde ella, entre risas—. ¿Os han entrenado con esto? —pregunta, dándole una palmada a la culata de la metralleta.

—A mí sí, en el 13 —responde Gale—, pero preferiría usar mis propias armas.

—Sí, tenemos nuestros arcos —añado, levantando el mío, hasta que me doy cuenta de que tiene pinta de adorno—. Es más mortífero de lo que parece.

—Lo suponía —responde Paylor—. De acuerdo, esperamos al menos tres oleadas más. Tienen que bajar sus escudos de invisibilidad antes de soltar las bombas, ésa es nuestra oportunidad. ¡Quedaos agachados!

Me coloco para disparar con una rodilla en el suelo.

—Será mejor empezar con fuego —dice Gale.

Asiento y saco una flecha de mi funda derecha. Si fallamos, estas flechas aterrizarán en alguna parte, seguramente en los almacenes del otro lado de la calle. Un incendio puede apagarse, pero el daño de una explosión quizá sea irreparable.

De repente aparecen en el cielo, a dos manzanas de distancia y unos noventa metros de altura: siete pequeños bombarderos en formación en uve.

—¡Gansos! —grito a Gale.

Él entiende perfectamente lo que quiero decir. Durante la

migración, cuando cazamos aves, hemos desarrollado un sistema para dividirnos los pájaros y no apuntar los dos a los mismos. Yo me quedo con el lado más alejado de la uve, Gale con el cercano y después nos turnamos para disparar al pájaro delantero. No hay tiempo para discutir más. Calculo la velocidad de los aerodeslizadores y lanzo la flecha; le doy a la parte interior del ala de uno, que estalla en llamas. Gale no acierta en el principal y vemos que se incendia el tejado de un almacén vacío frente a nosotros. Suelta una palabrota entre dientes.

El aerodeslizador al que he acertado se aparta de la formación, pero suelta sus bombas de todos modos. Sin embargo, no desaparece, ni tampoco el otro dañado por los disparos. Supongo que no les funciona el escudo.

—Buen disparo —dice Gale.

—No apuntaba a ése —mascullo, ya que intentaba dar al que tenía delante—. Son más rápidos de lo que pensábamos.

—¡Posiciones! —grita Paylor.

Ya aparece la siguiente oleada de aerodeslizadores.

—El fuego no sirve —dice Gale.

Asiento y los dos cargamos las flechas con puntas explosivas. Da igual, porque esos almacenes del otro lado de la calle parecen abandonados.

Mientras los aviones se acercan en silencio, tomo otra decisión.

—¡Me pongo de pie! —le grito a Gale, y lo hago.

Ésta es la posición con la que logro la mejor puntería. Apunto mejor y doy de pleno en el avión de cabeza, abriéndole un agujero en la parte inferior. Gale le vuela en pedazos la cola a un segundo, que da una vuelta y se estrella en la calle, haciendo estallar su cargamento.

Sin advertencia previa, aparece una tercera formación en uve. Esta vez, Gale le da sin problemas al avión principal, y yo destrozo el ala del segundo, que se estrella contra el que va detrás. Los dos caen al tejado del almacén que está frente al hospital. Un cuarto cae derribado por las ametralladoras.

—Bueno, ya está —dice Paylor.

Las llamas y el denso humo negro de los aviones nos impiden la visión.

—¿Han acertado en el hospital?

—Seguramente —responde ella con tristeza.

Corro hacia las escaleras del otro extremo del almacén, y me sorprendo al ver a Messalla y a uno de los insectos salir de detrás de un conducto de ventilación. Creía que seguirían agazapados en el callejón.

—Empiezan a caerme bien —comenta Gale.

Bajo a toda prisa la escalera y, cuando llego al suelo, encuentro esperándome a un guardaespaldas, a Cressida y al otro insecto. Imaginaba que opondrían resistencia, pero Cressida me hace un gesto hacia el hospital. Está gritando:

—¡Me da igual, Plutarch! ¡Dame cinco minutos más!

Como no soy de las que rechazan las invitaciones, salgo corriendo por la calle.

—Oh, no —susurro cuando veo el hospital. Lo que solía ser el hospital.

Dejó atrás a los heridos, a los aviones que arden, con la vista fija en el desastre que tengo delante. Gente gritando, corriendo como locos, pero sin poder ayudar. Las bombas han hecho que se derrumbe el tejado del hospital y han incendiado el edificio, atrapando sin remedio a los pacientes. Un grupo de rescatadores se ha reunido para intentar abrir un paso al interior, aunque yo ya sé lo que encontrarán: si los escombros y las llamas no han acabado con ellos, lo habrá hecho el humo.

Gale aparece a mi lado, y el hecho de que no haga nada confirma mis sospechas. Los mineros no abandonan un accidente a no ser que no tenga remedio.

—Venga, Katniss, Haymitch dice que ya pueden recogernos con un aerodeslizador —me dice, pero no consigo moverme.

—¿Por qué lo han hecho? ¿Por qué matar a gente que ya se estaba muriendo? —le pregunto.

—Para asustar a los demás, para evitar que los heridos busquen ayuda. La gente a la que has conocido era prescindible, al menos para Snow. Si el Capitolio gana, ¿qué va a hacer con un puñado de esclavos deteriorados?

Recuerdo todos esos años en el bosque, escuchando a Gale despotricar sobre el Capitolio mientras yo no prestaba mucha atención. Me preguntaba por qué se molestaba en diseccionar sus motivos, por qué iba a importar aprender a pensar como el enemigo. Está claro que hoy sí podría haber importado. Cuando Gale cuestionó la existencia del hospital no estaba pensando en enfermedades, sino en esto, porque él nunca subestima la crueldad a la que nos enfrentamos.

Le doy la espalda lentamente al hospital y me encuentro con Cressida flanqueada por los insectos a un par de metros de mí. Permanece impasible, incluso fría.

111

—Katniss —me dice—, el presidente Snow acaba de retransmitir en directo el bombardeo. Después ha hecho una aparición para decir que es su forma de enviar un mensaje a los rebeldes. ¿Y tú? ¿Te gustaría decir algo a los rebeldes?

—Sí —susurro, y la luz roja parpadeante de una de las cámaras me llama la atención; sé que me graban—. Sí —digo con más énfasis; todos se alejan de mí (Gale, Cressida, los insectos) para cederme el escenario, pero sigo concentrada en la luz roja—. Quiero decir a los rebeldes que estoy viva, que estoy aquí, en el Distrito 8, donde el Capitolio acaba de bombardear un hospital lleno de hombres, mujeres y niños desarmados. No habrá supervivientes —aseguro, y la conmoción da paso a la furia—. Quiero decirles que si creen por un solo segundo que el Capitolio nos tratará con justicia, están muy equivocados. Porque ya sabéis quiénes son y lo que hacen —añado, levantando las manos automáticamente, como señalando el horror que me rodea—. ¡Esto es lo que hacen! ¡Y tenemos que responder!

Me muevo hacia la cámara, llevada por la rabia.

—¿El presidente Snow dice que está enviándonos un mensaje? Bueno, pues yo tengo uno para él: puedes torturarnos, bombardearnos y quemar nuestros distritos hasta los cimientos, pero ¿ves eso?

Uno de los cámaras sigue mi dedo, que señala los aviones que arden en el tejado del almacén que tenemos delante. Se ve claramente el sello del Capitolio en un ala, a pesar del fuego.

—¡El fuego se propaga! —grito, decidida a que oiga todas y cada una de mis palabras—. ¡Y si nosotros ardemos, tú arderás con nosotros!

Mis últimas palabras quedan flotando en el aire. Es como si se hubiera parado el tiempo, como si estuviera suspendida en una nube de calor que no surge de lo que me rodea, sino de mi interior.

—¡Corten! —exclama Cressida, y su voz me devuelve a la realidad y extingue mi fuego; asiente para darme su aprobación—. Toma buena.

Boggs me coge con fuerza del brazo, pero ya no pienso escapar. Miro al hospital (justo a tiempo de ver cómo cede el resto de la estructura) y dejo de luchar. Todas esas personas, los cientos de heridos, los parientes y los médicos del 13, ya no existen. Me vuelvo hacia Boggs y veo que tiene hinchada la cara por la patada de Gale. Aunque no soy una experta, estoy bastante segura de que le ha roto la nariz. A pesar de todo, suena más resignado que enfadado:

—De vuelta a la pista.

Doy un paso adelante, obediente, y hago una mueca al notar el dolor de la rodilla derecha. El subidón de adrenalina ya ha pasado y todas las partes de mi cuerpo se unen en un coro de quejas. Estoy machacada, ensangrentada y alguien me está pegando martillazos en la sien izquierda desde dentro del cráneo. Boggs me examina rápidamente la cara, me sube en brazos y corre hacia la pista. A medio camino vomito encima de su chaleco antibalas. Creo que suspira, aunque es difícil saberlo, porque está sin aliento.

Un aerodeslizador pequeño, distinto al que nos trajo aquí, nos espera en la pista. En cuanto mi equipo sube a bordo, despegamos. Esta vez no hay ni asientos cómodos ni ventanas, sino que estamos en una especie de avión de mercancías. Boggs se encarga de los primeros auxilios de todos para que resistan hasta que lleguemos al 13. Quiero quitarme el chaleco porque también ha recibido buena parte del vómito, pero hace demasiado frío para eso. Me quedo tumbada en el suelo con la cabeza apoyada en el regazo de Gale. Lo último que recuerdo es a Boggs poniéndome encima un par de sacos de arpillera.

Cuando me despierto, estoy calentita y remendada en mi vieja habitación del hospital. Mi madre está aquí, comprobando mis constantes vitales.

—¿Cómo te sientes?

—Un poco machacada, pero bien —respondo.

—Nadie nos dijo que te ibas hasta que ya no estabas aquí.

Siento una punzada de culpa. Cuando tu familia ha tenido que enviarte dos veces a los Juegos del Hambre, es un detalle de los que no deben olvidarse.

—Lo siento, no esperaban el ataque, se suponía que iba a visitar a los pacientes —le explico—. La próxima vez haré que te lo consulten.

—Katniss, a mí nadie me consulta nada.

Es cierto, ni siquiera yo desde que murió mi padre. ¿Por qué fingir?

—Bueno, pues al menos haré que te lo... notifiquen.

En la mesita de noche está el fragmento de metralla que me han sacado de la pierna. Los médicos están más preocupados con el daño cerebral a consecuencia de las explosiones ya que mi conmoción todavía no se había curado del todo, pero no veo doble ni nada, y puedo pensar con bastante claridad. He dormido toda la tarde y la noche, así que estoy muerta de hambre. El tamaño del desayuno me resulta decepcionante, sólo unos cuantos trocitos de pan mojados en leche tibia. Me han llamado para una reunión a primera hora en Mando. Cuando empiezo a levantarme me doy cuenta de que piensan llevarme en la camilla directamente. Quiero ir andando, pero eso no está descartado, así que negocio para que me dejen ir en silla de ruedas. Estoy bien, en serio..., salvo por la cabeza, la pierna, los moratones y las náuseas que me entran un par de minutos después de comer. Quizá la silla sea buena idea.

Mientras me bajan, empieza a preocuparme lo que me encontraré. Gale y yo desobedecimos órdenes directas ayer, y Boggs tiene la herida que lo prueba. Sin duda habrá repercusiones, aunque ¿será capaz Coin de anular nuestro acuerdo sobre la inmunidad de los vencedores? ¿Le habré quitado a Peeta la poca protección que podía ofrecerle?

Cuando llego a Mando, los únicos que ya están presentes son Cressida, Messalla y los insectos. Messalla me mira con una amplia sonrisa y dice:

—¡Ahí está nuestra pequeña estrella!

Los demás sonríen de tan buena gana que no puedo evitar devolverles la sonrisa. En el 8 me impresionaron al seguirme por el tejado durante el bombardeo y obligar a Plutarch a retroceder para poder conseguir las imágenes que querían. Hicieron su trabajo más que de sobra, se enorgullecen de él. Como Cinna.

Se me ocurre la extraña idea de que, si estuviéramos en la arena juntos, los escogería como aliados. Cressida, Messalla y... y...

—Tengo que dejar de llamaros «los insectos» —espeto a los cámaras.

Les explico que no sabía sus nombres, pero sus trajes me recordaban a esas criaturas. La comparación no parece molestarlos. Incluso sin los trajes se parecen mucho entre sí: mismo pelo rojizo, barba roja y ojos azules. El de las uñas mordidas se presenta como Castor, y el otro, que es su hermano, se llama Pollux. Espero a que Pollux diga algo, pero se limita a asentir. Al principio creo que es tímido o un hombre de pocas palabras. Sin embargo, hay algo más, algo en la posición de los labios, en el esfuerzo adicional que le supone tragar, y lo sé antes de que me lo diga Castor: Pollux es un avox. Le cortaron la lengua y nunca volverá a hablar. Ya no tengo que preguntarme qué es lo que lo impulsa a arriesgarlo todo por ayudar a destruir el Capitolio.

Mientras se va llenando la sala me preparo para una acogida menos agradable, pero los únicos que demuestran alguna negatividad son Haymitch (que, de todos modos, siempre está de mal humor) y Fulvia Cardew, que tiene cara de avinagrada. Boggs lleva una máscara de plástico de color carne desde el labio superior a la frente (no me equivoqué con lo de la nariz rota), así que resulta difícil interpretar su expresión. Coin y Gale están absortos en una conversación que parece muy cordial.

Cuando Gale se acomoda en el asiento que hay al lado de mi silla de ruedas, le pregunto:

—¿Haciendo amigos?

Él mira brevemente a la presidenta y después a mí.

—Bueno, uno de los dos tiene que ser accesible —responde, tocándome la sien con cariño—. ¿Cómo te sientes?

Deben de haber servido estofado de calabacín con ajo en el desayuno porque, cuanta más gente se acumula, más huele. Se me revuelve el estómago y las luces, de repente, me resultan demasiado brillantes.

—Un poco tambaleante, ¿y tú?

—Estoy bien. Me sacaron un par de fragmentos de metralla, nada grave.

Coin manda guardar silencio.

—Nuestro asalto a las ondas ha comenzado oficialmente. Para los que os perdisteis la retransmisión durante veinticuatro horas ininterrumpidas de nuestra primera propo y las diecisiete repeticiones que Beetee ha conseguido poner en antena desde entonces, empezaremos viéndola.

¿Repeticiones? Así que no sólo consiguieron unas imágenes aceptables, sino que ya han montado una propo y la han emitido varias veces. Las manos me sudan al pensar en verme en el televisor. ¿Y si lo hago fatal? ¿Y si estoy tan rígida y absurda como en el estudio, y han tenido que rendirse y emitirlo de todos modos? De la mesa salen unas pantallas individuales, las luces se oscurecen y los presentes guardan silencio.

Al principio mi pantalla está en negro. Entonces aparece una llamita vacilante en el centro que florece, se propaga y se come en silencio la oscuridad hasta que todo el televisor queda cubierto por un fuego tan real e intenso que casi puedo notar el calor que emana. La imagen dorado rojizo de mi insignia del sinsajo surge del centro, reluciente. Claudius Templesmith, el presentador oficial de los Juegos del Hambre, dice:

—Katniss Everdeen, la chica en llamas, sigue ardiendo.

De repente ahí estoy, sustituyendo al sinsajo, de pie delante de las llamas y el humo reales del Distrito 8.

—Quiero decir a los rebeldes que estoy viva, que estoy aquí, en el Distrito 8, donde el Capitolio acaba de bombardear un hospital lleno de hombres, mujeres y niños desarmados. No habrá supervivientes.

Ponen una imagen del hospital hundiéndose, de la desesperación de los testigos, mientras yo sigo hablando:

—Quiero decirles que si creen por un solo segundo que el Capitolio nos tratará con justicia, están muy equivocados. Porque ya sabéis quiénes son y lo que hacen.

Otra imagen mía levantando las manos para señalar la atrocidad que me rodea.

—¡Esto es lo que hacen! ¡Y tenemos que responder!

Y meten un montaje realmente fantástico de la batalla. Las primeras bombas cayendo, nosotros corriendo, volando por los aires (con un primer plano de mi herida, que es sangrienta y queda bien), subiendo al tejado, metiéndonos en los nidos, y algunas imágenes asombrosas de los rebeldes, de Gale y, sobre todo, de mí, de mí y de mí derribando aquellos aviones. Después vuelven a sacarme avanzando hacia la cámara.

—¿El presidente Snow dice que está enviándonos un mensaje? Bueno, pues yo tengo uno para él: puedes torturarnos, bombardearnos y quemar nuestros distritos hasta los cimientos, pero ¿ves eso?

Volvemos con la cámara que muestra los aviones que arden en el tejado del almacén y se queda fija en el ala con el sello del

Capitolio, que se difumina hasta convertirse en mi cara gritando al presidente:

—¡El fuego se propaga!

Las llamas vuelven a comerse la pantalla y sobre ellas, en negro, unas letras mayúsculas con las palabras:

Si nosotros ardemos,

tú arderás con nosotros.

Las palabras arden y toda la pantalla se quema hasta fundirse en negro.

Hay un momento de disfrute silencioso seguido de un aplauso y de voces pidiendo volver a verlo. Coin, complaciente, vuelve a reproducirlo y, esta vez, como ya sé lo que va a pasar, intento fingir que lo veo en mi televisor de la Veta. Nunca antes se ha visto algo así en televisión, al menos desde que nací.

Cuando por fin se oscurece de nuevo la pantalla, necesito saber más:

—¿Se ha visto en todo Panem? ¿Lo han visto en el Capitolio?

—En el Capitolio, no —responde Plutarch—. No hemos podido entrar en su sistema, aunque Beetee trabaja en ello. Pero sí se ha visto en todos los distritos, incluso en el 2, que quizá sea más valioso que el Capitolio en estos momentos.

—¿Está con nosotros Claudius Templesmith? —pregunto.

—Sólo su voz —responde Plutarch después de recuperarse del ataque de risa—. Aunque eso podemos usarlo como queramos. Ni siquiera hemos tenido que editarla, ya que dijo esas mismas palabras en tus primeros Juegos. —Da una palmada en la mesa—. ¿Y si le damos otro aplauso a Cressida, su asombroso equipo y, por supuesto, a nuestra estrella televisiva?

Yo también aplaudo hasta que me doy cuenta de que soy la estrella televisiva y de que quizá quede como una repelente si me aplaudo a mí misma, aunque nadie me presta atención. Me fijo en la cara de Fulvia, eso sí. Debe de ser muy duro para ella ver cómo la idea de Haymitch triunfa bajo el mando de Cressida, mientras que la de Fulvia salió tan mal.

Coin parece haber llegado al límite de su tolerancia con las felicitaciones mutuas.

—Sí, y bien merecido. El resultado es mejor de lo esperado. Sin embargo, tengo que cuestionar el excesivo margen de riesgo con el que habéis jugado. Sé que el ataque era imprevisible, pero, dadas las circunstancias, creo que deberíamos analizar la decisión de enviar a Katniss a un combate real.

¿La decisión? ¿De enviarme al combate? ¿Entonces no sabe que desobedecí órdenes de manera flagrante, que me arranqué el auricular y huí de mis guardaespaldas? ¿Qué más le han ocultado?

—Fue una decisión difícil —responde Plutarch, frunciendo el ceño—. Pero todos estuvimos de acuerdo en que no íbamos a sacar nada bueno si la encerrábamos en un búnker cada vez que sonaba un disparo.

—¿Y a ti te parece bien? —me pregunta la presidenta.

Gale tiene que darme una patada bajo la mesa para que me dé cuenta de que habla conmigo.

—¡Oh! Sí, me parece muy bien. Me sentó estupendamente hacer algo, para variar.

—Bueno, pues vamos a ser un poquito más sensatos con sus salidas. Sobre todo ahora que el Capitolio sabe lo que puede hacer —responde Coin, y todos murmuran su asentimiento.

Nadie nos ha delatado a Gale y a mí, ni Plutarch, de cuya autoridad pasamos; ni Boggs, con su nariz rota; ni los insectos a los que condujimos a los disparos; ni Haymitch..., no, espera un segundo, Haymitch me mira con una sonrisa mortífera y dice:

—Sí, no queremos perder a nuestro pequeño Sinsajo cuando por fin empieza a cantar.

Tomo nota mental de que no debo quedarme a solas con él, porque está claro que planea su venganza por culpa de ese estúpido auricular.

—Bueno, ¿qué más tenéis pensado? —pregunta la presidenta.

Plutarch hace un gesto con la cabeza a Cressida, que consulta sus notas y responde:

—Tenemos unas imágenes increíbles de Katniss en el hospital del 8. Debería haber otra propo con el tema: «Porque ya sabéis quiénes son y lo que hacen». Nos centraremos en Katniss interactuando con los pacientes, sobre todo con los niños, después pondremos el bombardeo del hospital y las ruinas. Messalla lo está montando. También estamos pensando en algo sobre el Sinsajo, en resaltar los mejores momentos de Katniss mezclados con escenas de la revuelta rebelde y grabaciones de la guerra. Lo llamaremos: «El fuego se propaga». Y a Fulvia se le ha ocurrido una idea genial.

La expresión avinagrada de Fulvia desaparece de golpe por la sorpresa, aunque se recupera y dice:

—Bueno, no sé si es genial, pero se me ocurrió que podríamos hacer una serie de propos llamada «Recordamos». En cada una de ellas nos centraríamos en uno de los tributos muertos: la pequeña Rue del 11 o la vieja Mags del 4. La idea es dirigirnos a cada distrito con un recuerdo muy personal.

—Un tributo a vuestros tributos, por así decirlo —añade Plutarch.

—Eso es genial, sin duda, Fulvia —digo con sinceridad—. Es la mejor forma de recordar a la gente por qué lucha.

—Creo que podría funcionar —responde ella—. Pensaba en usar a Finnick para la introducción y para narrar los anuncios. Si es que os parece interesante.

—Francamente, cuantas más propos con ese lema tengamos, mejor —asegura Coin—. ¿Puedes empezar a producirlas hoy?

—Por supuesto —responde Fulvia, claramente ablandada por la reacción ante su idea.

Cressida lo ha suavizado todo en el departamento creativo con su gesto. Ha alabado a Fulvia por lo que realmente es, de hecho, una gran idea, y ha allanado el camino para seguir con su propia representación televisiva del Sinsajo. Lo más interesante es que Plutarch no necesita llevarse parte del crédito. Lo único que quiere es que el asalto a las ondas funcione. Recuerdo que Plutarch es un Vigilante Jefe, no un miembro del equipo ni una pieza de los Juegos, por lo que su valía no queda definida por un solo elemento, sino por el éxito general de la producción. Si ganamos la guerra, él saldrá a recibir los aplausos y exigirá su recompensa.

La presidenta envía a todos a trabajar, así que Gale me devuelve al hospital. Nos reímos un poco con el encubrimiento, y Gale dice que nadie quería quedar mal admitiendo que no lograron controlarnos. Yo soy más amable y respondo que, como por fin habían sacado unas imágenes decentes, seguramente no deseaban arriesgarse a que no nos volvieran a sacar. Es probable que ambas cosas sean ciertas. Gale tiene que ir a reunirse con Beetee en Armamento Especial, así que doy una cabezada.

Es como si sólo llevara unos minutos con los ojos cerrados, pero, cuando los abro, doy un respingo al ver a Haymitch sentado a medio metro de mi cama. Esperando. Seguramente lleva ahí varias horas, si el reloj no me engaña. Aunque considero la posibilidad de gritar pidiendo ayuda, lo cierto es que tendré que enfrentarme a él tarde o temprano.

Haymitch se inclina sobre mí y me pone delante de la nariz algo que cuelga de un fino cable blanco. Es difícil fijar la vista en él, pero estoy bastante segura de lo que se trata. Lo deja caer en las sábanas.

—Éste es tu auricular. Te daré una última oportunidad de usarlo. Si te lo vuelves a quitar, haré que te pongan esto —añade, sosteniendo en alto una especie de casco metálico al que instantáneamente bautizo como «los grilletes para cabezas»—. Es una unidad de audio alternativa que se cierra alrededor de tu cráneo y bajo la barbilla hasta que se abre con una llave. Y yo tendré la única llave. Si por algún motivo eres lo bastante lista para desactivarlo —sigue diciendo mientras tira los grilletes para cabezas en la cama y saca un diminuto chip plateado—, autorizaré que te implanten quirúrgicamente este transmisor en la oreja, de modo que pueda hablar contigo veinticuatro horas al día.

Haymitch en mi cabeza a tiempo completo. Aterrador.

—Me pondré el auricular —mascullo.

—¿Cómo dices?

—¡Que me pondré el auricular! —exclamo, lo bastante alto para despertar a medio hospital.

—¿Estás segura? Porque a mí me viene bien cualquiera de las tres opciones.

—Estoy segura —respondo, y aprieto el auricular en el puño con aire protector, a la vez que mi mano libre le lanza a la cara los grilletes, aunque él los intercepta sin problemas. Seguro que ya se lo esperaba—. ¿Algo más?

—Mientras esperaba... me he zampado tu comida —responde él al levantarse.

Observo el cuenco de estofado vacío y la bandeja que hay sobre la mesita.

—Voy a denunciarte —mascullo contra la almohada.

—Sí, preciosa, hazlo.

Haymitch sale del hospital sabiendo que no soy una chivata.

Quiero volver a dormirme, pero estoy inquieta. Las imágenes de ayer empiezan a inundar el presente. Los bombardeos, la violenta caída de los aviones, los rostros de los heridos que ya no existen... Imagino muerte por todas partes. El último momento antes de ver caer una bomba al suelo, la sensación de sentir cómo vuelan en pedazos el ala de mi avión y la espeluznante caída al olvido, el tejado del almacén cayendo sobre mí mientras permanezco atrapada en mi catre. Las cosas que vi, en persona o grabadas. Las cosas que provoqué con un disparo de mi arco. Las cosas que nunca podré borrar de mi memoria.

Durante la cena, Finnick se lleva su bandeja a mi cama para poder ver conmigo la nueva propo en la tele. Le han asignado un cuarto en mi antigua planta, pero tiene tantas recaídas mentales que, básicamente, vive en el hospital. Los rebeldes emiten la propo «Porque ya sabéis quiénes son y lo que hacen» que ha editado Messalla. Las imágenes están salpicadas de cortas grabaciones de estudio en las que Gale, Boggs y Cressida describen el incidente. Resulta difícil contemplar cómo me recibieron en el hospital del 8 ahora que sé lo que viene después. Cuando las bombas caen sobre el tejado, entierro la cara en la almohada y no vuelvo a mirar hasta que aparece una breve grabación mía al final, después de la muerte de las víctimas.

Al menos, Finnick no aplaude ni se pone contento después de verla, sino que dice:

—La gente tenía que saber lo que pasó. Ahora ya lo sabe.

—Vamos a apagarlo, Finnick, antes de que vuelvan a ponerlo —le pido, pero cuando está a punto de agarrar el mando a distancia, grito—: ¡Espera!

El Capitolio presenta un bloque especial y hay algo en él que me resulta familiar. Sí, es Caesar Flickerman, y creo que sé quién será su invitado.

La transformación física de Peeta me horroriza: el chico sano y de ojos limpios que vi hace unos días ha perdido al menos siete kilos y tiene un temblor nervioso en las manos. Sigue estando bien arreglado, aunque bajo la pintura que no logra taparle las bolsas de los ojos y la ropa elegante que no puede esconder el dolor que siente al moverse, veo una persona a la que han hecho mucho daño.

La cabeza me da vueltas intentando encontrarle sentido. ¡Si acabo de verlo hace cuatro..., no, creo que cinco días! ¿Cómo se ha deteriorado a tanta velocidad? ¿Qué le han hecho en tan poco tiempo? Entonces me doy cuenta. Vuelvo a reproducir en mi mente todo lo que recuerdo de su primera entrevista con Caesar en busca de algo que la ubique en el tiempo, y no hay nada. Podrían haberla grabado un día o dos después de que estallara la arena y después hacerle lo que han querido desde entonces.

—Oh, Peeta... —susurro.

Caesar y Peeta intercambian algunas frases tontas antes de que Caesar le pregunte por los rumores que dicen que estoy grabando propos para los distritos.

—La están usando, está claro —responde Peeta—. Para azuzar a los rebeldes. Dudo que ni siquiera sepa lo que pasa en la guerra, lo que está en juego.

—¿Te gustaría decirle algo?

—Sí —responde él, mirando directamente a la cámara, mirándome directamente a los ojos—. No seas tonta, Katniss, piensa por ti misma. Te han convertido en un arma que será esencial para la destrucción de la humanidad. Si tienes alguna influencia real, úsala para frenar esto, úsala para detener la guerra antes de que sea demasiado tarde. Pregúntate esto: ¿de verdad confías en las personas con las que trabajas? ¿De verdad sabes qué está pasando? Y si no lo sabes..., averígualo.

Fundido en negro. Sello de Panem. Se acabó el espectáculo.

Finnick pulsa el botón del mando que apaga el televisor. Dentro de un minuto vendrá alguien para ver el daño que han causado las condiciones y las palabras de Peeta. Tendré que decir que Peeta se equivoca, aunque la verdad es que no confío ni en los rebeldes ni en Plutarch, ni en Coin. No estoy segura de que me cuenten la verdad y no sabré disimularlo. Oigo pisadas.

Finnick me agarra con fuerza por los brazos.

—No lo hemos visto.

—¿Qué? —le pregunto.

—No hemos visto a Peeta, sólo la propo del 8. Después hemos apagado el televisor porque las imágenes te alteraban. ¿Lo pillas? —pregunta, y yo asiento—. Termínate la cena.

Me recompongo lo bastante como para que Plutarch y Fulvia me vean con la boca llena de pan y col al entrar. Finnick está hablando sobre lo bien que daba Gale en cámara. Los felicitamos por la propo, dejamos claro que era tan impactante que hemos tenido que apagar la tele justo después. Parecen aliviados. Nos creen.

Nadie menciona a Peeta.

Dejo de intentar dormir después de que unas pesadillas indescriptibles interrumpan mis primeros intentos. Luego me quedo quieta y finjo respirar profundamente cuando alguien viene a echarme un vistazo. Por la mañana me dejan salir del hospital y me indican que me lo tome con calma. Cressida me pide grabar unas cuantas líneas para una nueva propo del Sinsajo. En la comida sigo esperando a que alguien comente la aparición de Peeta, pero nadie lo hace. Alguien más tiene que haberlo visto, aparte de Finnick y yo misma.

Tengo entrenamiento, pero a Gale lo envían a trabajar con Beetee en armas o algo, así que obtengo un permiso para llevarme a Finnick al bosque. Damos vueltas un rato y después escondemos los intercomunicadores bajo un arbusto. Cuando estamos a una distancia segura, nos sentamos a hablar de la retransmisión de Peeta.

—No he oído ni palabra sobre el tema. ¿Nadie te ha dicho nada? —pregunta Finnick, y yo sacudo la cabeza; hace una pausa antes de preguntar—: ¿Ni siquiera Gale?

Me aferro a la tenue esperanza de que Gale de verdad no sepa nada del mensaje de Peeta, aunque tengo un mal presentimiento al respecto.

—Quizá está intentando encontrar el momento apropiado para contártelo a solas —añade Finnick.

—Quizá.

Guardamos silencio tanto rato que un ciervo se pone a tiro y lo derribo de un flechazo. Finnick lo arrastra de vuelta a la valla.

En la cena hay venado picado en el guiso. Gale me acompaña al compartimento E después de comer. Cuando le pregunto qué ha estado pasando por aquí, sigue sin decir nada de Peeta. En cuanto mi madre y mi hermana se duermen, saco la perla del cajón y me paso una segunda noche en vela aferrada a ella, repitiendo las palabras de Peeta en mi cabeza: «Pregúntate esto: ¿de verdad confías en las personas con las que trabajas? ¿De verdad sabes qué está pasando? Y si no lo sabes..., averígualo».

Averígualo. ¿El qué? ¿De quién? ¿Y cómo puede Peeta saber otra cosa que no sea lo que el Capitolio le cuente? No es más que una propo del Capitolio, más ruido. Sin embargo, si Plutarch cree que no es más que un guión del Capitolio, ¿por qué no me ha dicho nada? ¿Por qué nadie nos ha dicho nada ni a Finnick ni a mí?

Debajo de todo este debate mental se esconde la verdadera razón de mi inquietud: Peeta. ¿Qué le han hecho? ¿Y qué le están haciendo ahora mismo? Está claro que Snow no se tragó la historia de que Peeta y yo no sabíamos nada de la rebelión. Y sus sospechas se han reforzado al verme aparecer convertida en el Sinsajo. Peeta sólo puede hacer suposiciones sobre las tácticas rebeldes o inventarse cosas para sus torturadores, mentiras que, una vez descubiertas, le acarrearían graves castigos. Debe de sentir que lo he abandonado. En su primera entrevista intentó protegerme del Capitolio y los rebeldes, y no sólo he fallado protegiéndolo, sino que lo han castigado más por mi culpa.

Por la mañana, meto el antebrazo en la pared y me quedo mirando medio dormida el horario. Justo después del desayuno tengo Producción. En el comedor, mientras me trago los cereales calientes, la leche y la pastosa remolacha, veo un brazalector en la muñeca de Gale.

—¿Cuándo lo has recuperado, soldado Hawthorne? —le pregunto.

—Ayer. Pensaron que vendría bien como sistema de comunicación adicional cuando salga contigo al campo de batalla.

Nadie me ha ofrecido nunca un brazalector. ¿Me lo darían si lo pidiera?

—En fin, supongo que uno de los dos debe ser accesible —respondo en tono algo molesto.

—¿Qué quieres decir?

—Nada, sólo repito lo que dijiste, y estoy completamente de acuerdo en que seas tú el accesible. Sólo espero que sigas siéndolo para mí también.

Nos miramos a los ojos y me doy cuenta de lo furiosa que estoy con Gale, de que no creo ni por un instante que no viera la propo de Peeta, de que me ha traicionado al no contármelo. Nos conocemos demasiado bien para que no capte mi humor y suponga qué lo ha causado.

—Katniss... —empieza; su tono de voz ya es de por sí una confesión.

Agarro mi bandeja, voy a la zona de recogida y coloco a golpes los platos en la repisa. Cuando llego al pasillo ya me ha alcanzado.

—¿Por qué no has dicho nada? —me pregunta, agarrándome del brazo.

—¿Que por qué no lo he dicho yo? —replico, apartando el brazo—. ¿Por qué no lo has dicho tú, Gale? Y, por cierto, sí que lo dije: ¡anoche te pregunté que había pasado!

—Lo siento, ¿vale? No sabía qué hacer. Quería contártelo, pero todos temían que ver la propo de Peeta te pusiera más enferma.

—Tenían razón, me puse mala, pero no tanto como saber que me mentías por Coin. —En ese momento empieza a pitar su brazalector—. Ahí está, será mejor que corras, tienes cosas que contarle.

Durante un instante le veo en la cara que está dolido de verdad. Después se pone furioso, se da media vuelta y se larga. Quizá yo haya sido demasiado rencorosa, quizá no le haya dado el tiempo suficiente para explicarse. Quizá lo que todos intentan es mentirme para protegerme. Me da igual, estoy harta de que me mientan por mi propio bien, porque, en realidad, es por su propio bien. Vamos a mentir a Katniss sobre la rebelión para que no haga ninguna locura. Vamos a enviarla a la arena sin tener ni idea para que podamos sacarla. No le digáis lo de la propo de Peeta porque podría enfermar, y ya nos cuesta lo suficiente sacarle buenas tomas tal cual.

Sí que me siento enferma, tengo el corazón roto. Y estoy muy cansada para pasar un día de producción, pero ya estoy en Belleza, así que entro. Hoy descubro que vamos a volver al Distrito 12. Cressida quiere hacer entrevistas sin guión con Gale y conmigo hablando sobre nuestra ciudad destruida.

—Si estáis los dos preparados —dice Cressida, mirándome con atención.

—Cuenta conmigo —respondo.

Me quedo quieta, rígida y poco comunicativa, como un maniquí, mientras mi equipo de preparación me viste, me peina y me pone algo de maquillaje; no tanto como para que se note, sólo lo bastante para taparme un poco las ojeras del insomnio.

Boggs me acompaña al hangar, pero no hablamos más que para saludarnos. Me alegro de ahorrarme otra charla sobre mi desobediencia en el 8, sobre todo porque su máscara parece muy incómoda.

En el último momento recuerdo enviar un mensaje a mi madre para decirle que salgo del 13 y enfatizar que no será peligroso. Subimos a un aerodeslizador para el corto camino al 12 y me piden que me siente a una mesa en la que Plutarch, Gale y Cressida señalan un mapa. Plutarch está henchido de satisfacción al enseñarme los efectos del antes y el después de las dos primeras propos. Los rebeldes, que mantenían su posición a duras penas en varios distritos, han avanzado. Han tomado el 3 y el 11 (que resulta crucial porque es el principal suministrador de comida de Panem), y han hecho incursiones en otros distritos.

—Esperanzador, muy esperanzador —dice Plutarch—. Fulvia tendrá lista la primera ronda de anuncios de la serie «Recordamos» esta noche, así que podremos dirigirnos individualmente a cada distrito con sus propios muertos. Finnick está absolutamente maravilloso.

—La verdad es que verlo resulta doloroso —añade Cressida—. Conocía a muchos de ellos en persona.

—Por eso es tan eficaz —dice Plutarch—. Directo desde el corazón. Todos lo estáis haciendo muy bien. Coin no podría estar más contenta.

Así que Gale no les ha dicho nada sobre que fingí no ver a Peeta y que me fastidió su encubrimiento. Supongo que ya es un poco tarde para eso, porque sigo enfadada. Da igual, él tampoco me habla a mí.

Al llegar a la Pradera me doy cuenta de que Haymitch no viene con nosotros. Le pregunto a Plutarch, que sacude la cabeza y dice:

—No podía enfrentarse a esto.

—¿Haymitch? ¿Incapaz de enfrentarse a algo? Seguramente quería tener el día libre.

—Creo que sus palabras exactas fueron: «No podría enfrentarme a eso sin una botella» —responde Plutarch.

Pongo los ojos en blanco, no me queda paciencia con mi mentor, su debilidad por la bebida y a lo que puede o no enfrentarse. Sin embargo, a los cinco minutos de regresar al 12, yo misma estoy deseando tener una botella. Creía que había aceptado la muerte del 12: lo había oído, lo había visto desde el aire y había caminado entre sus cenizas. Entonces, ¿por qué todo hace que vuelva a sentir esta punzada de dolor? ¿Acaso estaba demasiado atontada antes para percibir del todo la pérdida de mi mundo? ¿O es que la mirada de Gale al recorrer a pie la destrucción hace que la atrocidad me parezca nueva?

Cressida pide al equipo que empiece conmigo en mi vieja casa. Le pregunto qué quiere que haga.

—Lo que te apetezca —responde.

De pie en mi cocina, no me apetece hacer nada. De hecho, me concentro en el cielo (el único techo que queda) porque me ahogan los recuerdos. Al cabo de un rato, Cressida dice:

—Con eso basta, Katniss, sigamos.

Gale no se escapa tan fácilmente en su vieja casa. Cressida lo graba en silencio durante unos minutos, pero justo cuando recoge de las cenizas el único vestigio de su antigua vida (un atizador metálico retorcido), ella empieza a preguntarle por su familia, su trabajo y la vida en la Veta. Hace que vuelva a la noche del bombardeo y lo reviva; empezamos en su casa y avanzamos por la Pradera, a través de los bosques, hasta el lago. Me quedo detrás del equipo de grabación y los guardaespaldas, y me da la impresión de que su presencia viola mi querido bosque. Es un lugar privado, un santuario ya corrompido por la maldad del Capitolio. Aunque ya hemos dejado atrás los tocones achicharrados junto a la valla, seguimos pisando cadáveres en descomposición. ¿Tenemos que grabarlo para que lo vea todo el mundo?

Cuando llegamos al lago, Gale ha perdido el habla. Todos estamos sudando (sobre todo Castor y Pollux, con sus arneses de insecto), y Cressida decide hacer un descanso. Bebo agua del lago con las manos, deseando poder zambullirme y flotar sola, desnuda, sin que nadie me observe.

Vago por el perímetro un momento. Al rodear la casita de hormigón junto al lago me detengo en la puerta y veo a Gale colocando junto a la chimenea el atizador retorcido que ha sacado de su casa. Durante un momento veo a un desconocido solitario, en algún momento del futuro, deambulando perdido por el bosque y encontrando este pequeño refugio con la pila de troncos partidos, la chimenea y el atizador. Se preguntará qué pasó aquí. Gale se vuelve, me mira a los ojos y sé que está pensando en nuestro último encuentro en este lugar, cuando intentábamos decidir si huir o no. De haberlo hecho, ¿seguiría aquí el Distrito 12? Creo que sí, aunque el Capitolio todavía controlaría Panem.

Nos repartimos unos sándwiches de queso y los comemos a la sombra de los árboles. Me siento a posta en el otro extremo del grupo, al lado de Pollux, para no tener que hablar. Nadie habla mucho, en realidad. Gracias al relativo silencio, los pájaros recuperan su bosque. Le doy un codazo a Pollux y señalo a un pajarito negro con cresta. El pájaro salta a una nueva rama, abre un instante las alas y nos enseña sus manchas blancas. Pollux hace un gesto hacia mi insignia y arquea las cejas. Asiento para confirmar que es un sinsajo y levanto un dedo para decir: «Espera, ahora verás». Entonces silbo un gorjeo. El sinsajo ladea la cabeza y lo imita. Sorprendida, veo que Pollux silba unas notas. El pájaro responde al instante. Pollux pone cara de alegría e inicia un intercambio melódico con el pájaro. Supongo que es la primera conversación que tiene en años. La música atrae a los sinsajos como las flores a las abejas, así que en pocos minutos tiene a media docena de ellos posados en las ramas que nos cubren. Me da un golpecito en el brazo y usa una ramita para escribir una palabra en la tierra: «¿Cantas?».

En otras circunstancias me negaría, pero es imposible decir

que no a Pollux. Además, las voces de cantar de los sinsajos no son iguales que sus silbidos y quiero que él las oiga. Antes de pensar mucho en lo que hago, canto las cuatro notas de Rue, las que usaba para marcar el final del día de trabajo en el 11. Las notas que acabaron siendo la banda sonora de su asesinato. Los pájaros no lo saben, recogen la sencilla frase y se la repiten entre ellos en dulce armonía; igual que hicieron en los Juegos del Hambre antes de que las mutaciones aparecieran entre los árboles, nos persiguieran hasta la Cornucopia y convirtieran poco a poco a Cato en una masa sanguinolenta...

—¿Quieres oírlos cantar una canción de verdad? —le suelto; cualquier cosa para detener los recuerdos.

Me pongo de pie, vuelvo a los árboles y apoyo la mano en el rugoso tronco del arce en el que están los pájaros. No he cantado *El árbol del ahorcado* en voz alta desde hace diez años porque está prohibido, pero recuerdo todas las palabras. Empiezo en voz baja, dulce, como hacía mi padre:

> ¿Vas, vas a volver
> al árbol en el que colgaron
> a un hombre por matar a tres?
> Cosas extrañas pasaron en él,
> no más extraño sería
> en el árbol del ahorcado reunirnos al anochecer.

Los sinsajos empiezan a cambiar sus canciones al darse cuenta de mi nuevo ofrecimiento.

¿Vas, vas a volver
al árbol donde el hombre muerto
pidió a su amor huir con él?
Cosas extrañas pasaron en él,
no más extraño sería
en el árbol del ahorcado reunirnos al anochecer.

Ya he captado la atención de los pájaros. Sólo tardarán otra estrofa en entender la melodía, ya que es sencilla y se repite cuatro veces sin mucha variación.

¿Vas, vas a volver
al árbol donde te pedí huir
y en libertad juntos correr?
Cosas extrañas pasaron en él,
no más extraño sería
en el árbol del ahorcado reunirnos al anochecer.

Los árboles callan, sólo se oye el susurro de las hojas con la brisa, pero nada de pájaros, ni sinsajos ni otros. Peeta tiene razón: guardan silencio cuando canto, igual que hacían con mi padre.

¿Vas, vas a volver
al árbol con un collar de cuerda
para conmigo pender?
Cosas extrañas pasaron en él,
no más extraño sería
en el árbol del ahorcado reunirnos al anochecer.

Los pájaros esperan a que siga, pero ya está, última estrofa. En el silencio que sigue recuerdo la escena. Estaba en casa después de pasar el día en el bosque con mi padre, sentada en el suelo con Prim, que era un bebé, cantando *El árbol del ahorcado*. Hacíamos collares de trapos viejos, como decía en la canción, sin conocer el verdadero significado de las palabras. La melodía era sencilla y fácil de cantar en armonía, y entonces yo era capaz de memorizar casi cualquier cosa con música con un par de veces que la cantara. De repente, mi madre nos quitó los collares de cuerda y empezó a gritar a mi padre. Me puse a llorar porque mi madre nunca chillaba, Prim se puso a berrear, y yo corrí afuera para esconderme. Como sólo tenía un escondrijo (en la Pradera, bajo un arbusto de madreselva), mi padre me encontró muy deprisa. Me calmó y me dijo que todo iba bien, pero que lo mejor era que no volviéramos a cantar aquella canción. Mi madre sólo quería que yo la olvidara, así que, por supuesto, todas y cada una de las palabras quedaron grabadas sin remedio y para siempre en mi cerebro.

Mi padre y yo no volvimos a cantarla, ni siquiera a hablar de ella. Cuando murió, me acostumbre a venir mucho por aquí y empecé a entender la letra. Al principio es como si un hombre intentara convencer a su novia para que se reuniera con él en secreto por la noche. Sin embargo, un árbol del ahorcado, en el que han ajusticiado a un hombre por asesinato, es un lugar muy extraño para un encuentro amoroso. Puede que la amante del asesino tuviera algo que ver con el asesinato o quizá fueran a castigarla de todos modos, porque el cadáver del asesino la llama para que huya. Es raro, claro, lo del cadáver que habla, pero es en la tercera estrofa cuando *El árbol del ahorcado* empieza a ser desconcertante. Te das cuenta de que el que canta la canción es el asesino muerto, que sigue en el árbol. Y aunque le dijo a su amante que escapara, no deja de pedirle que se reúna con él. La frase «donde te pedí huir y en libertad juntos correr» es la más inquietante, porque al principio parece que está hablando de cuando él le pidió a ella que huyera, seguramente para ponerse a salvo. Pero después te preguntas si se refiere a que vaya con él, que vaya a la muerte. En la estrofa final queda claro que eso es justo lo que el hombre espera, que su amante se ponga un collar de cuerda y cuelgue muerta del árbol junto a él.

Antes pensaba que el asesino era el tío más espeluznante del mundo. Ahora, con un par de viajes a los Juegos del Hambre a mis espaldas, creo que es mejor no juzgarlo antes de conocer los detalles. Quizá ya hubieran sentenciado a muerte a su amante y él intentaba ponérselo más fácil, hacerle saber que la esperaba. O quizá pensaba que el lugar en el que la dejaba era mucho peor que la muerte. ¿Acaso no quise matar a Peeta con aquella jeringuilla para salvarlo del Capitolio? ¿De verdad era mi única opción? Seguramente no, pero en aquel momento no se me ocurría nada mejor.

Supongo que mi madre pensaba que todo aquello era demasiado retorcido para una niña de siete años, sobre todo una que se hacía sus propios collares de cuerda. Los ahorcamientos tampoco eran una cosa que sólo ocurriera en las historias, ya que ejecutaron así a muchas personas en el 12. Apuesto lo que sea a que no quería que cantara la canción delante de todos mis compañeros de la clase de música. Es probable que tampoco le haga mucha gracia saber que lo estoy haciendo aquí, delante de Pollux, pero al menos no me están... Espera, me equivoco: miro de lado y veo que Castor me ha grabado. Todos me observan atentamente y Pollux está llorando, porque seguro que mi espeluznante canción ha desenterrado algún horrible incidente de su vida. Genial. Suspiro y me apoyo en el tronco. Entonces es cuando los sinsajos empiezan su versión de *El árbol del ahorcado*. En sus picos resulta muy bella. Consciente de que me filman, me quedo quieta hasta que Cressida dice:

—¡Corten!

Plutarch se me acerca riendo.

—¿De dónde has sacado eso? ¡Parece hecho a posta! —Me rodea con un brazo y me da un beso en la frente haciendo mucho ruido—. ¡Eres una mina!

—No lo hacía para las cámaras —respondo.

—Pues hemos tenido suerte de que estuvieran encendidas. ¡Venga, todos de vuelta a la ciudad!

En nuestro camino por el bosque llegamos a un canto rodado, y Gale y yo volvemos la cabeza en la misma dirección, como un par de perros captando un rastro en el viento. Cressida lo nota y pregunta qué hay por allí. Reconocemos sin mirarnos que es nuestro antiguo punto de encuentro para cazar. Ella quiere verlo, incluso después de decirle que no tiene nada especial.

«Salvo que allí era feliz», pienso.

Nuestra repisa de roca da al valle. Quizá esté algo menos verde de lo normal, pero los arbustos de moras están cargados de frutos. Aquí dieron comienzo incontables días de caza, trampas, pesca y recolección, paseando juntos por el bosque, compartiendo nuestros pensamientos mientras llenábamos las bolsas. Era la puerta a la alimentación y la cordura. Y los dos éramos nuestras respectivas llaves.

Ahora no hay Distrito 12 del que escapar ni agentes de la paz a los que engañar, ni bocas hambrientas que alimentar. El Capitolio nos lo ha quitado todo y estoy a punto de perder también a Gale. El pegamento de la necesidad que nos unió con tanta fuerza durante todos esos años empieza a derretirse, y lo que aparece en los huecos no es luz, sino manchas oscuras. ¿Cómo es posible que hoy, enfrentados a la horrible muerte del 12, estemos demasiado enfadados para hablarnos?

Gale prácticamente me ha mentido. Eso es inaceptable, aunque estuviera preocupado por mi bienestar. Sin embargo, su disculpa parecía auténtica, y es cierto que yo se la agradecí con un insulto que sabía que le dolería. ¿Qué nos está pasando? ¿Por qué ahora siempre estamos peleados? Estoy hecha un lío, pero me da la sensación de que, si vuelvo al origen de nuestros problemas, mis acciones estarán en el centro. ¿De verdad quiero apartarlo de mí?

Rodeo una mora con los dedos y la arranco de la mata. Después la hago rodar con cuidado entre el pulgar y el índice. De repente, me vuelvo hacia él y se la tiro, diciendo:

—Y que la suerte...

La lanzo lo bastante alto como para que tenga tiempo de decidir si rechazarla o aceptarla.

Gale tiene los ojos fijos en mí, no en la mora, pero, en el último momento, abre la boca y la recoge. La mastica, la traga y hace una pausa antes de decir:

—... esté siempre, siempre de vuestra parte.

Pero lo dice.

Cressida pide que nos sentemos en las rocas, donde es imposible no tocarse, y nos hace hablar sobre la caza: lo que nos llevó al bosque, cómo nos conocimos, los momentos favoritos... Nos relajamos, empezamos a reírnos un poco mientras contamos percances con abejas, perros salvajes y mofetas. Cuando la conversación se desvía a cómo nos sentimos al usar nuestra habilidad con las armas en el bombardeo del 8, dejo de hablar. Gale sólo dice:

—Iba siendo hora.

Cuando llegamos a la plaza de la ciudad, la tarde se ha convertido en noche. Llevo a Cressida a las ruinas de la panadería y le pido que grabe una cosa. La única emoción que siento es cansancio.

—Peeta, éste es tu hogar. No sabemos nada de tu familia desde el bombardeo. El 12 ha desaparecido. ¿Y tú nos pides un alto el fuego? —Miro al vacío—. No queda nadie que pueda escucharte.

De pie delante del tocón de metal que antes era la horca, Cressida nos pregunta si alguna vez nos han torturado. A modo de respuesta, Gale se quita la camiseta y ofrece su espalda a la cámara. Me quedo mirando las marcas de latigazos y vuelvo a oír el silbido del látigo, vuelvo a ver su figura ensangrentada colgando inconsciente de las muñecas.

—He terminado —anuncio—. Me reuniré con vosotros en la Aldea de los Vencedores. Tengo que recoger una cosa para... mi madre.

Supongo que he venido caminando, aunque lo siguiente que sé es que estoy sentada en el suelo, delante de los armarios de la cocina de nuestra casa en la Aldea, colocando meticulosamente tarros de cerámica y botellas de cristal dentro de una caja, con vendas limpias de algodón entre ellos para evitar que se rompan; envolviendo montoncitos de flores secas.

De repente recuerdo la rosa de mi cómoda. ¿Era real? Si lo era, ¿seguirá allí? Tengo que resistir la tentación de comprobarlo. Si está, sólo servirá para volver a asustarme. Me doy más prisa empaquetando.

Una vez vacíos los armarios, me levanto y veo que Gale ha aparecido en la cocina. Es desconcertante lo silencioso que puede ser. Está apoyado en la mesa, con los dedos extendidos sobre las vetas de la madera. Dejo la caja entre nosotros.

—¿Lo recuerdas? —me dice—. Aquí es donde me besaste.

Así que la fuerte dosis de morfina administrada después de los latigazos no bastó para borrar eso de su conciencia.

—Creía que no lo recordarías —respondo.

—Tendría que estar muerto para no recordarlo. Y quizá ni siquiera entonces lo olvidaría. Quizá sea como ese hombre de *El árbol del ahorcado*, esperando una respuesta.

Gale, a quien nunca he visto llorar, tiene lágrimas en los ojos. Para evitar que las derrame, me acerco y lo beso en los labios. Sabemos a calor, cenizas y tristeza, un sabor sorprendente para un beso tan suave. Él se aparta primero y esboza una sonrisa irónica.

—Estaba seguro de que me besarías.

—¿Por qué? —pregunto, porque ni yo lo sabía.

—Porque sufro. Es la única forma de llamar tu atención —añade, recogiendo la caja—. No te preocupes, Katniss, se me pasará.

Y se va antes de que pueda responder.

Estoy demasiado cansada para repasar su última acusación. Me paso el corto viaje de vuelta al 13 acurrucada en un asiento, intentando no hacer caso de Plutarch, que no deja de hablar de uno de sus temas favoritos: las armas de las que la humanidad ya no dispone: aviones para grandes altitudes, satélites militares, desintegradores de células, vehículos aéreos no tripulados y armas biológicas con fecha de caducidad. Todo desaparecido por la destrucción de la atmósfera, la falta de recursos o los escrúpulos morales. Se nota el pesar de un Vigilante Jefe que no puede más que soñar con esos juguetes, que tiene que conformarse con aerodeslizadores, misiles tierra-tierra y simples armas de fuego.

Después de quitarme el traje de Sinsajo me voy directa a la cama sin comer. Aun así, Prim tiene que sacudirme para que me levante por la mañana. Después de desayunar, hago caso omiso de mi horario y me echo una siesta en el armario de material escolar. Cuando me despierto y salgo a rastras de entre las cajas de tizas y lápices, ya es la hora de cenar. Me tomo una porción extragrande de sopa de guisantes y me dirijo de vuelta al compartimento E, pero Boggs me intercepta.

—Hay una reunión en la sala de Mando. No prestes atención a tu horario.

—Hecho —respondo.

—¿Lo has seguido en algún momento del día? —pregunta, impaciente.

—¿Quién sabe? Estoy mentalmente desorientada.

Levanto la muñeca para enseñarle la pulsera médica y me doy cuenta de que ya no está.

—¿Ves? —le digo— Ni siquiera recuerdo que me quitaron la pulsera. ¿Por qué me quieren en Mando? ¿Me he perdido algo?

—Creo que Cressida quería enseñarte las propos del 12, aunque supongo que ya las verás cuando las emitan.

—Para eso necesito un horario, para saber cuándo emiten las propos —respondo; me lanza una miradita, pero no hace ningún comentario.

La sala de Mando está llena, aunque me han guardado un asiento al lado de Finnick y Plutarch. Las pantallas de la mesa ya están levantadas, y en ellas se ven las retransmisiones de siempre del Capitolio.

—¿Qué pasa? ¿No íbamos a ver las propos del 12? —pregunto.

—Oh, no —responde Plutarch—. Es decir, puede. No sé bien qué grabación va a usar Beetee.

—Beetee cree que ha encontrado la forma de entrar en la emisión a nivel nacional —dice Finnick—, para que nuestras propos se vean también en el Capitolio. Ahora está abajo, trabajando en ello en Defensa Especial. Esta noche hay programación en directo. Snow va a hacer una aparición o algo. Creo que ya empieza.

Ponen el sello del Capitolio, subrayado por el himno. De repente me encuentro mirando a los ojos de serpiente del presidente Snow, que saluda a la nación. Es como si usara su podio de barricada, aunque la rosa blanca de su solapa está bien a la vista. La cámara se aleja para incluir a Peeta; lo han puesto a un lado, delante de un mapa proyectado de Panem. Está sentado en una silla elevada, con los zapatos encima de un escalón metálico. El pie de su pierna protésica da golpecitos en el suelo de manera irregular. Unas gotas de sudor han atravesado la capa de polvos del labio superior y de la frente, pero es su mirada (de enfado, pero perdida) lo que más me asusta.

—Está peor —susurro.

Finnick me agarra la mano para ofrecerme apoyo, y yo intento aferrarme a él.

Peeta empieza a hablar en tono frustrado sobre la necesidad del alto el fuego. Destaca el daño hecho a las infraestructuras de varios distritos y, mientras habla, algunas partes del mapa se iluminan para mostrar imágenes de la destrucción: una presa rota en el 7, un tren descarrilado con un charco de residuos tóxicos saliendo de los vagones cisterna y un granero derrumbándose después de un incendio. Todo lo atribuye a la acción de los rebeldes.

¡Pum! De repente, sin previo aviso, estoy en la tele, de pie entre las ruinas de la panadería.

Plutarch se levanta y exclama:

—¡Lo ha hecho! ¡Beetee ha entrado!

La sala está eufórica cuando Peeta vuelve, distraído. Me ha visto en el monitor. Intenta seguir con su discurso pasando al bombardeo de un planta depuradora de agua, cuando lo sustituye una grabación de Finnick hablando de Rue. Y entonces aquello se convierte en una batalla por las ondas: los expertos en tecnología del Capitolio intentan rechazar el ataque de Beetee, pero no están preparados; y Beetee, al parecer anticipando que no mantendría el control de manera continua, tiene preparado un arsenal de fragmentos de cinco a diez segundos con los que trabajar. Observamos cómo se deteriora la presentación oficial, salpicada de imágenes escogidas de las propos.

Plutarch sufre espasmos de placer y casi todos vitorean a Beetee, pero Finnick permanece callado e inmóvil a mi lado. Haymitch está al otro lado de la sala; lo miro a los ojos y veo reflejado en ellos mi propio miedo. Los dos sabemos que, con cada vítor, Peeta se aleja más y más de nuestro alcance.

Vuelven a poner el sello del Capitolio, acompañado de un pitido continuo. Snow y Peeta tardan veinte segundos en volver, y vemos que el estudio es un caos. Oímos conversaciones frenéticas en su cabina. Snow se lanza hacia la pantalla diciendo que, sin duda, los rebeldes intentan evitar que todos conozcan la información que los incrimina, pero que la verdad y la justicia prevalecerán. La emisión se restablecerá cuando restauren la seguridad. Pregunta a Peeta que si, dados los hechos acaecidos esta noche, tiene algo más que decir a Katniss Everdeen.

Al oír mi nombre, el rostro de Peeta se arruga, como si le costara hablar.

—Katniss..., ¿cómo crees que acabará esto? ¿Qué quedará? Nadie está a salvo, ni en el Capitolio ni en los distritos. Y tú... en el 13... —dice, tomando aire con dificultad, como si no pudiera respirar; con ojos de loco—. ¡Mañana estarás muerta!

Fuera de cámara, Snow ordena cortar la emisión. Beetee lo termina de liar todo poniendo una imagen fija de mí de pie delante del hospital a intervalos de tres segundos. Sin embargo, entre las imágenes, somos testigos de lo que pasa en el plató, de que Peeta intenta seguir hablando, de que la cámara cae al suelo y graba las baldosas blancas, del movimiento de muchas botas, del impacto del golpe que va unido al grito de dolor de Peeta..., y de su sangre salpicando las baldosas.

SEGUNDA PARTE

EL ASALTO

El grito comienza en la parte más baja de la espalda y me sube por el cuerpo hasta quedarse atascado en la garganta. Me quedo muda como un avox, ahogada por la pena. Aunque pudiera soltar los músculos del cuello y dejar que el sonido rasgara el espacio, ¿se daría alguien cuenta? La sala está alborotada, todos preguntan y exigen, intentando descifrar el significado de las palabras de Peeta: «Y tú... en el 13... ¡Mañana estarás muerta!». Pero nadie pregunta por la sangre derramada antes de que llegara la estática.

Una voz silencia a las demás:

—¡Callaos! —dice, y todos miran a Haymitch—. ¡No es ningún misterio! El chico ha dicho que nos van a atacar. Aquí, en el 13.

—¿Cómo puede tener esa información?

—¿Por qué vamos a confiar en él?

—¿Cómo lo sabes?

Haymitch gruñe, frustrado.

—Lo están machacando mientras hablamos —replica—. ¿Qué más necesitáis? ¡Katniss, échame una mano!

Me sacudo para lograr liberar las palabras.

—Haymitch tiene razón. No sé de dónde habrá sacado Peeta

los datos ni si es verdad, pero él lo cree. Y le están... —No soy capaz de decir en voz alta lo que Snow le está haciendo.

—No lo conocéis —le dice Haymitch a Coin—. Nosotros sí. Prepara a tu gente.

La presidenta no parece alarmada por el giro de los acontecimientos, sólo algo perpleja. Reflexiona sobre las palabras dando golpecitos con un dedo en el borde del cuadro de control que tiene delante. Cuando habla, se dirige a Haymitch con voz templada:

—Obviamente, estamos preparados para esa posibilidad, aunque varias décadas de experiencia apoyan la hipótesis de que sería contraproducente para el Capitolio atacar directamente al 13. Los misiles nucleares liberarían radiación a la atmósfera, y eso tendría unas consecuencias medioambientales incalculables. Incluso un bombardeo rutinario podría dañar gravemente nuestro complejo militar, y sabemos que ellos desean recuperarlo. Además, por supuesto, estarían dando lugar a un contraataque. Es posible que, dada nuestra actual alianza con los rebeldes, lo consideren un riesgo aceptable.

—¿Tú crees? —dice Haymitch; se pasa un poco de sincero, aunque las sutilezas de la ironía no suelen captarse en el 13.

—Sí. En cualquier caso, ya nos tocaba un simulacro de emergencia de nivel cinco. Procedamos al bloqueo.

Empieza a escribir rápidamente en su teclado para autorizar la decisión. En cuanto levanta la cabeza, empieza el movimiento.

He vivido dos simulacros de nivel bajo desde que llegué al 13. No recuerdo mucho del primero porque estaba en cuidados intensivos y creo que los pacientes del hospital estaban perdonados, ya que las complicaciones que suponía sacarnos de allí para un simulacro superaban a los beneficios. Apenas fui consciente de una voz mecánica que pedía a la gente que se reuniera en las zonas amarillas. Durante el segundo, uno de nivel dos pensado para crisis menores (como cuarentenas temporales mientras comprobaban si los ciudadanos se habían contagiado durante una epidemia de gripe), teníamos que regresar a nuestros alojamientos. Me quedé detrás de una tubería de la lavandería y no hice caso de los pitidos que salían de los altavoces mientras observaba cómo una araña tejía su red. Ninguna de las dos experiencias me preparó para las escalofriantes sirenas que se apoderan del distrito y me rompen los tímpanos. No hay manera de pasar de este sonido, parece diseñado para provocar la histeria de la población. Sin embargo, estamos en el distrito 13, así que eso no pasa.

Boggs nos saca a Finnick y a mí de la sala de mando, y nos lleva por el pasillo hasta una puerta y las amplias escaleras que hay detrás. Grupos de personas convergen en un río que fluye hacia abajo. Nadie grita ni empuja para intentar adelantar. Ni siquiera los niños se resisten. Descendemos, planta tras planta, en silencio, porque no se oye nada con este sonido. Busco a mi madre y a Prim, pero es imposible ver más allá de los ciudadanos que me rodean. En cualquier caso, las dos están trabajando en el hospital esta noche, así que seguirán el protocolo.

Se me taponan los oídos y me pesan los párpados. Estamos a la profundidad de una mina. La única ventaja es que, cuanto más nos internamos en la tierra, menos agudas son las sirenas. Es como si estuvieran diseñadas para hacernos huir de la superficie;

de hecho, seguramente lo están. La gente se va dividiendo por grupos para meterse por puertas con distintas marcas, pero Boggs me sigue conduciendo abajo hasta que, por fin, las escaleras terminan al borde de una enorme caverna. Empiezo a entrar, y Boggs me detiene y me indica que debo pasar mi horario por delante de un escáner para que me cuenten. Sin duda, la información irá a algún ordenador para asegurarse de que no falte nadie.

Es como si este lugar no acabara de decidir si es natural o artificial. Algunas zonas de las paredes son de piedra, mientras que otras están muy reforzadas con vigas de acero y hormigón. Han excavado las paredes de roca para hacer literas. Hay una cocina, baños y un puesto de primeros auxilios. El refugio está diseñado para una estancia prolongada.

Hay unos carteles blancos con letras o números repartidos por toda la caverna. Boggs nos está diciendo a Finnick y a mí que vayamos al área que coincida con el nombre de nuestros alojamientos (en mi caso, la E, por el compartimento E), Plutarch se para a nuestro lado.

—Ah, aquí estáis —comenta.

Los últimos acontecimientos no han hecho mella en el humor de Plutarch, que sigue contento desde el éxito del asalto a las ondas de Beetee. Ve el bosque, no los árboles, ni tampoco el castigo de Peeta, ni el inminente bombardeo sobre el 13.

—Katniss, sé que es un mal momento para ti con lo del contratiempo de Peeta, pero debes saber que los demás te estarán observando.

—¿Qué? —contesto; no puedo creerme que reduzca las circunstancias de Peeta a un contratiempo.

—Las demás personas del búnker se fijarán en ti para saber cómo reaccionar. Si te muestras tranquila y valiente, los otros también intentarán serlo. Si te entra el pánico, podría propagarse como un incendio —me explica mientras me limito a mirarlo—. El fuego se propaga, por así decirlo —sigue, como si yo no lo pillara.

—¿Por qué no finjo que me graban y ya está, Plutarch?

—¡Sí! Perfecto. Siempre se es más valiente delante de una audiencia —responde—. ¡Mira el valor que acaba de demostrar Peeta!

Me contengo para no abofetearlo.

—Tengo que regresar con Coin antes del bloqueo. ¡Sigue trabajando así! —me dice, y se larga.

Me dirijo a la enorme letra E que han puesto en la pared. Nuestro espacio consiste en un cuadrado de cuatro por cuatro metros de suelo de piedra delineado mediante rayas pintadas. En la pared hay dos catres (una de nosotras dormirá en el suelo) y un espacio con forma de cubo a nivel del suelo para almacenamiento. Encuentro un trozo de papel blanco forrado de plástico transparente en el que dice: «PROTOCOLO DEL BÚNKER». Me quedo mirando fijamente los puntitos negros de la hoja. Durante un instante se oscurecen por culpa de las gotas de sangre residuales que no logro borrar de mi retina. Poco a poco consigo centrarme en las palabras. El primer apartado se titula: «Al llegar».

«1. Asegúrese de que todos los miembros de su compartimento estén presentes.»

Mi madre y Prim todavía no han llegado, pero he sido de las primeras en llegar al búnker, así que seguramente estarán ayudando a reubicar a los pacientes del hospital.

«2. Vaya al puesto de suministros y recoja un paquete para cada miembro de su compartimento. Prepare su zona de alojamiento. Devuelva los paquetes.»

Echo un vistazo a la caverna hasta que localizo el puesto de suministros, una sala profunda que se distingue por un mostrador. Hay gente esperando detrás de él, pero todavía no se ve mucha actividad. Me acerco, doy la letra de nuestro compartimento y pido tres paquetes. Un hombre comprueba una hoja, saca los paquetes de la estantería y me los pasa por encima del mostrador. Después de echarme uno a la espalda y cargar con los otros dos en las manos, me vuelvo y descubro que se está formando un grupo rápidamente detrás de mí.

—Perdón —digo mientras atravieso la cola.

¿Será coincidencia o tendrá razón Plutarch? ¿Me estará usando esta gente de modelo a seguir?

De vuelta en nuestro espacio abro uno de los paquetes y veo que hay un colchón finito, sábanas, dos conjuntos de ropa gris, un cepillo de dientes, un peine y una linterna. Al examinar el contenido de los otros paquetes descubro que la única diferencia aparente es que contienen uniformes grises y blancos. Serán para Prim y mi madre, por si tienen que realizar funciones médicas. Después de hacer las camas, guardar la ropa y devolver las mochilas, no tengo nada que hacer más que seguir la última norma:

«3. Espere instrucciones.»

Me siento en el suelo con las piernas cruzadas a esperar. Un flujo continuo de personas llena la habitación, reclama sus espacios y recoge los suministros. Dentro de nada estará lleno. Me pregunto si Prim y mi madre pasarán la noche en el sitio al que hayan llevado a los pacientes, aunque no lo creo, porque estaban en la lista del compartimento. Justo cuando empiezo a ponerme nerviosa, aparece mi madre. Miro detrás de ella y sólo veo un mar de desconocidos.

—¿Dónde está Prim? —le pregunto.

—¿No está aquí? Se suponía que iba a bajar directamente desde el hospital. Se fue diez minutos antes que yo. ¿Dónde está? ¿Adónde puede haber ido?

Aprieto los ojos un momento para seguir su rastro como si fuera una presa. La veo reaccionar a las sirenas, correr a ayudar a los pacientes, asentir cuando le hacen un gesto para que baje al búnker y vacilar en las escaleras, indecisa. Pero ¿por qué?

Abro los ojos de golpe.

—¡El gato! ¡Ha vuelto a por él!

—Oh, no —dice mi madre.

Las dos sabemos que he acertado. Avanzamos contra corriente, empujando a todo el mundo para intentar salir del búnker. Más adelante, veo que se preparan para cerrar las gruesas puertas metálicas. Las ruedas de metal giran por ambos lados hacia dentro. De algún modo sé que, una vez se sellen, nada en el mundo convencerá a los soldados de que las abran. Quizá ni siquiera puedan hacerlo. Empujo a diestro y siniestro mientras les grito que esperen. El espacio entre las puertas se reduce a un metro, a medio metro; sólo quedan unos centímetros cuando meto la mano por la rendija.

—¡Abridla! ¡Dejadme salir! —grito.

Los soldados parecen consternados cuando hacen girar un poquito las ruedas en dirección contraria, no lo suficiente para permitirme pasar, pero sí para evitar aplastarme los dedos. Aprovecho la oportunidad para meter el hombro en el hueco.

—¡Prim! —aúllo.

Mi madre suplica a los guardias mientras yo intento salir.

—¡Prim!

Entonces oigo unas débiles pisadas en las escaleras.

—¡Ya llegamos! —oigo gritar a mi hermana.

—¡Sostén la puerta! —añade Gale.

—¡Ya vienen! —digo a los guardias, y ellos abren las puertas unos treinta centímetros.

Sin embargo, no me atrevo a moverme (me da miedo que nos dejen a todos fuera) hasta que aparece Prim con las mejillas enrojecidas de la carrera y *Buttercup* en los brazos. La meto dentro, y después a Gale, que apretuja un montón de equipaje para meterlo en el búnker. Las puertas se cierran con un fuerte sonido metálico.

—¿En qué estabas pensando? —espeto a Prim mientras la sacudo con rabia; después la abrazo, aplastando a *Buttercup* entre los dos.

Prim ya tiene la explicación preparada:

—No podía dejarlo atrás, Katniss, otra vez no. Deberías haberlo visto dando vueltas por el cuarto mientras aullaba. Él había vuelto para protegernos.

—Vale, vale.

Respiro hondo un par de veces para calmarme, doy un paso atrás y levanto a *Buttercup* por el pellejo del cuello.

—Tendría que haberte ahogado cuando tuve la oportunidad.

Él aplasta las orejas y levanta la pata, pero le suelto un bufido antes de que pueda hacerlo él, cosa que parece molestarle un poco, ya que considera que bufar es su expresión de desdén patentada. Para vengarse suelta un maullido de gatito desvalido que hace que mi hermana salga inmediatamente en su defensa.

—Oh, Katniss, no le chinches —dice, abrazándolo—. Ya está lo bastante asustado.

La idea de herir los sentimientos del bruto del gato sólo sirve para que tenga ganas de seguir, pero Prim está preocupada de verdad por él, así que me dedico a imaginar el pellejo de *Buttercup* como forro de un par de guantes, imagen que me ha ayudado a tratar con él durante todos estos años.

—Vale, lo siento. Estamos bajo esa gran E de la pared. Será mejor que lo instalemos antes de que se le vaya la olla.

Prim se aleja corriendo y me encuentro cara a cara con Gale, que lleva la caja de suministros médicos de nuestra cocina del 12, el lugar de nuestra última conversación, beso, discusión, lo que fuera. También se ha echado al hombro mi bolsa de caza.

—Si Peeta está en lo cierto, no habrían sobrevivido —me explica.

Peeta, sangre como gotitas de lluvia en la ventana, como lodo mojado en las botas.

—Gracias por... todo —respondo, aceptando el equipaje—. ¿Qué hacías en nuestras habitaciones?

—Echar un vistazo, por si acaso. Estamos en la cuarenta y siete, si me necesitas.

Casi todos se retiran a sus zonas cuando se cierran las puertas, así que me voy a nuestro nuevo hogar con al menos quinientas personas observándome. Intento parecer muy tranquila para compensar mi frenética carrera de obstáculos a través de la multitud, aunque no engaño a nadie; se acabó lo de sentar ejemplo. Bueno, ¿qué más da? En cualquier caso, todos piensan que estoy loca. Un hombre al que creo que tiré al suelo me mira a los ojos y se restriega el codo con cara de resentido. Estoy a punto de bufarle.

Prim ha instalado a *Buttercup* en el catre de abajo, arropado en una manta de modo que sólo le asoma la cara. Le gusta protegerse así de los truenos, la única cosa que lo asusta de verdad. Mi madre pone su caja con cuidado en el cubo. Me pongo en cuclillas y apoyo la espalda en la pared para ver qué ha logrado sacar Gale en mi bolsa de caza: el libro de las plantas, la chaqueta de caza, la foto de boda de mis padres y los contenidos personales de mi cajón. Mi insignia está en el traje de Cinna, pero aquí tengo el medallón de oro, y el paracaídas plateado con la espita y la perla de Peeta. Guardo la perla haciendo una bolsita con la esquina del paracaídas y lo meto en el fondo de la bolsa, como si fuera la vida de Peeta y nadie pudiera quitársela mientras yo la proteja.

El débil sonido de las sirenas se corta de repente. La voz de Coin sale por el sistema de altavoces del distrito y nos da las gracias por haber evacuado de manera tan ejemplar los niveles superiores. Enfatiza que no se trata de un simulacro, ya que es posible que Peeta Mellark, el vencedor del Distrito 12, haya hecho una referencia televisada a un ataque sobre el 13 esta misma noche.

Entonces cae la primera bomba. Primero notamos el impacto, seguido de una explosión que me resuena en los órganos internos, en el revestimiento de los intestinos, en la médula de los huesos y las raíces de los dientes. «Vamos a morir todos», pienso. Levanto la mirada esperando ver cómo surgen grietas gigantescas en el techo y cómo nos llueven encima los trozos de roca, pero el búnker sólo se estremece un poco. Se apagan las luces y experimento la desorientación propia de una oscuridad completa. Sonidos humanos sin palabras (chillidos espontáneos, respiraciones alteradas, gemidos de bebé, una nota musical de risa histérica) recorren el aire cargado de tensión. Después se oye el zumbido de un generador y un tenue resplandor tembloroso sustituye a la luz brillante del 13. Es más similar a lo que teníamos en nuestros hogares del 12, donde las velas y el fuego ardían en las noches de invierno.

Localizo a Prim en la penumbra, le pongo una mano en la pierna y me acerco a ella. Su voz permanece firme mientras canturrea para *Buttercup*:

—No pasa nada, bonito, no pasa nada. Estaremos bien aquí abajo.

Mi madre nos abraza a las dos, y me permito ser joven durante un instante y descansar la cabeza en su hombro.

—No tiene nada que ver con las bombas del 8 —comento.

—Seguramente será un misil para búnker —dice Prim con voz tranquilizadora por el bien del gato—. Nos lo enseñaron en la orientación para nuevos ciudadanos. Están diseñados para penetrar en lo más profundo de la tierra antes de estallar, porque no tiene sentido bombardear el 13 en la superficie.

—¿Nucleares? —pregunto, notando un escalofrío.

—No tiene por qué. Algunos sólo llevan un montón de explosivos, aunque... podría ser, supongo.

La penumbra hace que sea difícil ver las gruesas puertas metálicas al final del búnker. ¿Nos protegerían de un ataque nuclear? Y, aunque fueran eficaces al cien por cien contra la radiación, lo que es poco probable, ¿podríamos salir de este lugar algún día? La idea de pasar lo que me queda de vida en esta cripta de piedra me horroriza. Quiero salir corriendo como una loca hacia las puertas y exigir que me dejen salir para enfrentarme a lo de fuera. No tiene remedio, no me dejarían salir y quizá dé lugar a una estampida.

—Estamos tan abajo que seguro que no nos pasa nada —dice mi madre con un hilo de voz. ¿Está pensando en que mi padre voló en pedazos dentro de la mina?—. Pero ha faltado poco, gracias al cielo que Peeta ha tenido la oportunidad de avisarnos.

La oportunidad, un término general que incluye todo lo que le ha supuesto dar la alarma: los conocimientos, el momento, el valor y algo más que no sé definir. Peeta parecía librar una especie de batalla interna en su cabeza, luchaba por sacar el mensaje. ¿Por qué? Su mayor talento es la capacidad para manipular las palabras. ¿Le han quitado eso con la tortura? ¿Es otra cosa? ¿Se ha vuelto loco?

La voz de Coin, quizá un pelín más lúgubre que antes, resuena en el búnker; el volumen hace que tiemblen las luces:

—Al parecer, la información de Peeta Mellark era buena y tenemos una gran deuda de gratitud con él. Los detectores indican que el primer misil no era nuclear, aunque sí muy potente. Esperamos que lleguen más. Durante todo el ataque, los ciudadanos permanecerán en sus zonas asignadas a no ser que se les indique lo contrario.

Un soldado le dice a mi madre que la necesitan en el puesto de primeros auxilios. Ella es reacia a dejarnos, a pesar de que no se alejará ni treinta metros.

—No nos pasará nada, de verdad —le digo— Lo tenemos a él para protegernos —añado, señalando a *Buttercup*, que me suelta un bufido tan poco entusiasta que nos hace reír. Hasta a mí me da pena.

Después de que mi madre se vaya, le sugiero a Prim:

—¿Por qué no subes a la cama con él, Prim?

—Sé que es una tontería..., pero me da miedo que la litera se nos caiga encima durante el ataque.

Si se caen las literas es porque se ha caído el búnker y nos ha enterrado debajo. Sin embargo, decido que su lógica quizá nos ayude, así que limpio el cubo de almacenamiento y le preparo una cama dentro al gato. Después coloco uno de los colchones delante para compartirlo con mi hermana.

Nos dan permiso para ir al baño en grupos pequeños y lavarnos los dientes, aunque las duchas se cancelan hasta mañana. Me acurruco con Prim en el colchón y pongo las mantas dobles porque en la caverna hace un frío húmedo. *Buttercup*, abatido a pesar de las constantes atenciones de Prim, se acurruca en el cubo y me echa su aliento de gato en la cara.

A pesar de las desagradables condiciones, me alegra pasar un rato con mi hermana. He estado tan preocupada desde que vine aquí (no, en realidad desde mis primeros Juegos), que no le he hecho mucho caso. No la he estado cuidando como debería, como hacía antes. Al fin y al cabo, ha sido Gale el que ha revisado nuestros compartimentos, no yo. Tendré que compensárselo de alguna forma.

Me doy cuenta de que ni siquiera me he molestado en preguntarle cómo lleva el choque de venir aquí.

—Bueno, ¿te gusta el 13, Prim?

—¿Ahora mismo? —pregunta ella; después de reírnos, sigue hablando—. A veces echo muchísimo de menos nuestro hogar, pero entonces recuerdo que no queda nada que echar de menos. Aquí me siento más segura. No tenemos que preocuparnos por ti. Bueno, al menos no de la misma forma. —Hace una pausa y esboza una sonrisa tímida—. Creo que me van a formar para ser médico.

Es la primera noticia que tengo.

—Claro que sí —respondo—. Serían estúpidos si no lo hicieran.

—Me han estado observando cuando ayudo en el hospital. Ya estoy haciendo los cursos de medicina. No es más que cosas de principiantes, ya sé mucho de antes, aunque me queda un montón por aprender.

—Eso es estupendo —le digo.

Prim doctora. Ni siquiera habría podido soñar con ello en

el 12. Algo pequeño y silencioso, como cuando enciendes una cerilla, se enciende en la oscuridad de mi interior: éste es el tipo de futuro que podríamos conseguir con una rebelión.

—¿Y tú, Katniss? ¿Cómo lo llevas? —pregunta, acariciando con cariño la frente de *Buttercup*—. Y no me digas que bien.

Es cierto, estoy en el extremo contrario de «bien». Así que le cuento lo de Peeta, su deterioro ante las cámaras y que creo que estarán matándolo mientras hablamos. *Buttercup* tiene que apañárselas solo durante un rato, porque Prim vuelca su atención en mí. Me abraza y me pone el pelo detrás de las orejas. He dejado de hablar porque, en realidad, no hay más que decir y noto un dolor punzante en el corazón. Quizá esté sufriendo un infarto, aunque no merece la pena mencionarlo.

—Katniss, no creo que el presidente Snow mate a Peeta —me dice.

Claro, lo dice para tranquilizarme. Pero sus siguientes palabras me sorprenden:

—Si lo hace, no tendrá en sus manos a nadie que te importe. No podría hacerte daño.

De repente me acuerdo de otra chica que ha visto toda la maldad del Capitolio: Johanna Mason, la tributo del distrito 7 en la última arena. Yo estaba intentando evitar que fuera a la jungla, donde los charlajos imitaban las voces de nuestros seres queridos sometidos a tortura, pero ella le quitó importancia diciendo: «No pueden hacerme daño, no soy como vosotros. A mí no me queda nadie».

Me doy cuenta de que Prim tiene razón, de que Snow no puede permitirse malgastar la vida de Peeta, y menos ahora que el Sinsajo le causa tantos problemas. Ya ha matado a Cinna y ha destruido mi hogar, y mi familia, Gale e incluso Haymitch están fuera de su alcance. Sólo le queda Peeta.

—Entonces, ¿qué crees que le harán? —le pregunto.

Prim parece tener mil años cuando responde:

—Lo que haga falta para hundirte.

«¿Qué me hundiría?»

La pregunta me consume durante los tres días siguientes, mientras esperamos a que nos saquen de nuestra prisión segura. ¿Qué haría que me rompiese en un millón de trocitos hasta quedar irreparable e inservible? No se lo comento a nadie, pero la pregunta me obsesiona cuando estoy despierta y se mete en mis pesadillas.

En ese periodo caen cuatro misiles más, todos muy potentes y devastadores, aunque ya sin tanta urgencia. Dejan caer las bombas a intervalos largos para que creamos que ya se ha acabado justo antes de que otro estallido nos haga temblar las tripas. Parecen pensados para mantenernos bloqueados, no para diezmarnos. Destrozar el distrito, sí; dar a la gente mucho que reparar antes de ponerse en funcionamiento, también; pero ¿destruirlo? No. Coin tenía razón en eso: no se destruye algo que deseas adquirir en el futuro. Supongo que lo que en realidad quieren, a corto plazo, es detener los asaltos a las ondas y mantenerme lejos de los televisores de Panem.

No recibimos apenas información de lo que pasa. Nuestras pantallas nunca se encienden y sólo nos llegan breves anuncios de audio de Coin sobre la naturaleza de las bombas. Sin duda, la guerra continúa, pero, en cuanto a su situación, estamos a oscuras.

Dentro del búnker, la cooperación está a la orden del día. Seguimos un horario muy estricto para las comidas, el aseo, el ejercicio y el sueño. Se nos garantizan pequeños periodos de socialización para aliviar el tedio. Nuestro espacio se hace muy popular porque tanto niños como adultos sienten fascinación por *Buttercup*. Adquiere estatus de estrella con su juego nocturno de «El gato loco». Me lo inventé yo por accidente hace unos años, durante un apagón invernal. Consiste simplemente en agitar el haz de luz de una linterna por el suelo mientras *Buttercup* intenta capturarlo. Soy lo bastante mezquina como para disfrutar del juego porque me parece que lo hace parecer tonto. Sin embargo, inexplicablemente, todos los de aquí creen que el gato es listo y encantador. Incluso me conceden unas pilas adicionales (un gasto enorme) para usarlas en esto. Los ciudadanos del 13 están muy faltos de entretenimientos, sin duda.

La tercera noche, durante el juego, por fin respondo a la pregunta que me ha estado carcomiendo. «El gato loco» se convierte en una metáfora de mi situación: yo soy *Buttercup*, y Peeta, la persona a la que tan desesperadamente quiero poner a salvo, es la luz. Mientras el gato crea que tiene una oportunidad de capturar la escurridiza luz con sus patas, estará encrespado (como yo desde que dejé la arena con Peeta vivo). Cuando la luz se apaga del todo, *Buttercup* se siente angustiado y desconcertado durante un segundo, pero se recupera y pasa a otra cosa (es lo que me pasaría a mí si Peeta muriera). Sin embargo, lo que de verdad hace que el gato se vuelva loco es dejar la luz encendida, pero en un punto fuera de su alcance, en lo alto de la pared, donde no llega saltando. Empieza a dar vueltas junto a la pared, gime, y no hay forma de consolarlo ni de distraerlo; no sirve para nada más hasta que apago la luz (y eso es lo que Snow intenta hacer conmigo ahora, sólo que no sé qué forma adoptará este juego).

Quizá lo único que Snow necesita es que sea consciente de eso. Pensar que Peeta estaba en sus manos y que lo torturaban para sacarle información sobre los rebeldes era malo, pero pensar que lo torturan específicamente para incapacitarme es insoportable. Entonces, por culpa del peso de esta revelación, empiezo a hundirme de verdad.

Después de «El gato loco» nos vamos a la cama. La luz va y viene; a veces las lámparas están a plena potencia, mientras que otras tenemos que forzar la vista para vernos. A la hora de dormir apagan las lámparas hasta dejarlo todo casi a oscuras y activan las luces de emergencia de cada espacio. Prim, que ha decidido que las paredes aguantarán, se hace un ovillo con *Buttercup* en la cama de abajo. Mi madre duerme en la de arriba. Me ofrezco a dormir en una de ellas, pero me obligan a quedarme en el colchón del suelo porque doy demasiadas vueltas en sueños.

Ahora no doy vueltas, mis músculos están rígidos por la tensión de mantenerme cuerda. Regresa el dolor de corazón, y me imagino que le aparecen unas diminutas fisuras que se extienden por mi cuerpo: avanzan por el torso, los brazos, las piernas y la cara, y me dejan llena de grietas. Con una sola sacudida de misil podría romperme en extraños fragmentos afilados como cuchillas.

Cuando la inquieta mayoría ya se ha dormido, salgo con cuidado de mi manta y atravieso de puntillas la caverna en busca de Finnick; algo me hace pensar que él lo comprenderá. Está sentado bajo la luz de emergencia de su zona haciendo nudos en una cuerda, ni siquiera finge descansar. Mientras le susurro lo que he descubierto sobre el plan de Snow para hundirme, al fin lo entiendo: esta estrategia no es nada nuevo para Finnick. Es la que lo hundió a él.

—Es lo que te están haciendo a ti con Annie, ¿no? —le pregunto.

—Bueno, no la detuvieron porque pensaran que sería un inagotable pozo de información rebelde —responde—. Saben que nunca me habría arriesgado a contarle nada al respecto, por su propio bien.

—Oh, Finnick, cuánto lo siento.

—No, yo lo siento. Siento no haberte advertido.

De repente recuerdo algo: estoy atada a la cama, loca de rabia y dolor después del rescate. Finnick intenta consolarme por Peeta: «Se darán cuenta en seguida de que no sabe nada y no lo matarán si creen que pueden usarlo contra ti».

—Pero sí que me advertiste, en el aerodeslizador. Cuando me dijiste que usarían a Peeta contra mí creía que te referías a un cebo, a una forma de atraerme al Capitolio.

—No tendría que haberte dicho ni eso. Era demasiado tarde para que te sirviera de algo. Teniendo en cuenta que no te advertí antes del Vasallaje, tendría que haber cerrado la boca, no debería haberte dicho nada sobre cómo funciona Snow —insiste; tira del extremo de su cuerda, de modo que un complicado nudo se convierte de nuevo en una línea recta—. Es que no lo entendí cuando te conocí. Después de tus primeros Juegos creí que para ti todo el romance era teatro. Esperábamos que siguieras con la estrategia, pero hasta que Peeta no se golpeó contra el campo de fuerza y estuvo a punto de morir no comprendí... —Finnick vacila.

Pienso en la arena, en cómo sollocé cuando Finnick revivió a Peeta, en la mirada inquisitiva de Finnick, en la forma en que excusó mi comportamiento culpando a mi fingido embarazo.

—¿No comprendiste qué?

—Que te había juzgado mal, que sí que lo querías. No digo que fuera de una forma o de otra, quizá ni tú lo sepas, pero cualquiera que prestara atención se habría dado cuenta de lo mucho que te importaba —me dice con cariño.

¿Cualquiera? En la visita de Snow antes de la Gira de la Victoria, el presidente me había retado a que eliminara las dudas sobre mis sentimientos hacia Peeta, quería que lo convenciera a él específicamente de que estaba enamorada de mi compañero. Al parecer, bajo ese abrasador cielo rosa, con la vida de Peeta colgando de un hilo, por fin lo logré. Y, al hacerlo, le entregué el arma que necesitaba para acabar conmigo.

Finnick y yo nos quedamos sentados en silencio un buen rato observando cómo hace y deshace los nudos.

—¿Cómo lo soportas? —le pregunto al fin.

—¡No lo soporto, Katniss! —me responde, sorprendido—. Está claro, no lo soporto. Cada mañana salgo de una pesadilla y descubro que lo de fuera no es mejor —empieza, pero algo en mi expresión lo detiene—. Es mejor no rendirte a ello. Resulta diez veces más difícil recuperarte que hundirte.

Bueno, él debe de saberlo bien. Respiro hondo y me obligo a permanecer de una pieza.

—Cuanto más te distraigas, mejor —me dice—. Lo primero que haremos mañana es buscarte una cuerda. Hasta entonces, toma la mía.

Me paso el resto de la noche en el colchón haciendo nudos de forma compulsiva y enseñándoselos a *Buttercup* para que los examine. Si uno parece sospechoso, me lo quita de un zarpazo y lo muerde unas cuantas veces para asegurarse de que está muerto. Por la mañana tengo los dedos doloridos, pero sigo entera.

Después de veinticuatro horas de tranquilidad, Coin por fin anuncia que podemos salir del búnker. Nuestros antiguos alojamientos han quedado destrozados en los bombardeos, así que todos tenemos que seguir al pie de la letra las instrucciones para llegar a nuestros nuevos compartimentos. Limpiamos nuestras zonas, como nos piden, y nos ponemos obedientemente en fila para salir por la puerta.

A la mitad del recorrido, Boggs aparece y me saca de la fila. Les hace una señal a Gale y a Finnick para que se unan a nosotros, y la gente se mueve para dejarnos pasar. Algunos incluso me sonríen; el juego de «El gato loco» ha conseguido que me consideren más simpática, al parecer. Salimos, subimos las escaleras, recorremos el pasillo hasta uno de esos ascensores que avanzan en varias direcciones y, finalmente, llegamos a Defensa Especial. Durante nuestra ruta no he visto nada dañado, aunque todavía estamos a bastante profundidad.

Boggs nos mete prisas para entrar en una sala prácticamente idéntica a la de Mando. Coin, Plutarch, Haymitch, Cressida y todos los demás que están sentados a la mesa tienen cara de cansancio. Alguien ha sacado al fin el café (aunque estoy segura de que sólo lo ven como un estimulante de emergencia), y Plutarch tiene su taza agarrada con las dos manos, como si temiera que se la llevasen en cualquier momento.

No hay tiempo para formalidades.

—Os necesitamos a los cuatro vestidos con los uniformes y en la superficie —dice la presidenta—. Tenéis dos horas para grabar los daños de los bombardeos, dejar claro que la unidad militar del 13 no sólo sigue operativa, sino que es superior y, lo más importante, que el Sinsajo sigue vivo. ¿Alguna pregunta?

—¿Podemos tomarnos un café? —pregunta Finnick.

Nos entregan tazas humeantes. Miro con asco el reluciente líquido negro, ya que nunca he sido una gran admiradora de esta sustancia, pero supongo que me ayudará a mantenerme en pie. Finnick me echa algo de nata en la taza y va a por el azucarero.

—¿Quieres un azucarillo? —me pregunta con su antiguo tono de seductor.

Así es como nos conocimos, cuando Finnick me ofreció azúcar. Estábamos rodeados de caballos y carros, disfrazados y pintados para las masas, antes de ser aliados. Antes de que yo supiera lo que lo impulsaba. El recuerdo logra arrancarme una sonrisa.

—Toma, mejora el sabor —añade con su voz real, y me echa tres cubitos en la taza.

De camino a vestirme de Sinsajo, veo que Gale nos observa a Finnick y a mí con preocupación. ¿Y ahora qué? ¿De verdad creerá que pasa algo entre nosotros? Quizá me viera ir anoche a la zona de Finnick, tenía que pasar por el espacio de los Hawthorne para llegar. Supongo que le habrá sentado mal que busque la compañía de Finnick en vez de la suya. Bueno, pues nada. Tengo rozaduras de cuerda en los dedos, apenas puedo mantener los ojos abiertos y un equipo de televisión espera que haga una actuación brillante. Y Snow tiene a Peeta. Que Gale piense lo que le dé la gana.

En mi nueva sala de belleza, en Defensa Especial, mi equipo de preparación me mete en el traje de Sinsajo, me arregla el pelo y me aplica un poquito de maquillaje antes de que se me enfríe el café. En diez minutos, tanto el reparto como los cámaras de las nuevas propos estamos recorriendo el complicado camino al exterior. Me bebo el café mientras caminamos, y descubro que la nata y el azúcar mejoran muchísimo su sabor. Apuro los posos que se han quedado al fondo de la taza y noto que un leve cosquilleo empieza a circularme por las venas.

Después de subir una última escalera, Boggs tira de una palanca que abre una trampilla y notamos el aire fresco. Respiro hondo con ganas y, por primera vez, me permito reconocer lo mucho que odiaba el búnker. Salimos al bosque y paso las manos por las hojas que cuelgan encima de nosotros. Algunas empiezan a secarse.

—¿Qué día es hoy? —pregunto.

Boggs responde que septiembre empieza la semana que viene.

Septiembre. Eso significa que Snow ha tenido a Peeta en sus garras durante cinco o seis semanas. Examino una hoja en la palma de mi mano y veo que estoy temblando. No consigo parar. Le echo la culpa al café e intento concentrarme en respirar más despacio, porque voy demasiado acelerada para el ritmo de marcha que llevamos.

Empezamos a ver escombros en la tierra y llegamos al primer cráter, que tiene casi treinta metros de ancho y vete a saber cuántos de profundidad. Muchos. Boggs dice que, de haber quedado alguien en las diez primeras plantas, seguramente habría muerto. Rodeamos el pozo y seguimos.

—¿Podéis reconstruirlo? —pregunta Gale.

—No de manera inmediata. Ese misil no acabó con mucho, sólo unos cuantos generadores y una granja avícola —responde Boggs—. Nos limitaremos a sellarlo.

Los árboles desaparecen cuando entramos en la zona del interior de la valla. Alrededor de los cráteres hay una mezcla de escombros viejos y nuevos. Antes de las bombas quedaba muy poco del 13 en la superficie: unos puestos de guardia, la zona de entrenamiento y más o menos treinta centímetros de la planta superior de nuestro edificio (donde sobresalía la ventana de *Buttercup*) con varios centímetros de acero encima. Esa zona no estaba preparada para soportar un ataque que no fuera muy superficial.

—¿Cuánta ventaja os dio la advertencia del chico? —pregunta Haymitch.

—Unos diez minutos antes de que nuestros sistemas detectaran los misiles —responde Boggs.

—Pero ayudó, ¿verdad? —le pregunto; si dice que no, no lo resistiré.

—Por supuesto, la evacuación de los civiles fue completa.

Los segundos cuentan cuando te atacan; diez minutos sirven para salvar muchas vidas.

«Prim —pienso— y Gale.»

Llegaron al búnker un par de minutos antes de que cayera el primer misil. Puede que Peeta los haya salvado. Añadiremos sus nombres a la lista de cosas por las que siempre estaré en deuda con él.

A Cressida se le ocurre filmarme delante de las ruinas del antiguo Edificio de Justicia, una especie de broma, ya que el Capitolio lleva años usándolo de fondo para las falsas retransmisiones informativas en las que intentaba demostrar que el distrito no existía. Ahora, con el reciente ataque, el edificio está a unos diez metros del borde de otro cráter.

Cuando nos acercamos a lo que antes fuera la entrada principal, Gale señala algo y todos frenamos un poco. Al principio no veo el problema, pero después distingo que el suelo está cubierto de rosas rosas y rojas recién cortadas.

—¡No las toquéis! —grito—. ¡Son para mí!

El enfermizo olor dulzón me llega a las fosas nasales y el corazón empieza a pegarme martillazos en el pecho. Así que no me lo imaginé, no me imaginé la rosa de mi cómoda. Ante mí está la segunda entrega de Snow. Son unas bellezas rosas y rojas de tallos largos, las mismas flores que decoraban el escenario en el que Peeta y yo interpretamos nuestra entrevista tras la victoria. Flores no para uno, sino para dos amantes.

Se lo explico a los demás lo mejor que puedo. Las examinamos mejor y vemos que parecen inofensivas, aunque mejoradas genéticamente. Dos docenas de rosas ligeramente marchitas. Seguramente las tiraron después del último bombardeo. Un equipo con trajes especiales las recoge y se las lleva. Estoy segura de que no encontrarán en ellas nada extraordinario; Snow sabe bien lo que me está haciendo. Es igual que cuando machacó a Cinna delante de mí, mientras yo lo observaba todo desde mi tubo de tributo: su intención es desquiciarme.

Como entonces, intento recuperarme y devolver el golpe, pero, mientras Cressida pone en sus sitios a Castor y Pollux, noto que estoy cada vez más ansiosa. Estoy cansada, con los nervios de punta y, desde que he visto las rosas, soy incapaz de dejar de pensar en Peeta. El café ha sido un gran error, no necesito un estimulante, precisamente. Mi cuerpo tiembla de forma visible y no consigo recuperar el aliento. Después de varios días en el búnker, tengo que cerrar los ojos casi del todo, mire a donde mire, porque la luz me hace daño. A pesar de la fresca brisa, las gotas de sudor me caen por la cara.

—Bueno, ¿qué necesitas exactamente de mí? —pregunto.

—Sólo unas líneas rápidas para demostrar que estás viva y sigues luchando —responde Cressida.

—Vale.

Me pongo en mi sitio y miro la luz roja. Y miro y miro.

—Lo siento, no tengo nada para vosotros.

—¿Estás bien? —me pregunta Cressida, acercándose, y asiento. Ella me seca la cara con un trozo de tela que lleva en el bolsillo.

—¿Y si probamos con la vieja táctica de las preguntas y respuestas? —me dice.

—Sí, creo que ayudaría.

Cruzo los brazos para ocultar lo mucho que tiemblan, miro a

Finnick, y él levanta el pulgar, aunque también parece bastante tembloroso.

Cressida ya está en su puesto.

—Bueno, Katniss, has sobrevivido a los bombardeos del 13, ¿qué te han parecido comparados con tu experiencia en la superficie del 8?

—Esta vez estábamos a tanta profundidad que no existía peligro real. El 13 está sano y salvo, igual que... —Se me rompe la voz y la frase acaba con un graznido seco.

—Prueba otra vez —me dice Cressida—: «El 13 está sano y salvo, igual que yo».

Respiro hondo e intento obligar a mi diafragma a funcionar.

—El 13 está sano, igual...

No, me he equivocado. Juro que todavía huelo las rosas.

—Katniss, sólo esa línea y terminas por hoy, te lo prometo —me dice Cressida—: «El 13 está sano y salvo, igual que yo».

Sacudo los brazos para relajarme, coloco los puños sobre las caderas y después los dejo caer a los lados. Se me llena la boca de saliva a una velocidad absurda y noto que se me forma una bola de vómito al final de la garganta. Trago con fuerza y separo los labios para decir la estúpida línea e ir a esconderme en el bosque... Y entonces me pongo a llorar.

Es imposible ser el Sinsajo, imposible terminar esta sencilla frase, porque ahora sé que todo lo que diga repercutirá directamente en Peeta, hará que lo torturen. Sin embargo, no lo matarán, no, no serán tan piadosos. Snow se asegurará de que su vida sea mucho peor que la muerte.

—Corten —oigo decir a Cressida en voz baja.

—¿Qué le pasa? —dice Plutarch con un susurro.

—Ha averiguado cómo está usando Snow a Peeta —explica Finnick.

El semicírculo de personas que tengo delante deja escapar una especie de suspiro colectivo de pesar. Porque ahora lo sé, porque no podré dejar de saberlo, porque, aparte de la desventaja militar que supone perder a un Sinsajo, estoy hundida.

Varios pares de brazos me reconfortan, pero, al final, la única persona que de verdad quiero que me consuele es Haymitch, él único que también quiere a Peeta. Voy hacia él, creo que digo su nombre y él se acerca, me sostiene y me da palmaditas en la espalda.

—No pasa nada, no pasará nada, preciosa.

Me sienta en un pilar de mármol roto y me rodea con un brazo mientras sollozo.

—No puedo seguir con esto —le digo.

—Lo sé.

—Pienso una y otra vez en qué le va a hacer a Peeta... ¡y todo porque yo soy el Sinsajo!

—Lo sé —repite Haymitch, abrazándome con más fuerza.

—¿Lo viste? ¿Viste lo raro que estaba? ¿Qué le están... haciendo? —Intento respirar entre los sollozos, pero apenas consigo decir una última frase—: ¡Es culpa mía!

Después cruzo la línea que me separa de la histeria, me clavan una aguja en el brazo y el mundo desaparece.

Lo que me han metido debe de ser potente, porque tardo un día en despertar, aunque no he dormido plácidamente. Es como si hubiera salido de un mundo lleno de lugares oscuros y angustiosos por los que viajaba sola. Haymitch está sentado en una silla junto a mi cama con la piel cérea y los ojos inyectados en sangre. Recuerdo lo de Peeta y me pongo a temblar otra vez.

Haymitch me aprieta el hombro.

—No pasa nada, vamos a intentar sacar a Peeta.

—¿Qué? —pregunto, porque lo que me ha dicho no tiene sentido.

—Plutarch va a enviar un equipo de rescate. Tiene gente dentro y cree que podemos sacar a Peeta con vida.

—¿Por qué no lo hemos hecho antes?

—Porque nos saldrá caro. Pero todos están de acuerdo en que es lo mejor. Es la misma elección que hicimos en la arena: hacer lo que haga falta por mantenerte en buenas condiciones. No podemos perder al Sinsajo ahora, y tú no puedes seguir adelante sabiendo que Snow la tomará con Peeta —explica Haymitch, ofreciéndome una taza—. Toma, bebe algo.

Me siento lentamente y bebo un poco de agua.

—¿A qué te refieres con que nos saldrá caro? —pregunto.

—Perderemos infiltrados, puede que muera gente —responde él, encogiéndose de hombros—. Pero ten en cuenta que muere todos los días. Y no vamos a sacar sólo a Peeta, también rescataremos a Annie por Finnick.

—¿Dónde está Finnick?

—Detrás de esa mampara, durmiendo mientras dure el sedante. Estalló justo después de dormirte a ti —responde Haymitch, y yo sonrío un poco, sintiéndome algo menos débil—. Sí, fue una toma excelente. Con vosotros dos histéricos y Boggs planeando la misión para sacar a Peeta, hemos tenido que echar mano de las repeticiones.

—Bueno, si Boggs lo dirige, es una ventaja.

—Oh, sí, lo maneja muy bien. Se pidieron voluntarios, pero él fingió no ver mi mano agitándose en el aire —me dice Haymitch—. ¿Ves? Ya ha demostrado tener buen criterio.

Algo va mal, Haymitch se esfuerza demasiado en animarme, no es su estilo.

—Bueno, ¿y quién más se ha ofrecido voluntario?

—Creo que siete en total —responde él, evasivo.

Tengo una sensación muy desagradable en el estómago.

—¿Quién más, Haymitch? —insisto.

Haymitch por fin abandona la pose de buenazo y responde:

—Ya lo sabes, Katniss, sabes perfectamente quién se ofreció el primero.

Claro que lo sé.

Gale.

«Hoy podría perderlos a los dos.»

Intento imaginarme un mundo en el que ya no existan las voces de Gale y Peeta, en el que sus manos queden quietas, en el que sus ojos no parpadeen. Estoy de pie sobre sus cadáveres viéndolos por última vez, abandonando la habitación en la que yacen. Sin embargo, cuando abro la puerta para salir al mundo, sólo hay un tremendo vacío, una pálida nada gris que es, en resumen, mi único futuro.

—¿Quieres que te seden hasta que termine todo? —me pregunta Haymitch, y no bromea.

Estamos hablando de un hombre que se ha pasado toda su vida adulta en el fondo de una botella, intentando anestesiarse contra los crímenes del Capitolio. El chico de dieciséis años que ganó el segundo Vasallaje de los Veinticinco debió de tener gente a la que quería (familia, amigos, quizá una novia) y con la que deseaba volver. ¿Dónde están ahora? ¿Cómo es posible que, hasta que Peeta y yo le caímos encima, no hubiera nadie más en su vida? ¿Qué les haría Snow?

—No —respondo—, quiero ir al Capitolio, quiero formar parte de la misión de rescate.

—Ya se han ido —dice Haymitch.

—¿Cuánto hace? Podría alcanzarlos. Podría...

¿Qué? ¿Qué podría hacer?

Haymitch sacude la cabeza.

—No pasará, eres demasiado valiosa y demasiado vulnerable. Se habló de enviarte a otro distrito para distraer al Capitolio mientras tiene lugar el rescate, pero nadie creyó que fueras capaz de manejarlo.

—¡Por favor, Haymitch! —exclamo, suplicando—. Tengo que hacer algo, no puedo quedarme sentada a esperar si viven o mueren. ¡Tiene que haber algo!

—Vale, deja que hable con Plutarch. Tú quédate ahí.

Pero no puedo. Mientras todavía oigo el eco de las pisadas de Haymitch por el pasillo, me meto por la rendija de la cortina separadora y veo a Finnick tumbado boca abajo con las manos metidas en la funda de la almohada. Aunque es una cobardía (incluso una crueldad) despertarlo de la brumosa tierra de las drogas para traerlo a la cruda realidad, lo hago porque no soporto enfrentarme a esto sola.

Cuando le explico la situación, su agitación inicial disminuye misteriosamente.

—¿Es que no lo ves, Katniss? Esto lo decidirá todo de una u otra forma. Al final del día estarán muertos o con nosotros. Es... ¡Es más de lo que podíamos esperar!

Bueno, es una forma agradable de evaluar nuestra situación. La verdad es que la idea de que este tormento llegue a su fin resulta tranquilizadora.

Haymitch aparta la cortina de golpe. Tiene un trabajo para

nosotros, si logramos recuperarnos: todavía necesitan grabar el escenario del 13 tras el bombardeo.

—Si podemos hacerlo en las próximas horas, Beetee lo retransmitirá hasta el rescate y, con suerte, mantendrá al Capitolio atento a otra cosa.

—Sí, una distracción —dice Finnick—, una especie de señuelo.

—Lo que en realidad necesitamos es algo tan absorbente que ni siquiera el presidente Snow sea capaz de apartarse del televisor. ¿Se os ocurre algo así? —pregunta Haymitch.

Tener un trabajo que pueda ayudar a la misión me vuelve a centrar. Mientras me zampo el desayuno y me preparan, intento pensar en qué decir. El presidente Snow debe de estar preguntándose cómo me han afectado el suelo salpicado de sangre y sus rosas. Si me quiere hundida, tendré que estar entera, aunque no creo que lo convenza de nada gritando un par de líneas desafiantes a la cámara. Además, eso no le dará nada de tiempo al equipo de rescate. Los estallidos son cortos; lo que requiere tiempo son las historias.

No sé si funcionará, pero, cuando el equipo de televisión se reúne en la superficie, le pregunto a Cressida si podría empezar preguntándome por Peeta. Me siento en el pilar de mármol caído en el que tuve la crisis, y espero a la luz roja y a la pregunta de Cressida.

—¿Cómo conociste a Peeta?

Y entonces hago lo que Haymitch lleva queriendo que haga desde mi primera entrevista: me abro.

—Cuando conocí a Peeta, yo tenía once años y estaba casi muerta.

Hablo sobre aquel terrible día en que intenté vender ropa de bebé bajo la lluvia, sobre cómo la madre de Peeta me echó de la puerta de la panadería y sobre cómo él se llevó una paliza por llevarme los panes que nos salvaron la vida.

—Nunca habíamos hablado. La primera vez que hablé con Peeta fue en el tren a los Juegos.

—Pero él ya estaba enamorado de ti —dice Cressida.

—Supongo —respondo, esbozando una sonrisita.

—¿Cómo llevas la separación?

—No muy bien. Sé que Snow podría matarlo en cualquier momento, sobre todo desde que advirtió al 13 del bombardeo. Es horrible vivir con algo así, pero, gracias a lo que le están haciendo pasar, ya no tengo ninguna duda: tenemos que hacer lo que haga falta para destruir el Capitolio. Por fin soy libre —añado; miro al cielo y veo a un halcón sobrevolándonos—. El presidente Snow me reconoció una vez que el Capitolio era frágil. En aquel momento no lo entendí, me costaba ver con claridad porque estaba muy asustada. Ahora no. El Capitolio es frágil porque depende de los distritos para todo: comida, energía e incluso los agentes de la paz que nos controlan. Si declaramos nuestra libertad, el Capitolio se derrumba. Presidente Snow, gracias a ti, hoy declaro oficialmente la mía.

He estado correcta, aunque no deslumbrante. A todos les encanta la historia del pan, pero es mi mensaje al presidente lo que hace que Plutarch empiece a darle vueltas a la cabeza. Llama rápidamente a Finnick y Haymitch, y los tres tienen una breve aunque intensa conversación con la que Haymitch no parece muy contento. Plutarch gana: al final, Finnick está pálido, pero asiente.

Mientras Finnick toma asiento frente a la cámara, Haymitch le dice:

—No tienes por qué hacerlo.

—Debo hacerlo si la ayuda —responde él, haciendo una pelota en la mano con su cuerda—. Estoy listo.

No sé qué esperar, ¿una historia de amor sobre Annie? ¿Un relato de los abusos en el Distrito 4? Pero la historia de Finnick Odair toma un curso completamente distinto.

—El presidente Snow solía... venderme..., vender mi cuerpo, quiero decir —empieza con voz monótona y distante—. Y no fui el único. Si pensaban que un vencedor era deseable, el presidente lo ofrecía como recompensa o permitía que lo comprasen por una cantidad de dinero exorbitante. Si te negabas, mataba a algún ser querido. Así que lo hacías.

Entonces, eso explica el desfile de amantes de Finnick en el Capitolio. No eran amantes de verdad, sino gente como nuestro antiguo jefe de agentes de la paz, Cray, que compraba a chicas desesperadas para devorarlas y descartarlas; porque podía. Quiero interrumpir la grabación y suplicar a Finnick perdón por todas las ideas equivocadas que tenía sobre él, pero tenemos un trabajo que hacer y me parece que el papel de Finnick será mucho más eficaz que el mío.

—No fui el único, aunque sí el más popular —sigue diciendo—. Y quizá el que estaba más indefenso, ya que la gente a la que quería también lo estaba. Para sentirse mejor, mis clientes me regalaban dinero y joyas, pero yo descubrí una forma de pago mucho más valiosa.

«Secretos», pienso. Es lo que me dijo Finnick que le daban sus amantes, sólo que yo creía que lo hacía por decisión propia.

—Secretos —dice, como si me hubiera leído el pensamiento—, y por eso será mejor que permanezcas atento, presidente Snow, porque muchos de ellos son sobre ti. Sin embargo, empecemos con algunos de los demás.

Finnick teje un tapiz tan rico en detalles que no puede dudarse de su autenticidad. Historias sobre extraños apetitos sexuales, traiciones del corazón, codicia sin límites y sangrientos juegos de poder. Secretos de borrachos susurrados sobre almohadas húmedas en mitad de la noche. A Finnick lo vendían y lo compraban, un esclavo de los distritos, y guapo, sin duda, aunque, en realidad, inofensivo. ¿A quién se lo iba a contar? ¿Quién lo creería si lo hiciera? Sin embargo, algunos secretos son demasiado deliciosos para no compartirlos. No conozco a la gente que menciona Finnick (todos parecen ser ciudadanos importantes del Capitolio), pero, de escuchar el parloteo de mi equipo de preparación, sé la atención que puede atraer el más leve desliz. Si un mal corte de pelo generaba horas de cotilleo, ¿qué harán las acusaciones de incesto, puñaladas por la espalda, chantaje e incendio provocado? Mientras las ondas expansivas de conmoción y reproches sacuden el Capitolio, todos estarán esperando, como yo, a oír lo del presidente.

—Y ahora, vamos con nuestro buen presidente Coriolanus Snow —dice Finnick—. Era un hombre muy joven cuando alcanzó el poder y fue lo bastante listo para conservarlo. Os preguntaréis cómo lo logró. Pues sólo hace falta que os diga una palabra, con eso basta: veneno.

Finnick se remonta a la ascensión política de Snow, de la que no sé nada, y avanza hasta el presente señalando caso tras caso de muerte misteriosa de sus adversarios o, aun peor, de los aliados que podían llegar a convertirse en amenazas. Gente que cae muerta en un banquete o que muere poco a poco de manera inexplicable, empeorando con el paso de los meses. Se le echa la culpa a un marisco en mal estado, un virus escurridizo o una debilidad de la aorta de la que no se tenía noticia. Snow bebe de la copa envenenada para evitar las sospechas, pero los antídotos no siempre funcionan, así que por eso dicen que lleva rosas que apestan a perfume, para tapar el hedor a sangre de las llagas de la boca, que nunca se curan. Dicen, dicen, dicen... que Snow tiene una lista y nadie sabe quién será el siguiente.

Veneno, el arma perfecta para una serpiente.

Como mi opinión del Capitolio y su noble presidente ya era bastante mala de por sí, las acusaciones de Finnick no me sorprenden. Sí que parecen tener mucho más efecto en los rebeldes del Capitolio, como mi equipo y Fulvia; incluso Plutarch se sorprende de vez en cuando, quizá porque se pregunta cómo se le habrá pasado algún cotilleo en concreto. Cuando Finnick termina, siguen grabando hasta que él mismo tiene que decir:

—Corten.

El equipo se apresura a ir a editar el material, y Plutarch se lleva a Finnick para hablar con él, seguramente por si tiene más historias. Me quedo con Haymitch entre la ruinas, preguntándome si el destino de Finnick podría haber sido el mío. ¿Por qué no? Snow habría sacado un buen precio por la chica en llamas.

—¿Es lo que te pasó a ti? —le pregunto a Haymitch.

—No. Mi madre y mi hermano pequeño. Mi chica. Todos murieron dos semanas después de que me coronaran vencedor. Para castigarme por mi truco con el campo de fuerza. Snow no tenía a nadie que usar contra mí.

—Me sorprende que no te matara y ya está.

—Oh, no, yo era el ejemplo, la persona que mostrar a los jóvenes como Finnick, Johanna y Cashmere. Así sabrían lo que le pasa a un vencedor que causa problemas —responde Haymitch—. Pero él sabía que ya no tenía nada que usar contra mí.

—Hasta que llegamos Peeta y yo —digo en voz baja; ni siquiera se encoge de hombros para responder.

Una vez hecho nuestro trabajo, no nos queda más que esperar. Intentamos ocupar los largos minutos en Defensa Especial, haciendo nudos, dándole vueltas a la comida en los cuencos y volando cosas en pedazos en el campo de tiro. Como temen que detecten las comunicaciones, no hay contacto con el equipo de rescate. A las 15:00, la hora acordada, nos quedamos tensos y en silencio en el fondo de una sala llena de pantallas y ordenadores, y vemos cómo Beetee y su equipo intentan dominar las ondas. Su distracción y nerviosismo habituales pasan a convertirse en una determinación que no le había visto nunca. Poco de mi entrevista consigue emitirse, sólo lo justo para demostrar que sigo viva y desafiante. Es el relato salaz y sangriento de Finnick sobre el Capitolio lo que ocupa toda la emisión. ¿Están mejorando las habilidades de Beetee? ¿O es que sus homólogos del Capitolio están demasiado fascinados como para cortar a Finnick? Durante los siguientes sesenta minutos, la emisión del Capitolio mezcla las noticias normales de la tarde con Finnick y los intentos de apagarlo todo. Sin embargo, el equipo técnico de los rebeldes consigue superar incluso los intentos de apagón y, en un verdadero golpe maestro, mantienen el control durante casi todo el ataque a Snow.

—¡Soltadlo! —exclama Beetee, alzando las manos al cielo para devolver la retransmisión al Capitolio; después se seca la cara con un trapo—. Si no han salido ya, están todos muertos —anuncia, y se vuelve para ver cómo reaccionamos Finnick y yo ante sus palabras—. Pero tenían un gran plan. ¿Os lo ha explicado Plutarch?

Claro que no. Beetee nos lleva a otro cuarto y nos enseña cómo el equipo, con la ayuda de los rebeldes infiltrados, intentará (ha intentado) liberar a los vencedores de una cárcel subterránea. Al parecer han metido un gas narcotizante por el sistema de ventilación, han cortado la electricidad, han hecho estallar una bomba en un edificio gubernamental a varios kilómetros de la cárcel y, además, hemos interrumpido la emisión oficial de la tele. Beetee se alegra de que el plan nos resulte difícil de seguir, porque entonces también se lo resultará a nuestros enemigos.

—¿Como tu trampa eléctrica en la arena? —pregunto.

—Exacto, y mira lo bien que salió —responde él.

«Bueno..., no mucho», pienso.

Finnick y yo intentamos quedarnos en Mando, donde seguro que llegarán las primeras noticias del rescate, pero nos lo prohíben porque están tratando asuntos serios de la guerra. Nos negamos a salir de Defensa Especial y acabamos esperando noticias en la sala de los colibrís.

Haciendo nudos, haciendo nudos, sin palabras, haciendo nudos, tic, toc, esto es un reloj, sin pensar en Gale, sin pensar en Peeta, haciendo nudos. No queremos cenar, tenemos los dedos en carne viva y ensangrentados. Finnick se acaba rindiendo y adopta la misma posición encogida que en la arena, cuando atacaron los charlajos. Yo perfecciono mi lazo en miniatura y oigo las palabras de *El árbol del ahorcado* en mi mente. Gale y Peeta. Peeta y Gale.

—¿Te enamoraste de Annie desde el primer momento, Finnick? —le pregunto.

—No —responde; al cabo de un rato, añade—: Los sentimientos aparecieron casi sin darme cuenta.

Rebusco en mi corazón, pero, de momento, la única persona por la que siento algo muy claro es Snow.

Debe de ser medianoche, debe de ser mañana cuando Haymitch abre la puerta.

—Han vuelto. Nos reclaman en el hospital —dice; abro la boca para hacer un aluvión de preguntas, pero él me corta con un—: Es lo único que sé.

Aunque quiero salir corriendo, Finnick está muy raro, como si no pudiera moverse, así que le doy la mano y lo conduzco como si fuera un niño pequeño. Atravesamos Defensa Especial, subimos al ascensor que va para allá y para acá, y llegamos al ala del hospital. Es el caos, hay médicos gritando órdenes y heridos que trasladan en camilla por los pasillos.

Nos pasa de largo una camilla en la que llevan a una joven inconsciente con la cabeza afeitada; tiene moratones y costras supurantes: Johanna Mason, la que sí conocía secretos de los rebeldes, al menos el mío. Y así es como lo ha pagado.

A través de una puerta veo de reojo a Gale, desnudo hasta la cintura y sudando a chorros mientras un médico le saca algo del omóplato con unas pinzas muy largas. Herido, pero vivo. Lo llamo y empiezo a caminar hacia él hasta que una enfermera me empuja y me grita que me largue.

—¡Finnick!

Es una mezcla entre chillido y grito de alegría. Una joven encantadora, aunque algo desaliñada (cabello oscuro enredado y ojos verdes como el mar) corre hacia nosotros cubierta por una sábana.

—¡Finnick!

Y, de repente, es como si no existiera nadie más en el mundo que estas dos personas que atraviesan el espacio para encontrarse. Chocan, se abrazan, pierden el equilibrio, se dan contra una pared y allí se quedan, convertidos en un solo ser indivisible.

Noto una punzada de celos, no por Finnick ni por Annie, sino por su certeza. Viéndolos, nadie dudaría de su amor.

Boggs, que tiene peor aspecto que antes, aunque parece ileso, nos encuentra a Haymitch y a mí.

—Los sacamos a todos salvo a Enobaria. Sin embargo, como es del 2, dudo que la estuvieran reteniendo. Peeta está al final del pasillo. Los efectos del gas empiezan a desaparecer. Deberíais estar allí cuando despierte.

«Peeta.»

Sano y salvo. Bueno, quizá no tan sano, pero al menos a salvo y aquí, lejos de Snow. A salvo. Aquí. Conmigo. Podré tocarlo dentro de un minuto, verlo sonreír, oír su risa.

Haymitch me sonríe.

—Venga, vamos —dice.

Casi floto de felicidad. ¿Qué le diré? Oh, ¿qué más da? Peeta estará encantado le diga lo que le diga. Seguramente me besará de todos modos. Me pregunto si será como aquellos últimos besos en la playa de la arena, los que ni siquiera me había atrevido a analizar hasta ahora.

Peeta ya está despierto, sentado en el borde de la cama; mira con desconcierto a los tres médicos que lo tranquilizan, le miran los ojos con linternas y le comprueban el pulso. Me decepciona que mi cara no sea lo primero que vea al despertarse, pero acaba de verme ahora mismo. Primero parece incrédulo y después expresa algo más intenso que no soy capaz de interpretar. ¿Deseo? ¿Desesperación? Seguramente las dos cosas, porque aparta a los médicos, salta de la cama y avanza hacia mí. Corro hacia él con los brazos extendidos y él alarga las manos, buscándome, imagino que para acariciarme la cara.

Justo cuando empiezo a decir su nombre, me agarra del cuello con ambas manos.

El frío collarín me roza el cuello y hace que los temblores sean aún más difíciles de controlar. Al menos ya no estoy en el tubo claustrofóbico, rodeada de máquinas que zumban y tintinean, escuchando a una voz sin cuerpo decirme que me quede quieta mientras intento convencerme de que todavía puedo respirar. Incluso ahora, después de que me aseguren que no sufriré daños permanentes, me falta el aire.

La principal preocupación del equipo médico (daños en la médula espinal, vías respiratorias, venas y arterias) ha quedado descartada. Moratones, ronquera, laringe irritada, esta tosecita..., nada importante. Todo irá bien. El Sinsajo no perderá la voz. Y me pregunto: ¿dónde está el médico que determina si voy a perder la cabeza? Aunque se supone que ahora mismo no debo hablar. Ni siquiera puedo dar las gracias a Boggs cuando viene a visitarme para echarme un vistazo y decirme que ha visto heridas mucho peores entre los soldados cuando les enseñan cómo inmovilizar ahogando.

Fue Boggs el que derribó a Peeta de un golpe antes de que pudiera causar daños permanentes. Sé que Haymitch habría acudido en mi defensa de no haber estado completamente desprevenido. Pillarnos a Haymitch y a mí con la guardia baja es poco habitual, pero nos había absorbido tanto la idea de salvar a Peeta, de librarlo de la tortura del Capitolio, que la alegría de tenerlo de vuelta nos había cegado. De haber mantenido una reunión en privado con él, me habría matado. Porque ahora está loco.

«No, loco no —me recuerdo—. Secuestrado.»

Es la palabra que oí decir a Plutarch y Haymitch mientras pasaba por su lado en camilla por el pasillo. No sé qué es lo que significa.

Prim, que aparece momentos después del ataque y ha permanecido a mi lado todo lo posible desde entonces, me echa otra manta encima.

—Creo que te quitarán el collarín muy pronto, Katniss. Así no tendrás tanto frío.

Mi madre, que ha estado ayudando en una cirugía muy complicada, todavía no sabe lo del ataque de Peeta. Prim recoge una de mis manos, que está cerrada en un puño, y la masajea hasta que se abre y la sangre empieza a fluirme de nuevo por los dedos. Está empezando con el segundo puño cuando aparecen los médicos, me quitan el collarín y me ponen una inyección para el dolor y la inflamación. Me quedo tumbada con la cabeza quieta, como me piden, para no empeorar las heridas del cuello.

Plutarch, Haymitch y Beetee han estado esperando fuera a que los médicos les permitieran pasar. No sé si se lo han dicho a Gale, pero, como no está aquí, supongo que no. Plutarch mete prisas a los médicos para que salgan e intenta ordenar a Prim que se vaya.

—No —responde ella—. Si me obligáis a salir iré directamente a cirugía y le contaré a mi madre todo lo que ha pasado. Y os advierto que no le gustará mucho que un Vigilante decida sobre la vida de Katniss. Sobre todo teniendo en cuenta lo mal que la habéis cuidado.

Plutarch parece ofendido, pero Haymitch se ríe.

—Déjalo estar, Plutarch —le dice, y Prim se queda.

—Bueno, Katniss, el estado de Peeta nos ha sorprendido a todos —dice Plutarch—. Ya habíamos notado su deterioro durante las dos últimas entrevistas. Estaba claro que habían abusado de él, y creíamos que su estado mental se debía a eso. Ahora creemos que ha pasado algo más, que el Capitolio lo ha sometido a una técnica poco habitual conocida como secuestro. ¿Beetee?

—Lo siento —dice Beetee—, pero no puedo contarte todos los detalles, Katniss. El Capitolio mantiene muy en secreto esta clase de tortura y creo que los resultados son desiguales. Pero sí sabemos que es un tipo de condicionamiento a través del miedo. El término es una palabra arcaica que viene de *sequestrare*, que en un antiguo idioma significa «retener» o, incluso mejor, «apoderarse». La técnica consiste en usar veneno de rastrevíspula. Quizá utilizaron ese nombre porque pensaron que existía cierto parecido entre las palabras «rastro» y «secuestro», no lo sabemos. Las rastrevíspulas te picaron en tus primeros Juegos del Hambre, así que, a diferencia de nosotros, conoces de primera mano los efectos del veneno.

Terror, alucinaciones, visiones de pesadilla en las que perdía a mis seres queridos... Porque el veneno afecta a la parte del cerebro responsable del miedo.

—Seguro que recuerdas lo asustada que estabas. ¿También sufriste después confusión mental? —pregunta Beetee—. ¿La sensación de no distinguir lo real de lo falso? La mayoría de los que han sobrevivido para contarlo experimentan algo así.

Sí, aquel encuentro con Peeta. Incluso después de recuperarme, no estaba segura de si él había matado a Cato para salvarme la vida o me lo había imaginado.

—Resulta más difícil recordar porque los recuerdos pueden cambiarse —dice Beetee, dándose unos golpecitos en la frente—. Se sacan a la luz, se alteran y se vuelven a guardar modificados. Ahora imagina que te pido que recuerdes algo, ya sea con una sugerencia verbal o haciéndote ver la grabación de un suceso, y, mientras tienes fresca la experiencia, te doy una dosis de veneno de rastrevíspula. No la suficiente para inducirte un desmayo de tres días, sino lo bastante para llenar ese recuerdo de miedo y duda. Y eso es lo que tu cerebro guarda en su almacenamiento a largo plazo.

Empiezo a marearme. Prim pregunta lo que estoy pensando:

—¿Es eso lo que le han hecho a Peeta? ¿Han sacado sus recuerdos de Katniss y los han distorsionado para que sean aterradores?

—Tan aterradores que la ve como una amenaza letal —responde Beetee, asintiendo—. Tanto como para intentar matarla. Sí, es nuestra teoría en estos momentos.

Me cubro la cara con los brazos porque esto no está pasando, es imposible. Que alguien obligue a Peeta a olvidar que me quiere..., nadie podría hacer eso.

—Pero puede arreglarse, ¿verdad? —pregunta Prim.

—Bueno, tenemos pocos datos al respecto —dice Plutarch—. Ninguno, de hecho. Si la rehabilitación de un secuestrado se ha intentado antes, no tenemos acceso a esos archivos.

—Pero lo vais a intentar, ¿no? —insiste Prim—. No lo dejaréis encerrado en una habitación acolchada para que siga sufriendo, ¿verdad?

—Claro que lo intentaremos, Prim —dice Beetee—. Es que no sabemos hasta qué punto tendremos éxito, ni siquiera si lo tendremos. Creo que los sucesos aterradores son los más difíciles de erradicar. Al fin y al cabo, son los que por naturaleza recordamos mejor.

—Y, aparte de sus recuerdos de Katniss, todavía no sabemos qué más han modificado —interviene Plutarch—. Estamos reuniendo a un equipo de militares y psiquiatras profesionales para idear un contraataque. Personalmente, soy optimista, creo que se recuperará del todo.

—¿Ah, sí? —responde Prim en tono mordaz—. ¿Y qué crees tú, Haymitch?

Muevo un poco los brazos para ver su expresión a través de la rendija. Se le nota cansado y desanimado.

—Creo que Peeta podría mejorar un poco, pero... no creo que vuelva a ser el mismo —responde.

Vuelvo a cerrar la rendija y los dejo a todos fuera.

—Al menos está vivo —dice Plutarch, como si perdiera la paciencia con nosotros—. Snow ha ejecutado al estilista de Peeta y a su equipo de preparación esta noche, en directo. No tenemos ni idea de qué ha sido de Effie Trinket. Peeta tiene problemas, pero está aquí, con nosotros, y eso es una mejora evidente con respecto a su situación de hace doce horas. Tengámoslo en cuenta, ¿vale?

El intento de Plutarch de animarme (aliñado con las noticias sobre la muerte de otras cuatro, quizá cinco, personas) le sale al revés. Portia, el equipo de preparación de Peeta, Effie. El esfuerzo de reprimir las lágrimas hace que me palpite tanto la garganta que vuelvo a jadear. Al final no les queda más remedio que sedarme.

Cuando despierto me pregunto si ahora sólo podré dormir así, inyectándome medicamentos. Me alegro de que me hayan impedido hablar en los próximos días porque no quiero decir nada. Ni hacer nada. De hecho, soy una paciente modelo, mi letargo se confunde con moderación, con obediencia a las órdenes de los médicos. Ya no quiero llorar. En realidad, sólo consigo aferrarme a una única idea, una imagen de la cara de Snow acompañada por un susurro en la cabeza: «Te mataré».

Prim y mi madre se turnan para acompañarme, me convencen para que trague bocaditos de comida blanda. La gente entra periódicamente para informarme sobre la evolución de Peeta. Los altos niveles de veneno de rastrevíspula empiezan a salir de su cuerpo. Lo tratan sólo desconocidos, nativos del 13 (nadie de casa ni del Capitolio ha podido visitarlo todavía) para evitar que se disparen los recuerdos peligrosos. Un equipo de especialistas trabaja todo el día para diseñar una estrategia con la que curarlo.

Se supone que Gale no debe visitarme, ya que está en cama con una herida en el hombro, pero, la tercera noche, después de que me seden y apaguen la luz para dormir, se mete silenciosamente en mi cuarto. No habla, sólo me acaricia los moratones del cuello con dedos ligeros como alas de polilla, me da un beso entre los ojos y desaparece.

A la mañana siguiente me dejan salir del hospital con instrucciones de moverme despacio y no hablar más de lo necesario. No me imprimen un horario, así que vago sin rumbo hasta que Prim pide permiso en el hospital para llevarme al nuevo compartimento de mi familia, el 2212. Es idéntico al anterior, aunque sin ventana.

A *Buttercup* le han asignado una ración de comida al día y una caja de arena que guardamos bajo el lavabo del baño. Cuando Prim me mete en la cama, el gato salta sobre mi almohada y le pide atención. Ella lo acuna, pero sigue pendiente de mí.

—Katniss, sé que lo que le está pasando a Peeta es terrible para ti, pero recuerda que Snow ha estado con él varias semanas y que nosotros sólo hemos tenido unos cuantos días. Existe una posibilidad de que el viejo Peeta, el que te quiere, siga ahí dentro intentando volver contigo. No te rindas.

Miro a mi hermana pequeña y veo que ha heredado las mejores cualidades de nuestra familia: las manos sanadoras de mi madre, la sensatez de mi padre y mi espíritu de lucha. También hay algo más, algo que es sólo de ella: la habilidad para contemplar el lío que es la vida y ver las cosas como son. ¿Llevará razón? ¿Podría volver Peeta conmigo?

—Tengo que irme al hospital —me dice, colocándome a *Buttercup* al lado—. Os dejo para que os hagáis compañía, ¿vale?

El gato salta de la cama, la sigue hasta la puerta y se queja amargamente al ver que lo deja atrás. Somos tan buena compañía el uno para el otro como la tierra del suelo. Al cabo de unos treinta segundos me doy cuenta de que no soporto estar encerrada en esta celda subterránea, así que abandono a *Buttercup* a su suerte. Me pierdo varias veces pero, al final, consigo llegar a Defensa Especial. Todos los que me ven se quedan mirando los moratones, y no puedo evitar sentirme cohibida hasta el punto de subirme el cuello hasta las orejas.

Deben de haberle dado el alta a Gale esta mañana, porque me lo encuentro en una de las salas de investigación con Beetee. Están absortos, inclinados sobre un plano, tomando medidas. Varias versiones de la imagen cubren la mesa y el suelo. En las paredes de corcho y en varias pantallas de ordenador hay otros diseños de algún tipo. En las líneas bastas de uno reconozco la trampa de lazo de Gale.

—¿Qué es esto? —pregunto con voz ronca, apartando su atención de la hoja.

—Ah, Katniss, nos has encontrado —dice Beetee alegremente.

—¿Qué? ¿Es un secreto? —pregunto; sabía que Gale había pasado mucho tiempo trabajando con Beetee, pero suponía que estaban jugueteando con arcos y pistolas.

—La verdad es que no, aunque me he sentido un poco culpable por robarte tanto a Gale —reconoce Beetee.

Como he estado desorientada, preocupada, enfadada, en maquillaje u hospitalizada casi todo el tiempo que llevo en el 13, no puedo decir que las ausencias de Gale me hayan supuesto una molestia. Las cosas entre nosotros tampoco han estado demasiado bien. Sin embargo, dejo que Beetee me deba un favor.

—Espero que hayas estado aprovechando bien su tiempo —le digo.

—Ven a ver —responde, haciendo un gesto para que me acerque a una pantalla de ordenador.

Esto es lo que han estado haciendo: han usado las ideas fundamentales de las trampas de Gale para adaptarlas y convertirlas en armas contra humanos. Bombas, sobre todo. No se trata tanto de la mecánica de las bombas como de la psicología que hay tras ellas. Se colocan minas en una zona con algo esencial para la supervivencia: una fuente de agua o de comida. Se asusta a las presas para que huyan hacia la zona de la trampa. Se pone en peligro a las crías para atraer al objetivo deseado: los padres. Se atrae a la víctima a lo que parece ser un refugio seguro... en el que espera la muerte. Llegados a cierto punto, Gale y Beetee abandonaron la naturaleza y se centraron en impulsos más humanos, como la compasión. Estalla una bomba; se deja un tiempo para que la gente corra en ayuda de los heridos; entonces estalla una segunda bomba, más potente, y los mata a todos.

—Me parece que eso es cruzar una línea —digo—. Entonces, ¿todo vale? —Los dos se me quedan mirando, Beetee dudoso y Gale con expresión hostil—. Supongo que no hay ningún manual sobre lo que resulta aceptable o no hacerle a otro ser humano.

—Claro que sí: Beetee y yo hemos estado siguiendo el mismo manual que el presidente Snow cuando secuestró a Peeta —responde Gale.

Cruel, pero al grano. Me voy sin hacer más comentarios. Si no salgo de aquí de inmediato puede que me ponga a echar humo. Sin embargo, Haymitch me intercepta antes de que salga de Defensa Especial.

—Ven —me dice—, te necesitamos en el hospital.

—¿Para qué?

—Van a intentar algo con Peeta —responde—. Quieren enviar a la persona más inocua posible del 12, encontrar a alguien a quien Peeta conozca desde niño, pero nadie demasiado cercano a ti. Están examinando a los candidatos.

Sé que será una tarea complicada, ya que todos los que compartan niñez con Peeta seguramente también serán de la ciudad, y pocos sobrevivieron a las llamas. Sin embargo, cuando llegamos a la sala del hospital que han convertido en espacio de trabajo para el equipo de recuperación de Peeta, la veo charlando con Plutarch: Delly Cartwright. Como siempre, sonríe como si fuera mi mejor amiga. Sonríe así a todo el mundo.

—¡Katniss! —exclama.

—Hola, Delly —la saludo.

Había oído que ella y su hermano menor habían sobrevivido. Sus padres, que llevaban la zapatería de la ciudad, no tuvieron tanta suerte. Parece mayor con la monótona ropa del 13 que no favorece a nadie y el cabello largo amarillo recogido en una práctica trenza, en vez de suelto en tirabuzones. Delly está un poquito más delgada de lo que recuerdo, pero era de los pocos críos del 12 a los que les sobraban un par de kilos. La dieta de este lugar, el estrés y la pena por perder a sus padres habrán contribuido.

—¿Cómo te va? —le pregunto.

—Bueno, han sido muchos cambios de golpe —responde, y

se le llenan los ojos de lágrimas—. Pero todo el mundo es muy agradable en el 13, ¿verdad?

Delly lo dice en serio, le gusta la gente, toda la gente, no sólo unos cuantos a los que ha tenido tiempo de conocer durante muchos años antes de decidirse.

—Se han esforzado por hacernos sentir bien recibidos —respondo; creo que es una afirmación justa, sin pasarse—. ¿Eres la que han elegido para ver a Peeta?

—Supongo. Pobre Peeta. Y pobre de ti. Nunca entenderé al Capitolio.

—Quizá sea mejor para ti.

—Delly conoce a Peeta desde hace tiempo —dice Plutarch.

—¡Oh, sí! —exclama ella, y la cara se le ilumina—. Jugábamos juntos cuando éramos pequeños. Yo le decía a la gente que era mi hermano.

—¿Qué te parece? —pregunta Haymitch—. ¿Hay algo que pueda despertar algún recuerdo sobre ti?

—Estábamos todos en la misma clase, pero no coincidíamos mucho —respondo.

—Katniss era tan asombrosa que nunca se me pasó por la cabeza que pudiera fijarse en mí —comenta Delly—. Era capaz de cazar, de ir al Quemador y todo eso. Todos la admiraban.

Tanto Haymitch como yo tenemos que observarla atentamente para determinar si bromea. Por cómo lo dice, yo no tenía apenas amigos porque era tan excepcional que intimidaba a la gente. No es cierto: apenas tenía amigos porque no era amistosa. Hace falta alguien como Delly para convertirme en un ser maravilloso.

—Delly siempre piensa lo mejor de todos —explico—. No creo que Peeta tenga malos recuerdos relacionados con ella —añado, hasta que recuerdo una cosa—. Esperad, en el Capitolio, cuando mentí diciendo que no reconocía a la avox, Peeta me cubrió asegurando que se parecía a Delly.

—Lo recuerdo —dice Haymitch—, pero no sé. No era cierto, Delly no estaba allí de verdad. No creo que pueda competir con varios años de recuerdos infantiles.

—Sobre todo con una compañera tan encantadora como Delly —añade Plutarch—. Venga, vamos a probar.

Plutarch, Haymitch y yo nos metemos en la sala de observación que está al lado de la de Peeta. Dentro ya hay diez miembros de su equipo de recuperación armados con bolis y cuadernos. El vidrio polarizado y el sistema de audio nos permiten observar a Peeta en secreto. Está tumbado, con los brazos sujetos a la cama mediante correas. No intenta liberarse de sus ataduras, aunque sus manos no dejan de moverse. A pesar de tener una expresión más lúcida que cuando intentó estrangularme, todavía no lo reconozco.

Cuando se abre la silenciosa puerta, abre mucho los ojos, alarmado, y después se queda perplejo. Delly entra en el cuarto, vacilante, pero, al acercarse, esboza sin pensarlo una sonrisa.

—¿Peeta? Soy Delly, de casa.

—¿Delly? —pregunta él, y algunas de las nubes parecen aclararse—. Delly, eres tú.

—¡Sí! —exclama ella, obviamente aliviada—. ¿Cómo te sientes?

—Fatal. ¿Dónde estamos? ¿Qué ha pasado?

—Allá vamos —dice Haymitch.

—Le dije que se abstuviera de mencionar a Katniss y al Capitolio —explica Plutarch—. A ver cuánto consigue recordarle de su hogar.

—Bueno..., estamos en el Distrito 13. Ahora vivimos aquí —dice Delly.

—Eso es lo que me cuentan todos, pero no tiene sentido. ¿Por qué no estamos en casa?

—Hubo un... accidente —responde Delly, mordiéndose el labio—. Yo también echo mucho de menos el 12. Estaba pensando en esos dibujos de tiza que hacíamos en los adoquines. Los tuyos eran maravillosos. ¿Recuerdas cuando convertiste cada piedra en un animal diferente?

—Sí, cerdos, gatos y cosas —responde Peeta—. ¿Has dicho... que hubo un accidente?

Veo la capa de sudor que cubre la frente de Delly mientras intenta evitar la pregunta.

—Fue malo. Nadie... pudo quedarse —responde.

—Aguanta, chica —la anima Haymitch.

—Pero sé que esto te va a gustar, Peeta. Han sido muy amables con nosotros, siempre hay comida y ropa limpia, y el colegio es mucho más interesante —asegura Delly.

—¿Por qué no ha venido mi familia a verme? —pregunta Peeta.

—No pueden —responde Delly, y los ojos se le vuelven a llenar de lágrimas—. Mucha gente no logró salir del 12, así que tenemos que empezar una nueva vida aquí. Seguro que les vendrá bien un buen panadero. ¿Recuerdas cuando tu padre nos dejaba hacer muñecos de masa?

—Hubo un incendio —dice Peeta de repente.

—Sí —susurra ella.

—El 12 se ha quemado, ¿verdad? Por ella —añade Peeta, enfadado—. ¡Por Katniss! —grita, tirando de las correas.

—Oh, no, Peeta, no fue culpa suya —le asegura Delly.

—¿Te lo ha dicho ella? —le escupe Peeta.

—Sacadla de ahí —ordena Plutarch.

La puerta se abre de inmediato y Delly empieza a retroceder hacia ella muy despacio.

—No tuvo que hacerlo, yo estaba... —empieza.

—¡Porque miente! ¡Es una mentirosa! ¡No te creas nada de lo que diga! ¡Es una especie de muto que ha creado el Capitolio para usarlo contra nosotros! —grita Peeta.

—No, Peeta, no es un... —intenta Delly de nuevo.

—No confíes en ella, Delly —insiste Peeta, frenético—. Yo lo hice, y ella intentó matarme. Mató a mis amigos, a mi familia. ¡Ni siquiera te acerques a ella! ¡Es un muto!

Alguien mete la mano por la puerta, saca a Delly y la puerta se cierra, pero Peeta sigue chillando:

—¡Un muto! ¡Es un muto apestoso!

No sólo me odia y quiere matarme, sino que ya ni siquiera cree que sea humana. La estrangulación fue menos dolorosa.

A mi alrededor, el equipo de recuperación escribe como loco, tomando nota de cada palabra. Haymitch y Plutarch me agarran por los brazos y me sacan de la sala. Después me apoyan en una pared del silencioso pasillo, aunque yo sé que Peeta sigue gritando detrás de la puerta y el cristal.

Prim se equivocaba: no recuperaremos a Peeta.

—No puedo quedarme aquí —digo, entumecida—. Si queréis que sea el Sinsajo, tendréis que enviarme a otra parte.

—¿Adónde quieres ir? —pregunta Haymitch.

—Al Capitolio —respondo, porque es el único lugar en el que me queda algo por hacer.

—No es posible hasta que aseguremos los distritos —dice Plutarch—. La buena noticia es que los enfrentamientos han terminado casi por completo en todos, salvo en el 2. Está siendo un hueso duro de roer.

Es verdad, primero los distritos, después el Capitolio y, por último, acabaré con Snow.

—Bien, enviadme al 2.

El Distrito 2 es un distrito grande, como cabría esperar, compuesto por una serie de pueblos repartidos por las montañas. En un principio, cada uno estaba asociado a una mina o cantera, aunque ahora muchos se dedican a alojar y entrenar agentes de la paz. Esa zona no presentaría ningún problema, ya que los rebeldes tienen las fuerzas aéreas del 13 de su lado, pero existe otra traba: en el centro del distrito hay una montaña prácticamente impenetrable en la que se encuentra el núcleo del ejército del Capitolio.

Hemos apodado a la montaña el Hueso, ya que conté el comentario de Plutarch sobre «el hueso duro de roer» a los líderes rebeldes de este lugar. El Hueso se estableció justo después de los Días Oscuros, cuando el Capitolio perdió al 13 y necesitaba desesperadamente un nuevo fortín subterráneo. Aunque tenían algunos de sus recursos militares a las afueras del Capitolio (misiles nucleares, aviones y tropas), una parte significativa de su poder había quedado en manos del enemigo. Por supuesto, duplicar el 13 era una obra de varios siglos, pero vieron una oportunidad en las viejas minas del cercano Distrito 2. Desde el aire, el Hueso parecía una montaña más con unas cuantas entradas en las paredes. Sin embargo, dentro había enormes espacios cavernosos de los que se habían sacado a la superficie grandes bloques de piedra para ser transportados por carreteras estrechas y resbaladizas con destino a lejanos edificios en construcción. Incluso había un sistema de ferrocarril para facilitar el traslado de los mineros desde el Hueso al mismo centro de la ciudad principal del Distrito 2. Llevaba hasta la plaza que Peeta y yo visitamos durante la Gira de la Victoria; estuvimos de pie en los escalones de mármol del Edificio de Justicia intentando no mirar demasiado a las apenadas familias de Cato y Clove, que estaban reunidas a nuestros pies.

No era un terreno ideal, ya que siempre había corrimientos de tierra, inundaciones y avalanchas. Sin embargo, las ventajas superaban a los inconvenientes. Al excavar las profundidades de la montaña, los mineros habían dejado grandes pilares y paredes de piedra para sujetar la infraestructura. El Capitolio los reforzó y se puso a convertir la montaña en su nueva base militar; la llenó de ordenadores, salas de reuniones, barracones y arsenales; ensanchó las entradas para permitir que salieran los aerodeslizadores del hangar sin cambiar mucho el exterior de la montaña, que era un basto enredo rocoso de árboles y animales, una fortaleza natural para protegerse de sus enemigos.

En comparación con otros distritos, el Capitolio mimaba a los habitantes de este lugar. No hay más que mirar a los rebeldes del Distrito 2 para saber que estaban bien alimentados y cuidados desde pequeños. Algunos acababan en las canteras y minas, mientras que otros se educaban para los trabajos del Hueso o entraban a formar parte de los agentes de la paz. Desde pequeños los entrenaban para el combate. Los Juegos del Hambre eran una oportunidad de lograr riqueza y una gloria que no podían encontrarse en ninguna otra parte. Obviamente, la gente del 2 se tragaba la propaganda del Capitolio con más facilidad que el resto de nosotros. Abrazaban sus costumbres. Sin embargo, a pesar de todo, al final no dejaban de ser esclavos. Y si los ciudadanos que se convertían en agentes o trabajaban en el Hueso no se daban cuenta, los canteros que formaban la columna vertebral de la resistencia sí que lo sabían perfectamente.

Las cosas están como cuando llegué hace dos semanas: los pueblos exteriores en manos rebeldes, la ciudad dividida y el Hueso tan intocable como siempre. Sus pocas entradas están bien fortificadas y su núcleo a salvo en el interior de la montaña. Aunque el resto de los distritos se ha librado del Capitolio, el 2 sigue en sus manos.

Todos los días hago lo que puedo por ayudar: visito a los heridos y grabo cortas propos con mi equipo de televisión. No me dejan luchar de verdad, pero me invitan a sus reuniones sobre el estado de la guerra, que ya es más de lo que me permitían hacer en el 13. Aquí se está mucho mejor, es más libre, no tengo un horario en el brazo y me exigen menos cosas. Vivo en la superficie, en los pueblos rebeldes o en las cuevas que los rodean. Por seguridad, me trasladan a menudo. Durante el día me dejan cazar, siempre que me lleve a un guardia y no me aleje demasiado. El fresco aire de la montaña me devuelve parte de mi fuerza física y aclara la bruma de mi cabeza. Pero con esta claridad mental soy aún más consciente de lo que le han hecho a Peeta.

Snow me lo ha robado, lo ha retorcido hasta dejarlo irreconocible y me lo ha regalado. Boggs, que vino al 2 conmigo, me dijo que incluso con lo complicado que era el plan, había sido un poco más fácil de la cuenta rescatar a Peeta. Él cree que, si el 13 no lo hubiera hecho, el Capitolio me habría entregado a Peeta de todos modos. Lo habría soltado en un distrito en guerra o quizá en el mismo 13, atado con un lazo y con una tarjeta a mi nombre. Programado para asesinarme.

Ahora que lo han corrompido por completo es cuando más aprecio al Peeta de verdad, incluso más que si hubiera muerto. La amabilidad, la firmeza, la bondad que escondía un calor inesperado detrás... Aparte de Prim, mi madre y Gale, ¿cuántas personas en el mundo me quieren de manera incondicional? Creo que, en mi caso, la respuesta sería que ninguna. A veces, cuando estoy sola, saco la perla de su hogar en mi bolsillo e intento recordar al chico del pan, los fuertes brazos que me protegieron de las pesadillas en el tren y los besos en la arena. Intento ponerle nombre a lo que he perdido, pero ¿para qué? Se ha ido, Peeta se ha ido. Lo que existía entre nosotros se ha ido. Sólo me queda mi promesa de matar a Snow. Me lo repito diez veces al día.

En el 13 siguen con la rehabilitación de Peeta. Aunque no pregunto, Plutarch me da alegres informes por teléfono, como: «¡Buenas noticias, Katniss! ¡Creo que casi lo hemos convencido de que no eres un muto!» u «¡Hoy le hemos dejado que se comiera solo el pudin!».

Cuando Haymitch se pone después, reconoce que Peeta no ha mejorado. El único dudoso rayo de esperanza ha llegado de mi hermana.

—A Prim se le ocurrió que lo secuestráramos nosotros —me

cuenta Haymitch—, que pensara en sus recuerdos distorsionados de ti y le diéramos una gran dosis de medicamento calmante, como morflina. Sólo hemos probado con un recuerdo, la grabación de vosotros dos en la cueva, cuando le contaste aquella historia sobre la cabra de Prim.

—¿Alguna mejora? —pregunto.

—Bueno, si la confusión extrema es una mejora frente al terror extremo, sí —responde él—. Pero no estoy seguro. Perdió el habla durante varias horas, se quedó como aletargado. Cuando volvió en sí, no hacía más que preguntar por la cabra.

—Ya.

—¿Cómo va por ahí?

—No hay avances —respondo.

—Vamos a enviar un equipo para ayudaros con la montaña, Beetee y algunos más. Ya sabes, los cerebros.

Cuando seleccionan a los cerebros, no me extraña ver el nombre de Gale en la lista. Suponía que Beetee lo traería, no por sus conocimientos tecnológicos, sino con la esperanza de que se le ocurriera la forma de atrapar una montaña. En principio, Gale se ofreció a venir conmigo al 2, pero me di cuenta de que lo apartaba de su trabajo con Beetee. Le dije que se quedara donde más lo necesitaban, aunque no le confesé que su presencia me pondría aún más difícil llorar a Peeta.

Gale me encuentra nada más llegar, una tarde a última hora. Estoy sentada en un tronco en las afueras de mi pueblo actual desplumando un ganso. Tengo una docena de pájaros apilados delante de mí. Por aquí han pasado grandes bandadas en migración desde que llegué, así que es fácil cazarlos. Sin decir palabra,

Gale se sienta a mi lado y empieza a quitarle las plumas a otro pájaro. Cuando vamos por la mitad, me dice:

—¿Alguna oportunidad de comérnoslos?

—Claro. La mayoría van a la cocina del campamento, pero me dejan dar un par a quien se quede conmigo por la noche —respondo—. Por protegerme.

—¿No basta con disfrutar de tal honor?

—Eso digo yo, pero se ha corrido la voz de que los sinsajos son peligrosos para la salud.

Seguimos desplumando en silencio un poco más, hasta que Gale dice:

—Vi a Peeta ayer. A través del cristal.

—¿Y qué piensas?

—Algo egoísta.

—¿Que ya no tendrás que sentir celos de él? —pregunto; doy un tirón fuerte, y una nube de plumas cae sobre nosotros.

—No, justo lo contrario —responde él, quitándome una pluma del pelo—. Pensé... que nunca podré competir con eso, por mucho que me veas sufrir. —Le da vueltas a la pluma entre el pulgar y el índice—. No tengo ninguna oportunidad si Peeta no mejora. Nunca podrás dejarlo ir, siempre te sentirás mal por estar conmigo.

—Igual que siempre me sentía mal por ti si lo besaba a él.

—Si pensara que eso es cierto, casi podría soportar todo lo demás —responde él, mirándome a los ojos.

—Es cierto —reconozco—, pero también es cierto lo que has dicho de Peeta.

Gale deja escapar un bufido de exasperación. No obstante,

después de dejar los pájaros y presentarnos voluntarios para ir al bosque a recoger leña para la fogata de la noche, me rodea con sus brazos. Sus labios me rozan los moratones del cuello y siguen subiendo hacia mi boca. A pesar de lo que siento por Peeta, en este preciso instante acepto que nunca volverá conmigo. O que yo nunca volveré con él. Me quedaré en el 2 hasta que caiga, iré al Capitolio, mataré a Snow y moriré al hacerlo. Y Peeta morirá loco y odiándome. Así que, bajo los últimos rayos del sol, cierro los ojos, beso a Gale y lo compenso por todos los besos que no le he dado; porque ya no importa y porque me siento tan desesperadamente sola que no puedo seguir soportándolo.

El tacto, el sabor y el calor de Gale me recuerdan que, al menos, mi cuerpo sigue vivo, y, por ahora, es una sensación agradable. Vacío la mente y me dejo llevar por ella, feliz. Cuando Gale se aparta un poco, avanzo para acercarme, pero me pone la mano bajo la barbilla.

—Katniss —dice.

En cuanto abro los ojos, el mundo parece dislocado, no son nuestros bosques, ni nuestras montañas, ni nuestras costumbres. Me llevo la mano a la cicatriz de la sien izquierda, que relaciono con la confusión mental.

—Ahora, bésame —dice.

Desconcertada, sin parpadear, me quedo quieta mientras él se inclina para darme un beso rápido en los labios. Después me examina con atención.

—¿Qué está pasando dentro de tu cabeza? —me pregunta.

—No lo sé —susurro.

—Entonces es como besar a un borracho, no cuenta —responde; intenta reírse, aunque no le sale muy bien. Recoge una pila de leña y me la suelta en los brazos, devolviéndome a mi cuerpo.

—¿Cómo lo sabes? —pregunto, sobre todo para ocultar mi vergüenza—. ¿Es que has besado a algún borracho?

Supongo que Gale puede haber besado a diestro y siniestro en el 12. Había candidatas de sobra. Nunca había pensado mucho en ello.

—No —responde él, sacudiendo la cabeza—, pero no cuesta imaginarlo.

—Entonces, ¿nunca has besado a otras chicas?

—No he dicho eso. Sólo tenías doce años cuando nos conocimos, ¿sabes? Y eras un grano en el culo. Mi vida no se limitaba a cazar contigo —añade, cargándose de leña.

De repente siento verdadera curiosidad.

—¿A quién besaste? ¿Y dónde?

—Demasiadas para recordarlo. Detrás del colegio, en la escombrera... Muchos sitios.

Pongo los ojos en blanco.

—Entonces, ¿cuándo me hice yo tan especial? ¿Cuando me llevaron al Capitolio?

—No, unos seis meses antes. Justo después de Año Nuevo. Estábamos en el Quemador, comiendo uno de los guisos de Sae la Grasienta, y Darius te tomaba el pelo diciendo que te cambiaba un conejo por un beso. Y me di cuenta de que... me importaba.

Recuerdo aquel día. Hacía un frío que pelaba y ya había oscurecido a las cuatro de la tarde. Estuvimos cazando, pero la intensidad de la nevada nos hizo volver a la ciudad. El Quemador estaba abarrotado de gente que buscaba refugio del tiempo. La sopa de Sae, hecha con caldo de los huesos de un perro salvaje al que habíamos matado una semana antes, sabía peor de lo normal. Sin embargo, estaba caliente y yo tenía mucha hambre, así que me la zampé sentada con las piernas cruzadas sobre su mostrador. Darius estaba apoyado en el poste de la caseta haciéndome cosquillas en la cara con el extremo de mi trenza, mientras yo lo apartaba a manotazos. Me estaba explicando por qué uno de sus besos se merecía un conejo, quizá dos, ya que todos sabían que los pelirrojos son los hombres más viriles. Y Sae la Grasienta y yo nos reíamos, porque estaba muy ridículo e insistente, y no dejaba de señalarnos a las mujeres del Quemador que, según decía, habían pagado más de un conejo por disfrutar de sus labios. «¿Veis ésa? ¿La de la bufanda verde? Preguntadle, venga. Si es que necesitáis referencias.»

Aquello pasó a un millón de kilómetros de aquí, hace mil millones de días.

—Darius estaba de broma —digo.

—Seguramente, aunque, de haber ido en serio, habrías sido la última en enterarte —responde Gale—. Mira a Peeta. Mírame a mí. O a Finnick. Empezaba a preocuparme que te hubiese echado el ojo encima, pero parece haber vuelto a lo suyo.

—No conoces a Finnick si crees que se enamoraría de mí.

—Sé que estaba desesperado —replica él, encogiéndose de hombros—. La gente desesperada hace todo tipo de locuras.

No puedo evitar pensar que lo dice por mí.

A primera hora de la mañana, los cerebros se reúnen para

analizar el problema del Hueso. Me piden que acuda, aunque no tengo mucho con lo que contribuir. Evito sentarme en la mesa principal y me coloco en el amplio alféizar con vistas a la montaña en cuestión. La comandante del 2, una mujer de mediana edad llamada Lyme, nos lleva en un recorrido virtual por el Hueso, su interior y sus fortificaciones, y nos cuenta los intentos fallidos de controlarlo. Me he cruzado con ella brevemente un par de veces desde mi llegada y no podía librarme de la sensación de haberla visto en alguna parte. Y es como para recordarla: metro ochenta y musculosa. Sin embargo, hasta que no la veo en una grabación de campo liderando un ataque a la entrada principal del Hueso, no encajo las piezas y me doy cuenta de que estoy en presencia de otro vencedor: Lyme, la tributo del 2 que ganó sus Juegos del Hambre hace más de una generación. Effie nos envió su cinta, entre otras, para prepararnos para el Vasallaje de los Veinticinco. Seguramente la habré visto alguna vez durante los Juegos en estos años, pero no ha destacado mucho. Ahora que sé cómo trataron a Haymitch y Finnick, sólo puedo pensar en una cosa: ¿qué le hizo el Capitolio después de ganar?

Cuando Lyme termina la presentación, empiezan las preguntas de los cerebros. Pasan las horas, llega la comida y se va, y ellos siguen intentando dar con un plan realista para hacerse con el Hueso. Sin embargo, aunque Beetee cree ser capaz de entrar en ciertos sistemas informáticos y se habla de usar el puñado de espías que tienen dentro, nadie aporta ninguna idea realmente innovadora. Conforme se acaba la tarde, se vuelve de manera recurrente a una estrategia que se ha intentado varias veces: tomar por asalto las entradas. Veo que aumenta la frustración de

Lyme, porque han fallado ya tantas variaciones de este plan, han muerto tantos soldados, que al final salta:

—Será mejor que el próximo que sugiera tomar las entradas tenga una forma genial de hacerlo, ¡porque él mismo liderará la misión!

Gale, que es demasiado inquieto como para sentarse a la mesa durante más de un par de horas, lleva un rato alternando los paseos por la sala con mi alféizar. Desde el principio aceptó la afirmación de Lyme de que no se podían tomar por asalto la entradas y abandonó la conversación por completo. Lleva una hora sentado en silencio, con el ceño fruncido, concentrado, mirando el Hueso por la ventana. Mientras todos guardan silencio en respuesta al ultimátum de Lyme, él dice:

—¿De verdad es tan necesario que tomemos el Hueso? ¿O nos bastaría con inutilizarlo?

—Eso sería dar un paso en la dirección correcta —responde Beetee—. ¿Qué se te ha ocurrido?

—Pensad en un cubil de perros salvajes —dice Gale—. No es posible entrar por la fuerza, así que tenéis dos opciones: atrapar a los perros dentro u obligarlos a salir.

—Hemos probado a bombardear las entradas —responde Lyme—. Están a demasiada profundidad para sufrir daños importantes.

—No pensaba en eso. Pensaba en usar la montaña —dice Gale; Beetee se le une en la ventana y se asoma desde el otro lado de sus gafas mal ajustadas—. ¿Lo veis? ¿A ambos lados?

—Trayectorias de avalanchas —responde Beetee en voz baja—. Sería arriesgado. Tendríamos que diseñar la secuencia de detonaciones con mucha precaución y, una vez en marcha, no podremos controlarlo.

—No tenemos por qué controlarlo si abandonamos la idea de poseer el Hueso —explica Gale—. Sólo hay que cerrarlo.

—¿Así que sugieres que creemos avalanchas y bloqueemos las entradas? —pregunta Lyme.

—Eso es: atrapar al enemigo dentro y cortarle el acceso a los suministros. Que sus aerodeslizadores no puedan salir.

Mientras todos meditan el plan, Boggs repasa una pila de planos del Hueso y frunce el ceño.

—Nos arriesgaríamos a matar a todos los de dentro —comenta—. Mira el sistema de ventilación, es rudimentario, como mucho. No tiene nada que ver con el del 13. Depende por completo del bombeo de aire desde las laderas de la montaña. Si bloqueamos las rejillas de ventilación, ahogaremos a todos los que estén atrapados.

—Podrían escapar por el túnel del ferrocarril hasta la plaza —dice Beetee.

—No si lo volamos —replica Gale bruscamente.

Entonces queda clara su intención, su verdadera intención: a Gale no le interesa proteger las vidas de las personas que hay dentro del Hueso, no le interesa atrapar a sus presas para usarlas después.

Es una de sus trampas mortales.

Las implicaciones de lo que sugiere Gale calan en los de la habitación. En sus caras se ve cómo reacciona cada uno. Las expresiones van del placer a la angustia, de la pena a la satisfacción.

—La mayor parte de los trabajadores son ciudadanos del 2 —dice Beetee en tono neutro.

—¿Y? —pregunta Gale—. Nunca podríamos volver a confiar en ellos.

—Al menos deberíamos darles la oportunidad de rendirse —añade Lyme.

—Bueno, es un lujo que no nos dieron cuando bombardearon el 12, pero imagino que aquí tenéis unas relaciones más amistosas con el Capitolio —replica Gale.

Por la cara de Lyme, temo que le pegue un tiro a mi amigo o, al menos, un puñetazo. Además, seguro que ella, con su entrenamiento, tiene las de ganar. Sin embargo, la rabia de la mujer no hace más que enfurecer a Gale, que grita:

—¡Vimos cómo los niños morían entre las llamas sin poder hacer nada por ellos!

Tengo que cerrar los ojos un momento porque la imagen me estremece. Y logra el efecto deseado: quiero que mueran todos los que están dentro de esa montaña. Estoy a punto de decirlo, pero... también soy una chica del Distrito 12, no el presidente Snow. No puedo evitarlo, no puedo condenar a nadie a la muerte que Gale sugiere.

—Gale —digo tomándolo del brazo e intentando sonar razonable—, el Hueso es una antigua mina. Sería como provocar un accidente gigantesco en una mina de carbón.

Sin duda mis palabras deberían bastar para que alguien del 12 se piense dos veces el plan.

—Pero no tan rápido como el que mató a nuestros padres —me responde él—. ¿Ése es vuestro problema? ¿Que nuestros enemigos tengan unas cuantas horas para reflexionar sobre el hecho de que van a morir, en vez de limitarse a volar en pedazos?

En los viejos tiempos, cuando no éramos más que un par de críos cazando fuera del 12, Gale decía cosas como aquélla y peores, pero no eran más que palabras. Aquí, en la práctica, se convierten en hechos sin vuelta atrás.

—No sabes cómo acabaron en el Hueso esas personas del Distrito 2 —le digo—. Puede que los coaccionaran. Puede que los retengan contra su voluntad. Algunos espían para nosotros. ¿También los vas a matar a ellos?

—Sí, sacrificaría a unos cuantos para acabar con los demás —contesta—. Y si yo fuera uno de los espías de dentro diría: «¡Adelante con las avalanchas!».

Sé que dice la verdad, que Gale se sacrificaría así por la causa, nadie lo duda. Quizá todos lo haríamos de ser espías si nos dieran la opción. Supongo que yo lo haría. En todo caso, hay que tener sangre fría para decidir por otros y por las personas que los aman.

—Has dicho que teníamos dos opciones —le dice Boggs—: atraparlos u obligarlos a salir. Yo digo que intentemos provocar la avalancha, pero que dejemos el túnel intacto. La gente de dentro podría escapar a la plaza, y allí los estaríamos esperando.

—Bien armados, espero —replica Gale—. Seguro que ellos lo estarán.

—Bien armados. Los tomaremos prisioneros —asiente Boggs.

—Vamos a informar al 13 —sugiere Beetee—, que la presidenta Coin lo considere.

—Ella querrá bloquear el túnel —afirma Gale, convencido.

—Sí, seguramente, pero Peeta dijo algo importante en sus propos, ¿sabes? Habló del peligro de matarnos entre nosotros. He estado haciendo números, teniendo en cuenta las víctimas, los heridos y... creo que, por lo menos, merece la pena discutirlo —explica Beetee.

En la conversación sólo son invitados a participar unos cuantos. Gale y yo nos vamos con los demás. Lo llevo a cazar para que se desahogue un poco, aunque no quiere hablar del tema. Seguramente está demasiado enfadado conmigo por oponerme.

Hacen la llamada, toman una decisión y, por la noche, ya estoy vestida con mi traje de Sinsajo, el arco al hombro y un auricular que me conecta con Haymitch en el 13, por si surge la oportunidad de grabar una buena propo. Esperamos en el tejado del Edificio de Justicia con una vista muy clara de nuestro objetivo.

Al principio, los comandantes del Hueso no hacen caso de

nuestros aerodeslizadores, ya que en el pasado han causado tantos problemas como unas moscas dando vueltas alrededor de un tarro de miel. Sin embargo, al cabo de dos rondas de bombardeos en la parte más alta de la montaña, los aviones captan su atención. Cuando las armas antiaéreas del Capitolio empiezan a disparar, ya es demasiado tarde.

El plan de Gale supera nuestras expectativas. Beetee tenía razón con que no seríamos capaces de controlar las avalanchas una vez iniciadas. Las laderas son inestables por naturaleza, pero, al debilitarse con las explosiones, parecen casi líquidas. Secciones enteras del Hueso se derrumban ante nuestros ojos eliminando cualquier rastro de que los seres humanos hayan puesto pie en ellas alguna vez. Nos quedamos sin habla, diminutos e insignificantes, mientras las olas de piedra bajan con estruendo por la montaña. Entierran las entradas bajo toneladas de roca, levantan una nube de tierra y escombros que oscurece el cielo y convierten el Hueso en una tumba.

Me imagino el infierno del interior de la montaña: el aullido de las sirenas; las luces que vacilan hasta apagarse; el polvo de roca ahogando el aire; los gritos de los aterrados seres humanos que buscan con desesperación una salida y descubren que las entradas, la pista de lanzamiento y hasta los conductos de ventilación están taponados con tierra y roca que intenta meterse dentro. Los cables cargados dan latigazos en el aire, se declaran incendios y los escombros convierten un lugar familiar en un laberinto. La gente se amontona, se empuja, todos corren como hormigas mientras la colina presiona y amenaza con aplastar sus frágiles caparazones.

—¿Katniss? —oigo a Haymitch decir por mi auricular; intento responder y descubro que tengo las dos manos apretadas contra la boca—. ¡Katniss!

El día en que murió mi padre, las sirenas sonaron durante la hora de la comida en el colegio. Nadie esperó a que dieran permiso, ni tampoco hacía falta. La respuesta ante un accidente en la mina era algo que ni siquiera el Capitolio podía controlar. Corrí a la clase de Prim. Todavía la recuerdo con siete años, diminuta, muy pálida, pero sentada con la espalda recta y las manos dobladas sobre el pupitre. Esperaba a que la recogiera, tal como le había prometido si las sirenas sonaban algún día. Se levantó de un salto, se agarró a la manga de mi abrigo y las dos nos metimos entre el río de personas que salían a la calle para reunirse en la entrada principal de la mina. Encontramos a nuestra madre aferrada a la cuerda que habían colocado a toda prisa para mantener fuera a la multitud. Mirándolo ahora en retrospectiva, justo entonces debería haberme dado cuenta de que había un problema, porque éramos nosotras las que la buscábamos a ella, y no al revés, como cabría esperar.

Los ascensores rechinaban quemando los cables en las subidas y bajadas, vomitando a mineros ennegrecidos por el humo al exterior. Con cada grupo surgían los gritos de alivio y los parientes se metían por debajo de la cuerda para conducir a sus maridos, mujeres, hijos, padres y hermanos. El cielo de la tarde se nubló, hacía frío y una ligera nevada salpicaba la tierra. Me arrodillé en el suelo y metí las manos en las cenizas deseando sacar a mi padre. Si existe algún sentimiento de impotencia mayor que el intentar sacar a un ser amado atrapado bajo tierra, yo no lo conozco. Los heridos, los cadáveres, la espera durante la noche, las mantas con las que nos arropaban los desconocidos y después, finalmente, al alba, la expresión apenada del capitán de la mina que sólo podía significar una cosa.

«¿Qué acabamos de hacer?»

—¡Katniss! ¿Estás ahí? —grita Haymitch, seguramente planeando ponerme los grilletes de cabeza.

—Sí —respondo, bajando las manos.

—Métete dentro por si el Capitolio intenta vengarse con lo que le queda de la fuerza aérea.

—Sí —repito.

Todos los del tejado, salvo los soldados que manejan las metralletas, empiezan a entrar. Mientras bajo las escaleras no puedo evitar acariciar las impolutas paredes de mármol blanco, tan frías y bellas. Ni siquiera en el Capitolio hay algo tan magnífico como este viejo edificio, pero la superficie es dura y me roba el calor, sólo mi carne cede. La piedra siempre gana.

Me siento en la base de uno de los gigantescos pilares del gran vestíbulo de la entrada. A través de las puertas veo la extensión blanca de mármol que conduce a los escalones de la plaza. Recuerdo lo mala que me puse el día que Peeta y yo aceptamos aquí las felicitaciones por ganar los Juegos. Estaba destrozada por la Gira de la Victoria, había fallado en mi intento de calmar a los distritos, y me enfrentaba a los recuerdos de Clove y Cato, sobre todo a la espantosa y lenta muerte que dieron los mutos a Cato.

Boggs se agacha a mi lado en la sombra, pálido.

—No hemos bombardeado el túnel del tren, ¿sabes? Seguramente saldrán algunos.

—¿Y les dispararemos en cuanto asomen las caras?

—Sólo si no hay más remedio.

—Podríamos enviar trenes y ayudar a evacuar a los heridos.

—No, se decidió dejar el túnel en sus manos. Así pueden usar todas las vías para sacar gente —responde Boggs—. Además, eso nos dará tiempo para traer al resto de nuestros soldados a la plaza.

Hace unas horas, la plaza era tierra de nadie, el frente de batalla entre los rebeldes y los agentes de la paz. Cuando Coin dio su aprobación al plan de Gale, los rebeldes lanzaron un apasionado ataque e hicieron retroceder a las fuerzas del Capitolio unas cuantas manzanas, de modo que nosotros pudiéramos controlar la estación de tren en caso de que cayera el Hueso. Bueno, pues ya ha caído. Somos conscientes de la realidad. Los supervivientes escaparán hacia la plaza. Oigo que vuelven los disparos, sin duda porque los agentes intentan volver para rescatar a sus camaradas. Los mandos llaman a nuestros soldados para contraatacar.

—Tienes frío —me dice Boggs—. Iré a ver si encuentro una manta.

Se va antes de que pueda decirle que no quiero una manta, aunque el mármol sigue chupándome el calor.

—Katniss —me dice Haymitch al oído.

—Sigo aquí —respondo.

—Los acontecimientos han dado un giro interesante con Peeta esta tarde. Supuse que querrías saberlo —me cuenta; interesante no es bueno ni mejor, pero no tengo más remedio que escuchar—. Le enseñamos esa grabación tuya cantando *El árbol del ahorcado*. No se había emitido, así que el Capitolio no pudo usarla cuando lo secuestró. Dice que reconoce la canción.

Durante un instante, se me para el corazón. Entonces me doy cuenta de que no es más que otra confusión por culpa del veneno de rastrevíspula.

—No es posible, Haymitch, nunca me oyó cantarla.

—A ti no, a tu padre. Le oyó cantarla un día que fue a hacer un intercambio a la panadería. Peeta era pequeño, tendría seis o siete años, pero lo recuerda porque estaba pendiente de si los pájaros dejaban de cantar de verdad —dice Haymitch—. Supongo que lo hicieron.

Seis o siete, eso sería antes de que mi madre prohibiera la canción. Quizá incluso cuando yo la estaba aprendiendo.

—¿Estaba yo?

—Creo que no, al menos no lo ha mencionado. Pero es la primera conexión contigo que no ha disparado ninguna crisis mental —responde Haymitch—. Algo es algo, Katniss.

Mi padre; hoy parece estar en todas partes: muriendo en la mina, cantando para entrar en la embotada conciencia de Peeta, asomando a los ojos de Boggs con aire protector para envolverme los hombros con la manta... Lo echo tanto de menos que duele.

Los disparos aumentan. Gale corre con un grupo de rebeldes, deseando entrar en batalla. No pido unirme a los soldados, aunque tampoco me dejarían. De todos modos, no tengo estómago para eso, no me queda calor en la sangre. Ojalá Peeta estuviera aquí (el viejo Peeta), porque él sabría expresar por qué está tan mal dispararnos entre nosotros cuando hay personas, las que sean, intentando arrancar la piedra con las manos para salir de la montaña. ¿Es que mi propio pasado me hace demasiado sensible? ¿Es que no estamos en guerra? ¿Acaso no se trata de otra manera más de matar a nuestros enemigos?

Se hace de noche muy deprisa. Encienden unos enormes focos brillantes para iluminar la plaza. También deben de tener a toda potencia las bombillas del interior de la estación. Incluso desde mi posición al otro lado de la plaza veo claramente a través del cristal del largo edificio estrecho. Es imposible perderse la llegada de un tren, incluso veríamos la llegada de una sola persona. Sin embargo, pasan las horas y no sale nadie. Con cada minuto que pasa se me hace más difícil imaginar que alguien haya sobrevivido al ataque.

Ya pasada la medianoche, Cressida viene para ponerme un micrófono en el traje.

—¿Para qué es esto? —le pregunto.

La voz de Haymitch me lo explica al oído:

—Sé que no te va a gustar, pero necesitamos que des un discurso.

—¿Un discurso? —pregunto, y empiezo a marearme.

—Yo te lo dictaré, línea a línea —me asegura—. Sólo tendrás que repetir lo que te diga. Mira, no hay ni rastro de vida en esa montaña. Hemos ganado, pero la batalla continúa, así que se nos ha ocurrido que salgas a los escalones del Edificio de Justicia y lo digas, que digas a todos que hemos acabado con el Hueso y que la presencia del Capitolio en el Distrito 2 ha finalizado; quizá consigas que el resto de sus fuerzas se rinda.

Me asomo a la oscuridad más allá de la plaza.

—Ni siquiera veo a sus fuerzas.

—Para eso es el micro —me dice—. Te retransmitiremos, tanto la voz por su sistema de altavoces como la imagen, para que la vea quien tenga acceso a una pantalla.

Sé que en la plaza hay dos enormes pantallas, las vi en la Gira de la Victoria. Puede que funcionara si estas cosas se me dieran bien, pero no se me dan. Intentaron dictarme algunas líneas en aquellos primeros experimentos con las propos y fue un desastre.

—Podrías salvar muchas vidas, Katniss —dice finalmente Haymitch.

—Vale, lo intentaré —respondo.

Es extraño estar aquí fuera, en lo alto de las escaleras, vestida de uniforme completo, bajo un potente foco de luz, pero sin público visible al que dar el discurso. Como si se lo diera a la luna.

—Lo haremos deprisa —dice Haymitch—. Estás demasiado expuesta.

Mi equipo de televisión se coloca en la plaza con cámaras especiales y me indican que están listos. Le pido a Haymitch que empiece, enciendo el micro y escuchó con atención la primera línea del discurso. Una enorme imagen de mí ilumina una de las pantallas de la plaza.

—Gente del Distrito 2, os habla Katniss Everdeen desde los escalones de vuestro Edificio de Justicia, donde...

Los dos trenes entran a toda pastilla en la estación, uno al lado del otro. Al abrirse las puertas, la gente sale envuelta en una nube de humo que han traído del Hueso. Seguro que se imaginaban lo que encontrarían en la plaza, porque muchos intentan protegerse. La mayoría se tira al suelo, y una lluvia de balas apaga las luces del interior de la estación. Han venido armados, como decía Gale, pero también heridos. Los gemidos se oyen en la noche, por lo demás silenciosa.

Alguien apaga las luces de las escaleras y me deja bajo el amparo de las sombras. Una llama se enciende dentro de la estación (uno de los trenes debe de estar ardiendo) y un denso humo negro tapa las ventanas. Sin otra alternativa, la gente empieza a salir a la plaza, ahogada, pero agitando sus armas en actitud desafiante. Miro rápidamente a los tejados que rodean la plaza: todos están fortificados con nidos de metralletas en manos de los rebeldes. La luz de la luna se refleja en los cañones engrasados.

Un joven sale tambaleándose de la estación con una mano apretada contra el trapo ensangrentado que le tapa la mejilla; en la otra lleva una pistola. Cuando tropieza y cae de cara, veo las marcas de quemaduras por la parte de atrás de la camisa y la carne roja que hay debajo. De repente, no es más que otro quemado en un accidente minero.

Bajo corriendo los escalones y voy hacia él.

—¡Parad! —grito a los rebeldes—. ¡No disparéis! —Las palabras retumban por la plaza y más allá, ya que el micro amplifica mi voz—. ¡Parad!

Me acerco al joven y me agacho para ayudarlo, pero él se pone como puede de rodillas y me apunta a la cabeza con su arma.

Doy unos pasos atrás instintivamente y levanto el arco sobre la cabeza para indicarle que no quiero hacerle daño. Ahora que tiene ambas manos en el arma veo el irregular agujero de la mejilla; algo, seguramente una piedra, le ha perforado la carne. Huele a cosas quemadas, pelo, carne y combustible. El dolor y el miedo hacen que tenga ojos de loco.

—No te muevas —me ordena Haymitch al oído.

Sigo su orden, consciente de que todo el Distrito 2, puede que todo Panem, debe de estar viéndome. El Sinsajo a merced de un hombre sin nada que perder.

—Dame una razón para no disparar —me pide; le cuesta tanto hablar que apenas se le entiende.

El resto del mundo desaparece, sólo estoy yo mirando a los desdichados ojos de un hombre del Hueso que me pide una razón. Lo lógico sería que se me ocurrieran miles de ellas, pero las palabras que salen son:

—No puedo.

Como es natural, el hombre tendría que haber disparado. Sin embargo, mi respuesta lo ha dejado tan perplejo que intenta encontrarle sentido. Yo también experimento mi propia confusión al darme cuenta de que lo que he dicho es cierto; el noble impulso que me ha hecho atravesar la plaza se convierte en desesperación.

—No puedo. Ése es el problema, ¿no? —digo, bajando el arco—. Hemos volado vuestra mina en pedazos. Vosotros quemasteis mi distrito hasta los cimientos. Tenemos todas las razones del mundo para matarnos entre nosotros. Pues hacedlo. Haced felices al Capitolio. Yo estoy harta de matar a sus esclavos por ellos —concluyo; dejo caer el arco en el suelo, lo empujo con la bota y se desliza por la piedra hasta quedar al lado de sus rodillas.

—No soy su esclavo —masculla el joven.

—Yo sí, por eso maté a Cato... y él mató a Thresh... y Thresh mató a Clove... y ella intentó matarme. Se repite una y otra vez, ¿y quién gana? Nosotros no, ni los distritos. Siempre es el Capitolio. Pero estoy cansada de ser una pieza de sus Juegos.

Peeta, en el tejado, la noche antes de nuestros primeros Juegos del Hambre. Él lo entendió todo mucho antes de que pisáramos la arena. Espero que me esté viendo, que recuerde la noche en que pasó; quizá así me perdone cuando yo muera.

—Sigue hablando, cuéntales lo que pasó cuando viste caer la montaña —insiste Haymitch.

—Esta noche, cuando vi caer la montaña, pensé... que lo habían vuelto a hacer. Habían conseguido que os matara, que matara a la gente de los distritos. Pero ¿por qué lo hice? El Distrito 12 y el Distrito 2 no tienen más razón para enfrentarse que la que nos dio el Capitolio.

El joven parpadea sin comprender. Me pongo de rodillas frente a él y bajo la voz, hablando con pasión.

—¿Y por qué estáis luchando contra los rebeldes de los tejados? ¿Con Lyme, que fue uno de vuestros vencedores? ¿Con personas que antes eran vuestros vecinos, quizá incluso vuestra familia?

—No lo sé —responde el hombre, pero sigue apuntándome.

Me levanto y doy una vuelta en círculo lentamente para dirigirme a las metralletas.

—¿Y los de ahí arriba? Vengo de una ciudad minera. ¿Desde cuándo matan así los mineros a otros mineros y después se disponen a acabar con los que consigan salir de entre los escombros?

—¿Quién es el enemigo? —susurra Haymitch.

—Estas personas —sigo, señalando a los heridos de la plaza— ¡no son vuestros enemigos! —exclamo, y me vuelvo hacia la estación de tren—. ¡Los rebeldes no son vuestros enemigos! ¡Todos tenemos un enemigo en común, y es el Capitolio! Es nuestra oportunidad de acabar con su poder, ¡pero necesitamos a todas las personas de los distritos para hacerlo!

Las cámaras están pegadas a mí cuando ofrezco mis manos al hombre, a los heridos, a los rebeldes reacios de todo Panem:

—¡Por favor, uníos a nosotros!

Mis palabras flotan en el aire. Miro a la pantalla esperando ver que muestran una especie de ola de reconciliación que recorre la multitud.

En vez de eso, veo cómo me disparan en la tele.

«Siempre.»

En la penumbra de la morflina, Peeta me susurra la palabra y yo voy en su busca. Es un mundo envuelto en bruma, de color violeta, sin bordes afilados y con muchos escondites. Me abro paso entre los bancos de nubes, sigo unos tenues senderos, y me llega un olor a canela y eneldo. Una vez noto su mano en la mejilla e intento atraparla, pero se disuelve como niebla entre mis dedos.

Cuando por fin empiezo a volver a la estéril habitación del hospital del 13, lo recuerdo. Estaba bajo los efectos del jarabe para dormir, me había herido la mano después de subir a una rama para pasar por encima de la valla electrificada y dejarme caer al 12. Peeta me había acostado y, mientras me dormía, le pedí que se quedara conmigo. Me susurró algo que no conseguí entender, pero parte de mi cerebro atrapó aquella única palabra de respuesta y la dejó nadar a través de mis sueños para poder burlarse de mí ahora: «Siempre».

La morflina suaviza todas las emociones extremas, así que, en vez de una punzada de tristeza, sólo siento vacío, un arbusto muerto hueco donde antes había flores. Por desgracia, no me queda suficiente droga dentro como para no hacer caso del dolor en la parte izquierda de mi cuerpo. Ahí es donde me dio la bala. Me toqueteo los gruesos vendajes que me sujetan las costillas y me pregunto por qué sigo aquí.

No fue él, el hombre arrodillado frente a mí en la plaza, el quemado del Hueso, él no apretó el gatillo. Fue otra persona, entre la multitud. Más que sentir cómo entraba la bala, noté como si me golpearan con un mazo. Después del momento del impacto todo fue confusión y disparos. Intento sentarme, pero lo único que consigo es gemir.

La cortina blanca que separa mi cama de la de al lado se aparta de golpe y Johanna Mason me mira. Al principio me siento amenazada porque me atacó en la arena. Tengo que recordarme que lo hizo para salvarme la vida, que formaba parte del plan de los rebeldes, pero, aun así, eso no quiere decir que no me desprecie. ¿Quizá su manera de tratarme era puro teatro para el Capitolio?

—Estoy viva —digo con voz ronca.

—No me digas, descerebrada.

Johanna se acerca y se deja caer en mi cama, lo que hace que unas puñaladas de dolor me recorran el pecho. Sonríe al verlo, así que queda claro que no estamos en una cálida escena de reencuentro.

—¿Todavía magullada? —me pregunta.

Con mano experta me saca la aguja de la morflina del brazo y se la mete en la vía que le han puesto en el suyo.

—Empezaron a cortarme el suministro hace unos días —me explica—. Temen que me convierta en uno de esos raritos del 6.

Te tuve que pillar la tuya prestada en secreto. Supuse que no te importaría.

¿Importarme? ¿Cómo me iba a importar, teniendo en cuenta que Snow la torturó casi hasta matarla después del Vasallaje de los Veinticinco? No tengo derecho a que me importe, y ella lo sabe.

Johanna suspira cuando la morflina le entra en el flujo sanguíneo.

—Quizá los del 6 sabían lo que se hacían: drogarse y pintarse flores en el cuerpo no está tan mal. En cualquier caso, parecían más felices que el resto de nosotros.

Ha ganado algo de peso desde que me fui del 13 y tiene algo de pelusilla en la cabeza afeitada, lo que ayuda a ocultar parte de las cicatrices, pero, si se está metiendo mi morflina, es que sigue mal.

—Tienen un médico de la cabeza que viene todos los días. Se supone que me ayuda a recuperarme. Como si un tipo que se ha pasado la vida en esta madriguera de conejos pudiera arreglarme. Es idiota perdido. Me recuerda que estoy completamente a salvo unas veinte veces por sesión —me sigue contando, y consigo sonreír; decir eso es una estupidez, sobre todo si se lo dices a un vencedor. Como si alguien pudiera estar a salvo en alguna parte—. ¿Y tú, Sinsajo? ¿Te sientes completamente a salvo?

—Oh, sí, hasta el mismo momento en que me dispararon.

—Por favor, esa bala ni siquiera te tocó. Cinna se aseguró de eso.

Pienso en las capas de blindaje protector del traje de Sinsajo. Sin embargo, el dolor tendrá que salir de alguna parte.

—¿Costillas rotas?

—Ni siquiera eso. Estás bastante magullada. El impacto te rompió el bazo, no han podido repararlo —explica, aunque agita la mano para quitarle importancia—. No te preocupes, no lo necesitas. Y si lo necesitaras, te buscarían uno, ¿no? Su trabajo es mantenerte viva.

—¿Por eso me odias?

—En parte —reconoce ella—. Tienen que ver los celos, sin duda. También creo que eres un poco difícil de soportar con tus cursis dramas románticos y tu pose de defensora de los desamparados. Pero, claro, no es una pose, lo que te hace todavía más inaguantable. Por favor, tómatelo como algo personal.

—Tú tendrías que haber sido el Sinsajo. Nadie habría tenido que escribirte el guión.

—Cierto, pero no le gusto a nadie —contesta.

—Aunque sí confiaban en ti para sacarme —le recuerdo—. Y ahora te temen.

—Aquí, puede. En el Capitolio eres tú la que das miedo.

Gale aparece en la puerta, y Johanna se quita la aguja con mucho cuidado y me la vuelve a poner.

—Tu primo me tiene miedo —me dice, en tono confidencial.

Después salta de mi cama, se acerca a la puerta y le da a Gale en la pierna con la cadera al pasar por su lado.

—¿Verdad, guapetón? —le pregunta.

Oímos sus risas mientras se aleja por el pasillo.

Arqueo las cejas y Gale me da la mano.

—Aterrado —responde.

Me río, pero acabo poniendo una mueca de dolor.

—Tómatelo con calma —me pide, acariciándome la cara mientras desaparece el dolor—. Tienes que dejar de meterte en problemas.

—Lo sé, pero alguien voló en pedazos una montaña —respondo.

En vez de retirarse, se acerca más para estudiar mi rostro.

—Crees que soy despiadado —afirma.

—Sé que no lo eres, aunque tampoco te diré que ha estado bien.

Ahora sí que se aparta, casi con impaciencia.

—Katniss, de verdad, ¿qué diferencia hay entre aplastar a tu enemigo dentro de una mina o derribar sus aviones con una de las flechas de Beetee? El resultado es el mismo.

—No lo sé. En primer lugar, en el 8 nos estaban atacando. Estaban atacando el hospital.

—Sí, y esos aerodeslizadores procedían del Distrito 2. Así que, al matarlos, evitamos más ataques.

—Pero esa forma de pensar... podría convertirse en una excusa para matar a cualquiera en cualquier momento —insisto—. Justificaría la idea de enviar niños a los Juegos del Hambre para mantener a raya los distritos.

—No me lo trago.

—Yo sí —contesto—. Será por esos viajecitos a la arena.

—Vale, sabemos cómo no estar de acuerdo. Siempre lo hemos sabido. Quizá sea bueno. Entre tú y yo, por fin nos hemos apoderado del Distrito 2.

—¿De verdad? —Noto una sensación de triunfo durante un

instante; después pienso en las personas de la plaza—. ¿Siguió el enfrentamiento cuando me dispararon?

—No mucho. Los trabajadores del Hueso se volvieron contra los soldados del Capitolio. Los rebeldes se limitaron a mirar. En realidad, todo el país se limitó a mirar.

—Bueno, es lo que mejor se le da —respondo.

Cabría esperar que perder un órgano importante te diera derecho a quedarte unas semanas en la cama, pero, por algún motivo, mis médicos quieren que me ponga en movimiento lo antes posible. A pesar de la morflina, el dolor interno es fuerte los primeros días, aunque después se reduce considerablemente. Por otro lado, las costillas magulladas prometen fastidiarme durante bastante tiempo. Empieza a molestarme que Johanna me robe parte del suministro de morflina, pero sigo dejando que se meta lo que quiera.

Los rumores sobre mi muerte circulan por todo el país, así que envían al equipo para que me filme en la cama del hospital. Enseño los puntos y los impresionantes moratones, y felicito a los distritos por el éxito en su batalla por la unidad. Después advierto al Capitolio de que nos verá pronto.

Como parte de mi rehabilitación, doy cortos paseos por la superficie todos los días. Una tarde, Plutarch se une a mí y me informa sobre la situación actual. Ahora que el Distrito 2 se ha aliado con nosotros, los rebeldes se han tomado un respiro para reagruparse. Están reforzando las líneas de suministros, curando a los heridos y reorganizando sus tropas. El Capitolio, como el 13 durante los Días Oscuros, se ha quedado sin ayuda externa y usa la amenaza del ataque nuclear contra sus enemigos. A diferencia del 13, el Capitolio no está en posición de reinventarse y hacerse autosuficiente.

—Bueno, puede que la ciudad consiga sobrevivir un tiempo —dice Plutarch—. Seguro que hay reservas de suministros de emergencia. Pero la principal diferencia entre el 13 y el Capitolio son las expectativas de la población. El 13 estaba acostumbrado a las privaciones, mientras que en el Capitolio sólo conocen el *panem et circenses.*

—¿Qué es eso? —pregunto; obviamente reconozco el *panem*, pero el resto no lo entiendo.

—Es un dicho de hace miles de años, escrito en un idioma llamado latín sobre un lugar llamado Roma —me explica—. *Panem et circenses* quiere decir «pan y circo». El que lo escribió se refería a que, a cambio de tener la barriga llena y entretenimiento, su gente había renunciado a sus responsabilidades políticas y, por tanto, a su poder.

Pienso en el Capitolio, en el exceso de comida y en el entretenimiento definitivo: los Juegos del Hambre.

—Entonces, para eso sirven los distritos, para proporcionar el pan y el circo.

—Sí, y mientras así era, el Capitolio controlaba su pequeño imperio. Ahora mismo no puede ofrecer ninguna de las dos cosas, al menos en las cantidades a las que acostumbraba su gente —dice Plutarch—. Nosotros tenemos la comida y yo estoy a punto de orquestar una propo de entretenimiento que va a ser muy popular. Al fin y al cabo, a todo el mundo le gustan las bodas.

Me quedo helada, paralizada ante la idea de lo que sugiere:

organizar de algún modo una perversa boda entre Peeta y yo.

No he sido capaz de enfrentarme al vidrio polarizado desde que volví y, a petición propia, sólo permito que sea Haymitch el que me informe sobre el estado de Peeta. Habla poco del tema. Están probando nuevas técnicas y, en realidad, nunca habrá una forma de curarlo. ¿Y ahora quieren que me case con él para una propo?

Plutarch se apresura a tranquilizarme.

—Oh, no, Katniss, no se trata de tu boda. Es la de Finnick y Annie. Sólo necesitas aparecer y fingir alegrarte por ellos.

—Es una de las pocas cosas que no tendré que fingir, Plutarch —le aseguro.

Los días posteriores se convierten en un frenesí de actividad para organizar el acontecimiento. Pronto quedan patentes las diferencias entre lo que el Capitolio y el 13 entienden por una boda. Cuando Coin habla de «boda», se refiere a que dos personas firman un trozo de papel y se les asigna un compartimento. Cuando lo dice Plutarch, quiere decir cientos de personas vestidas con ropa elegante durante tres días de celebración. Resulta divertido verlos regatear sobre los detalles. Plutarch tiene que luchar por cada invitado y cada nota musical. Después de que Coin vete una cena, entretenimiento y alcohol, Plutarch chilla:

—¡¿Qué sentido tiene la propo si nadie se divierte?!

Es difícil lograr que un Vigilante se ajuste a un presupuesto. Sin embargo, a pesar de tratarse de una celebración sencilla, el 13 está alborotado, ya que, al parecer, ni siquiera saben lo que son unas vacaciones. Cuando se anuncia que se necesitan niños para cantar la canción de boda del Distrito 4, se presentan casi todos. No escasean los voluntarios para ayudar a preparar la decoración. En el comedor, la gente charla animadamente sobre el acontecimiento.

Quizá sea algo más que las festividades, quizá sea que estamos todos tan necesitados de algo bueno que deseamos formar parte de ello. Eso explicaría por qué cuando Plutarch tiene un ataque de nervios por la ropa de la novia, me presento voluntaria para llevar a Annie a mi casa del 12, donde Cinna dejó varios trajes de noche en un gran armario de la planta inferior. Todos los vestidos de novia que diseñó para mí regresaron al Capitolio, pero quedan algunos vestidos que llevé en la Gira de la Victoria. No me gusta mucho estar con Annie, puesto que lo único que sé de ella es que Finnick la ama y que todos creen que está loca. En el viaje en aerodeslizador llego a la conclusión de que, más que loca, es inestable. Se ríe en momentos extraños de la conversación o la deja a medias, distraída. Esos ojos verdes suyos se fijan en un punto con tal intensidad que acabas intentando averiguar qué verá en el aire vacío. A veces, sin motivo aparente, se tapa las orejas con las manos, como si deseara bloquear un sonido doloroso. Vale, es rara, pero si Finnick la quiere, a mí me basta.

Consigo un permiso para que mi equipo de preparación nos acompañe, así que no tengo que tomar ninguna decisión de moda. Al abrir el armario, todos guardamos silencio porque la presencia de Cinna está muy viva en la caída de las telas. Entonces Octavia se deja caer de rodillas, se acaricia la mejilla con el dobladillo de una falda y rompe a llorar.

—Hace tanto tiempo que no veo nada bonito... —dice entre sollozos.

A pesar de las reservas de Coin sobre la extravagancia de la ceremonia y de las de Plutarch sobre su poco colorido, la boda es un éxito rotundo. Los trescientos afortunados invitados elegidos entre los habitantes del 13 y los muchos refugiados llevan ropas de diario, la decoración está hecha con hojas de otoño, y la música la ofrece un coro de niños acompañado por el único violinista que salió con vida del 12 con su instrumento. Así que es sencilla y austera para lo normal en el Capitolio. Da igual, porque nada puede competir con la belleza de la pareja. No es por los trajes prestados (Annie lleva un vestido de seda verde que llevé en el 5, y Finnick uno de los trajes de Peeta, que le han adaptado), aunque la ropa es impresionante. Pero ¿quién podría pasar por alto los rostros radiantes de dos personas para las que este día antes era prácticamente imposible? Dalton, el chico del ganado del 10, es quien dirige la ceremonia, ya que es similar a la que usaban en su distrito. Sin embargo, hay toques únicos del Distrito 4: una red tejida con largas hierbas que cubre a la pareja durante los votos; que ambos mojen ligeramente con agua salada los labios del otro; y la antigua canción nupcial, en la que se compara el matrimonio con un viaje por el mar.

No, no tengo que fingir que me alegro por ellos.

Después del beso que sella la unión, los vítores y un brindis con sidra de manzana, el violinista toca una melodía que hace que todos los del 12 lo miren. Puede que fuéramos el distrito más pequeño y pobre de Panem, pero sabemos bailar. No había nada preparado oficialmente para este momento, pero Plutarch, que dirige la propo desde la sala de control, debe de tener los dedos cruzados. Efectivamente, Sae la Grasienta agarra a Gale de la mano, lo lleva al centro de la sala y se pone frente a él. La gente se les une formando dos largas filas. Y empieza el baile.

Estoy apartada, dando palmadas al ritmo, cuando una mano huesuda me da un pellizco sobre el codo. Johanna me mira con el ceño fruncido y dice:

—¿Vas a perder la oportunidad de que Snow te vea bailar?

Tiene razón, ¿qué mejor forma de dejar clara la victoria que un Sinsajo feliz dando vueltas al son de la música? Busco a Prim entre la multitud. Como las noches de invierno nos daban mucho tiempo para practicar, somos una pareja de baile bastante buena. Le digo que no se preocupe por mis costillas y nos colocamos en la fila. Duele, aunque la satisfacción de saber que Snow me verá bailar con mi hermana pequeña hace añicos cualquier otra sensación.

Bailar nos transforma. Enseñamos los pasos a los invitados del Distrito 13, nos damos la mano para formar un gigantesco círculo que da vueltas en el que todos demuestran su juego de pies. Hace mucho tiempo que no pasa nada tonto, alegre ni divertido, así que podríamos seguir toda la noche, de no ser por el último acontecimiento que Plutarch ha planeado para la propo. Uno del que no sabía nada porque era una sorpresa.

Cuatro personas empujan un carrito con una enorme tarta nupcial encima. La mayoría de los invitados retrocede para dejar pasar esta rareza, esta deslumbrante creación con olas de glaseado azul verdoso y puntas blancas, llenas de peces, barcas, focas y flores marinas. Me abro paso entre la multitud para confirmar lo que he sabido a primera vista: tan seguro como que los bordados del vestido de Annie son de Cinna, las flores glaseadas de la tarta son de Peeta.

Puede que parezca algo pequeño, pero dice mucho. Haymitch me ha estado ocultando muchas cosas. El chico que vi por última vez gritando como un loco, intentando liberarse de sus correas, no habría sido capaz de hacer esto. No habría podido concentrarse, mantener las manos quietas, diseñar algo tan perfecto para Finnick y Annie. Como si esperara mi reacción, Haymitch aparece a mi lado.

—Vamos a hablar un momento —me dice.

En el pasillo, lejos de las cámaras, le pregunto:

—¿Qué le está pasando?

—No lo sé, ninguno de nosotros lo sabe. A veces es casi racional y entonces, sin razón alguna, tiene una crisis. Hacer la tarta era una especie de terapia. Lleva varios días trabajando en ella. Mientras lo observaba... era casi como si fuera el de antes.

—Entonces, ¿ya puede salir solo? —le pregunto; la idea me pone nerviosa de cinco maneras diferentes.

—Oh, no, ha glaseado bajo estrecha vigilancia. Sigue encerrado con llave, pero he hablado con él.

—¿En persona? ¿Y no se le fue la olla?

—No, está enfadado conmigo, pero por las razones correctas: no contarle lo del plan rebelde y demás. —Hace una pausa, como si decidiera algo—. Dice que le gustaría verte.

Estoy en una barca glaseada, lanzada de un lado a otro por las olas azul verdoso mientras la cubierta se mueve bajo mis pies. Me apoyo en la pared para recuperar el equilibrio. Esto no formaba parte del plan, ya había descartado a Peeta. Después pensaba ir al Capitolio, matar a Snow y hacer que me mataran a mí. El disparo no había sido más que un contratiempo temporal, se suponía que no oiría las palabras: «Dice que le gustaría verte». Sin embargo, ahora que las he oído, no puedo negarme.

A medianoche estoy de pie frente a la puerta de su celda. Perdón, de su habitación del hospital. Hemos tenido que esperar a que Plutarch monte la grabación de la boda que, a pesar de no ser lo que él entiende por deslumbrante, le gusta.

—Lo mejor de que el Capitolio no hiciera apenas caso del 12 durante todos estos años es que vuestra gente todavía resulta algo espontánea. Al público le encantará. Como cuando Peeta anunció que estaba enamorado de ti o cuando hiciste el truco de las bayas. Es televisión de la buena.

Ojalá pudiera reunirme con Peeta en privado, pero la audiencia de médicos se ha reunido detrás del espejo espía con los cuadernos y los bolígrafos preparados. Cuando Haymitch me dice por el auricular que entre, abro la puerta poco a poco.

Sus ojos azules se clavan en mí de inmediato. Tiene tres correas en cada brazo y un tubo que le administra una droga para dormirlo, por si acaso pierde el control. Sin embargo, no intenta liberarse, sólo me observa con la cautela de alguien que todavía no ha descartado que se encuentre delante de un muto. Me acerco hasta quedarme a un metro de la cama. No tengo nada que hacer con las manos, así que cruzo los brazos en ademán protector antes de hablar.

—Hola.

—Hola —responde; es como su voz, es casi su voz, salvo por algo nuevo, la sombra de la sospecha y el reproche.

—Haymitch me ha dicho que querías verme.

—Mirarte, para empezar.

Es como si esperase que me transformara en un lobo híbrido babeante delante de sus ojos. Me observa durante tanto tiempo que acabo lanzando miradas furtivas al espejo con la esperanza de que Haymitch me dé alguna instrucción, pero el auricular guarda silencio.

—No eres muy grande, ¿no? Ni tampoco demasiado guapa.

Sé que ha pasado por un infierno, sin embargo el comentario me sienta mal.

—Bueno, tú tampoco estás en tu mejor momento.

Haymitch me advierte que no me pase, aunque la risa de Peeta ahoga sus palabras.

—Y, encima, no eres simpática ni de lejos. Mira que decirme eso, después de todo lo que me ha pasado...

—Sí, todos hemos pasado por muchas cosas. Además, el simpático eres tú, no yo.

Lo estoy haciendo todo mal, no sé por qué estoy tan a la defensiva. ¡Lo han torturado! ¡Lo han secuestrado! ¿Qué me pasa? De repente temo ponerme a gritarle algo, ni siquiera sé bien el qué, así que decido salir de aquí.

—Mira, no me encuentro muy bien. Quizá me pase mañana.

Justo en la puerta, su voz me detiene:

—Katniss, me acuerdo del pan.

El pan, el único momento de conexión real entre nosotros antes de los Juegos del Hambre.

—Te enseñaron la cinta en la que hablaba de eso —respondo.

—No, ¿hay una cinta? ¿Por qué no la usó contra mí el Capitolio?

—La grabé el día que te rescataron —respondo, y el dolor del pecho me aprieta las costillas como si fuera un torno; está claro que bailar ha sido un error—. Entonces, ¿lo recuerdas?

—Tú, bajo la lluvia —dice en voz baja—. Hurgando en nuestros cubos de basura. Quemé el pan. Mi madre me pegó. Saqué el pan para el cerdo, pero te lo di a ti.

—Eso es, eso es lo que pasó. Al día siguiente, después de clase, quise darte las gracias, pero no sabía cómo.

—Estábamos fuera al final del día. Intenté que nuestras miradas se cruzaran. Apartaste la tuya. Y entonces, por algún motivo, creo que recogiste un diente de león. —Asiento, sí que se acuerda, nunca he hablado en voz alta sobre ese momento—. Debo de haberte querido mucho.

—Sí —respondo; se me rompe la voz y finjo toser.

—¿Y tú me querías?

—Todos dicen que sí —respondo, mirando al suelo—. Todos dicen que por eso te torturó Snow, para hundirme.

—Eso no es una respuesta. No sé qué pensar cuando me enseñan algunas cintas. En la primera arena es como si intentases matarme con aquellas rastrevíspulas.

—Estaba intentando mataros a todos —contesto—. Me teníais en el árbol.

—Después hay muchos besos que no parecían reales por tu parte. ¿Te gustó besarme?

—A veces —reconozco—. ¿Sabes que nos están observando en estos momentos?

—Lo sé. ¿Y Gale?

Noto que vuelve la rabia. Me da igual su recuperación, esto no es asunto de la gente que se oculta tras el cristal.

—Él tampoco besa mal —respondo, cortante.

—¿Y a Gale y a mí nos parecía bien que nos besaras a los dos?

—No, no os parecía bien a ninguno de los dos, pero tampoco iba a pediros permiso.

Peeta se vuelve a reír con frialdad, con desdén.

—Bueno, menuda pieza estás hecha, ¿eh?

Haymitch no protesta cuando salgo. Recorro el pasillo, atravieso la colmena de compartimentos y encuentro una tubería calentita donde esconderme, detrás de una zona de lavandería. Tardo bastante en descubrir por qué estoy tan molesta y, al hacerlo, es algo casi demasiado humillante para reconocerlo. Se acabaron todos esos meses en los que daba por sentado que Peeta me consideraba un ser maravilloso. Por fin me ve como soy en realidad: violenta, desconfiada, manipuladora y letal.

Y lo odio por ello.

Estupefacta. Así me quedo cuando Haymitch me lo cuenta en el hospital. Bajo a toda velocidad los escalones que llevan a Mando mientras le doy vueltas a la cabeza, y entro como un torbellino en una reunión de guerra.

—¿Qué quiere decir eso de que no voy al Capitolio? ¡Tengo que ir! ¡Soy el Sinsajo!

Coin apenas levanta la mirada de la pantalla.

—Y, como Sinsajo, has alcanzado tu objetivo de unir a los distritos contra el Capitolio. No te preocupes, si todo va bien, te llevaremos allí para la rendición.

¿La rendición?

—¡Eso sería demasiado tarde! Me perderé todo el enfrentamiento. Me necesitáis... ¡Soy vuestra mejor tiradora! —grito; normalmente no presumo de ello, pero tiene que ser casi cierto, por lo menos—. Gale sí va.

—Gale ha ido a entrenamiento todos los días a no ser que estuviera ocupado con otras tareas aprobadas. Estamos seguros de que puede manejarse en el campo de batalla —responde Coin—. ¿A cuántas sesiones de entrenamiento calculas que has asistido?

A ninguna, eso calculo.

—Bueno, a veces iba a cazar. Y... entrené con Beetee en Armamento Especial.

—No es lo mismo, Katniss —interviene Boggs—. Todos sabemos que eres lista y que tienes buena puntería, pero necesitamos soldados en el campo. No tienes ni idea de cómo seguir órdenes y no estás precisamente en tu mejor momento físico.

—Eso no os importó cuando estuve en el 8. Ni en el 2, ya puestos.

—En ninguno de los dos casos tenías autorización, en principio, para entrar en combate —responde Plutarch lanzándome una mirada que indica que no debo revelar demasiado.

No, la batalla de los bombarderos del 8 y mi intervención en el 2 fueron hechos espontáneos, precipitados y, sin duda, no autorizados.

—Y en los dos casos acabaste herida —me recuerda Boggs.

De repente me veo a través de sus ojos: una niña bajita de diecisiete años que ni siquiera puede recuperar el aliento desde que se magulló las costillas; desaliñada; indisciplinada; en recuperación; no un soldado, sino alguien de quien cuidar.

—Pero tengo que ir.

—¿Por qué? —pregunta Coin.

No puedo confesar que necesito llevar a cabo mi propia *vendetta* contra Snow, ni que la idea de quedarme en el 13 con la última versión de Peeta mientras Gale se va a la guerra me resulta insoportable. Sin embargo, no me faltan razones para querer luchar en el Capitolio.

—Por el 12. Porque destruyeron mi distrito.

La presidenta se lo piensa un momento; me examina.

—Bueno, tienes tres semanas. No es mucho, pero puedes empezar el entrenamiento. Si la Junta de Asignaciones te considera apta, quizá podamos revisar tu caso.

Ya está, eso es lo máximo que cabe esperar. Supongo que es culpa mía. Pasé de mi horario, a no ser que me conviniese. No parecía ser una prioridad correr por un campo con un arma mientras sucedían tantas cosas a mi alrededor, y ahora estoy pagando por mi negligencia.

De vuelta al hospital encuentro a Johanna en las mismas circunstancias y renegando como loca. Le cuento lo que me ha dicho Coin y le digo que quizá ella también pueda entrenar.

—Vale, entrenaré, pero pienso ir al podrido Capitolio aunque tenga que matar a una tripulación y pilotar el avión yo misma —responde Johanna.

—Seguramente será mejor que no lo comentes durante el entrenamiento —le digo—, aunque me alegra saber que podrías llevarme.

Johanna sonríe y noto un ligero (aunque significativo) cambio en nuestra relación. No sé si somos amigas de verdad, pero podría considerársenos aliadas. Eso es bueno. Voy a necesitar a una aliada.

A la mañana siguiente, cuando aparecemos en el entrenamiento a las 7:30, la realidad me da un bofetón en la cara: nos han metido en una clase prácticamente de principiantes, con chicos de catorce o quince años, lo que parece algo insultante hasta que resulta obvio que están en unas condiciones mucho mejores que las nuestras. Gale y los demás escogidos para ir al

Capitolio están en una fase distinta y acelerada de su formación. Después de hacer estiramientos (que me duelen), pasamos un par de horas con ejercicios de fortalecimiento (que me duelen) y corremos ocho kilómetros (que me matan). A pesar de la motivación de los insultos de Johanna para seguir adelante, tengo que dejarlo al cabo de kilómetro y medio.

—Son mis costillas —le explico a la entrenadora, una sensata mujer de mediana edad a la que se supone que debemos llamar soldado York—. Siguen magulladas.

—Bueno, soldado Everdeen, le diré que van a tardar al menos otro mes en curarse solas.

—No tengo un mes —respondo, sacudiendo la cabeza.

—¿Los médicos no te han ofrecido ningún tratamiento? —me pregunta, después de examinarme de arriba abajo.

—¿Hay un tratamiento? Me dijeron que tenían que curarse de manera natural.

—Es lo que dicen, pero podrían acelerar el proceso si yo lo recomiendo. Sin embargo, te advierto que no es divertido.

—Por favor, tengo que ir al Capitolio.

La soldado York no lo cuestiona, garabatea algo en un cuaderno y me envía directamente de vuelta al hospital. Vacilo, no quiero perderme más entrenamientos.

—Volveré para las sesiones de la tarde —prometo, aunque ella frunce los labios.

Veinticuatro pinchazos en la caja torácica después, estoy tirada en la cama del hospital apretando los dientes para no suplicarles que me enchufen de nuevo la morflina. Estaba al lado de mi cama, por si la necesitaba. Aunque no la he estado usando últimamente, la conservaba por Johanna. Hoy me han analizado la sangre para asegurarse de que no tenía ni rastro del analgésico, ya que la mezcla de las dos sustancias (la morflina y lo que está haciendo que me ardan las costillas) tiene unos peligrosos efectos secundarios. Me dejaron claro que pasaría dos días muy difíciles, pero les dije que lo hicieran.

Paso una mala noche en la habitación. No hay manera de dormir y creo que incluso huelo cómo se quema el círculo de carne que me rodea el pecho, mientras Johanna lucha contra los síntomas del mono. Antes, cuando me disculpé por quitarle el suministro de morflina, ella le quitó importancia y me dijo que tenía que suceder tarde o temprano. Sin embargo, a las tres de la mañana, soy el blanco de las blasfemias más pintorescas del Distrito 7. Al alba me saca de la cama a rastras, decidida a ir al entrenamiento.

—Creo que no puedo hacerlo —confieso.

—Sí que puedes. Las dos podemos. Somos vencedoras, ¿recuerdas? Somos capaces de sobrevivir a lo que nos echen —me ladra.

Su piel tiene un enfermizo color verdoso y tiembla como una hoja. Me visto.

Debemos ser vencedoras para sobrevivir a la mañana. Temo perder a Johanna cuando veo que está diluviando fuera; empalidece y casi parece dejar de respirar.

—No es más que agua, no nos matará —le digo.

Ella aprieta los dientes y sale al lodo pisando fuerte. La lluvia nos empapa mientras ejercitamos nuestros cuerpos y después corremos como podemos por la pista. Me rindo al cabo de un kilómetro y medio, y tengo que resistir la tentación de quitarme la camiseta para que el agua fría apague mis costillas. Me obligo a comer mi empapado cuenco de guiso de pescado y remolacha. Johanna llega a la mitad antes de vomitarlo todo. Por la tarde aprendemos a montar las armas. Yo lo consigo, pero ella tiembla demasiado para encajar las piezas. Cuando York no mira, la ayudo. Aunque sigue lloviendo, la tarde mejora porque nos metemos en la pista de tiro. Por fin algo que se me da bien. Tardo en adaptarme de un arco a una pistola, pero, al final del día, soy la mejor tiradora de mi clase.

Nada más entrar en el hospital, Johanna declara:

—Esto no puede seguir así, no está bien que vivamos en el hospital. Todos nos ven como pacientes.

Para mí no es problema, puedo mudarme al compartimento de mi familia. Sin embargo, a Johanna nunca le han asignado uno. Al intentar que le den el alta, no acceden a dejarla vivir sola, ni siquiera yendo a charlas diarias con el médico de la cabeza. Creo que han sumado dos más dos y saben lo de la morflina, lo que sólo sirve para reforzar su punto de vista: es una mujer inestable.

—No estará sola, yo me alojaré con ella —anuncio.

Hay algunas protestas, pero Haymitch se pone de nuestro lado y, para la hora de dormir, tenemos un compartimento frente al de Prim y mi madre, que accede a echarnos un vistazo de vez en cuando.

Después de ducharme y de que Johanna se limpie más o menos con un trapo húmedo, ella realiza una inspección superficial del lugar. Abre el cajón en el que guardo mis pocas posesiones y lo cierra rápidamente, diciendo:

—Lo siento.

Pienso en que el cajón de Johanna no tiene nada dentro, salvo la ropa que le ha dado el Gobierno; en que no tiene nada en el mundo que sea sólo de ella.

—No pasa nada, puedes mirar mis cosas, si quieres.

Johanna abre mi medallón y examina las imágenes de Gale, Prim y mi madre. Abre el paracaídas dorado, saca la espita y se la encaja en el meñique.

—Me da sed con sólo mirarla.

Después encuentra la perla que Peeta me regaló.

—¿Es...?

—Sí, logré conservarla de algún modo.

No quiero hablar de Peeta. Una de las mejores cosas del entrenamiento es que evita que piense en él.

—Haymitch dice que está mejor —comenta.

—Quizá, pero ha cambiado.

—Y tú también. Y yo. Y Finnick, Haymitch y Beetee. Y no me hagas hablar de Annie Cresta. La arena nos fastidió a todos a base de bien, ¿no crees? ¿O todavía te sientes como la chica que se presentó voluntaria por su hermana?

—No.

—Creo que es lo único en lo que mi médico de la cabeza quizá tenga razón: no hay vuelta atrás, así que lo mejor es seguir adelante.

Guarda con cuidado todos mis recuerdos en el cajón y se sube a la cama frente a mí justo cuando se apagan las luces.

—¿No te da miedo que te mate mientras duermes?

—Como si no pudiera contigo —respondo.

Después nos reímos, porque estamos tan destrozadas que sería un milagro que nos levantáramos mañana. Sin embargo, lo hacemos. Lo hacemos todas las mañanas y, al final de la semana, mis costillas están casi nuevas y Johanna es capaz de montar su fusil sin ayuda.

La soldado York asiente para darnos su aprobación cuando acaba el día:

—Buen trabajo, soldados.

Una vez fuera de su alcance, Johanna mascula:

—Creo que ganar los Juegos fue más sencillo.

Sin embargo, le veo en la cara que está satisfecha.

De hecho, estamos casi de buen humor cuando llegamos al comedor, donde Gale me espera para comer. Recibir una ración gigantesca de estofado de ternera también ayuda.

—Los primeros envíos de comida llegaron esta mañana —me explica Sae la Grasienta—. Es ternera de verdad, del Distrito 10, no uno de vuestros perros salvajes.

—No recuerdo que les pusieras pegas —responde Gale.

Nos unimos a un grupo en el que están Delly, Annie y Finnick. Es increíble ver la transformación de Finnick desde su matrimonio. Sus anteriores encarnaciones (el decadente rompecorazones que conocí antes del Vasallaje, el enigmático aliado de la arena y el joven roto que me ayudó a resistir) han dado paso a alguien que irradia vida. Los verdaderos encantos de Finnick, su forma de reírse de sí mismo y su naturaleza despreocupada, aparecen por primera vez. No suelta nunca la mano de Annie, ni cuando hablan ni cuando comen. Dudo que piense hacerlo alguna vez. Ella está perdida en una especie de niebla de felicidad.

Todavía hay momentos en que notas que algo se desconecta en su cerebro y otro mundo la aparta de nosotros, pero unas cuantas palabras de Finnick bastan para traerla de vuelta.

Delly, a quien conozco desde que era pequeña aunque nunca pensara mucho en ella, ha ganado muchos puntos conmigo. Le dijeron lo que Peeta me soltó después de la boda, pero no es cotilla. Haymitch dice que es la que más me defiende cuando Peeta empieza a hablar mal de mí. Siempre se pone de mi lado y culpa de las percepciones negativas de Peeta a la tortura del Capitolio. Influye más en él que cualquiera de los demás porque él la conoce bien. En cualquier caso, aunque la chica esté endulzando mis características positiva, se lo agradezco mucho. Lo cierto es que no viene mal que me endulcen.

Estoy tan hambrienta y el estofado está tan bueno (ternera, patatas, nabos y cebollas en una salsa espesa) que tengo que obligarme a frenar. En todo el comedor se nota el efecto rejuvenecedor de una buena comida. Hace que la gente sea más amable, más graciosa y más optimista, y le recuerda que no es un error seguir viviendo. Es mejor que cualquier medicina, así que intento que dure y me uno a la conversación. Mojo el pan en la salsa y lo mordisqueo mientras escucho a Finnick contar una historia absurda sobre una tortuga marina que se aleja nadando con su sombrero. Me río antes de darme cuenta de que él está aquí, justo al otro lado de la mesa, detrás del sitio vacío que hay junto a Johanna; observándome. Estoy a punto de ahogarme con el pan.

—¡Peeta! —exclama Delly—. Qué bien verte... fuera.

Tiene dos enormes guardias detrás y lleva la bandeja con aire incómodo, haciendo equilibrio sobre las puntas de los dedos, ya que las muñecas están esposadas.

—¿Y esas pulseras tan monas? —pregunta Johanna.

—Todavía no soy del todo digno de confianza —responde Peeta—. Ni siquiera puedo sentarme aquí sin vuestro permiso —añade, señalando con la cabeza a sus vigilantes.

—Por supuesto que puedes sentarte aquí, somos viejos amigos —dice Johanna dando unas palmaditas en el asiento que tiene al lado. Los vigilantes acceden y Peeta se sienta—. Peeta y yo teníamos celdas contiguas en el Capitolio. Estamos muy familiarizados con nuestros respectivos gritos.

Annie, que está al otro lado de Johanna, hace lo de taparse las orejas y ausentarse de la realidad. Finnick lanza a Johanna una mirada asesina y rodea a Annie con un brazo.

—¿Qué? Mi médico de la cabeza dice que no debo censurar mis pensamientos, que es parte de la terapia —contesta Johanna.

Nuestro grupito pierde la alegría. Finnick murmura al oído de Annie hasta que ella aparta las manos poco a poco. Después guardamos silencio un buen rato y fingimos comer.

—Annie —dice Delly, animada—, ¿sabías que Peeta decoró tu tarta de boda? En casa su familia era dueña de la panadería y él hacía los glaseados.

Annie mira con precaución más allá de Johanna y dice:

—Gracias, Peeta, era preciosa.

—Es un placer, Annie —responde él, y oigo en su voz el rastro de una dulzura que creía ya perdida. No dirigida a mí, pero ya es algo.

—Si queremos que nos dé tiempo a dar ese paseo, será mejor que nos vayamos —le dice Finnick a Annie.

Recoge las dos bandejas con una mano mientras sostiene con fuerza en la otra la de su mujer.

—Me alegro de verte, Peeta.

—Pórtate bien con ella, Finnick, si no quieres que intente robártela.

Podría haber sido una broma si el tono no hubiera resultado tan frío. Todo lo que sugiere está mal: su abierta desconfianza hacia Finnick, la insinuación de que Peeta está interesado en Annie, que Annie pudiera abandonar a Finnick y que yo ni siquiera existo.

—Venga, Peeta —responde Finnick, como si nada—, no hagas que me arrepienta de haberte reanimado el corazón.

Delly espera a que se vayan para decir en tono de reproche:

—Es verdad que te salvó la vida, Peeta, y más de una vez.

—Por ella —responde él, señalándome con la cabeza—, por la rebelión. No por mí. No le debo nada.

No debería morder el anzuelo, pero lo hago.

—Quizá no. Pero Mags está muerta y tú sigues aquí. Deberías tenerlo en cuenta.

—Sí, hay muchas cosas que deberían tenerse en cuenta y no se tienen, Katniss. No entiendo algunos de mis recuerdos, y no creo que el Capitolio los haya tocado. Muchas de las noches en el tren, por ejemplo —responde.

De nuevo, las insinuaciones: de que en el tren pasó más de lo que en realidad pasó; de que lo que sí pasó (esas noches en que sólo conseguí conservar la cordura porque él me abrazaba) ya no importa; de que todo es una mentira, una forma de abusar de él.

Peeta hace un gesto con la cuchara para abarcarnos a Gale y a mí.

—Entonces, ¿ahora sois pareja oficialmente o todavía colea el tema de los amantes trágicos?

—Todavía colea —responde Johanna.

Unos espasmos hacen que las manos de Peeta se cierren en puños y se abran de manera extraña. ¿Es para evitar estrangularme? Noto que a Gale se le tensan los músculos temiendo un altercado, pero se limita a comentar:

—No me lo habría creído si no lo hubiera visto en persona.

—¿El qué? —pregunta Peeta.

—Lo tuyo.

—Tendrás que ser un poquito más específico —responde Peeta—. ¿Qué mío?

—Que te han reemplazado por una versión mutante malvada de ti mismo —responde Johanna.

Gale se termina la leche y me pregunta si he terminado. Me levanto y cruzamos la sala para soltar las bandejas. Al llegar a la puerta, un anciano me detiene porque sigo apretando en la mano el resto de mi pan con salsa. Algo en mi expresión o quizá el hecho de no haber intentado esconderlo hace que no me regañe mucho. Me deja meterme el pan en la boca y seguir caminando. Gale y yo estamos casi en mi compartimento cuando vuelve a hablar:

—No me lo esperaba.

—Te dije que me odiaba.

—Es la forma en que te odia. Me resulta tan... familiar. Antes me sentía así —reconoce—, cuando te veía besarlo en la pantalla. Sólo que sabía que no estaba siendo justo del todo. Él no se da cuenta.

Llegamos a la puerta.

—Quizá sólo es que me ve como soy realmente. Tengo que dormir un poco.

Gale me agarra del brazo antes de que pueda desaparecer.

—¿Eso es lo que estás pensando ahora? —pregunta, y me encojo de hombros—. Katniss, soy amigo tuyo desde hace más tiempo que nadie, así que créeme cuando te digo que no te ve como eres realmente.

Me da un beso en la mejilla y se va.

Me siento en la cama e intento meterme en la cabeza la información de mis libros de táctica militar mientras los recuerdos de mis noches con Peeta en el tren me distraen. Al cabo de unos veinte minutos, Johanna entra y se tira a los pies de mi cama.

—Te has perdido lo mejor. Delly perdió los nervios con Peeta por cómo te ha tratado, se le ha puesto una voz muy chillona. Era como si alguien estuviera apuñalando sin parar a un ratón con un tenedor. Los comensales no nos quitaban ojo de encima.

—¿Qué ha hecho Peeta?

—Ha empezado a discutir consigo mismo como si fuera dos personas distintas. Los guardias han tenido que llevárselo. El lado bueno es que a nadie ha parecido importarle que me terminara su estofado.

Johanna se restriega la barriga, que le sobresale un poco. Miro la capa de porquería bajo sus uñas. ¿Es que la gente del 7 no se baña nunca?

Nos pasamos un par de horas haciéndonos preguntas sobre términos militares. Visito a Prim y mi madre un rato y, al volver al compartimento, duchada, miro a la oscuridad y pregunto al fin:

—Johanna, ¿de verdad lo oías gritar?

—Era parte de la tortura. Como las rastrevíspulas de la arena, pero real. Y no duraba sólo una hora. Tic, toc.

—Tic, toc —susurro.

Rosas, lobos mutados, tributos, delfines glaseados, amigos, sinsajos, estilistas, yo.

Esta noche, en mis sueños, todos gritan.

Me dedico en cuerpo y alma al entrenamiento. Como, vivo y respiro los ejercicios, simulacros, práctica de armas y clases sobre tácticas. Algunos de nosotros pasamos a una clase adicional, lo que me da esperanzas de que me elijan para la batalla real. Los soldados lo llaman la Manzana, pero el tatuaje de mi brazo se refiere a él como C. C. S., siglas de Combate Callejero Simulado. En las profundidades del 13 han construido una manzana artificial de la ciudad del Capitolio. El instructor nos divide en pelotones de ocho e intentamos llevar a cabo misiones (asegurar una posición, destruir un objetivo o registrar una casa) como si de verdad nos abriéramos paso por el Capitolio. Todo está lleno de trampas, de modo que todo lo que pueda salir mal, sale mal. Un paso en falso dispara una mina, un francotirador aparece en un tejado, se te encasquilla el arma, el llanto de un niño te conduce a una emboscada, el líder del pelotón (que no es más que una voz del programa) recibe fuego de mortero y tienes que decidir qué hacer sin órdenes... Parte de ti sabe que es falso y que no te van a matar. Si activas una mina terrestre oyes el estallido y tienes que fingir que caes muerto. Sin embargo, por otro lado, todo parece muy real: los soldados enemigos vestidos como agentes de la paz, la confusión de una bomba de humo... Incluso nos gasean. Johanna y yo somos las únicas que nos ponemos las máscaras a tiempo. El resto del pelotón pierde la conciencia durante diez minutos. Y el gas, supuestamente inofensivo, que respiré durante un segundo me provocó un dolor de cabeza criminal durante el resto del día.

Cressida y los suyos nos graban a Johanna y a mí en el campo de tiro. Sé que también filman a Gale y Finnick. Es parte de una nueva serie de propos que muestra cómo se preparan los rebeldes para la invasión del Capitolio. En general, las cosas van bastante bien.

Entonces, Peeta empieza a aparecer en los ejercicios de la mañana. No lleva esposas, aunque sigue estando siempre acompañado por un par de guardias. Después de comer lo veo al otro lado del campo, entrenando con un grupo de principiantes. No sé en qué estarán pensando. Si una pelea con Delly consigue que se ponga a hablar solo, no es buena idea enseñarle a montar un arma.

Cuando le pregunto a Plutarch, él me asegura que es para las cámaras. Tienen material de Annie casándose y de Johanna disparando, pero todo Panem se pregunta por Peeta. Necesitan saber que está luchando para los rebeldes, no para Snow, y quizá si consiguen un par de tomas de nosotros dos juntos, aunque sólo sea con aspecto de estar felices, claro, no hace falta que nos besemos...

Me largo y lo dejo con la palabra en la boca. Eso no va a pasar.

En mis escasos minutos libres, observo con ansiedad los preparativos para la invasión. Veo cómo organizan el equipo y las provisiones, y cómo eligen a los componentes de las divisiones. Se sabe cuándo alguien ha recibido sus órdenes porque lo pelan, la marca de los que van a la batalla. Se habla mucho de la ofensiva inicial, que consistirá en asegurar los túneles del tren que llegan hasta el Capitolio.

Unos días antes de que salgan las primeras tropas, York nos dice inesperadamente a Johanna y a mí que nos ha recomendado para hacer el examen y que debemos presentarnos de inmediato. Hay cuatro partes: una pista de obstáculos que evalúa la condición física, un examen escrito de tácticas, una prueba de habilidad con las armas y una situación de combate simulado en la Manzana. Ni siquiera tengo tiempo de ponerme nerviosa para las primeras tres partes, pero en la Manzana van con retraso por algún tipo de problema técnico que están resolviendo. Nos juntamos en un grupo e intercambiamos información. Por lo que sabemos, la cosa va así: entras solo; nunca se sabe qué te vas a encontrar; un chico dice, en voz baja, que ha oído que está diseñado para atacar a los puntos débiles de cada uno.

¿Mis puntos débiles? Es una puerta que no quiero ni abrir. Pero busco un lugar tranquilo e intento evaluar cuáles serán. La lista es tan larga que me deprime: falta de fuerza bruta, escaso entrenamiento, y ser el Sinsajo tampoco parece una ventaja en una situación en la que hay que mezclarse con el grupo. Podrían atacarme por muchos frentes.

A Johanna la llaman en tercer lugar, justo antes que a mí, y asiento con la cabeza para animarla. Ojalá hubiera estado yo la primera de la lista, porque esto hace que piense demasiado en la situación. Cuando me llaman, ya no sé ni qué estrategia seguir.

Por suerte, una vez en la Manzana noto que entra en acción lo que he aprendido. Es una emboscada. Los agentes de la paz aparecen casi al instante y tengo que abrirme paso hasta el punto de encuentro para reunirme con el pelotón, que se ha desperdigado. Avanzo lentamente por la calle derribando agentes: dos en el tejado a mi izquierda, otro en el portal de delante. Es difícil, pero no tanto como esperaba. Tengo la desagradable sensación de que es demasiado sencillo, de que quizá no haya entendido el propósito. Estoy a un par de edificios del objetivo cuando las cosas se ponen feas: media docena de agentes de la paz salen de detrás de una esquina. Me superarán, pero me doy cuenta de una cosa: hay un bidón de gasolina tirado en la cuneta. Eso es, es mi prueba, tengo que darme cuenta de que volar el bidón en pedazos es la única forma de lograr la misión. Justo cuando voy a hacerlo, mi jefe de pelotón, que no había dicho nada hasta el momento, me ordena en voz baja que me tire al suelo. Mi instinto me grita que no haga caso de la voz, que apriete el gatillo, que mande a los agentes de la paz al infierno. De repente entiendo cuál creen los militares que es mi punto más débil; desde mi primer momento en los Juegos, cuando salí corriendo para coger la mochila naranja, hasta el enfrentamiento en el 8, pasando por mi impulsiva carrera por la plaza del 2: no sé aceptar órdenes.

Me tiro al suelo con tanta fuerza y velocidad que estaré una semana entera sacándome grava de la barbilla. Otra persona hace volar el depósito en pedazos. Los agentes mueren. Llego al punto de encuentro y, al salir de la Manzana por el otro lado, un soldado me felicita, me estampa en la mano el número de pelotón 451 y me pide que informe en la sala de Mando. Estoy tan satisfecha que la cabeza me da vueltas, así que corro por los pasillos, derrapo en las esquinas y bajo las escaleras a saltos porque el ascensor es demasiado lento. Me meto en la sala antes de darme cuenta de que es muy raro que me envíen a Mando; debería estar cortándome el pelo. El grupo sentado alrededor de la mesa no lo componen soldados novatos, sino los que deciden.

Boggs me sonríe y sacude la cabeza cuando me ve.

—Veamos —me dice, y yo, sin saber bien qué hacer, le enseño la mano con el sello—. Estás conmigo, es una unidad especial de tiradores. Únete a tu pelotón.

Señala con la cabeza al grupo que está de pie junto a la pared: Gale, Finnick, cinco más que no conozco. Mi pelotón. No sólo he entrado, sino que trabajaré a las órdenes de Boggs, con mis amigos. Me obligo a mantener la calma y doy unos pasos muy militares para acercarme a ellos, en vez de hacerlo dando botes de alegría.

Nosotros también debemos de ser importantes, ya que estamos en Mando y eso no tiene nada que ver con cierto Sinsajo. Plutarch se ha colocado frente a un panel ancho y plano que hay en el centro de la mesa. Está explicando algo sobre lo que nos vamos a encontrar en el Capitolio. Me parece que es una presentación horrible porque, aunque me ponga de puntillas, no veo el panel, pero entonces pulsa un botón y se proyecta en el aire una imagen holográfica de una manzana del Capitolio.

—Por ejemplo, ésta es la zona que rodea uno de los barracones de los agentes de la paz. Tiene su importancia, aunque no es el objetivo crucial. Sin embargo, mirad.

Plutarch introduce un código en un teclado y empezamos a

ver luces. Es una combinación de colores que parpadean a distintas velocidades.

—Cada luz se llama vaina. Representa un obstáculo, cuya naturaleza puede ser cualquier cosa desde una bomba hasta un grupo de mutos. No os equivoquéis, sea lo que sea estará diseñado para atraparos o mataros. Algunas llevan montadas desde los Días Oscuros, mientras que otras se han desarrollado a lo largo de los años. Si os soy sincero, yo mismo creé algunas. Robé este programa cuando nos fugamos del Capitolio, así que es nuestra información más reciente y no saben que lo tenemos. Sin embargo, es probable que hayan activado más vainas en los últimos meses. Os enfrentaréis a esto.

No me doy cuenta de que estoy avanzando hacia la mesa hasta llegar a pocos centímetros del holograma. Meto la mano y rodeo con ella una luz verde que parpadea muy deprisa.

Alguien se me une. Es Finnick, claro, y está muy tenso. Sólo un vencedor vería lo que yo he visto de inmediato: la arena, llena de vainas controladas por Vigilantes de los Juegos. Los dedos de Finnick acarician un resplandor rojo fijo que ilumina una entrada.

—Damas y caballeros... —dice en voz baja, pero yo respondo a todo pulmón.

—¡Que empiecen los Septuagésimo Sextos Juegos del Hambre!

Me río rápidamente, antes de que nadie tenga tiempo de notar lo que se esconde detrás de las palabras que acabo de pronunciar; antes de que se arqueen cejas, se pongan objeciones, se sumen dos más dos y decidan mantenerme lo más lejos posible del Capitolio. Porque una vencedora enfadada, independiente y con una capa de cicatrices psicológicas tan gruesa que resulta imposible de penetrar quizá sea la persona menos indicada para este pelotón.

—Ni siquiera sé por qué te has molestado en hacernos pasar a Finnick y a mí por el entrenamiento, Plutarch —comento.

—Sí, ya somos los dos soldados mejor equipados de los que dispones —añade Finnick en tono engreído.

—No creáis que no soy consciente de ello —responde él, agitando la mano con impaciencia—. Venga, volved a la fila, soldados Odair y Everdeen. Tengo que terminar la presentación.

Retrocedemos hasta nuestros puestos sin prestar atención a las miradas de curiosidad que nos lanzan. Adopto una actitud de concentración extrema mientras Plutarch sigue hablando, y procuro asentir con la cabeza de vez en cuando y moverme para ver mejor, mientras no dejo de decirme que debo resistir aquí hasta que pueda salir al bosque y gritar. O maldecir. O llorar. O quizá las tres cosas a la vez.

Si todo esto era una prueba, tanto Finnick como yo la pasamos. Cuando Plutarch termina y se acaba la reunión, paso por un mal momento al saber que tienen una orden especial para mí, pero sólo quieren decirme que me salte el corte de pelo militar porque les gustaría que el Sinsajo se parezca lo más posible a la chica de la arena cuando llegue la rendición. Para las cámaras, ya sabes. Me encojo de hombros para indicar que la longitud de mi pelo me es completamente indiferente. Me permiten marchar sin hacer comentarios.

Finnick y yo nos buscamos en el pasillo.

—¿Qué le voy a decir a Annie? —me pregunta en voz baja.

—Nada. Eso es lo que mi madre y mi hermana oirán de mí. Ya es bastante malo saber que vamos directos a otra arena; no tiene sentido darles la noticia a nuestros seres queridos.

—Si ve ese holograma... —empieza él.

—No lo verá, es información clasificada. Tiene que serlo. De todos modos, no serán como los Juegos de verdad. Sobrevivirá más gente. Estamos reaccionando mal porque..., bueno, ya sabes por qué. Todavía quieres ir, ¿no?

—Claro, quiero destruir a Snow tanto como tú.

—No será como las otras —afirmo con rotundidad, intentando convencerme a mí también; entonces me doy cuenta de lo mejor de la situación—. Esta vez Snow también jugará.

Antes de que podamos continuar, aparece Haymitch. No estaba en la reunión y no está pensando en arenas, precisamente.

—Johanna ha vuelto al hospital —nos dice.

Suponía que Johanna estaba bien, que había pasado el examen aunque no la hubieran asignado a la unidad de tiradores de élite. Es la mejor lanzando hachas, pero normalita con las armas de fuego.

—¿Está herida? ¿Qué ha pasado? —pregunto.

—Fue en la Manzana. Intentan sacar a relucir las posibles debilidades de los soldados, así que inundaron la calle.

Eso no me ayuda. Johanna sabe nadar, o al menos creo recordar haberla visto nadar en el Vasallaje de los Veinticinco. No como Finnick, claro, pero ninguno de nosotros es como Finnick.

—¿Y?

—Así es como la torturaron en el Capitolio. La empapaban y después le daban descargas eléctricas —responde Haymitch—. En la Manzana tuvo algún tipo de *flashback*. Le entró el pánico y no sabía dónde estaba. Han vuelto a sedarla.

Finnick y yo nos quedamos quietos, como si hubiésemos perdido la capacidad de responder. Pienso en que Johanna nunca se ducha; en que se tuvo que obligar a ponerse bajo la lluvia, como si fuera ácido. Yo creía que se debía al mono de la morflina.

—Deberíais ir a verla, sois lo más parecido a amigos que tiene —dice Haymitch.

Eso hace que todo sea peor. No sé qué habrá entre Johanna y Finnick, pero yo apenas la conozco. No tiene familia, no tiene amigos, ni siquiera tiene un recuerdo del 7 que poder guardar junto a su ropa reglamentaria en su anónimo cajón. Nada.

—Será mejor que vaya a contárselo a Plutarch; no le va a gustar —sigue diciendo Haymitch—. Quiere que en el Capitolio estén todos los vencedores posibles para que las cámaras los sigan. Cree que quedará bien en televisión.

—¿Vais Beetee y tú? —le pregunto.

—Todos los vencedores jóvenes y atractivos posibles —se corrige Haymitch—. Así que no, no vamos. Nos quedamos aquí.

Finnick se va directamente a ver a Johanna, pero yo me espero a que salga Boggs. Ahora es mi comandante, así que supongo que los favores especiales tendré que pedírselos a él. Cuando le digo lo que quiero hacer, me escribe un pase para que me dejen salir al bosque durante la hora de reflexión, siempre que esté a la vista de los guardias. Corro a mi compartimento pensando en usar el paracaídas, pero está tan lleno de malos recuerdos que decido cruzar el pasillo y llevarme una de las vendas de algodón blanco que me traje del 12. Cuadrada, resistente; es perfecta.

En el bosque encuentro un pino y arranco de las ramas unos cuantos puñados de aromáticas agujas. Después de hacer una ordenada pila en medio de la venda, recojo los extremos, los enrollo y los ato con fuerza con un trozo de enredadera para hacer un hatillo del tamaño de una manzana.

Observo un rato a Johanna desde la puerta de la habitación del hospital y me doy cuenta de que la mayor parte de su ferocidad se debe a su actitud mordaz. Sin ella, como ahora, no es más que una joven que lucha por mantener los ojos abiertos a pesar de las drogas porque le aterra lo que pueda encontrar en sus sueños. Me acerco a ella y le ofrezco el hatillo.

—¿Qué es eso? —me pregunta, ronca; las puntas húmedas de su pelo le forman pequeños pinchos sobre la frente.

—Lo he hecho para ti, para que lo pongas en tu cajón —respondo, poniéndoselo en la mano—. Huélelo.

Ella se lleva el bultito a la nariz y lo olisquea con precaución.

—Huele a casa —dice, y los ojos se le llenan de lágrimas.

—Eso esperaba, por eso de que eres del 7 y tal. ¿Recuerdas cuando nos conocimos? Eras un árbol. Bueno, lo fuiste brevemente.

De repente me agarra la muñeca con dedos de acero.

—Tienes que matarlo, Katniss.

—No te preocupes —respondo, resistiendo a la tentación de tirar del brazo para soltarlo.

—Júramelo. Por algo que te importe —me dice entre dientes.

—Lo juro por mi vida —respondo, pero no me suelta el brazo.

—Por la vida de tu familia —insiste.

—Por la vida de mi familia —repito; supongo que jurarlo por mi vida no resulta muy convincente. Me suelta y me restriego la muñeca—. ¿Y por qué si no crees que voy, descerebrada?

Eso la hace sonreír un poquito.

—Es que necesitaba oírlo —responde.

Se lleva el saquito de agujas de pino a la nariz y cierra los ojos.

Los días restantes se pasan en un suspiro. Después de un breve ejercicio por la mañana, mi pelotón se pasa el día en el campo de tiro. Sobre todo practico con un arma de fuego, pero reservan una hora al día para nuestras especialidades, así que uso mi arco de Sinsajo y Gale su arco militar. El tridente que Beetee ha diseñado para Finnick tiene muchas características especiales, pero la más notable es que puede lanzarlo, pulsar el botón de una muñequera metálica y hacer que vuelva a su mano sin tener que ir a por él.

A veces disparamos a muñecos de agentes de la paz para familiarizarnos con sus protecciones. Con los puntos débiles de su armadura, por así decirlo. Si das en carne, la recompensa es un chorro de sangre falsa. Nuestros muñecos están bañados en rojo.

Resulta reconfortante ver el elevado grado de precisión de nuestro grupo. Aparte de Finnick y Gale, en el pelotón hay cinco soldados del 13. Está Jackson, una mujer de mediana edad y segunda al mando que, aunque algo lenta, es capaz de alcanzar objetivos que nosotros ni vemos sin una mira telescópica (ella dice que es la hipermetropía). Hay un par de hermanas de veintitantos años llamadas Leeg (las llamamos Leeg 1 y Leeg 2 para aclararnos) que se parecen tanto con el uniforme puesto que no puedo distinguirlas hasta que me doy cuenta de que Leeg 1 tiene unas extrañas manchas amarillas en los ojos. Después tenemos dos hombres más mayores, Mitchell y Homes, que no dicen mucho, pero son capaces de limpiarte el polvo de las botas a casi cincuenta metros de distancia. Veo que hay otros pelotones bastante buenos, aunque no comprendo del todo nuestra posición hasta la mañana en que Plutarch se une a nosotros.

—Pelotón cuatro, cinco, uno, se os ha seleccionado para una misión especial —empieza; me muerdo el labio por dentro con la esperanza de que sea asesinar a Snow—. Tenemos bastantes buenos tiradores, pero nos faltan equipos de televisión. Por tanto, os hemos escogido para ser lo que llamamos nuestro «pelotón estrella». Seréis los rostros televisivos de la invasión.

Se nota que el grupo pasa primero por la decepción, después por la sorpresa y, al final, llega al enfado.

—Lo que estás diciendo es que no combatiremos de verdad —dice Gale.

—Combatiréis, aunque quizá no siempre en primera línea, si es que hay una primera línea en este tipo de enfrentamientos.

—Ninguno de nosotros quiere eso —comenta Finnick, y todos murmuran para darle la razón, aunque yo guardo silencio—. Vamos a luchar.

—Vais a ser lo más útiles posible para la guerra —responde Plutarch—. Y se ha decidido que sois más valiosos en televisión. Mira el efecto que tuvo Katniss yendo por ahí con su traje de Sinsajo. Le dio la vuelta a la rebelión. ¿Os dais cuenta de que es la única que no protesta? Es porque entiende el poder de la pantalla.

En realidad, Katniss no se queja porque no tiene intención de quedarse con el «pelotón estrella», aunque reconoce la necesidad de llegar al Capitolio antes de llevar a cabo su plan. Sin embargo, puede que ser demasiado obediente levante sospechas.

—Pero no será todo de mentira, ¿no? —pregunto—. Qué desperdicio de talento.

—No te preocupes —me dice Plutarch—. Tendréis objetivos de sobra. Pero procura que no te vuelen en pedazos, ya tengo bastantes problemas como para ponerme a buscar una sustituta. Ahora id al Capitolio y montad un buen espectáculo.

La mañana que partimos me despido de mi familia. No les he dicho lo similares que son las defensas del Capitolio a las armas de la arena, pero que me vaya a la guerra ya es malo de por sí. Mi madre me abraza con fuerza durante un buen rato. Noto que tiene lágrimas en los ojos, lágrimas que consiguió no derramar cuando me eligieron para los Juegos.

—No te preocupes, estaré a salvo. Ni siquiera soy un soldado de verdad, sino una de las marionetas televisadas de Plutarch.

Prim me acompaña hasta las puertas del hospital y me pregunta:

—¿Cómo te sientes?

—Mejor sabiendo que estás donde Snow no puede alcanzarte.

—La próxima vez que nos veamos nos habremos librado de él —me dice con seguridad; después me rodea el cuello con los brazos—. Ten cuidado.

Medito la idea de despedirme de Peeta, pero decido que sería malo para los dos. Sin embargo, sí me meto la perla en el bolsillo del uniforme; es un símbolo del chico del pan.

Un aerodeslizador nos lleva, precisamente, al Distrito 12, donde han montado una zona de transporte improvisada fuera de la zona de fuego. Esta vez no hay trenes de lujo, sino un vagón de mercancías lleno a rebosar de soldados vestidos con sus uniformes gris oscuro, dormidos con la cabeza encima del petate. Al cabo de un par de días de viaje desembarcamos dentro de uno de los túneles de montaña que llevan al Capitolio y hacemos a pie las seis horas que nos quedan para llegar, procurando pisar sólo sobre la línea pintada de verde brillante que marca el camino seguro al exterior.

Salimos en el campamento rebelde, un área de diez manzanas junto a la estación de tren por la que Peeta y yo llegamos en ocasiones anteriores. Está repleto de soldados. Al pelotón 451 se le asigna un lugar en el que montar las tiendas. Esta zona se aseguró hace más de una semana; los rebeldes echaron a los agentes y perdieron cientos de vidas en el proceso. Las fuerzas del Capitolio retrocedieron y se han reagrupado en el interior de la ciudad. Entre nosotros están las calles llenas de trampas, vacías y tentadoras. Habrá que limpiar de vainas cada una de ellas antes de avanzar.

Mitchell pregunta por los bombardeos de aerodeslizadores (nos sentimos muy expuestos en campo abierto), pero Boggs responde que no es problema, que la mayor parte de la flota aérea del Capitolio se destruyó en el 2 o durante la invasión. Si les quedan aviones, los están reservando, seguramente para que Snow y su círculo interno puedan huir en el último momento a algún búnker presidencial escondido. Nuestros aerodeslizadores se quedaron en tierra después de que los misiles antiaéreos del Capitolio diezmaran a los primeros. Esta guerra se luchará en las calles y, si hay suerte, las infraestructuras sufrirán pocos daños y perderemos pocas vidas. Los rebeldes quieren el Capitolio, igual que el Capitolio quería el 13.

Tres días más tarde, casi todo el pelotón 451 corre peligro de desertar por aburrimiento. Cressida y su equipo nos graban disparando y nos dicen que formamos parte del equipo de desinformación. Si los rebeldes sólo dispararan a las vainas de Plutarch, el Capitolio tardaría unos dos minutos en darse cuenta de que tenemos el holograma. Así que pasamos mucho tiempo destrozando cosas que no importan para despistarlos. Básicamente nos dedicamos a aumentar el tamaño de los montones de cristales de colores rotos de las fachadas de los edificios. Sospecho que intercalan nuestras imágenes con las de la destrucción de objetivos significativos del Capitolio. De vez en cuando necesitan los servicios de tiradores de verdad y los ocho levantamos la mano, pero nunca nos escogen ni a Gale, ni a Finnick, ni a mí.

—Es culpa tuya por ser tan fotogénico —le digo a Gale. Si las miradas matasen...

Creo que no saben qué hacer con nosotros tres, sobre todo conmigo. He traído mi traje de Sinsajo, aunque sólo me han grabado con el uniforme. A veces uso un arma de fuego, otras me piden que dispare con arco y flechas. Es como si no quisieran perder del todo al Sinsajo, pero desearan convertirme en un simple soldado de a pie. Como no me importa, me resulta divertido más que molesto imaginar las discusiones que tendrán en el 13.

Mientras de cara al exterior expreso mi descontento por nuestra falta de participación real, lo cierto es que estoy ocupada con mi propia misión. Cada uno de nosotros tiene un mapa del Capitolio. La ciudad forma un cuadrado casi perfecto, y unas líneas dividen el mapa en cuadrados más pequeños con letras arriba y números abajo, formando una cuadrícula. Lo absorbo todo, y tomo nota de cada cruce y callejón, aunque más bien con fines terapéuticos, porque los comandantes están trabajando con el holograma de Plutarch. Cada comandante tiene un dispositivo portátil llamado holo que produce imágenes como la que vi en Mando. Pueden aumentar el tamaño de una zona de la cuadrícula y ver las vainas que les esperan. El holo es una unidad independiente, un mapa sobrevalorado, en realidad, ya que no puede ni enviar ni recibir señales. Sin embargo, es mucho mejor que mi versión en papel.

El holo se activa con la voz del comandante cuando éste dice en voz alta su nombre. Una vez en funcionamiento, sólo respondería a las voces del resto del pelotón si, por ejemplo, Boggs muriera o resultara gravemente herido y alguien tomara el relevo. Si un miembro del pelotón repitiera la palabra *jaula* tres veces seguidas, el holo estallaría y volaría todo en pedazos dentro de un radio de unos cinco metros. Es por motivos de seguridad en caso de captura; se entiende que cualquiera de nosotros lo haría sin vacilar.

Así que tengo que robar el holo activado de Boggs y largarme antes de que se dé cuenta. Creo que sería más fácil robarle los dientes.

La cuarta mañana, la soldado Leeg 2 activa una vaina mal

etiquetada: en vez de soltar un enjambre de mosquitos mutantes, que es lo que esperan los rebeldes, dispara una lluvia de dardos metálicos. Uno se le clava en el cerebro; muere antes de que los médicos lleguen hasta ella. Plutarch promete enviarnos un sustituto lo antes posible.

La noche del día siguiente aparece el nuevo miembro de nuestro pelotón. Sin esposas, sin guardias, sale paseando de la estación con un arma en la pistolera del hombro. Hay sorpresa, perplejidad y resistencia, pero el dorso de la mano de Peeta lleva pintado un 451 en tinta fresca. Boggs le quita el arma y se va para hacer una llamada.

—Da igual —nos dice Peeta a los demás—, la presidenta en persona me ha asignado. Ha decidido que las propos necesitan animarse un poco.

Quizá lo hagan, pero si Coin ha enviado a Peeta es que también ha decidido otra cosa: que le soy más útil muerta que viva.

TERCERA PARTE

ASESINOS

Hasta ahora no había visto nunca a Boggs enfadado de verdad, ni cuando desobedecí sus órdenes, ni cuando le vomité encima, ni siquiera cuando Gale le rompió la nariz. Pero cuando vuelve de su conversación telefónica con la presidenta está enfadado. Lo primero que hace es ordenar a la soldado Jackson, su segunda al mando, que establezca una guardia de dos personas durante las veinticuatro horas del día para vigilar a Peeta. Después me lleva a pasear y nos metemos por las tiendas de campaña hasta dejar atrás al pelotón.

—Intentará matarme de todas formas —digo—. Sobre todo aquí, donde hay tantos malos recuerdos que pueden dispararlo.

—Yo lo contendré, Katniss —me asegura Boggs.

—¿Por qué Coin quiere verme muerta ahora?

—Niega que tenga esa intención —responde.

—Pero sabemos que la tiene. Al menos tendrás una teoría.

Boggs me mira con atención un buen rato antes de responder:

—Te contaré lo que sé. A la presidenta no le gustas, nunca le has gustado. Ella quería rescatar a Peeta de la arena, pero nadie más estaba de acuerdo. La cosa se puso peor cuando la obligaste a conceder la inmunidad a los demás vencedores. Sin embargo, podría haberlo dejado pasar en vista de lo útil que has sido.

—Entonces, ¿qué es? —insisto.

—Esta guerra terminará en algún momento del futuro próximo. Necesitarán un nuevo líder —dice Boggs.

—Boggs, nadie me verá como líder —respondo, poniendo los ojos en blanco.

—No, es verdad, pero apoyarás a alguien. ¿Sería a la presidenta Coin? ¿O sería a otra persona?

—No lo sé, no he pensando en ello.

—Si tu respuesta automática no es Coin, te conviertes en una amenaza. Eres el rostro de la rebelión, quizá tengas más influencia que nadie. De cara al exterior te has limitado a tolerarla.

—Así que me matará para cerrarme la boca —respondo, y sé que es cierto en cuanto lo digo.

—Ahora no te necesita para levantar a las masas. Como dijo, ya has tenido éxito en tu objetivo, que era unir a los distritos —me recuerda Boggs—. Estas propos podrían hacerse sin ti. Sólo queda una cosa que puedas hacer para avivar la rebelión.

—Morir —respondo en voz baja.

—Sí, darles un mártir por el que luchar. Pero eso no pasará bajo mi mando, soldado Everdeen. Me he propuesto que disfrutes de una larga vida.

—¿Por qué? —le pregunto, porque algo así sólo puede traerle problemas—. No me debes nada.

—Porque te lo has ganado —responde—. Y ahora, vuelve con tu pelotón.

Sé que debería agradecer que Boggs arriesgue el cuello por

mí, pero la verdad es que estoy frustrada. Es decir, ¿ahora cómo voy a robarle el holo y desertar? Antes le debía la vida, por lo que ya me resultaba complicado traicionarlo. Ahora le debo otra cosa más.

Me pone furiosa ver al culpable de mi actual dilema montando su tienda en nuestra zona.

—¿A qué hora es mi guardia? —le pregunto a Jackson.

Ella entrecierra los ojos para mirarme con cada de duda, o quizá sea que intenta verme.

—No te he puesto en la rotación.

—¿Por qué no?

—No estoy segura de que seas capaz de disparar a Peeta si se diera el caso.

Hablo bien alto para que todo el pelotón pueda oírme con claridad:

—No voy a disparar a Peeta, Peeta se ha ido, como dijo Johanna. Sería como disparar a cualquier otro muto del Capitolio.

Me sienta bien decir algo horrible sobre él en voz alta, en público, después de todas las humillaciones por las que me ha hecho pasar desde que regresó.

—Bueno, esa clase de comentarios tampoco son una buena recomendación —responde Jackson.

—Ponla en la rotación —oigo decir a Boggs detrás de mí.

Jackson sacude la cabeza y toma nota.

—De medianoche a cuatro —me dice—. Estás conmigo.

Entonces suena el silbato de la cena, y Gale y yo nos ponemos en fila en la cantina.

—¿Quieres que lo mate? —me pregunta sin rodeos.

—Sólo serviría para que nos enviaran de vuelta —respondo; de todos modos, aunque estoy furiosa, la brutalidad de su oferta me inquieta—. Puedo manejarlo.

—¿Te refieres a que puedes manejarlo hasta que te vayas? ¿Tú, tu mapa en papel y, si consigues ponerle las manos encima, también un holo?

Así que a Gale no se le han escapado mis preparativos. Espero que no hayan resultado igual de obvios para el resto, aunque ninguno me conoce como él.

—No estarás pensando en dejarme atrás, ¿verdad? —me pregunta.

Hasta este momento sí lo pensaba, pero tener a mi compañero de caza guardándome las espaldas no suena mal.

—Como tu compañera de armas, debo recomendarte encarecidamente que te quedes con tu pelotón, aunque no puedo impedir que vengas, ¿verdad?

—No —responde él, sonriendo—. A no ser que quieras que avise al resto el ejército.

El pelotón 451 y el equipo de televisión recogemos nuestra cena de la cantina y nos reunimos en un tenso círculo para comer. Al principio me parece que Peeta es la causa del malestar, pero, al final de la cena, me doy cuenta de que más de uno me ha mirado con mala cara. Las cosas han cambiado de golpe, porque estoy bastante segura de que, cuando apareció Peeta, todos estaban preocupados por lo peligroso que pudiera ser, sobre todo para mí. Sin embargo, hasta que no recibo una llamada de teléfono de Haymitch, no acabo de entenderlo.

—¿Qué intentas hacer? ¿Provocarlo para que te ataque? —me pregunta.

—Claro que no, sólo quiero que me deje en paz.

—Bueno, pues no puede, no después de lo que el Capitolio le hizo pasar. Mira, quizá Coin lo enviara con la esperanza de que te matase, pero Peeta no lo sabe. No entiende lo que le ha pasado, así que no deberías culparlo...

—¡No lo culpo!

—¡Sí que lo haces! Lo castigas una y otra vez por cosas que no están bajo su control. Obviamente, no estoy diciendo que no tengas tu arma con el cargador lleno al lado todo el tiempo, pero creo que ha llegado el momento de que le des la vuelta a la situación en tu cabeza. Si el Capitolio te hubiera capturado y secuestrado, para después intentar asesinar a Peeta, ¿es así como te trataría él? —pregunta Haymitch.

Me callo. No lo es. Así no es cómo me trataría, en absoluto. Intentaría recuperarme a cualquier precio. No me haría el vacío, ni me abandonaría, ni me recibiría con hostilidad en todo momento.

—Tú y yo hicimos un trato para intentar salvarlo, ¿recuerdas? —dice Haymitch; como no respondo, desconecta después de un seco—: Intenta recordarlo.

El día de otoño pasa de fresco a frío. Casi todo el pelotón se arrebuja en sus sacos de dormir. Algunos duermen al raso, cerca de la estufa del centro del campamento, mientras otros se retiran a sus tiendas. Leeg 1 se ha derrumbado por fin y llora la muerte de su hermana; nos llegan sus sollozos ahogados a través de la lona. Me acurruco en mi tienda y medito sobre las palabras de

Haymitch. Me doy cuenta, avergonzada, de que mi fijación por asesinar a Snow me ha permitido no hacer caso de un problema mucho más difícil: intentar rescatar a Peeta del mundo de sombras en el que lo ha encerrado el secuestro. No sé cómo encontrarlo, por no hablar de cómo sacarlo. Ni siquiera soy capaz de concebir un plan. Hace que la tarea de cruzar una arena llena de trampas, localizar a Snow y meterle una bala en la cabeza parezca un juego de niños.

A medianoche salgo a rastras de la tienda y me coloco en un taburete cerca de la estufa para hacer guardia con Jackson. Boggs le dijo a Peeta que durmiera fuera, a plena vista, donde los demás pudiéramos vigilarlo. No está dormido, sino sentado con el saco subido hasta el pecho, haciendo torpes nudos en un trocito de cuerda. Lo conozco bien, es el trozo de cuerda que Finnick me prestó aquella noche en el búnker. Verlo en sus manos es como oír a Finnick repetir lo que Haymitch me ha dicho, que he abandonado a Peeta. Éste podría ser un buen momento para empezar a remediarlo. Si pudiera pensar en algo que decir... Sin embargo, no se me ocurre nada, así que me callo. Dejo que el ruido de la respiración de los soldados llene la noche.

Al cabo de una hora, Peeta dice:

—Estos dos últimos años deben de haberte resultado agotadores, todo el rato intentando decidir si me matabas o no. Una y otra vez. Una y otra vez.

Me parece que está siendo muy injusto y mi primer impulso es decir algo cortante, pero recuerdo mi conversación con Haymitch e intento dar un primer paso de prueba hacia Peeta.

—Nunca quise matarte, salvo cuando creí que ayudabas a los

profesionales a matarme. Después, siempre te consideré... un aliado.

Es una palabra segura, sin connotaciones emotivas, pero tampoco amenazadora.

—Aliada —repite Peeta lentamente, saboreando la palabra—. Amiga. Amante. Vencedora. Enemiga. Prometida. Objetivo. Muto. Vecina. Cazadora. Tributo. Aliada. La añadiré a la lista de palabras que uso para intentar entenderte —responde, enrollando y desenrollando la cuerda en sus dedos—. El problema es que ya no distingo lo que es real de lo que es inventado.

No se oye ninguna respiración profunda, lo que significa que o todos se han despertado o que, en realidad, nunca han estado dormidos. Sospecho lo segundo.

La voz de Finnick sale de un bulto entre las sombras.

—Pues pregunta, Peeta. Es lo que hace Annie.

—¿A quién? ¿En quién puedo confiar?

—Bueno, en nosotros, para empezar. Somos tu pelotón —responde Jackson.

—Sois mis guardias —puntualiza Peeta.

—Eso también, pero salvaste muchas vidas en el 13. Nunca lo olvidaremos.

En el silencio posterior, intento imaginar no ser capaz de distinguir la ilusión de la realidad, no saber si Prim o mi madre me quieren, si Snow es mi enemigo, si la persona que está al otro lado de la estufa me salvó o me sacrificó. Mi vida se convierte rápidamente en una pesadilla. De repente quiero decir a Peeta todo lo que sé sobre él, sobre mí y sobre cómo acabamos aquí, pero no sé cómo empezar. No sirvo para nada, absolutamente para nada.

Unos cuantos minutos antes de las cuatro, Peeta se vuelve otra vez hacia mí y dice:

—Tu color favorito... ¿es el verde?

—Sí —respondo, y entonces se me ocurre algo que añadir—. Y el tuyo es el naranja.

—¿Naranja? —repite él, poco convencido.

—No el naranja chillón, sino el suave, como una puesta de sol —respondo—. Al menos, eso me dijiste una vez.

—Ah —responde él, y cierra los ojos un momento, quizá para intentar imaginar esa puesta de sol; después asiente—. Gracias.

Pero me salen más palabras.

—Eres pintor. Eres panadero. Te gusta dormir con las ventanas abiertas. Nunca le pones azúcar al té. Y siempre le haces dos nudos a los cordones de los zapatos.

Después me meto en la tienda antes de hacer alguna estupidez, como llorar, por ejemplo.

Por la mañana, Gale, Finnick y yo salimos a disparar a los cristales de algunos edificios para que lo graben los de la televisión. Cuando volvemos al campamento, Peeta está sentado en un círculo con los soldados del 13, que están armados pero hablan con él abiertamente. A Jackson se le ha ocurrido un juego llamado «real o no» para ayudar a Peeta: él menciona algo que cree que ha pasado, y ellos le dicen si es cierto o imaginario, además de añadir una breve explicación.

—Casi toda la gente del 12 murió en el incendio.

—Real. Menos de novecientos de los tuyos llegaron vivos al 13.

—El incendio fue culpa mía.

—No. El presidente Snow destruyó el 12 igual que hizo con el 13, para enviar un mensaje a los rebeldes.

Me parece una gran idea hasta que me doy cuenta de que soy la única que puede confirmar o negar la mayoría de las cosas que más le preocupan. Jackson nos divide en turnos. Organiza las parejas de modo que Gale, Finnick y yo estemos siempre con algún soldado del 13. Así, Peeta tendrá acceso a alguien que lo conozca de manera más personal. No es una conversación fluida. Peeta pasa mucho tiempo meditando cualquier información por trivial que parezca, como, por ejemplo, dónde compraba el jabón la gente del 12. Gale le cuenta muchas cosas sobre nuestros distrito; Finnick es el experto en los dos Juegos de Peeta, ya que fue mentor en el primero y tributo en el segundo. Sin embargo, como la principal confusión de Peeta gira en torno a mí (y no es fácil explicarlo todo), nuestros intercambios son dolorosos e intensos, a pesar de que sólo tocamos los detalles más superficiales: el color de mi vestido en el 7; que prefiero los panecillos de queso; el nombre de nuestro profesor de matemáticas cuando éramos pequeños... Reconstruir sus recuerdos de mí es espantoso. Quizá ni siquiera sea posible después de lo que le hizo Snow, aunque creo que intentar ayudarlo es lo más correcto.

Al día siguiente, por la tarde, nos notifican que todo el pelotón debe representar una propo bastante complicada. Peeta tenía razón en algo: Coin y Plutarch no están contentos con la calidad de las grabaciones que obtienen del pelotón estrella. Son muy aburridas, poco inspiradoras. La respuesta obvia es que lo único que nos permiten hacer es jugar con nuestras armas. Sin embargo, no se trata de defendernos, sino de ofrecer un buen producto, así que hoy nos han dejado una manzana especial para la filmación. Incluso tiene un par de vainas activas: una dispara una lluvia de balas; la otra envuelve en una red al invasor y lo atrapa para su posterior interrogatorio o ejecución, según las preferencias del captor. En cualquier caso, se trata de una manzana residencial sin importancia y sin valor estratégico digno de mención.

El equipo de televisión debe hacer que el peligro parezca mayor, y para eso soltará bombas de humo y añadirá disparos mediante efectos de sonido. Nos vestimos con todas las protecciones posibles, incluso los del equipo de televisión, como si fuéramos al corazón de la batalla. A los que tenemos armas especiales nos permiten llevarlas junto con las de fuego. Boggs también devuelve a Peeta la pistola, aunque se asegura de decirle en voz alta que está cargada con balas de fogueo.

Peeta se encoge de hombros.

—No pasa nada, soy mal tirador.

Parece concentrado en observar a Pollux, tanto que llega a resultar preocupante, hasta que, finalmente, lo resuelve y empieza a hablar con mucho nerviosismo:

—Eres un avox, ¿verdad? Lo noto por la forma de tragar. Había dos avox conmigo en prisión, Darius y Lavinia, pero los guardias casi siempre los llamaban «los pelirrojos». Habían sido nuestros criados en el Centro de Entrenamiento, así que los detuvieron. Vi cómo los torturaban hasta matarlos. Ella tuvo suerte, usaron demasiado voltaje y su corazón se paró de golpe. Con él tardaron días. Lo golpearon y le fueron cortando partes del cuerpo. Le preguntaban una y otra vez, pero él no podía hablar, sólo hacía unos horribles sonidos animales. No querían información, ¿sabes? Sólo querían que yo lo viera.

Aturdidos, vemos que Peeta mira a su alrededor como si esperara una respuesta. Como nadie se la da, pregunta:

—¿Real o no? —La falta de respuesta lo inquieta todavía más—. ¡¿Real o no?! —exige saber.

—Real —dice Boggs—. Al menos, por lo que sé, es... real.

—Eso pensaba —responde Peeta, dejando caer los hombros—. El recuerdo no era... brillante.

Se aleja del grupo mascullando algo sobre dedos y pies.

Me acerco a Gale y apoyo la frente sobre la protección de su pecho; él me abraza con fuerza. Por fin sabemos el nombre de la chica que el Capitolio se llevó del bosque del 12, y el destino de nuestro amigo, el agente de la paz que intentó mantener con vida a Gale. No es momento para rememorar los recuerdos felices con ellos; han muerto por mi culpa. Los añado a mi lista personal de fallecimientos a causa de la arena, una lista en la que ya hay miles de personas. Cuando levanto la vista, veo que Gale se lo ha tomado de otra manera. Su expresión me dice que le van a faltar montañas que aplastar y ciudades que destruir; promete muerte.

Con el truculento relato de Peeta en mente, atravesamos las calles llenas de cristales rotos hasta llegar al objetivo, la manzana que debemos tomar. Es un objetivo real, aunque pequeño. Nos reunimos alrededor de Boggs para examinar la proyección holográfica de la calle. La vaina de los disparos está situada a un tercio del recorrido, justo encima del toldo de un edificio. La podemos activar con balas. La de la red está al final, casi en la siguiente esquina. Para ésa necesitaremos que alguien dispare el mecanismo del sensor. Todos se presentan voluntarios salvo Peeta, que no parece saber bien qué está pasando. No me escogen a mí; me envían con Messalla, que me maquilla un poco para los primeros planos.

El pelotón se coloca según las órdenes de Boggs y esperamos a que Cressida ponga también a los cámaras en sus puestos. Los dos están a nuestra izquierda, Castor grabando la parte delantera y Pollux por detrás, de modo que no se graben el uno al otro. Messalla lanza un par de bombas de humo para crear atmósfera. Como esto es tanto una misión como una grabación, estoy a punto de preguntar quién está al mando, si mi comandante o mi directora, cuando Cressida grita:

—¡Acción!

Avanzamos muy despacio por la calle envuelta en niebla, como en uno de nuestros ejercicios de la Manzana. Todos tienen al menos una sección de ventanas que volar en pedazos, pero a Gale le toca el blanco de verdad. Cuando activa la vaina, todos nos cubrimos (nos protegemos en portales o nos tiramos al suelo, sobre los bonitos adoquines naranjas y rosas), mientras una lluvia de balas pasa volando por encima de nosotros. Al cabo de un rato, Boggs nos ordena avanzar.

Cressida nos detiene antes de levantarnos porque necesita algunos primeros planos. Nos turnamos para repetir nuestras reacciones: caemos al suelo, ponemos muecas y nos lanzamos hacia algún hueco. Se supone que es un tema serio, pero todo resulta un poco ridículo, sobre todo al descubrir que no soy la peor intérprete del pelotón, ni de lejos. Nos reímos un montón cuando Mitchell intenta proyectar su idea de la desesperación, que consiste en apretar los dientes y mover las aletas de la nariz; Boggs nos regaña.

—Ya está bien, cuatro, cinco, uno —dice en tono serio, aunque veo que intenta reprimir una sonrisa mientras comprueba de nuevo la siguiente vaina.

Coloca el holo para captar mejor la luz en medio de la bruma. Todavía nos está mirando cuando su pie izquierdo da un paso atrás, pisa el adoquín naranja y dispara la bomba que le arranca las piernas.

Es como si, en un instante, una vidriera se hiciera añicos y nos revelara el feo mundo que esconde detrás. Las risas se convierten en gritos, la sangre mancha los adoquines en tonos pastel y el humo de verdad oscurece el efecto especial creado para la televisión.

Un segundo estallido corta el aire y me deja un pitido en los oídos, pero no sé de dónde viene.

Llego a Boggs la primera e intento encontrarle sentido a la carne retorcida, a las extremidades que faltan, buscar algo con lo que detener el flujo rojo que le mana del cuerpo. Homes me aparta y abre un botiquín de primeros auxilios. Boggs me agarra la muñeca. Es como si su cara, gris de muerte y ceniza, se hundiera. Sin embargo, sus siguientes palabras son una orden:

—El holo.

El holo. Me arrastro por el suelo escarbando entre los trozos de baldosas llenos de sangre y me estremezco cuando encuentro pedacitos de carne caliente. Lo encuentro clavado en unas escaleras, junto con una de las botas de Boggs. Lo saco, lo limpio con las manos y vuelvo con mi comandante.

Homes le ha puesto una especie de venda de compresión al

muñón del muslo izquierdo de Boggs, pero ya está empapada. Intenta hacer un torniquete en el otro, sobre la rodilla. El resto del pelotón se ha cerrado en formación protectora a nuestro alrededor. Finnick intenta revivir a Messalla, que se dio contra un muro en la explosión. Jackson grita a un intercomunicador de campo e intenta, sin éxito, avisar al campamento para que envíe médicos. Pero sé que es demasiado tarde. De pequeña, mientras veía a mi madre trabajar, aprendí que una vez que el charco de sangre alcanzaba cierto tamaño, no había vuelta atrás.

Me arrodillo al lado de Boggs, preparada para repetir el papel que hice con Rue y con la adicta del 6, para que tenga a alguien a quien agarrarse mientras abandona esta vida. Sin embargo, Boggs tiene las dos manos en el holo, escribe una orden, pone el pulgar en la pantalla para que reconozca su huella, y pronuncia una serie de letras y números cuando el dispositivo se los pide. Un rayo de luz verde sale del holo y le ilumina la cara.

—No apto para el mando —dice—. Transfiere autorización de seguridad principal a la soldado Katniss Everdeen, pelotón 451. —Con mucho esfuerzo, consigue volver el holo hacia mi cara—. Di tu nombre.

—Katniss Everdeen —le digo al rayo verde.

De repente, veo que me atrapa en su luz. No puedo moverme, ni siquiera parpadear, mientras una serie de imágenes pasan rápidamente ante mí. ¿Me está escaneando? ¿Grabando? ¿Cegando? Desaparece y sacudo la cabeza para despejarla.

—¿Qué has hecho?

—¡Preparaos para la retirada! —aúlla Jackson.

Finnick está gritando algo y señala al otro extremo de la manzana, por donde hemos entrado. Una sustancia negra y aceitosa sale como un géiser de la calle, entre los edificios, y crea un impenetrable muro de oscuridad. No parece ni líquido ni gas, ni mecánico ni natural. Seguro que es mortífera. No podemos volver por donde hemos venido.

Unos disparos ensordecedores suenan cuando Gale y Leeg 1 empiezan a abrir un sendero a tiros por las piedras, hacia el otro extremo de la manzana. No entiendo qué hacen hasta que otra bomba, a unos nueve metros, estalla y abre un agujero en la calle. Entonces me doy cuenta de que es un intento rudimentario de disparar las posibles trampas. Homes y yo agarramos a Boggs y lo arrastramos detrás de Gale. El dolor le puede y empieza a gritar; yo quiero parar, encontrar otra forma de hacerlo, pero la oscuridad sube por encima de los edificios, hinchándose, deslizándose hacia nosotros como una ola.

Alguien tira de mí hacia atrás, pierdo a Boggs y me doy contra las piedras. Peeta me mira desde arriba, ido, loco, de vuelta a la tierra de los secuestrados, con el arma en alto, dispuesto a aplastarme el cráneo con ella. Ruedo, oigo cómo la culata se estrella en el suelo y, por el rabillo del ojo, veo el enredo de cuerpos: Mitchell se lanza sobre Peeta y lo sujeta sobre los adoquines. Pero Peeta, con su fuerza de siempre unida a la locura de las rastrevíspulas, golpea el vientre de Mitchell con los pies y lo lanza por los aires.

Se oye el fuerte chasquido de la trampa cuando la vaina se dispara. Cuatro cables unidos a unas guías en los edificios salen de entre las piedras y levantan la red que encierra a Mitchell. Está ensangrentado, no tiene sentido... hasta que veo las púas que recorren el alambre que lo rodea. Lo reconozco de inmediato, es el mismo alambre que decoraba la parte superior de la valla del 12. Le grito que no se mueva y me ahogo con el olor de la oscuridad, que es espeso y alquitranado. La ola ha llegado a su cresta y empieza a caer.

Gale y Leeg 1 disparan sobre el cierre de la puerta del edificio de la esquina y después a los cables que sostienen la red de Mitchell. Otros sujetan a Peeta. Me lanzo sobre Boggs, y Homes y yo lo arrastramos al interior del piso, a través de un salón rosa y blanco, por un pasillo lleno de fotos familiares, hasta el suelo de mármol de una cocina, donde nos derrumbamos. Castor y Pollux traen a Peeta, que no deja de forcejear. De algún modo, Jackson consigue esposarlo, cosa que sólo sirve para enfurecerlo más; se ven obligados a encerrarlo en un armario.

En el salón, la puerta se cierra, la gente grita. Después se oyen pisadas por el pasillo y la ola negra pasa rugiendo junto al edificio. Desde la cocina nos llega el ruido de las ventanas, que gruñen y se hacen añicos. El nocivo olor a alquitrán impregna el aire. Finnick lleva a Messalla. Leeg 1 y Cressida entran detrás de él, dando tumbos y tosiendo.

—¡Gale! —chillo.

Entonces llega, cierra la puerta de la cocina de un portazo y, medio ahogado, grita una palabra:

—¡Gases!

Castor y Pollux recogen toallas y delantales para taponar las rendijas, mientras Gale sufre arcadas encima de un fregadero amarillo limón.

—¿Mitchell? —pregunta Homes, pero Leeg 1 sacude la cabeza.

Boggs me pone el holo en la mano. Mueve los labios, aunque no entiendo qué dice. Acerco la oreja a su boca para poder captar su ronco susurro:

—No confíes en ellos, no vuelvas. Mata a Peeta. Haz lo que has venido a hacer.

Me aparto para verle la cara.

—¿Qué? ¿Boggs? ¿Boggs?

Sus ojos siguen abiertos, pero está muerto. En la mano, pegado con sangre, tengo el holo.

Los pies de Peeta golpeando la puerta del armario es lo único que se oye por encima de la respiración agitada de los demás. Sin embargo, mientras escuchamos, su energía parece decaer. Las patadas disminuyen y se convierten en un tamborileo irregular. Después, nada. Me pregunto si él también habrá muerto.

—¿Se ha ido? —pregunta Finnick, mirando a Boggs; asiento—. Tenemos que salir de aquí. Ahora. Acabamos de activar una calle entera llena de vainas. Seguro que nos tienen en las cintas de seguridad.

—Puedes contar con ello —dice Castor—. Todas las calles están cubiertas por cámaras de seguridad. Seguro que activaron manualmente la ola negra en cuanto nos vieron grabar la propo.

—Nuestros intercomunicadores por radio se desactivaron casi de inmediato. Seguramente ha sido un pulso electromagnético. Pero os llevaré de vuelta al campamento. Dame el holo —me dice Jackson, pero yo me llevo el aparato al pecho.

—No, Boggs me lo ha dado a mí.

—No digas tonterías —me suelta; claro, ella cree que es suyo, es la segunda al mando.

—Es verdad —dice Homes—. Le transfirió la autorización de seguridad principal mientras agonizaba. Lo he visto.

—¿Por qué iba a hacer eso? —exige saber Jackson.

Eso, ¿por qué? Le doy vueltas en la cabeza a los horribles acontecimientos de los últimos cinco minutos: Boggs mutilado, muriendo, muerto; la rabia homicida de Peeta; Mitchell ensangrentado, atrapado y tragado por esa asquerosa ola negra. Me vuelvo hacia Boggs deseando con toda mi alma que siguiera vivo. De repente estoy convencida de que él está del todo de mi parte, y quizá sea el único. Pienso en sus últimas órdenes:

«No confíes en ellos, no vuelvas. Mata a Peeta. Haz lo que has venido a hacer.»

¿Qué quería decir? ¿Que no confiara en quién? ¿En los rebeldes? ¿En Coin? ¿En la gente que tengo delante ahora mismo? No volveré, pero él tenía que saber que soy incapaz de meterle una bala a Peeta en la cabeza. ¿Lo soy? ¿Debería? ¿Acaso Boggs averiguó que he venido aquí para desertar y matar a Snow yo sola?

No puedo solucionarlo ahora mismo, así que decido llevar a término las dos primeras órdenes: no confiar en nadie y meterme en el Capitolio. Pero ¿cómo voy a justificarlo? ¿Cómo consigo que me dejen el holo?

—Porque estoy en una misión especial para la presidenta Coin. Creo que Boggs era el único que lo sabía.

Jackson no está convencida.

—¿Para hacer qué? —pregunta.

¿Por qué no contarles la verdad? Es tan verosímil como cualquier otra cosa que se me ocurra. Sin embargo, tiene que parecer una misión real, no una venganza.

—Para asesinar al presidente Snow antes de que las víctimas de la guerra hagan que nuestra población se reduzca hasta límites insostenibles.

—No te creo —responde Jackson—. Como tu actual comandante, te ordeno que me transfieras la autorización de seguridad principal.

—No. Sería una violación directa de las órdenes de la presidenta Coin.

Todos sacan las armas; la mitad apunta a Jackson y la otra mitad a mí. Justo cuando creo que alguien va a morir, Cressida dice:

—Es cierto, por eso estamos aquí. Plutarch quiere televisarlo, cree que si filmamos al Sinsajo asesinando a Snow, la guerra terminará.

Jackson se para a pensar y después señala el armario con la punta de la pistola.

—¿Y por qué está él aquí?

Ahí me ha pillado. No se me ocurre ninguna razón cabal por la que Coin enviaría a un chico inestable programado para matarme a una misión tan importante. Debilita mi historia. Cressida vuelve a ayudarme:

—Porque las dos entrevistas con Caesar Flickerman posteriores a los Juegos se grabaron en los alojamientos del presidente Snow. Plutarch cree que Peeta podría servirnos de guía en un lugar que conocemos muy poco.

Quiero preguntar a Cressida por qué miente por mí, por qué lucha para que yo pueda seguir con mi propia misión. Pero no es el momento.

—¡Tenemos que irnos! —dice Gale—. Yo sigo a Katniss. Si vosotros no queréis, volved al campamento. ¡Pero hay que salir ya!

Homes abre el armario y se echa a Peeta, que está inconsciente, al hombro.

—Listo —anuncia.

—¿Boggs? —pregunta Leeg 1.

—No nos lo podemos llevar. Él lo entendería —responde Finnick; después recoge el arma de Boggs y se la echa al hombro—. Tú diriges, soldado Everdeen.

No sé cómo dirigir. Miro el holo en busca de ayuda. Sigue activado, pero por mí podría estar muerto, porque no tengo tiempo de juguetear con los botones para averiguar cómo funciona.

—No sé usar esto. Boggs dijo que tú me ayudarías —le digo a Jackson—. Me dijo que podía contar contigo.

Jackson frunce el ceño, me quita el holo e introduce una orden. Aparece un cruce.

—Si salimos por la puerta de la cocina, hay un pequeño patio y después la parte de atrás de otra unidad de apartamentos. Estamos viendo una perspectiva de las cuatro calles que se encuentran en el cruce.

Intento concentrarme y observar el cruce del mapa, que está lleno de lucecitas indicando vainas por todas partes. Y son sólo las vainas que Plutarch conocía. El holo no indicaba que la manzana de la que acabamos de salir estaba minada, ni que tenía el géiser negro, ni que la red estuviera hecha de alambre de espino. Además de eso, puede que haya agentes de la paz, ya que ahora conocen nuestra posición. Me muerdo el interior del labio y noto todos los ojos clavados en mí.

—Poneos las máscaras. Vamos a salir por donde hemos entrado.

Objeciones al instante, así que levanto la voz:

—Si la ola era tan fuerte, debe de haber disparado y absorbido otras vainas que pudiera haber en nuestro camino.

Se paran a pesarlo. Pollux le hace unos cuantos signos rápidos a su hermano.

—También puede haber desactivado las cámaras —traduce Castor—. Al tapar las lentes.

Gale apoya una de las botas en la encimera y examina la salpicadura de negro en la punta. La rasca con un cuchillo de cocina.

—No es corrosivo. Creo que está diseñado para ahogar o envenenar.

—Seguramente es nuestra mejor oportunidad —dice Leeg 1.

Nos ponemos las máscaras. Finnick ajusta la de Peeta. Cressida y Leeg 1 llevan entre las dos a Messalla, que está mareado.

Espero que alguien inicie la marcha, hasta que me doy cuenta de que ahora ése es mi trabajo. Abro de un empujón la puerta de la cocina, pero no encuentro resistencia. Una capa de un centímetro de grosor de porquería negra se ha extendido por el salón y ha cubierto tres cuartos del pasillo. Cuando le doy con precaución usando la punta de la bota, descubro que tiene la consistencia de un gel. Levanto el pie y, después de estirarla un poco, vuelve a su sitio como un resorte. Doy tres pasos por el gel y miro atrás. No dejo huellas. Es la primera cosa positiva que sucede en todo el día. El gel se va haciendo más denso conforme avanzo. Abro la puerta principal temiendo que entren litros y más litros de esa cosa, pero la sustancia negra mantiene su forma.

Es como si hubieran metido en pintura negra la manzana rosa y naranja para después sacarla a secar. Los adoquines, los edificios e incluso los tejados están cubiertos de gel. Una gran lágrima cuelga sobre la calle, y de ella salen dos formas: el cañón de un arma y una mano humana. Mitchell. Me quedo en la acera, mirándolo, hasta que el resto del grupo se une a mí.

—Si alguien quiere volver, por lo que sea, ahora es el momento —digo—. Sin preguntas ni rencores.

Nadie desea retirarse, así que empiezo a avanzar hacia el Capitolio sabiendo que no tenemos mucho tiempo. Aquí el gel tiene más profundidad, de diez a quince centímetros, y hace un ruido de succión cada vez que levantas el pie, aunque sirve para ocultar nuestro rastro.

La ola debe de haber sido enorme y potente, ya que ha afectado a varias de las manzanas que tenemos delante. Y, a pesar de pisar con cuidado, creo que mi instinto estaba en lo cierto al decirme que había activado otras vainas. Una manzana está llena de cadáveres dorados de rastrevíspulas; las liberarían y sucumbirían ante los gases. Un poco más adelante se ha derrumbado un edificio entero bajo el gel. Corro por los cruces y levanto una mano para que los demás esperen hasta comprobar que no hay problemas, aunque parece que la ola ha desmantelado las vainas mejor que cualquier pelotón rebelde.

En la quinta manzana noto que hemos llegado al punto en el

que comenzó la ola. El gel sólo tiene un par de centímetros de grosor y veo unos tejados celestes asomando por el siguiente cruce. La luz de la tarde se ha apagado un poco y necesitamos urgentemente ocultarnos y organizar un plan. Escojo un edificio que se encuentra a dos tercios del fin de la manzana, Homes fuerza la cerradura, y yo ordeno a los demás que entren. Me quedo en la calle un minuto y observo cómo desaparecen nuestras huellas. Después, cierro la puerta.

Las linternas integradas en los fusiles iluminan una habitación grande con paredes de espejos que nos devuelven la mirada cada vez que nos giramos. Gale comprueba las ventanas, que no presentan daños, y se quita la máscara.

—No pasa nada. Se huele un poco, pero no es muy fuerte.

El piso parece diseñado exactamente igual que el anterior. El gel bloquea la luz natural de la parte delantera, aunque un poco de luz consigue filtrarse a través de las contraventanas de la cocina. En el pasillo hay dos dormitorios con sus baños. La escalera de caracol del salón conduce al espacio abierto de la segunda planta. Arriba no hay ventanas, pero las luces están encendidas, seguramente porque alguien evacuó el lugar a toda prisa. En una pared hay una enorme pantalla de televisión apagada que emite un suave brillo. Por todo el cuarto hay sillones y sofás lujosos. Nos reunimos aquí, nos dejamos caer en los asientos e intentamos recuperar la respiración.

Jackson apunta a Peeta, que sigue esposado e inconsciente, tirado sobre el sofá azul marino en el que lo ha depositado Homes. ¿Qué narices voy a hacer con él? ¿Y con el equipo de televisión? ¿Y con todos, en realidad, aparte de Gale y Finnick? Porque preferiría perseguir a Snow con ellos en vez de sola, pero no puedo conducir a diez personas por el Capitolio en una misión falsa, ni siquiera suponiendo que pudiera leer el holo. ¿Debería o podría haberlos enviado de vuelta cuando tuve oportunidad? ¿O era demasiado peligroso tanto para ellos como para mi misión? Quizá no debería haber escuchado a Boggs, porque puede que estuviera sufriendo alucinaciones. Quizá tendría que confesarme, pero entonces Jackson se haría con el mando y acabaríamos en el campamento, donde yo respondería ante Coin.

Justo cuando la complejidad del lío al que he arrastrado a todo el mundo empieza a sobrecargarme el cerebro, una lejana cadena de explosiones hace temblar el cuarto.

—No ha sido cerca —nos asegura Jackson—. A unas cuatro o cinco manzanas.

—Donde dejamos a Boggs —dice Leeg 1.

Aunque nadie se ha acercado a ella, la tele se enciende de repente y emite un agudo pitido que nos pone a casi todos en pie.

—¡No pasa nada! —nos tranquiliza Cressida—. Es una retransmisión de emergencia. Todos los televisores del Capitolio se activan automáticamente.

Y ahí estamos nosotros, en pantalla, justo después de la bomba que acabó con Boggs. Un narrador explica a los espectadores que están viendo cómo intentamos reagruparnos, reaccionar ante la llegada del gel negro que sale de la calle y perder el control de la situación. Vemos el caos que sigue a la ola hasta que ésta bloquea las cámaras. Lo último que sale es Gale solo en la calle intentando disparar a los cables que mantienen atrapado a Mitchell.

El periodista nos identifica a Gale, Finnick, Boggs, Peeta, Cressida y a mí por nombre.

—No hay tomas aéreas. Boggs debía de estar en lo cierto sobre sus aerodeslizadores —dice Castor.

Yo no me había dado cuenta, pero supongo que es el tipo de cosas que nota un cámara.

La cobertura continúa desde el patio trasero del piso en el que nos refugiamos. Los agentes de la paz ocupan el tejado de nuestro anterior escondite; lanzan proyectiles contra los apartamentos y desencadenan la serie de explosiones que hemos oído; después el edificio se derrumba en una nube de polvo y escombros.

Ahora pasan a una transmisión en directo. Una periodista está de pie en el tejado con los agentes. Detrás de ella, el edificio arde. Los bomberos intentan controlar las llamas con mangueras de agua. Nos declaran muertos.

—Por fin un poco de suerte —comenta Homes.

Supongo que es verdad, sin duda es mejor que tener al Capitolio persiguiéndonos. Sin embargo, no puedo evitar imaginar cómo verán esto en el 13, donde mi madre, Prim, Hazelle, sus hijos, Annie, Haymitch y muchas otras personas creen que acaban de vernos morir.

—Mi padre. Acaba de perder a mi hermana y ahora... —dice Leeg 1.

Vemos cómo repiten la grabación una y otra vez. Se regodean en su victoria, sobre todo por mí. La interrumpen para meter un montaje sobre cómo el Sinsajo se hizo con el poder rebelde. Creo que lo tienen preparado desde hace tiempo, porque está muy pulido. Después pasan a un par de periodistas que debaten en directo sobre mi merecido final. Prometen que más tarde Snow hará un anuncio oficial. La pantalla se apaga y vuelve a su brillo de siempre.

Los rebeldes no intentan interrumpir la emisión, lo que me lleva a pensar que creen que es cierta. De ser así, ahora estamos solos de verdad.

—Bueno, ahora que estamos muertos, ¿cuál es nuestro siguiente movimiento? —pregunta Gale.

—¿No es obvio? —pregunta Peeta.

Ni siquiera nos habíamos dado cuenta de que había recuperado el conocimiento. No sé cuánto tiempo lleva despierto, pero, por su cara de tristeza, lo bastante para ver lo sucedido en la calle, cómo se volvió loco, intentó aplastarme la cabeza y lanzó a Mitchell hacia la vaina. Se sienta como puede y se dirige a Gale:

—Nuestro siguiente movimiento... es matarme.

Es la segunda vez que se pide la muerte de Peeta en menos de una hora.

—No digas tonterías —repite Jackson.

—¡Acabo de asesinar a un miembro del pelotón! —grita Peeta.

—Lo empujaste. No podías saber que dispararía la red justo en ese punto —responde Finnick, intentando calmarlo.

—¿A quién le importa eso? Está muerto, ¿no? —insiste él, llorando—. No lo sabía. Nunca me había visto así antes. Katniss tiene razón, yo soy el monstruo, yo soy el muto. ¡Snow me ha convertido en un arma!

—No es culpa tuya, Peeta —dice Finnick.

—No podéis llevarme con vosotros, es cuestión de tiempo que mate a otra persona —responde Peeta; mira a su alrededor y observa nuestras caras de incertidumbre—. Quizá creáis que es más humano abandonarme en alguna parte, darme esa oportunidad. Pero eso sería lo mismo que entregarme al Capitolio. ¿Creéis que me hacéis un favor enviándome de vuelta a Snow?

Peeta otra vez en manos de Snow. Torturado y atormentado hasta que no quede nada de su personalidad original.

Por algún motivo, recuerdo la última estrofa de *El árbol del ahorcado*, en la que el hombre prefiere que su amante muera antes que permitir que se enfrente al mal que la espera en su mundo.

> ¿Vas, vas a volver
> al árbol con un collar de cuerda
> para conmigo pender?
> Cosas extrañas pasaron en él,
> no más extraño sería
> en el árbol del ahorcado reunirnos al anochecer.

—Te mataré si llegamos a eso, te lo prometo —dice Gale.

Peeta vacila, como si meditara sobre la fiabilidad de la oferta, y después sacude la cabeza.

—No me sirve, ¿y si no estás ahí para hacerlo? Quiero una de esas píldoras de veneno, como las que tenéis los demás.

Jaula de noche. Tengo una en el campamento, dentro de su ranura especial en la manga de mi traje de Sinsajo, pero también hay otra en el bolsillo del pecho de mi uniforme. Qué interesante que no le dieran una a Peeta. Quizá Coin creyera que podía usarla antes de matarme. No sé bien si Peeta pretende suicidarse ahora para evitarnos tener que matarlo o si sólo lo haría si el Capitolio se lo llevara prisionero otra vez. En el estado en que está, supongo que es más probable que lo hiciera antes. Sin duda nos lo pondría más fácil a los demás, no tendríamos que dispararle. Y sin duda simplificaría el problema de tratar con sus episodios homicidas.

No sé si son las vainas, el miedo o ver morir a Boggs, pero noto la arena a mi alrededor. En realidad, es como si nunca hubiera salido de ella. De nuevo lucho no sólo por mi supervivencia, sino también por la de Peeta. Qué satisfacción, qué divertido sería para Snow que yo lo matara, que cargara con la culpa por la muerte de Peeta durante el resto de mis días.

—No es por ti —le digo—. Tenemos una misión y te necesitamos —afirmo, y miro al resto del grupo—. ¿Creéis que podremos encontrar comida en este sitio?

Además del botiquín médico y las cámaras, no llevamos más que los uniformes y las armas.

La mitad nos quedamos para vigilar a Peeta y estar pendientes de la emisión de Snow, mientras que los demás buscan algo para comer. Messalla resulta ser el más útil porque vivió en una réplica de este piso y sabe dónde es más probable que la gente oculte la comida. Sabe que hay un espacio de almacenamiento escondido detrás de un panel de espejo en el dormitorio y que es fácil sacar la rejilla de ventilación del pasillo. Así que, aunque los armarios de la cocina están vacíos, encontramos unas treinta latas de comida y varias cajas de galletas.

El acaparamiento asquea a los soldados educados en el 13.

—¿Y esto no es ilegal? —pregunta Leeg 1.

—Todo lo contrario, en el Capitolio se te consideraría un estúpido si no lo hicieras —responde Messalla—. Incluso antes del Vasallaje de los Veinticinco, la gente empezó a guardar los suministros que más escaseaban.

—Mientras los demás se aguantaban sin ellos —comenta Leeg 1.

—Sí, así es como funciona esto —dice Messalla.

—Por suerte, o no tendríamos cena —interviene Gale—. Que todo el mundo elija una lata.

Algunos de nuestros compañeros vacilan, pero es tan buen método como cualquier otro. No estoy de humor para dividir todo en once partes equivalentes, teniendo en cuenta para ello la edad, el peso y el rendimiento físico. Rebusco en la pila y estoy a punto de escoger una sopa de bacalao cuando Peeta me ofrece una lata.

—Toma —me dice.

La acepto sin saber qué esperar. En la etiqueta pone: «Estofado de cordero».

Aprieto los labios al recordar el frío y la lluvia filtrándose entre las piedras, mis ineptos intentos de flirteo y el aroma de mi receta favorita del Capitolio. Así que todavía debe de quedarle algún recuerdo. Lo felices, hambrientos y juntos que estábamos cuando aquella cesta de picnic llegó al exterior de nuestra cueva.

—Gracias —respondo mientra abro la tapa—. Hasta tiene ciruelas.

Doblo la tapa y la uso como cuchara improvisada para meterme un poquito en la boca. Ahora, encima, este sitio también sabe como la arena.

Nos estamos pasando una caja de extravagantes galletas rellenas de crema cuando empiezan de nuevo los pitidos. El sello de Panem ilumina la pantalla y se queda ahí mientras suena el himno. Entonces empiezan a mostrar imágenes de los muertos, igual que hacían con los tributos de la arena. Empiezan con las cuatro caras de nuestro equipo de televisión, seguidos de Boggs, Gale,

Finnick, Peeta y yo. Salvo por Boggs, no se molestan con los soldados del 13, ya sea porque no tienen ni idea de quiénes son o porque saben que no significan nada para la audiencia. A continuación aparece el hombre en persona, sentado detrás de su escritorio, con una bandera detrás y una rosa blanca recién cortada en la solapa. Me da la impresión de que se ha hecho más arreglos recientemente porque le veo los labios más hinchados de lo normal. Y su equipo de preparación tendría que cortarse un poco con el colorete.

Snow felicita a los agentes de la paz por un trabajo soberbio y les rinde homenaje por haber librado al país de la amenaza conocida como el Sinsajo. Predice que mi muerte supondrá un cambio en la guerra, ya que los rebeldes desmoralizados no tendrán a nadie a quien seguir. Y, en realidad, ¿quién era yo? Una pobre chica inestable con algo de talento para los arcos y las flechas. No era una gran pensadora, ni el cerebro de la rebelión, sino simplemente una cara sacada de entre la chusma porque había llamado la atención con mis travesuras durante los Juegos. Pero resultaba muy necesaria porque los rebeldes no tienen un líder de verdad.

En algún lugar del Distrito 13, Beetee pulsa un interruptor, y ahora no es el presidente Snow, sino la presidenta Coin la que nos mira. Se presenta a Panem, se identifica como la líder de la rebelión y me ofrece un elogio fúnebre. Alaba a la chica que sobrevivió a la Veta y a los Juegos del Hambre, y que convirtió un país de esclavos en un ejército de luchadores por la libertad.

—Viva o muerta, Katniss Everdeen seguirá siendo el rostro de la rebelión. Si alguna vez vaciláis, pensad en el Sinsajo y en él encontraréis la fuerza necesaria para acabar con los opresores de Panem.

—No tenía ni idea de lo mucho que significaba para ella —digo, lo que hace reír a Gale, aunque los demás me miran con curiosidad.

Ahora ponen una foto muy retocada en la que se me ve preciosa y feroz, con un montón de llamas ardiendo a mis espaldas. Sin palabras ni eslogan, ya sólo necesitan mi cara.

Beetee le devuelve las riendas a Snow, que parece muy controlado. Me da la impresión de que el presidente creía que el canal de emergencia era impenetrable y de que alguien acabará muerto esta noche por la intrusión.

—Mañana por la mañana, cuando saquemos el cadáver de Katniss Everdeen de entre las cenizas, veremos quién es el Sinsajo en realidad: una chica muerta que no podía salvar a nadie, ni siquiera a sí misma.

Sello, himno y fuera.

—Salvo que no la encontraréis —dice Finnick a la pantalla vacía, dando voz a lo que todos estamos pensando. El periodo de gracia será breve. En cuanto escarben entre las cenizas y vean que faltan once cadáveres, sabrán que hemos escapado.

—Al menos les llevamos ventaja —digo.

De repente me siento muy cansada y sólo quiero tumbarme en un lujoso sofá verde y dormir; acurrucarme en un edredón de piel de conejo y plumas de ganso. Sin embargo, saco el holo e insisto en que Jackson me enseñe las órdenes elementales (que, básicamente, consisten en introducir las coordenadas del cruce más cercano del mapa) para así, al menos, empezar a hacerlo funcionar sola. Mientras el holo proyecta lo que nos rodea, noto que me hundo un poco más. Debemos de estar acercándonos a objetivos cruciales, porque el número de vainas ha aumentado de manera notable. ¿Cómo vamos a avanzar por este tramo de luces parpadeantes sin que nos detecten? No podemos. Y si no podemos, estamos atrapados como pájaros en una red. Decido que lo mejor es no adoptar una actitud de superioridad cuando estoy con estas personas, sobre todo porque no dejo de mirar el sofá verde. Así que digo:

—¿Alguna idea?

—¿Por qué no empezamos descartando posibilidades? —sugiere Finnick—. La calle no es una posibilidad.

—Los tejados son tan malos como la calle —añade Leeg 1.

—Puede que exista la opción de retirarnos, de volver por donde hemos venido —dice Homes—, aunque eso significaría fallar en la misión.

Noto una punzada de culpabilidad, ya que la misión me la he inventado yo.

—La idea no era que todos avanzáramos, pero habéis tenido la mala suerte de estar conmigo.

—Bueno, eso no tiene importancia, ahora estamos contigo —dice Jackson—. Así que nos quedamos. No podemos subir, no podemos avanzar lateralmente. Creo que sólo nos queda una opción.

—Bajo tierra —dice Gale.

Bajo tierra, lo que más odio. Como las minas, los túneles y el 13. Bajo tierra, donde temo morir, aunque es una estupidez teniendo en cuenta que, de todos modos, si muero al aire libre lo siguiente que harán será enterrarme.

El holo muestra tanto las vainas de arriba como las de abajo. Veo que, al bajar, las líneas limpias y fiables del plano se mezclan con un lío revuelto de túneles. Parece haber menos vainas, eso sí. A dos puertas de nosotros hay un tubo vertical que conecta nuestra fila de pisos con los túneles. Para llegar al piso del tubo tendremos que apretujarnos por un conducto de mantenimiento que recorre todo el edificio. Podemos entrar en el conducto por la parte de atrás de un armario de la planta superior.

—Vale, que parezca que no hemos pasado por aquí —digo.

Borramos todo rastro de nuestra estancia: tiramos las latas vacías por la tolva de la basura, nos guardamos las llenas para después, damos la vuelta a los cojines manchados de sangre y limpiamos los restos de gel de las baldosas. No hay forma de arreglar el cerrojo de la puerta, pero echamos un segundo cerrojo para que, al menos, la puerta no se abra al tocarla.

Finalmente, sólo queda solucionar lo de Peeta. Se planta en el sofá azul y se niega a ceder:

—No voy. Seguro que os descubren por mi culpa o le hago daño a otra persona.

—La gente de Snow te encontrará —dice Finnick.

—Pues dejadme una píldora. Sólo me la tomaré si hace falta.

—Eso no es una opción. Ven con nosotros —ordena Jackson.

—¿O qué? ¿Me dispararás? —pregunta Peeta.

—Te dejaremos inconsciente y te arrastraremos con nosotros —responde Homes—. Lo que nos frenará y nos pondrá en peligro.

—¡Dejad de ser tan nobles! ¡No me importa morir! —exclama, y se vuelve hacia mí—. Katniss, por favor. ¿Es que no ves que quiero dejar esto de una vez?

El problema es que sí lo veo. ¿Por qué no puedo dejarlo marchar? ¿Darle una pastilla, apretar el gatillo? ¿Es porque Peeta me importa demasiado o porque me importa demasiado que Snow gane? ¿Lo he convertido en una pieza de mis Juegos privados? Es despreciable, pero sé que soy capaz de haberlo hecho. De ser cierto, lo más amable sería matar a Peeta aquí y ahora. Sin embargo, para bien o para mal, la amabilidad no es lo que me impulsa.

—Estamos perdiendo el tiempo. ¿Te vienes por tu propio pie o tenemos que dejarte inconsciente?

Peeta oculta el rostro entre las manos durante unos segundos y se une a nosotros.

—¿Le soltamos las manos? —pregunta Leeg 1.

—¡No! —le gruñe Peeta, acercándose las esposas al cuerpo.

—No —repito yo—, pero quiero la llave.

Jackson me la pasa sin decir nada. Me la guardo en el bolsillo de los pantalones, donde choca con la perla.

Cuando Homes abre la puertecita metálica que da al conducto de mantenimiento, descubrimos otro problema: los arneses de insecto de los cámaras no entran por la estrecha abertura. Castor y Pollux se los quitan y desenganchan los equipos de reserva, que son del tamaño de una caja de zapatos y seguro que funcionan igual de bien. A Messalla no se le ocurre otro sitio donde esconder los voluminosos dispositivos, así que los tiramos en el interior del armario. Me frustra dejar atrás un rastro tan fácil de seguir, pero ¿qué otra cosa podemos hacer?

Aun en fila india, y con las mochilas y equipos a un lado, entramos a duras penas. Pasamos de largo el primer piso y entramos en el segundo. En éste, uno de los dormitorios, en vez de baño, tiene una puerta en la que pone: «Cuarto de servicio». Detrás de la puerta está la habitación con la entrada al tubo.

Messalla frunce el ceño ante la tapa circular y, durante un momento, vuelve a su caprichoso mundo de antes.

—Por eso nadie quiere vivir en la unidad central, con obreros entrando y saliendo todo el día, y un solo baño. Aunque el alquiler es bastante más barato —comenta; entonces se encuentra con la cara de guasa de Finnick y añade—: Da igual.

La tapa del tubo es fácil de abrir. Una amplia escalera con peldaños de goma permite que bajemos rápida y fácilmente a las entrañas de la ciudad. Nos reunimos al pie de la escalera y esperamos a que nuestros ojos se adapten a la tenue luz de la zona subterránea, donde se respira una mezcla de productos químicos, moho y aguas residuales.

Pollux, pálido y sudoroso, se aferra a la muñeca de Castor como si temiera caerse sin alguien que lo sostenga.

—Mi hermano trabajó aquí cuando se convirtió en avox —explica Castor.

Claro, ¿quién si no iba a mantener estos pasadizos húmedos y apestosos llenos de trampas?

—Tardamos cinco años en poder comprar su subida a la superficie. En ese tiempo no vio el sol ni una sola vez.

En mejores circunstancias, en un día con menos horrores y más descanso, alguien sabría qué decir. Sin embargo, nos pasamos un buen rato intentando responder.

Al final, Peeta se vuelve hacia Pollux y comenta:

—Bueno, entonces acabas de convertirte en nuestro bien más preciado.

Castor se ríe y Pollux consigue sonreír.

A medio camino del primer túnel me doy cuenta de que el comentario de Peeta ha sido extraordinario: sonaba como antes, como el chico que siempre sabía qué decir cuando los demás se quedaban mudos; irónico, alentador, algo divertido, pero sin burlarse de nadie. Vuelvo la vista atrás para mirarlo arrastrar los pies detrás de sus guardias, Gale y Jackson, con los ojos fijos en el suelo y los hombros echados hacia delante. Tan abatido... Sin embargo, por un momento, ha sido el de siempre.

Peeta tenía razón, Pollux vale más que diez holos. Hay una simple red de túneles anchos que corresponde directamente con el mapa de las calles de arriba y recorre las principales avenidas y calles. Se llama el Transportador, ya que unos camioncitos lo usan para repartir mercancía por la ciudad. Durante el día, sus vainas están desactivadas, pero por la noche es un campo de minas. No obstante, cientos de pasadizos adicionales, conductos de servicio, vías de tren y tubos de desagüe forman un laberinto de múltiples niveles. Pollux conoce detalles que conducirían al desastre a un recién llegado, como en qué desvíos hacen falta máscaras antigás, dónde hay cables electrificados o los escondites de unas ratas del tamaño de castores. Nos avisa de que el chorro de agua que recorre periódicamente las aguas residuales anticipa el cambio de turno de los avox; nos lleva por tuberías húmedas y oscuras para evitar el paso casi silencioso de los trenes de mercancías; y lo más importante: sabe dónde están las cámaras. No hay muchas en este lugar sombrío y brumoso, salvo en el Transportador, pero nos mantenemos bien alejados de ellas.

Con la ayuda de Pollux avanzamos deprisa, muy deprisa comparado con nuestra velocidad en superficie. Al cabo de seis horas, el cansancio nos puede. Son las tres de la mañana, así que supongo que quedan unas cuantas horas para que se den cuenta de que seguimos vivos, registren entre los escombros del edificio por si hemos intentado escapar por los conductos y empiece la caza.

Cuando sugiero que descansemos, nadie pone objeciones. Pollux encuentra un cuartito cálido en el que zumban varias máquinas llenas de palancas y discos. Levanta los dedos para indicar que tendremos que irnos dentro de cuatro horas. Jackson organiza los turnos de guardia y, como no estoy en el primero, me meto en el pequeño espacio que queda entre Gale y Leeg 1, y me duermo enseguida.

Aunque parece que sólo han transcurrido minutos, Jackson me despierta y me dice que estoy de guardia. Son las seis de la mañana y dentro de una hora nos pondremos en marcha. Jackson me dice que me coma una lata de comida y vigile a Pollux, que ha insistido en estar de guardia toda la noche.

—Aquí abajo no puede dormir —me explica.

Consigo ponerme medio alerta, me como una lata de estofado de patatas con alubias y me siento con la espalda apoyada en la pared, mirando la puerta. Pollux parece muy despierto. Seguramente lleva toda la noche reviviendo todos esos años de encierro. Saco el holo, y consigo meter las coordenadas de la cuadrícula y explorar los túneles. Como esperaba, cuanto más nos acercamos al centro del Capitolio, más vainas hay. Pollux y yo nos pasamos un rato recorriendo el holo para ver dónde están las trampas. Cuando empieza a darme vueltas la cabeza, se lo paso y apoyo de nuevo la espalda en la pared. Miro a los que siguen dormidos (soldados, equipo y amigos) y me pregunto cuántos volveremos a ver la luz del día.

Al mirar a Peeta, que tiene la cabeza justo a mis pies, veo que está despierto. Ojalá supiera qué pasa por su cerebro, ojalá pudiera entrar y desenredar la red de mentiras. Entonces me conformo con algo que sí puedo hacer.

—¿Has comido? —le pregunto; sacude ligeramente la cabeza, así que abro una lata de sopa de pollo y arroz, y se la doy, aunque me quedo con la tapa por si intenta cortarse las venas o algo.

Se sienta, inclina la lata y se traga la sopa casi sin molestarse en masticar. El fondo de la lata refleja las luces de las máquinas, y recuerdo algo que tengo en la cabeza desde ayer.

—Peeta, cuando preguntaste por lo que les pasó a Darius y Lavinia, y Boggs te dijo que era real, tú respondiste que eso creías, que el recuerdo no era brillante. ¿Qué querías decir?

—Ah. No sé bien cómo explicarlo. Al principio, todo era confusión. Ahora puedo distinguir algunas cosas. Creo que hay un patrón. Los recuerdos que alteraron con el veneno de las rastrevíspulas tienen un aspecto extraño, como si fueran demasiado intensos y las imágenes poco estables. ¿Recuerdas cómo fue cuando te picaron?

—Los árboles se movían. Había gigantescas mariposas de colores. Me caí en un pozo lleno de burbujas naranjas —respondo, y lo medito un momento antes de añadir—: Relucientes burbujas naranjas.

—Eso es, pero los recuerdos sobre Darius y Lavinia no son así. Creo que todavía no me habían dado veneno.

—Bueno, eso está bien, ¿no? Si puedes separar unos de otros, también puedes saber qué es real.

—Sí, y si me salieran alas podría volar, pero a la gente no le salen alas —dice—. ¿Real o no?

—Real, pero la gente no necesita alas para sobrevivir.

—Los sinsajos sí —responde.

Después se termina la sopa y me devuelve la lata.

Bajo la luz fluorescente, sus ojeras parecen moratones.

—Todavía queda tiempo, deberías dormir —le digo.

Él se tumba sin protestar, aunque se limita a contemplar la aguja de uno de los discos, que se mueve de un lado a otro. Despacio, como haría con un animal herido, alargo el brazo y le aparto un mechón de pelo de la frente. Él se queda paralizado, aunque no se aparta, así que sigo acariciándole dulcemente el cabello. Es la primera vez que lo toco por voluntad propia desde la última arena.

—Sigues intentando protegerme. ¿Real o no? —susurra.

—Real —respondo; quizá deba explicarlo mejor—. Porque eso es lo que nosotros dos hacemos: nos protegemos el uno al otro.

Al cabo de un minuto, se vuelve a dormir.

Poco después de las siete, Pollux y yo despertamos a los demás. Vemos los bostezos y suspiros habituales de estos momentos, pero también oigo otra cosa, algo como un siseo. Quizá no sea más que vapor saliendo de una tubería o el susurro lejano de uno de los trenes...

Mando callar al grupo para poder prestar más atención. Hay un siseo, sí, pero no es un sonido continuo, sino como múltiples exhalaciones que forman palabras. Una sola palabra cuyo eco se repite por los túneles. Una palabra. Un nombre. Repetido una y otra vez:

—Katniss.

Ha terminado el periodo de gracia. Puede que Snow los haya tenido toda la noche cavando o, como mínimo, que los pusiera a hacerlo en cuanto sofocaron el incendio. Encontraron los restos de Boggs y se tranquilizaron, pero conforme pasaban las horas sin encontrar más trofeos, empezaron a sospechar. En algún momento se dieron cuenta de que los habíamos engañado, y el presidente Snow no tolera que nadie lo haga quedar como un tonto. Da igual si siguieron nuestro rastro hasta el segundo piso o si supusieron que bajamos directamente al subsuelo. El caso es que saben que estamos aquí abajo y han soltado algo para cazarme, seguramente una manada de mutos.

—Katniss.

Doy un salto al notar lo cerca que está el sonido y miro a mi alrededor como loca para localizar su origen; tengo el arco preparado, pero nada a qué disparar.

—Katniss.

Aunque los labios de Peeta apenas se mueven, no cabe duda, el nombre ha salido de él. Justo cuando pensaba que estaba un poquito mejor, cuando creía que podría estar volviendo a mí, obtengo la prueba del gran poder del veneno de Snow.

—Katniss.

Peeta está programado para responder ante el coro de siseos, para unirse a la caza. Está empezando a ponerse nervioso. No hay alternativa, apunto con una flecha a su cerebro. Apenas notará nada. De repente se sienta, abre mucho los ojos y exclama, casi sin aliento:

—¡Katniss! —Vuelve rápidamente la cabeza hacia mí, pero no parece ver el arco ni la flecha—. ¡Katniss! ¡Sal de aquí!

Vacilo. Suena alarmado, aunque no loco.

—¿Por qué? ¿De dónde sale ese sonido?

—No lo sé, sólo sé que tiene que matarte —dice Peeta—. ¡Corre! ¡Sal de aquí! ¡Vete!

Tras un momento de confusión, concluyo que no tengo que disparar. Relajo la cuerda del arco y observo las caras de preocupación que me rodean.

—Sea lo que sea, viene a por mí. Quizá sea buen momento para dividirnos.

—Pero somos tu protección —protesta Jackson.

—Y tu equipo —añade Cressida.

—Yo no me voy —dice Gale.

Miro al equipo, que no tiene más armas que sus cámaras y cuadernos. Y ahí está Finnick, con dos fusiles y un tridente. Sugiero que le dé una de las armas a Castor. Después saco el cargador de fogueo del arma de Peeta, meto uno real y se lo entrego a Pollux. Como Gale y yo tenemos arcos, les pasamos nuestras armas de fuego a Messalla y Cressida. No hay tiempo de enseñarles más que a apuntar y apretar el gatillo, pero a tan poca distancia puede que baste. Es mejor que estar indefenso. El único sin arma es Peeta, aunque alguien que susurra mi nombre a la vez que un puñado de mutos no la necesita.

En la habitación sólo dejamos nuestro olor, imposible de borrar en estos momentos. Supongo que así es como las cosas sibilantes nos siguen, porque no hemos dejado un rastro físico. Los mutos tendrán un olfato más fino de lo normal; esperemos que caminar por el agua de los desagües los despiste un poco.

Al salir de la habitación, el siseo se hace más claro. Sin embargo, también puedo localizar mejor de dónde sale: están detrás de nosotros, todavía a cierta distancia. Snow los soltaría bajo tierra cerca del lugar en que encontró el cuerpo de Boggs. En teoría les llevamos bastante ventaja, aunque seguro que son mucho más veloces que nosotros. Recuerdo las criaturas de aspecto lobuno de la primera arena, los monos del Vasallaje, las monstruosidades que vi en televisión a lo largo de los años, y me pregunto qué forma adoptarán estos mutos. Lo que Snow crea que me asustará más.

Pollux y yo hemos diseñado un plan para la siguiente etapa del viaje y, como la ruta se aleja del siseo, no veo motivo para alterarla. Si nos movemos deprisa, quizá lleguemos a la mansión de Snow antes de que nos alcancen los mutos. Sin embargo, la velocidad nos vuelve más torpes: el ruido de una bota mal colocada en el agua, el del golpe accidental de un arma contra una tubería, e incluso yo dando órdenes a más volumen de lo que debiera.

Llevamos recorridas tres manzanas más por una tubería de desagüe y un tramo de vía de tren abandonada cuando empiezan los gritos. Son profundos y guturales. Rebotan en las paredes del túnel.

—Avox —dice Peeta de inmediato—. Así sonaba Darius cuando lo torturaban.

—Los mutos los habrán encontrado —dice Cressida.

—Así que no sólo van a por Katniss —comenta Leeg 1.

—Seguramente matarán a cualquiera, pero no se detendrán hasta atraparla a ella —responde Gale.

Después de sus horas de estudio con Beetee, lo más probable es que esté en lo cierto.

Y aquí estoy otra vez, viendo cómo la gente muere por mi culpa; amigos, aliados y desconocidos que pierden la vida por el Sinsajo.

—Dejad que siga sola, los despistaré. Le pasaré el holo a Jackson y el resto terminaréis la misión.

—¡Nadie va a hacer eso! —grita Jackson, exasperada.

—¡Estamos perdiendo el tiempo! —añade Finnick.

—Escuchad —susurra Peeta.

Los gritos han parado y, al hacerlo, mi nombre vuelve a rebotar en las paredes y nos sorprende por su proximidad. Los tenemos debajo, un poco más atrás.

—Katniss.

Le doy un codazo a Pollux en el hombro y echamos a correr. El problema es que queríamos descender un nivel, pero hay que descartarlo. Cuando llegamos a los escalones que bajan, Pollux y yo examinamos el holo en busca de una alternativa; en ese momento empiezo a sentir arcadas.

—¡Máscaras! —ordena Jackson.

Las máscaras no hacen falta, todos estamos respirando el mismo aire. Soy la única que vomita porque soy la única que reacciona ante el olor que sale de las escaleras y destaca sobre el hedor de las aguas residuales: rosas. Empiezo a temblar.

Me aparto del olor y me meto a trompicones en el Transportador. Son calles de suaves baldosas color pastel, como las de arriba, pero rodeadas de paredes de ladrillos blancos, en vez de casas. Una calzada por la que los vehículos de reparto pueden circular con facilidad, sin los atascos del Capitolio. Ahora está vacío, salvo por nosotros. Levanto el arco y vuelo en pedazos la primera vaina con una flecha explosiva que mata el nido de ratas carnívoras del interior. Después corro hasta el siguiente cruce, donde sé que un paso en falso desintegraría el suelo sobre el que estamos y nos llevaría a algo llamado «picadora de carne». Grito a los demás que permanezcan a mi lado. La idea es pasar la esquina y detonar la picadora, pero nos espera otra vaina sin marcar.

Sucede en silencio, ni me habría dado cuenta si Finnick no llega a detenerme.

—¡Katniss!

Me vuelvo rápidamente, con el arco a punto, pero ¿qué se puede hacer? Dos de las flechas de Gale ya están tiradas junto al ancho rayo de luz dorada que va del techo al suelo. En su interior está Messalla, quieto como una estatua, apoyado sobre la punta de un pie, con la cabeza echada hacia atrás, presa del rayo. No sé si grita, aunque tiene la boca muy abierta. Impotentes, vemos que la carne se le derrite como si fuera cera.

—¡No podemos ayudarlo! —grita Peeta, empujando a todos hacia delante—. ¡No podemos!

Por asombroso que parezca, es el único que sigue lo bastante entero para ponernos en movimiento. No sé cómo mantiene el control cuando debería estar dando botes y aplastándome el cráneo, aunque eso podría suceder en cualquier momento. Al notar la presión de su mano en el hombro me aparto de la horrenda visión del cadáver de Messalla; me obligo a avanzar, deprisa, tan deprisa que apenas consigo parar antes del siguiente cruce.

Una lluvia de tiros arranca el yeso de las paredes y nos lo tira encima. Miro a un lado y a otro para intentar descubrir la vaina, hasta que me vuelvo y veo el pelotón de agentes de la paz que corre por el Transportador hacia nosotros. Como la picadora de carne nos bloquea el camino, lo único que podemos hacer es devolver los disparos. Son el doble que nosotros, pero todavía contamos con seis miembros originales del pelotón estrella que no intentan correr y disparar a la vez.

«Como pescar en un barril», pienso mientras veo cómo sus uniformes blancos se manchan de rojo. Ya hemos acabado con tres cuartas partes de la unidad cuando empiezan a llegar más por el lateral del túnel, el mismo por el que me metí para alejarme del olor, del...

«Ésos no son agentes de la paz.»

Son blancos, tienen cuatro extremidades y miden más o menos como un humano adulto, pero ahí acaban las semejanzas. Van desnudos, y lucen largas colas de reptil, espaldas arqueadas y cabezas encorvadas hacia delante. Caen sobre los agentes, tanto vivos como muertos, los agarran por el cuello con la boca y les arrancan las cabezas, cascos incluidos. Al parecer, pertenecer a un linaje del Capitolio es tan poco útil aquí como en el 13. En pocos segundos, los agentes están decapitados, los mutos se ponen a cuatro patas y corren a por nosotros.

—¡Por aquí! —grito, abrazándome a la pared y girando rápidamente a la derecha para evitar la vaina. Cuando todos se han unido a mí, disparo hacia el cruce y activo la picadora de carne. Unos enormes dientes industriales atraviesan la calle y mastican las baldosas hasta convertirlas en polvo. Eso debería impedir que los mutos nos sigan, aunque no estoy segura: los mutos de lobo y mono que he conocido daban unos saltos increíbles.

Los siseos me queman los oídos y el hedor a rosas hace que las paredes me den vueltas.

—Olvida la misión —digo, agarrando a Pollux por el brazo—. ¿Cuál es la forma más rápida de salir a la superficie?

No hay tiempo para consultar el holo. Seguimos a Pollux por el Transportador unos nueve metros y atravesamos un portal. Me doy cuenta de que las baldosas pasan a ser hormigón y de que avanzamos por una tubería apestosa hasta una repisa de unos treinta centímetros de ancho. Estamos en la alcantarilla principal. Casi un metro por debajo, una sopa de excrementos humanos, basura y residuos químicos pasa burbujeando junto a nosotros. Algunas partes de su superficie arden, otras emiten unas nubes de vapor de aspecto peligroso. No hace falta más que mirarla para saber que, si caes dentro, no saldrás nunca. Nos movemos lo más deprisa que podemos por la resbaladiza repisa, llegamos a un puente estrecho y lo cruzamos. En un hueco del otro lado, Pollux le da una palmada a una escalera y señala arriba, al conducto que sube. Ahí está, es la salida.

Tras echar un vistazo rápido a nuestro grupo noto que algo falla.

—¡Esperad! ¿Dónde están Jackson y Leeg 1?

—Se quedaron en la picadora para contener a los mutos —responde Homes.

—¿Qué? —exclamo, y me lanzo hacia el puente para volver; no dejaré a nadie con esos monstruos. Pero él me detiene.

—¡No malgastes sus vidas, Katniss! Es demasiado tarde para ellas, ¡mira! —dice, señalando a la tubería, donde los mutos se deslizan por la repisa.

—¡Atrás! —grita Gale.

Después lanza una de las flechas explosivas y consigue arrancar el puente de sus cimientos. El resto del puente cae a las burbujas justo cuando los mutos llegan a él.

Por primera vez puedo observarlos mejor. Son una mezcla de humanos y lagartos con vete a saber qué más. Tienen una piel blanca y prieta manchada de sangre, y garras en vez de manos y pies; sus rostros son un batiburrillo de rasgos incongruentes. Bufan y chillan mi nombre mientras se estremecen de rabia. Agitan rabos y garras, se arrancan a sí mismos y entre sí enormes pedazos de carne con sus bocas llenas de espuma, ya que la necesidad de destrozarme los vuelve locos. Mi olor debe de ser tan evocador para ellos como para mí el suyo. Más aún, porque, a pesar de su toxicidad, los mutos empiezan a lanzarse a las apestosas aguas negras.

Todos abrimos fuego desde nuestra orilla. Escojo mis flechas sin pensar y lanzo puntas, fuego y explosivos contra los cuerpos de los mutos. Son mortales, aunque por poco; ninguna criatura de la naturaleza sería capaz de seguir avanzando con dos docenas de flechas en el cuerpo. Sí, al final las mataríamos, pero hay muchísimas, un chorro interminable de mutos que sale de la tubería y ni siquiera vacila en tirarse a las aguas.

Sin embargo, no es su número lo que hace que me tiemblen tanto las manos.

No hay ningún muto bueno, todos están diseñados para hacer daño. Algunos te matan, como los monos; otros te roban la cordura, como las rastrevíspulas. Sin embargo, las verdaderas atrocidades, las que más asustan, incorporan una perversa vuelta de tuerca psicológica pensada para aterrar a la víctima: los mutos lobunos con los ojos de los tributos muertos; el sonido de los charlajos imitando los gritos de dolor de Prim; y, en este caso, el olor de las rosas de Snow mezclado con la sangre de las víctimas. Un olor que se extiende por las alcantarillas y puede incluso con el hedor del lugar. Hace que se me acelere el corazón, que se me hiele la piel, que no consiga respirar. Es como si Snow me echase el aliento en la cara y me dijera que ha llegado el momento de morir.

Los demás me gritan, pero no consigo responder. Unos brazos fuertes me levantan mientras vuelo en pedazos la cabeza de un muto cuyas garras acaban de rozarme el tobillo. Me lanzan contra la escalera y me empujan para que suba los peldaños. Me ordenan que trepe. Mis extremidades de madera obedecen, y ese movimiento me devuelve poco a poco a la realidad. Detecto a otra persona sobre mí, Pollux. Peeta y Cressida están debajo. Llegamos a una plataforma y pasamos a una segunda escalera. Los peldaños resbalan por el sudor y el moho. En la siguiente plataforma me despejo lo suficiente para darme cuenta de lo que ha pasado y empiezo a ayudar a subir a todos por la escalera: Peeta, Cressida, no hay más.

¿Qué he hecho? ¿Cómo he abandonado a los demás? Me pongo a bajar las escaleras, pero le doy con la bota a alguien.

—¡Sube! —me grita Gale, así que vuelvo a subir y lo ayudo, para después escudriñar la oscuridad en busca de más gente—. No.

Gale me mueve la cara para que lo mire y sacude la cabeza. Tiene el uniforme destrozado y una herida abierta en el lateral del cuello.

Se oye un grito humano abajo.

—Alguien sigue vivo —le suplico.

—No, Katniss, ellos no volverán, sólo los mutos —responde Gale.

No soy capaz de aceptarlo, así que apunto con la luz del arma de Cressida al conducto. Muy abajo distingo a Finnick, que intenta aferrarse a las escaleras mientras tres mutos tiran de él. Cuando uno de ellos echa la cabeza atrás para dar el bocado mortal ocurre algo extraño. Es como si yo estuviera con Finnick y observara cómo mi vida pasa ante mis ojos: el mástil de un barco, un paracaídas plateado, Mags riéndose, un cielo rosa, el tridente de Beetee, Annie vestida de novia, olas rompiendo contra las rocas. Y todo acaba.

Me saco el holo del cinturón y, medio ahogada, consigo decir:

—Jaula, jaula, jaula.

Y lo suelto. Me aprieto contra la pared con los demás mientras el estallido agita la plataforma, y los trozos de muto y carne humana salen de la tubería y nos bañan.

Pollux baja una tapa para cubrir la tubería y la bloquea. Pollux, Gale, Cressida, Peeta y yo somos los únicos que quedamos. Después llegarán los sentimientos humanos; ahora mismo sólo soy consciente de la necesidad animal de mantener vivo al resto del grupo.

—No podemos quedarnos aquí.

Alguien saca una venda y la atamos alrededor del cuello de Gale. Lo ponemos en pie. Sólo queda alguien acurrucado contra la pared.

—Peeta —le digo, pero no hay respuesta. ¿Se ha desmayado? Me agacho frente a él y le aparto las manos esposadas de la cara—. ¿Peeta?

Sus ojos son como estanques negros, tiene las pupilas tan dilatadas que los iris azules casi han desaparecido. Los músculos de sus muñecas están duros como el metal.

—Dejadme —susurra—. No puedo soportarlo más.

—Sí, ¡sí que puedes! —le aseguro.

—Pierdo el control —insiste él, sacudiendo la cabeza—. Me volveré loco, como ellos.

Como los mutos, como una bestia rabiosa decidida a arrancarme el cuello. Y por fin, aquí, en este lugar, en estas circunstancias, tendré que matarlo de verdad. Y Snow ganará. Un odio caliente y amargo me recorre las venas: Snow ya ha ganado lo suficiente por hoy.

Es una posibilidad remota, quizá un suicidio, pero hago lo único que se me ocurre: me inclino sobre Peeta y le doy un beso en la boca. Empieza a temblar de pies a cabeza, pero mantengo mis labios contra los suyos hasta que no me queda más remedio que salir a respirar. Le aprieto las manos y digo:

—No permitas que Snow te aparte de mí.

Peeta está jadeando, lucha contra las pesadillas de su cabeza.

—No, no quiero hacerlo... —responde.

—Quédate conmigo —insisto, apretándole tanto las manos que llego a hacerle daño.

Él contrae las pupilas hasta que se convierten en alfileres, después se vuelven a dilatar rápidamente y vuelven a parecer más o menos normales.

—Siempre —murmura.

Ayudo a Peeta a levantarse y me dirijo a Pollux:

—¿Cuánto queda para la calle?

Él señala que está encima de nosotros. Subo la última escalera y abro la tapa que da al cuarto de servicio del piso de alguien. Justo cuando me pongo en pie, una mujer abre la puerta de golpe. Va vestida con una bata de seda color turquesa con bordados de pájaros exóticos. Su pelo magenta está ahuecado como si fuera una nube y decorado con mariposas doradas. La grasa de la salchicha a medio comer que lleva en la mano le ha manchado el pintalabios. La expresión de su rostro deja claro que me reconoce, y abre la boca para pedir ayuda.

Sin vacilar, le disparo al corazón.

Es un misterio a quién pretendía llamar la mujer, ya que, después de registrar el piso, descubrimos que estaba sola. Quizá quisiera alertar a algún vecino o simplemente gritar de miedo. En cualquier caso, aquí no hay nadie que pueda oírla.

El piso sería un lugar elegante en el que esconderse un tiempo, pero es un lujo que no podemos permitirnos.

—¿Cuánto tiempo creéis que nos queda hasta que se den cuenta de que hemos sobrevivido algunos? —pregunto.

—Creo que podrían llegar en cualquier momento —responde Gale—. Saben que nos dirigíamos a la calle. Seguramente la explosión los despistará unos minutos, pero después empezarán a buscarnos desde ahí.

Me acerco a una ventana que da a la calle y, al asomarme a través de las contraventanas, no me encuentro con agentes, sino con una multitud de personas viviendo su vida. Durante nuestro viaje bajo tierra hemos abandonado las zonas evacuadas y hemos llegado a una zona bastante animada del Capitolio. La multitud es nuestra única posibilidad de escapar. No tengo el holo, pero sí a Cressida, que se une a mí en la ventana, confirma que conoce nuestra ubicación y me da la buena noticia de que no estamos a muchas manzanas de la mansión presidencial.

Un simple vistazo a mis compañeros me dice que no es momento de atacar a Snow. Gale sigue perdiendo sangre por el cuello, cuya herida no hemos limpiado. Peeta está sentado en un sofá de terciopelo mordiendo una almohada, ya sea para contener la locura o para evitar un grito. Pollux llora sobre la repisa de una recargada chimenea. Cressida parece decidida, pero está tan pálida que no se le ve sangre en los labios. A mí me hace avanzar el odio. Cuando la energía del odio se agote, no serviré para nada.

—Vamos a registrar los armarios —digo.

En un dormitorio encontramos cientos de trajes, abrigos y zapatos de mujer, un arco iris de pelucas y suficiente maquillaje para pintar una casa entera. En un dormitorio del otro lado del pasillo hay una colección similar para hombre. Quizá sean de su marido o de un amante que ha tenido la buena suerte de no estar aquí esta mañana.

Llamo a los demás para que se vistan. Al ver las muñecas ensangrentadas de Peeta meto la mano en el bolsillo para sacar la llave de las esposas, pero él se aparta.

—No —me dice—, no lo hagas. Me ayudan a resistir.

—Puede que necesites las manos —comenta Gale.

—Cuando noto que me pierdo, empujo las muñecas contra ellas y el dolor me ayuda a centrarme —responde Peeta; lo dejo estar.

Por suerte, fuera hace frío, así que podemos esconder casi todo el uniforme y las armas debajo de grandes abrigos y capas.

Nos colgamos las botas al cuello por los cordones y las escondemos, y nos ponemos unos zapatos muy absurdos. Obviamente, el verdadero reto es la cara. Cressida y Pollux corren el riesgo de encontrarse con alguien conocido; a Gale podrían reconocerlo por las propos y las noticias; y a Peeta y a mí nos conocen todos los ciudadanos de Panem. Nos apresuramos a pintarnos la cara con gruesas capas de maquillaje, usamos las pelucas y ocultamos los ojos tras gafas de sol. Cressida nos tapa la boca y la nariz a Peeta y a mí con bufandas.

Noto que se agota el tiempo, aunque me detengo unos segundos a llenar los bolsillos de comida y material de primeros auxilios.

—Permaneced juntos —digo en la puerta.

Después salimos a la calle. Ha empezado a nevar y mucha gente nerviosa se mueve a nuestro alrededor hablando de rebeldes, de hambre y de mí con su cursi acento del Capitolio. Cruzamos la calle, pasamos junto a unos cuantos pisos y, justo al doblar la esquina, tres docenas de agentes de la paz pasan corriendo por nuestro lado. Nos apartamos de un salto, como hacen los ciudadanos de verdad, y esperamos a que la multitud siga con su flujo normal.

—Cressida —susurro—. ¿Se te ocurre algún sitio?

—Lo intento.

Recorremos otra manzana y oímos sirenas. Por la ventana de un piso veo un informe de emergencia e imágenes de nuestras caras. Todavía no han identificado a los muertos, ya que veo a Castor y Finnick entre las fotos. Dentro de nada todos los viandantes nos resultarán tan peligrosos como un agente de la paz.

—¿Cressida? —insisto.

—Hay un sitio. No es ideal, pero podemos probar —responde.

La seguimos durante unas cuantas manzanas más y pasamos por una cancela que da a lo que parece ser una residencia privada. Sin embargo, es una especie de atajo porque, después de caminar por un jardín muy arreglado, salimos por otra cancela a un pequeño callejón que conecta dos avenidas principales. Hay unas cuantas tiendas diminutas: una que compra artículos usados y otra que vende joyas falsas. Sólo se ve a un par de personas que no nos prestan atención. Cressida empieza a parlotear en tono agudo sobre la ropa interior de piel, de lo esencial que es durante los meses de frío.

—¡Ya verás qué precios! Créeme, ¡es la mitad de lo que se paga en las avenidas!

Paramos delante de un escaparate mugriento lleno de maniquís con ropa interior peluda. La tienda ni siquiera parece abierta, pero Cressida empuja la puerta y se oye un repiqueteo irregular. Dentro de la tiendecita a oscuras, en la que hay varios estantes llenos de productos, el olor de las pieles resulta penetrante. Debe de haber poco movimiento, ya que somos los únicos clientes. Cressida va directa a la figura encorvada sentada en la parte de atrás, y yo la sigo mientras acaricio con las puntas de los dedos la suave ropa junto a la que pasamos.

Detrás de un mostrador me encuentro con la persona más extraña que he visto en mi vida. Es un ejemplo extremo de mejora quirúrgica fallida, porque seguro que ni siquiera en el Capitolio podrían encontrar atractiva esta cara. Le han estirado mucho la piel y la han tatuado con franjas negras y doradas; también le han aplastado la nariz tanto que apenas existe. He visto bigotes de gato en otras personas del Capitolio, pero nunca tan largos. El resultado es una grotesca máscara semifelina que nos observa con recelo.

Cressida se quita la peluca y deja al descubierto sus vides.

—Tigris —dice—, necesitamos ayuda.

Tigris. En lo más profundo de mi cerebro se enciende una bombilla: una versión más joven y menos inquietante de esta persona trabajó en los primeros Juegos del Hambre que recuerdo. Era estilista, creo. No recuerdo de qué distrito. No del 12. Después se habrá operado demasiado y ha llegado a resultar repulsiva.

Así que aquí es donde van los estilistas cuando ya no sirven, a tristes tiendas de ropa interior temática en las que esperan a la muerte. Para que nadie los vea.

Me quedo mirando su cara y preguntándome si sus padres de verdad le pondrían Tigris, inspirando así su mutilación, o si decidiría ella el estilo y se cambiaría el nombre para que fuese a juego con las rayas.

—Plutarch me dijo que eras de confianza —añade Cressida.

Genial, es una de las personas de Plutarch. Así que si su primer movimiento no es entregarnos al Capitolio, sí que avisará de nuestra posición a Plutarch y, por extensión, a Coin. No, la tienda de Tigris no es ideal, pero es lo que tenemos por ahora. Si es que desea ayudarnos. La mujer mira al televisor que tiene en el mostrador y después nos mira a nosotros, como si intentara ubicarnos. Para ayudarla, aparto la bufanda, me quito la peluca y me acerco para que la luz de la pantalla me ilumine la cara.

Tigris deja escapar un gruñido grave similar a los que me dedicaba *Buttercup*. Se baja de su taburete y desaparece detrás de un estante lleno de mallas de piel. Se oye algo deslizándose, y después la mujer sale y nos hace señas para que la acompañemos. Cressida me mira como si preguntara: «¿Estás segura?». Pero ¿qué opción tenemos? Regresar a la calle en estas condiciones nos garantiza la captura o la muerte. Aparto las pieles y veo que Tigris ha movido un panel en la base de la pared. Detrás parece haber una escalera de piedra descendente. Me hace un gesto para que entre.

Todo me huele a trampa. Sufro un momento de pánico y me vuelvo hacia Tigris para mirar en sus ojos leonados. ¿Por qué hace esto? No es Cinna, alguien dispuesto a sacrificarse por los demás. Esta mujer era la viva imagen de la superficialidad del Capitolio, fue una de las estrellas de los Juegos hasta que... hasta que dejó de serlo. ¿Será por eso? ¿Por rencor? ¿Por odio? ¿Por venganza? En realidad, esa idea me reconforta. Las ansias de venganza pueden arder largo tiempo, sobre todo si las avivas cada vez que te miras al espejo.

—¿Te echó Snow de los Juegos? —le pregunto.

Ella se limita a mirarme y mover su rabo de tigre, disgustada.

—Porque voy a matarlo, ¿sabes? —añado.

Tigris alarga los labios en lo que, supongo, será una sonrisa. Más tranquila, me meto en el espacio que me indica.

A medio camino de las escaleras me doy contra una cadena y tiro de ella; el escondite se ilumina con una vacilante bombilla fluorescente. Es un pequeño sótano sin puertas ni ventanas.

Poco profundo y ancho. No será más que un espacio entre dos sótanos de verdad, un lugar cuya existencia pasaría desapercibida para cualquiera sin una percepción del espacio muy fina. Es frío y húmedo, y hay montones de pieles que, supongo, no han visto la luz del día desde hace años. A no ser que Tigris nos delate, no creo que nadie nos encuentre aquí. Cuando llego al suelo de hormigón, mis compañeros empiezan a bajar los escalones. El panel vuelve a ponerse en su sitio, y oigo cómo Tigris vuelve a mover el estante sobre sus ruidosas ruedas y se sienta en su taburete de nuevo. Su tienda nos ha tragado.

Y justo a tiempo, porque Gale parece a punto de derrumbarse. Hacemos una cama con las pieles, le quitamos las armas y lo ayudamos a tumbarse. Al final del sótano hay un grifo a unos treinta centímetros del suelo con un desagüe debajo. Abro el grifo y, después de muchas salpicaduras y óxido, empieza a fluir agua limpia. Limpiamos la herida del cuello de Gale y me doy cuenta de que las vendas no bastarán, va a necesitar puntos. Tenemos una aguja e hilo esterilizado en el botiquín de primeros auxilios, aunque nos falta un médico. Se me ocurre llamar a Tigris, ya que, como estilista, sabrá usar una aguja. Sin embargo, eso dejaría desprotegida la tienda, y bastante está haciendo ella ya. Acepto que quizá yo sea la más cualificada para el trabajo. Aprieto los dientes y suturo la herida con una serie de puntadas irregulares. No queda bonito, pero servirá; después le echo un medicamento, lo vendo y le doy analgésicos.

—Descansa un poco, estamos a salvo —le digo, y él se apaga como una bombilla.

Mientras Cressida y Pollux hacen nidos de pieles para cada

uno de nosotros, yo le curo a Peeta las muñecas. Le limpio con cuidado la sangre, le pongo antiséptico y se las vendo por debajo de las esposas.

—Tienes que mantenerlas limpias si no quieres que la infección se extienda y...

—Sé lo que es la septicemia, Katniss, aunque mi madre no sea sanadora —responde Peeta.

Doy un salto en el tiempo y vuelvo a otra herida, a otras vendas.

—Me dijiste lo mismo en los primeros Juegos del Hambre. ¿Real o no?

—Real —responde él—. ¿Y tu arriesgaste la vida para conseguir la medicina que me salvó?

—Real —respondo, encogiéndome de hombros—. Gracias a ti estaba viva para hacerlo.

—¿Ah, sí?

El comentario lo desconcierta y debe de haber un recuerdo brillante intentando llamarle la atención, porque su cuerpo se tensa y sus muñecas recién vendadas se aprietan contra las esposas metálicas. Entonces se queda sin energía.

—Estoy tan cansado, Katniss...

—Duerme —respondo.

No lo hace hasta que no le coloco bien las esposas y lo sujeto con ellas a uno de los soportes de las escaleras. No puede ser cómodo estar tumbado con los brazos sobre la cabeza, pero se queda dormido en cuestión de minutos.

Cressida y Pollux han preparado las camas, sacado la comida y los suministros médicos, y ahora preguntan si quiero montar una guardia. Miro la palidez de Gale y las ataduras de Peeta. Pollux lleva varios días sin dormir, y Cressida y yo sólo lo hemos hecho unas cuantas horas. Si llegara un grupo de agentes, estaríamos atrapados como ratas. Estamos a merced de una mujer tigresa decrépita que, espero, haría cualquier cosa por ver muerto a Snow.

—Creo que no tiene ningún sentido montar guardia —respondo—. Vamos a intentar dormir un poco.

Ellos asienten, aturdidos, y todos nos metemos en las pieles. El fuego de mi interior se ha apagado, y con él, mi fuerza. Me rindo a la suave piel mohosa y al olvido.

Sólo tengo un sueño que recuerde, uno largo y cansado en el que intento llegar al Distrito 12. El hogar que busco está intacto y su gente viva. Effie Trinket, que llama mucho la atención con una peluca rosa vivo y un traje a medida, viaja conmigo. No hago más que intentar perderla de vista, pero ella, inexplicablemente, siempre reaparece a mi lado e insiste en que es mi acompañante y la responsable de que cumpla mi horario. Sin embargo, el horario no deja de cambiar, y siempre nos retrasamos porque falta un sello o porque Effie se rompe uno de los tacones. Acampamos varios días en un banco de una gris estación del Distrito 7, a la espera de un tren que nunca llega. Al despertar me siento casi más cansada que cuando paso las noches envuelta en imágenes de sangre y terror.

Cressida, la única persona despierta, me dice que es última hora de la tarde. Me como una lata de estofado de ternera y la acompaño con mucha agua. Después me reclino sobre la pared del sótano y repaso los acontecimientos del último día, muerte a muerte. Las cuento con los dedos: una, dos (Mitchell y Boggs, perdidos en la primera manzana); tres (Messalla, derretido en la vaina); cuatro, cinco (Leeg 1 y Jackson, que se sacrificaron en la picadora de carne); seis, siete y ocho (Castor, Homes y Finnick, decapitados por los mutos lagartos que olían a rosas). Ocho muertos en veinticuatro horas. Sé lo que ha pasado y, aun así, no parece real. Seguro que Castor está dormido debajo de ese montón de pieles, que Finnick bajará las escaleras a saltos en cualquier momento y que Boggs me contará su plan de escape.

Creer que están muertos es aceptar que los he matado. Vale, puede que a Mitchell y a Boggs no, ya que murieron en una misión de verdad, pero los demás han perdido la vida defendiéndome en una aventura que yo me he inventado. Mi complot para asesinar a Snow ahora me parece muy estúpido, tan estúpido que estoy aquí, temblando en el suelo de este sótano, haciendo recuento de nuestras pérdidas y manoseando las borlas de las botas altas plateadas que robé de casa de la mujer. Ah, sí, se me había olvidado eso: también la he matado a ella. Ahora me dedico a asesinar ciudadanos indefensos.

Me parece que ha llegado el momento de entregarme.

Cuando los demás se despiertan, confieso: que mentí sobre la misión y que puse a todos en peligro por lograr mi venganza. Guardan silencio un buen rato. Entonces, Gale dice:

—Katniss, ya sabíamos que Coin no te había enviado a asesinar a Snow.

—Puede que tú lo supieras, pero los soldados del 13 no —contesto.

—¿De verdad crees que Jackson se tragó que seguías órdenes

de Coin? —pregunta Cressida—. Claro que no, pero confiaba en Boggs, y estaba claro que él quería que siguieras.

—Nunca le dije a Boggs lo que pretendía hacer.

—¡Se lo dijiste a la sala de Mando entera! —exclama Gale—. Fue una de tus condiciones para ser el Sinsajo: «Yo mato a Snow».

Lo veo como dos cosas distintas: negociar con Coin el privilegio de ejecutar a Snow después de la guerra y esta huida sin autorización por el Capitolio.

—Pero así no —insisto—, ha sido un desastre absoluto.

—Creo que podría considerarse un éxito —responde Gale—: nos hemos infiltrado en el campo enemigo y hemos demostrado que es posible atravesar las defensas del Capitolio. También hemos logrado que nos saquen en los televisores del Capitolio. Gracias a nosotros reina el caos en la ciudad y todos nos buscan.

—Plutarch estará encantado, no lo dudes —añade Cressida.

—Eso es porque a Plutarch le da igual quién muera —le digo—, siempre que sus Juegos sean un éxito.

Cressida y Gale tratan de convencerme una y otra vez. Pollux asiente para respaldarlos. Peeta es el único que no opina.

—¿Y tú qué piensas, Peeta? —le pregunto al fin.

—Creo... que sigues sin darte cuenta. No tienes ni idea del efecto que ejerces en los demás. —Saca las esposas de su soporte y se sienta—. Ninguna de las personas que hemos perdido eran idiotas, sabían lo que hacían. Te siguieron porque creían que de verdad podías matar a Snow.

No sé por qué su voz me llega cuando las de los demás no

pueden, pero si tiene razón, y creo que sí, sólo hay una forma de pagar la deuda que he contraído con esas personas. Saco el mapa de papel que tengo en el bolsillo del uniforme y lo extiendo en el suelo con energía renovada.

—¿Dónde estamos, Cressida?

La tienda de Tigris se encuentra a unas cinco manzanas del Círculo de la Ciudad y la mansión de Snow. Estamos a poca distancia a pie por una zona en la que las vainas se han desactivado para salvaguardar la seguridad de los residentes. Tenemos disfraces que, quizá con algún añadido peludo de Tigris, nos permitirían llegar hasta allí. Pero ¿después qué? Seguro que la mansión está bien protegida y cuenta con un sistema de vigilancia por cámara las veinticuatro horas del día, además de las trampas que podrían activarse con tan sólo encender un interruptor.

—Lo que necesitamos es sacarlo a campo abierto —me dice Gale—. Así uno de nosotros podría abatirlo.

—¿Sigue apareciendo en público alguna vez? —pregunta Peeta.

—Creo que no —responde Cressida—. Todos los discursos recientes que he visto los ha dado desde su mansión, incluso antes de que llegaran aquí los rebeldes. Supongo que aumentó la vigilancia después de que Finnick airease sus delitos.

Es cierto, ahora no sólo son los Tigris del Capitolio los que odian a Snow, sino una red de personas que saben lo que hizo a sus amigos y familiares. Haría falta algo rayano en lo milagroso para sacarlo, algo como...

—Seguro que saldría por mí —afirmo—. Si me capturasen. Lo haría lo más público posible, organizaría mi ejecución en su porche. —Dejo que todos asimilen lo que acabo de decir—. Así Gale podría disparar desde la multitud.

—No —responde Peeta, sacudiendo la cabeza—. Ese plan tiene demasiados finales alternativos. Snow podría decidir retenerte y torturarte para sacarte información. O hacer que te ejecuten en público sin estar él presente. O matarte dentro de la mansión y exponer tu cadáver en la puerta.

—¿Gale? —pregunto.

—Creo que es una solución extrema. Quizá si fallara todo lo demás. Vamos a seguir pensando.

En el silencio, oímos las mullidas pisadas de Tigris sobre nosotros. Debe de ser la hora de cerrar. Está echando llave, quizá cerrando las contraventanas. Unos minutos después se abre el panel de lo alto de las escaleras.

—Subid —nos dice una voz grave—. Tengo comida para vosotros.

Es la primera vez que habla desde que llegamos. No sé si es algo natural o si le ha costado años de práctica, pero su forma de hacerlo recuerda al ronroneo de un gato.

Mientras subimos las escaleras, Cressida pregunta:

—¿Te has puesto en contacto con Plutarch, Tigris?

—No tengo medios para hacerlo —responde ella, encogiéndose de hombros—. Se imaginará que estáis en un piso franco. No te preocupes.

¿Preocuparnos? Siento un alivio tremendo al saber que no me llegarán órdenes directas (que deba evitar) del 13 y que tampoco tendré que inventarme una defensa viable para la decisiones que he tomado en los dos últimos días.

En el mostrador de la tienda hay algunos trozos de pan rancio, una cuña de queso mohoso y media botella de mostaza. Eso me recuerda que no todos los ciudadanos del Capitolio tienen la tripa llena estos días. Me veo obligada a decirle a Tigris que nos queda algo de comida, pero ella desecha mis objeciones.

—Yo apenas como nada —explica—. Y lo poco que como es carne cruda.

Me parece que se ha metido demasiado en su personaje, aunque no lo cuestiono; me limito a rascarle el moho al queso y dividir la comida entre nosotros.

Mientras comemos, vemos las últimas noticias del Capitolio. El Gobierno ha descubierto por fin que nosotros cinco somos los únicos supervivientes rebeldes. Ofrecen unas recompensas enormes por información que conduzca a nuestra captura. Enfatizan lo peligrosos que somos y nos muestran disparando a los agentes de la paz, aunque no sacan a los mutos arrancándoles las cabezas. Preparan un trágico tributo a la mujer que sigue tumbada donde la dejé, con la flecha clavada en el corazón. Alguien le ha retocado el maquillaje para las cámaras.

Los rebeldes dejan que el Capitolio emita sin problemas.

—¿Han hecho alguna declaración hoy los rebeldes? —pregunto a Tigris, y ella sacude la cabeza—. Dudo que Coin sepa qué hacer conmigo ahora que ha descubierto que sigo viva.

Tigris deja escapar una risa profunda.

—Nadie sabe qué hacer contigo, nena —comenta.

Después me obliga a llevarme un par de mallas de piel, aunque no pueda pagárselas. Es uno de esos regalos que no te queda más remedio que aceptar y, en cualquier caso, en el sótano hace frío.

Abajo, después de la cena, seguimos devanándonos los sesos para dar con un plan. No sacamos nada en claro, aunque sí acordamos que no podemos seguir juntos y que deberíamos intentar infiltrarnos en la mansión antes de probar a usarme como cebo. Acepto este segundo punto para evitar más discusiones; si decido entregarme, no necesito ni el permiso ni la participación de nadie.

Cambiamos vendas, esposamos a Peeta a su soporte y nos ponemos a dormir. Unas horas después, me despierto y oigo una conversación en voz baja entre Peeta y Gale. Imposible no cotillear.

—Gracias por el agua —dice Peeta.

—Tranquilo —responde Gale—, me despierto unas diez veces cada noche.

—¿Para asegurarte de que Katniss sigue aquí?

—Algo así —reconoce Gale.

Guardan silencio un momento y después Peeta habla de nuevo:

—Ha tenido gracia lo que ha dicho Tigris, lo de que nadie sabe qué hacer con ella.

—Bueno, y menos nosotros —responde Gale.

Los dos se ríen. Qué raro es oírlos hablar así, casi como amigos, cosa que no son. Nunca lo han sido, aunque tampoco son exactamente enemigos.

—Te quiere, ¿sabes? —dice Peeta—. Prácticamente me lo dijo después de tus latigazos.

—No te lo creas —responde Gale—. Viendo cómo te besó en el Vasallaje... Bueno, a mí nunca me ha besado así.

—No era más que parte del teatro —le asegura Peeta, aunque noto que duda.

—No, te la ganaste. Lo diste todo por ella. Quizá sea la única forma de convencerla de que la amas. —Se calla un momento—. Tendría que haberme presentado voluntario por ti en los primeros Juegos. Para protegerla.

—No podías, nunca te lo habría perdonado. Tenías que cuidar de su familia, le importan más que la vida.

—Bueno, eso no será problema dentro de nada. Es poco probable que los tres lleguemos vivos al final de la guerra. Y si lo conseguimos, supongo que es problema de Katniss. A quién elegir, me refiero —dice Gale, y bosteza—. Deberíamos dormir un poco.

—Sí. —Oigo cómo se deslizan las esposas de Peeta por el soporte cuando se tumba—. Me pregunto cómo se decidirá.

—Bueno, yo ya lo sé —asegura Gale; apenas logro oírlo por culpa de la capa de pieles que tiene encima—: Katniss elegirá al que necesite para sobrevivir.

Noto un escalofrío, ¿de verdad soy tan calculadora? Gale no ha dicho: «Katniss elegirá al que necesite para que no se le rompa el corazón», ni siquiera «elegirá al que necesite para poder seguir viviendo». Eso habría dado a entender que me motiva la pasión. Mi mejor amigo predice que escogeré a la persona «que necesite para sobrevivir». Ahí no hay ni rastro de que me mueva el amor, el deseo o, al menos, la compatibilidad; según él, realizaré una evaluación desapasionada de qué pueden ofrecerme mis posibles parejas. Como si, al final, todo se redujera a quién me permitirá llevar una vida más larga, si un panadero o un cazador. Es horrible que Gale lo haya dicho y que Peeta no lo haya negado, y más cuando el Capitolio y los rebeldes han robado y explotado todas y cada una de mis emociones. En estos momentos, la elección sería simple: puedo sobrevivir perfectamente sin ninguno de los dos.

Por la mañana no me quedan energías ni tiempo que dedicar a mis sentimientos heridos. Nos reunimos alrededor de la televisión de Tigris antes del alba para desayunar paté de hígado y galletas de higo, y vemos una de las interrupciones de Beetee. Hay novedades en la guerra; al parecer, a un emprendedor comandante, inspirado por la ola negra, se le ha ocurrido confiscar los automóviles abandonados y enviarlos sin conductor por las calles. Los coches no disparan todas las vainas, aunque sí la mayor parte de ellas. A eso de las cuatro de la mañana, los rebeldes han empezado a entrar por tres caminos distintos (a los que se refieren simplemente como líneas A, B y C) al corazón del Capitolio. Así han logrado asegurar una manzana tras otra con pocas víctimas.

—Esto no puede durar —dice Gale—. De hecho, me sorprende que haya servido tanto tiempo. El Capitolio se adaptará desactivando algunas trampas concretas para activarlas cuando sus objetivos estén al alcance.

Pocos minutos después de esta predicción, vemos cómo pasa en pantalla: un pelotón envía un coche por la calle y dispara cuatro vainas. Todo parece ir bien. Tres soldados van a reconocer el terreno y llegan bien al final de la calle. Pero cuando un grupo de veinte soldados rebeldes los siguen, las macetas con rosales de una floristería acaban volándolos en pedazos.

—Seguro que Plutarch se está tirando de los pelos por no poder cortar la emisión —dice Peeta.

Beetee le devuelve la retransmisión al Capitolio, donde una periodista de rostro serio anuncia que los civiles deben evacuar sus casas. Entre su actualización y la historia anterior, consigo marcar en el mapa las posiciones de los dos ejércitos.

Oigo pasos en la calle, me acerco a las ventanas y me asomo por una rendija de las contraventanas. Un espectáculo extravagante está teniendo lugar bajo los primeros rayos del sol: refugiados de los edificios ocupados se dirigen al centro del Capitolio.

Los más aterrados van en camisón y zapatillas, mientras que los previsores están abrigados con varias capas de ropa. Llevan de todo, desde ordenadores portátiles a joyeros, pasando por macetas. Un hombre en bata sólo lleva un plátano demasiado maduro. Los niños, desconcertados y somnolientos, tropiezan detrás de sus padres; la mayoría están demasiado perplejos o aturdidos para llorar. Veo trocitos de ellos desde mi posición: unos grandes ojos castaños; un brazo agarrado a una muñeca; un par de pies descalzos azulados que se dan contra los irregulares adoquines del callejón... Verlos me recuerda a los niños del 12 que murieron intentando huir de las bombas incendiarias. Me alejo de la ventana.

Tigris se ofrece a hacernos de espía, ya que es la única por la que no ofrecen recompensa. Después de escondernos abajo, sale al Capitolio para recabar cualquier información útil.

Mientras, doy vueltas por nuestro encierro y vuelvo locos a los demás. Algo me dice que no aprovechar la marea de refugiados es un error, ¿qué mejor disfraz podríamos tener? Por otro lado, cada persona de las que abarrotan las calles es otro par de ojos más buscando a los cinco rebeldes huidos. Pero ¿qué sacamos quedándonos aquí? Lo único que hacemos es acabar con nuestra pequeña reserva de comida y esperar... ¿a qué? ¿A que los rebeldes tomen el Capitolio? Podrían tardar semanas, y no sé bien qué haría yo si lo consiguieran. No correría a saludarlos. Coin haría que me llevaran al 13 antes de que pudiera decir: «Jaula, jaula, jaula». No he recorrido todo este camino, no he perdido a toda esta gente, para entregarme a esa mujer. Yo mato a Snow. Además, habría un montón de cosas sobre los últimos días que no sería capaz de explicar. Varias de ellas, si llegaran a saberse, supondrían tirar a la basura mi trato para lograr la inmunidad de los vencedores. Encima, dejándome a mí aparte, me da la impresión de que los demás van a necesitarla. Como Peeta, que, por muchas vueltas que se le dé, aparece en una grabación empujando a Mitchell hacia aquella red de la vaina. Me imagino lo que el consejo de guerra de Coin haría con eso.

A última hora de la tarde empezamos a inquietarnos con la prolongada ausencia de Tigris. Hablamos de la posibilidad de que la hayan detenido, de que nos haya entregado voluntariamente o de que, simplemente, haya resultado herida en la oleada de refugiados. Sin embargo, alrededor de las seis, la oímos regresar. Un maravilloso olor a carne frita lo inunda todo: Tigris nos ha preparado una sartén de jamón troceado con patatas. Hace días que no comemos caliente y, mientras espero a que me sirva, temo ponerme a babear.

Intento prestar atención a lo que nos cuenta Tigris mientras como, pero el dato más importante que capto es que, en estos momentos, la ropa interior de piel es un bien valioso, sobre todo para las personas que han salido de sus hogares en pijama. Muchos siguen en la calle intentando encontrar cobijo para pasar la noche. Los que viven en los exclusivos pisos del centro no han abierto sus puertas a los desplazados, sino todo lo contrario: la mayoría las ha cerrado a cal y canto, ha cerrado las contraventanas y ha fingido no estar en casa. Ahora el Círculo de la Ciudad está lleno de refugiados, y los agentes van de puerta en puerta, incluso derribándolas en caso necesario, para asignar invitados.

En la televisión vemos a un lacónico jefe de los agentes de la paz estableciendo cuántas personas por metro cuadrado debe admitir cada residente. Recuerda a los ciudadanos del Capitolio que las temperaturas bajarán por debajo de los cero grados esta noche y advierte que el presidente espera que sean anfitriones no sólo bien dispuestos, sino entusiastas, en estos tiempos de crisis. Después enseñan unas grabaciones muy preparadas de ciudadanos preocupados que dan la bienvenida a unos refugiados agradecidos. El jefe de los agentes dice que el presidente en persona ha ordenado que parte de su mansión se prepare para acoger a un buen número de los ciudadanos mañana. Añade que los tenderos también deben prepararse para prestar su espacio, si así se les solicita.

—Tigris, ésa podrías ser tú —dice Peeta.

Me doy cuenta de que tiene razón, que incluso esta estrechísima tienda resultará apropiada cuando aumente el número de personas. Que acabaríamos atrapados de verdad en el sótano y podrían descubrirnos en cualquier momento. ¿Cuántos días tenemos? ¿Uno? ¿Quizá dos?

El jefe de los agentes vuelve con más instrucciones para la población. Al parecer, hubo un desgraciado incidente esta noche: una multitud mató a palos a un joven que se parecía a Peeta. Por tanto, se pide que se informe de inmediato a las autoridades de cualquier avistamiento, de modo que las autoridades se encarguen de la identificación y detención del sospechoso. Muestran una foto de la víctima. Aparte de unos rizos decolorados, se parece tanto a Peeta como yo.

—La gente se ha vuelto loca —murmura Cressida.

Vemos una breve actualización de los rebeldes y descubrimos

que han tomado varias manzanas más. Apunto los cruces en el mapa y lo examino.

—La línea C está a tan sólo cuatro manzanas de aquí —anuncio.

Por algún motivo, eso me pone más nerviosa que la idea de los agentes buscando alojamiento. De repente, me vuelvo muy hacendosa.

—Deja que lave los platos.

—Te echaré una mano —dice Gale, y se pone a recogerlos.

Noto que Peeta nos sigue con la mirada cuando salimos del cuarto. En la diminuta cocina que está en la parte de atrás de la tienda de Tigris, lleno el fregadero de agua y jabón.

—¿Crees que es cierto que Snow dejará entrar a los refugiados en su mansión? —pregunto.

—Creo que tiene que hacerlo, al menos para las cámaras.

—Me iré por la mañana.

—Voy contigo —dice Gale—. ¿Qué hacemos con los demás?

—Pollux y Cressida podrían ser útiles, son buenos guías.

Claro que Pollux y Cressida no son el verdadero problema.

—Pero Peeta es demasiado... —empiezo.

—Imprevisible —me ayuda Gale—. ¿Crees que seguirá dispuesto a quedarse atrás?

—Podemos explicarle que nos pondría en peligro —respondo—. Quizá se quede aquí si lo convencemos.

Peeta se toma nuestra sugerencia de manera muy racional y acepta de inmediato que su compañía podría poner a los demás en peligro. Justo cuando creo que va a funcionar, que es capaz de

quedarse escondido en el sótano de Tigris, anuncia que va a salir
él solo.

—¿Para hacer qué? —pregunta Cressida.

—No estoy seguro. Quizá todavía sirva para crear una distracción. Ya visteis lo que le pasó al hombre que se me parecía.

—¿Y si... pierdes el control? —pregunto.

—¿Si me vuelvo muto, quieres decir? Bueno, si noto que empieza, intentaré volver aquí —me asegura.

—¿Y si Snow te vuelve a atrapar? —pregunta Gale—. Ni siquiera tienes un arma.

—Tendré que arriesgarme. Como vosotros.

Los dos se miran, y entonces Gale se mete la mano en el bolsillo del pecho, saca su pastilla de jaula de noche y la pone en la
mano de Peeta. Peeta la deja sobre la palma abierta, sin rechazarla ni aceptarla.

—¿Y tú? —pregunta a Gale.

—No te preocupes, Beetee me enseñó a detonar las flechas
explosivas a mano. Si eso falla, tengo mi cuchillo. Y tengo a Katniss —añade Gale, sonriendo—. Ella no les dará la satisfacción
de atraparme con vida.

La idea de que unos agentes se lleven a Gale hace que la canción vuelva a sonarme en la cabeza:

> ¿Vas, vas a volver
> al árbol...

—Acéptala, Peeta —digo con voz cansada, cerrando sus dedos
en torno a la pastilla—. No tendrás a nadie para ayudarte.

Pasamos una mala noche, nos despiertan las pesadillas de los demás y nuestras cabezas no dejan de dar vueltas a los planes del día siguiente. Me alegro cuando llegan las cinco y podemos empezar con lo que el día nos tenga preparado. Nos comemos un revoltijo de los restos de la comida (melocotones enlatados, galletas saladas y caracoles) y dejamos una lata de salmón para Tigris como exiguo pago por todo lo que ha hecho. El gesto la conmueve; su rostro se contrae en una expresión extraña y se pone en acción como una bala: se pasa una hora remodelándonos. Nos viste de modo que la ropa normal esconda los uniformes incluso antes de ponernos las capas y los abrigos. Cubre las botas militares con una especie de zapatillas peludas. Nos sujeta las pelucas con horquillas. Limpia los estridentes restos del maquillaje que nos aplicamos a toda prisa y nos vuelve a pintar. Nos envuelve en la ropa de abrigo para ocultar las armas. Después nos da bolsos y hatillos con chismes. Al final somos como cualquier otro refugiado que huye de los rebeldes.

—Nunca subestimes el poder de una estupenda estilista —dice Peeta; cuesta saberlo con certeza, pero creo que Tigris se ha ruborizado debajo de sus franjas.

No hay noticias interesantes en la tele, aunque el callejón parece tan lleno de refugiados como la mañana anterior. Nuestro plan es meternos entre la multitud en tres grupos. Primero irán Cressida y Pollux, que harán de guías a una distancia segura de nosotros. Después Gale y yo, que pretendemos meternos entre los refugiados asignados a la mansión. Y por último, Peeta, que irá detrás de nosotros por si hace falta armar un alboroto.

Tigris observa a través de las contraventanas hasta que llega el momento apropiado, abre la puerta, y hace un gesto a Cressida y Pollux.

—Cuidaos —dice, y se van.

Nosotros lo haremos dentro de un minuto. Saco la llave, le quito las esposas a Peeta y me las meto en el bolsillo. Él se restriega las muñecas y las flexiona. Noto que la desesperación se adueña de mí, es como volver al Vasallaje de los Veinticinco, cuando Beetee nos dio el rollo de alambre a Johanna y a mí.

—Oye, no hagas ninguna tontería —le digo.

—No, sólo si no hay más remedio. De verdad.

Le rodeo el cuello con los brazos y noto que vacila antes de devolverme el gesto. No es tan firme como antes, pero sigue siendo un abrazo cálido y fuerte. Mil momentos pasan por mi cabeza, todas las veces que estos brazos fueron mi único refugio del mundo. Quizá no los apreciara como debía entonces, pero son recuerdos dulces que se irán para siempre.

—De acuerdo —digo, y lo suelto.

—Ha llegado el momento —dice Tigris.

Le doy un beso en la mejilla, me ajusto la capa roja con capucha, me acerco la bufanda a la nariz y sigo a Gale al exterior.

Unos helados copos de nieve me cortan la piel. El sol sale, intentando atravesar la penumbra sin mucho éxito. Hay luz suficiente para ver las formas abrigadas más cercanas, pero poco más. En realidad serían las condiciones perfectas si lograra localizar a Cressida y Pollux. Gale y yo bajamos la cabeza y arrastramos los pies entre los refugiados. Oigo lo que me perdí al asomarme a las contraventanas ayer: llantos, gemidos, respiraciones agitadas... y, no muy lejos, disparos.

—¿Adónde vamos, tío? —le pregunta un niñito tembloroso a un hombre que carga con una pequeña caja fuerte.

—A la mansión del presidente. Nos asignarán un nuevo hogar —responde el hombre, resoplando.

Salimos del callejón y llegamos a una de las avenidas principales.

—¡Manténganse a la derecha! —ordena una voz, y veo que los agentes están mezclados entre la muchedumbre, dirigiendo el tráfico humano. En los escaparates de las tiendas, que ya están llenas de refugiados, se ven rostros temerosos. A este ritmo, Tigris tendrá invitados para la comida. Ha sido buena idea irnos ya.

Hay más luz a pesar de la nieve. Localizo a Cressida y a Pollux a unos treinta metros de nosotros, avanzando con la multitud. Me vuelvo para ver si encuentro a Peeta; no lo consigo, aunque sí me topo con la mirada de curiosidad de una niña vestida con un abrigo amarillo limón. Le doy un codazo a Gale y freno un poco para que se forme un muro de gente entre la niña y nosotros.

—Quizá tengamos que separarnos —le digo entre dientes—. Hay una niña...

Los disparos suenan entre la muchedumbre y varias personas caen al suelo cerca de mí. Oigo gritos cuando un segundo ataque derriba a otro grupo detrás de nosotros. Gale y yo nos tiramos al suelo y nos arrastramos los diez metros que nos separan de las tiendas para cubrirnos detrás de las botas de tacón que un zapatero expone delante de su tienda.

Una hilera de zapatos con plumas bloquea la vista de Gale.

—¿Quién es? —pregunta—. ¿Ves algo?

Lo que veo entre los pares de botas de cuero de color lavanda y verde menta es una calle llena de cadáveres. La niñita que me miraba está arrodillada al lado de una mujer inmóvil; chilla e intenta despertarla. Otra lluvia de balas atraviesa el pecho de su abrigo amarillo, lo mancha de rojo y la hace caer de espaldas. Me quedo mirando su diminuta figura arrugada en el suelo y pierdo la capacidad de articular palabra. Gale me da un codazo.

—¿Katniss?

—Están disparando desde el tejado que tenemos encima —le digo a Gale. Veo cómo disparan unas cuantas veces más y cómo los uniformes blancos caen sobre las calles nevadas.

—Intentan derribar a los agentes, pero no son muy buenos tiradores. Deben de ser los rebeldes.

No me alegro, aunque, en teoría, mis aliados hayan llegado hasta aquí. El abrigo amarillo limón me tiene hipnotizada.

—Si empezamos a disparar, todo se habrá acabado —dice Gale—. Todo el mundo sabrá que somos nosotros.

Es cierto, sólo nos quedan nuestros fabulosos arcos. Soltar una flecha sería como anunciar a ambos bandos que estamos aquí.

—No —respondo con contundencia—, tenemos que llegar hasta Snow.

—Pues será mejor que empecemos a movernos antes de que caiga toda la manzana.

Nos abrazamos a la pared y seguimos avanzando por la calle; el problema es que la pared está llena de escaparates. Un patrón de palmas sudorosas y rostros asustados se aplasta contra los cristales. Me levanto más la bufanda para tapar los pómulos mientras corremos entre las exposiciones exteriores. Detrás de un estante lleno de fotos de Snow enmarcadas nos encontramos con un agente de la paz herido apoyado en una pared de ladrillo. Nos pide ayuda. Gale le da una patada en la sien y le quita la pistola. En el cruce dispara a un segundo agente de la paz y los dos nos hacemos así con armas de fuego.

—Bueno, ¿quiénes se supone que somos ahora? —pregunto.

—Ciudadanos desesperados del Capitolio —responde Gale—. Los agentes de la paz creerán que estamos de su lado y, con suerte, los rebeldes tendrán objetivos más interesantes.

Estoy meditando si este nuevo papel nos conviene mientras corremos por el cruce, pero, cuando llegamos a la siguiente manzana, ya da igual quiénes seamos. Da igual quién es quién, porque nadie mira a la cara. Los rebeldes están aquí, sin duda; avanzan por la avenida, se cubren en los portales, detrás de los vehículos, disparando, gritando órdenes roncas mientras se preparan para encontrarse con el ejército de agentes de la paz que arremeten contra nosotros. Atrapados en el fuego cruzado están los refugiados desarmados, desorientados y heridos.

Una vaina se activa delante de nosotros y libera un chorro de vapor que cuece a todos los que se encuentra a su paso, dejando a las víctimas rosas como intestinos y muy muertas. Después de eso desaparece el poco orden que quedaba. Como los restos de vapor se mezclan con la nieve, la visibilidad sólo llega al final de mi arma. Agente, rebelde, ciudadano, ¿quién sabe? Todo lo que se mueve es un blanco. La gente dispara por reflejo, y yo no soy una excepción. Con el corazón a mil por hora y la adrenalina circulando por las venas, todos son enemigos salvo Gale, mi compañero de caza, la única persona que me cubre las espaldas. Sólo podemos seguir adelante matando a cualquiera que se cruce en nuestro camino. Personas gritando, personas sangrando, personas muertas por todas partes. Al llegar a la siguiente esquina, toda la manzana que tenemos delante se ilumina con un intenso brillo morado. Retrocedemos, nos escondemos en el hueco de una escalera y miramos la luz con los ojos entrecerrados. Algo pasa con los que reciben la luz, los ataca... ¿Qué? ¿Un sonido? ¿Una onda? ¿Un láser? Se les caen las armas, se llevan los dedos a la cara y les sale sangre por todos los orificios visibles: ojos, nariz, boca y orejas. En menos de un minuto están todos muertos y desaparece la luz. Aprieto los dientes y corro; salto sobre los cadáveres y me resbalo con la sangre. El viento agita la nieve y la convierte en remolinos cegadores, aunque no apaga el sonido de otra oleada de botas que vienen hacia nosotros.

—¡Abajo! —le susurro a Gale.

Nos dejamos caer donde estamos. Mi cara aterriza en el charco caliente de la sangre de alguien, pero me hago la muerta, me quedo quieta mientras las botas marchan por encima de nosotros. Algunos evitan los cadáveres. Otros me pisan la mano, la espalda y me dan patadas en la cabeza al pasar. Cuando se alejan las botas, abro los ojos y asiento en dirección a Gale.

En la siguiente manzana nos encontramos con más refugiados aterrados, aunque pocos soldados. Justo cuando creemos haber encontrado un respiro, se oye un crujido como el de un huevo contra el borde de un cuenco, multiplicado por mil. Nos paramos y buscamos la vaina. No hay nada. Entonces noto que las puntas de las botas se inclinan ligeramente.

—¡Corre! —le grito a Gale.

No hay tiempo para explicaciones, pero en pocos segundos queda clara la naturaleza de la trampa: se ha abierto una grieta en el centro de la manzana. Los dos lados de la calle de baldosas se doblan hacia dentro como si fueran alerones y echan a la gente en el interior de lo que hay debajo.

No sé si correr hasta el siguiente cruce o intentar llegar a las puertas que recorren la calle y entrar en uno de los edificios. Como no me decido, acabo moviéndome casi en diagonal. Conforme el alerón se inclina, pierdo pie, cada vez me cuesta más agarrarme a las resbaladizas baldosas. Es como correr por la ladera de una colina helada que cada vez está más pendiente. Mis dos destinos (el cruce y los edificios) están a unos diez metros cuando noto que el alerón cede. No puedo más que usar mis últimos segundos de conexión con las baldosas para tomar impulso y saltar hacia el cruce. Cuando me agarro al borde, me doy cuenta de que los alerones están completamente verticales. Los pies me cuelgan en el aire, no tienen punto de apoyo. Del fondo, a unos cincuenta metros de mi posición, llega un hedor horrible, como a cadáveres putrefactos al calor del verano. Unas formas negras se arrastran entre las sombras y silencian a los que han sobrevivido a la caída.

Dejo escapar un grito ahogado, aunque nadie acude en mi ayuda. Los dedos se me resbalan por el borde de hielo hasta que me doy cuenta de que estoy a menos de dos metros de la esquina de la vaina. Avanzo con las manos por el borde intentando bloquear los aterradores sonidos del fondo. Cuando llego a la esquina, paso la bota derecha por encima, se agarra a algo y, con mucho esfuerzo, subo al nivel de la calle jadeando y temblando. Me levanto y me aferro a una farola para estabilizarme, aunque el suelo aquí está llano del todo.

—¿Gale? —grito al abismo, me da igual que me reconozcan—. ¿Gale?

—¡Aquí! —responde, y miro desconcertada a la izquierda.

El alerón se abrió hasta la misma base de los edificios. Una docena de personas ha conseguido llegar hasta allí y cuelga de cualquier cosa que les ofrezca un anclaje: pomos, aldabas, ranuras de buzones... A tres puertas de mí, Gale está sujeto a la rejilla de hierro decorativa que rodea la puerta de un piso. Podría entrar fácilmente si estuviera abierta, pero, a pesar de patear la puerta varias veces, nadie abre.

—¡Cúbrete! —grito, levantando el arma.

Él se vuelve y yo agujereo la puerta hasta que revienta hacia dentro. Gale se mete y aterriza hecho un ovillo en el suelo. Durante un instante experimento la alegría de su rescate... hasta que veo que unas manos con guantes blancos lo agarran.

Gale me mira a los ojos y dice algo que no puedo oír. No sé qué hacer. No puedo abandonarlo, pero tampoco acercarme. Vuelve a mover los labios y sacudo la cabeza para indicarle mi desconcierto. En cualquier momento se darán cuenta de quién es. Los agentes lo están metiendo dentro.

—¡Vete! —lo oigo chillar.

Me vuelvo y corro, sola. Gale está prisionero. Cressida y Pollux podrían haber muerto ya diez veces. ¿Y Peeta? No lo he visto desde que salimos de casa de Tigris. Me aferro a la idea de que ha vuelto, de que ha sentido que sufría una crisis y ha regresado al sótano antes de perder el control. Soy consciente de que no lo necesitábamos para distraer a nadie: el Capitolio ya ha montado distracciones de sobra para todos. No hace falta que se convierta en cebo ni que se tome la jaula de noche... ¡La jaula de noche! Gale no tiene. Y en cuanto a lo que decía de detonar a mano las flechas, no tendrá esa oportunidad. Lo primero que harán los agentes es quitarle las armas.

Caigo en un portal y los ojos se me llenan de lágrimas. «Dispárame», eso es lo que estaba diciendo. ¡Se suponía que yo iba a dispararle! Ése era mi trabajo, era nuestra promesa tácita, la que nos habíamos hecho los unos a los otros. No he cumplido, y ahora el Capitolio lo matará, lo torturará, lo secuestrará o... Empiezo a notar que me rajo por dentro, que corro el peligro de volver a hacerme pedazos. Sólo me queda una esperanza: que el Capitolio caiga, rinda las armas y entregue a los prisioneros antes de que hagan daño a Gale. Sin embargo, no creo que suceda mientras Snow siga con vida.

Un par de agentes pasa corriendo junto a mí sin apenas mirar a la llorona chica del Capitolio acurrucada en un portal. Me trago las lágrimas, me limpio las de la cara antes de que se congelen e intento recuperarme. Vale, sigo siendo una refugiada anónima. ¿O me vieron los agentes que atraparon a Gale cuando huía? Me quito la capa, le doy la vuelta y dejo que se vea el forro negro en vez del exterior rojo. Me coloco la capucha de modo que me oculte la cara. Me pego el arma al pecho y examino la manzana. Sólo hay un puñado de rezagados con aspecto aturdido. Me pongo detrás de un par de ancianos que no me prestan atención, nadie espera que esté con ancianos. Cuando llegamos al final del siguiente cruce, se detienen y estoy a punto de chocarme con ellos. Es el Círculo de la Ciudad. Al otro lado de la gran explanada rodeada de grandiosos edificios está la mansión del presidente.

El Círculo está lleno de gente que da vueltas, gime o se sienta a dejar que la nieve se acumule a su alrededor. Encajo perfectamente. Empiezo a abrirme camino hacia la mansión, tropezando con tesoros abandonados y extremidades cubiertas de blanco. A medio camino veo la barricada de hormigón de metro y medio de altura que se extiende formando un rectángulo delante de la mansión. Debería estar vacía, pero está llena de refugiados. Quizá sea el grupo que han elegido para proteger en la mansión. Sin embargo, al acercarme veo otra cosa: todos los del interior son niños, desde bebés que dan sus primeros pasos hasta adolescentes; asustados y helados, acurrucados en grupos o meciéndose entumecidos en el suelo. No los conducen a la mansión, los han metido allí dentro y los vigilan agentes por todas partes. Entiendo de inmediato que no lo han hecho para protegerlos. Si el Capitolio quisiera garantizar su seguridad los habría escondido en un búnker en alguna parte. Los niños son el escudo humano de Snow.

Se oye un alboroto y la gente se va hacia la izquierda. Me veo atrapada entre cuerpos más grandes, llevada de lado, desviada de mi camino.

—¡Los rebeldes! ¡Los rebeldes! —gritan, y sé que deben de haber entrado.

El impulso de la muchedumbre me estrella contra el asta de una bandera y me aferro a ella. Uso la cuerda que cuelga de la parte superior para subir y apartarme del empuje de los cuerpos. Sí, veo que el ejército rebelde entra en el Círculo, lo que hace que los refugiados se retiren a las avenidas. Examino la zona en busca de las vainas que tendrían que estar estallando, pero no las hay. Lo que pasa es lo siguiente:

Un aerodeslizador con el sello del Capitolio se materializa justo encima de los niños de la barricada. Decenas de paracaídas plateados llueven sobre ellos y, a pesar del caos, los niños saben lo que hay en los paracaídas: comida, medicinas y regalos. Los recogen con ansia y abren las cuerdas como pueden con sus dedos helados de frío. El aerodeslizador desaparece, pasan cinco segundos y unos veinte paracaídas estallan a la vez.

De la multitud surge un gemido colectivo. La nieve está roja y cubierta de miembros humanos diminutos. Muchos de los niños mueren al instante, mientras que otros yacen agonizando en el suelo. Algunos se tambalean, entumecidos, mirando los restos de los paracaídas plateados que tienen en las manos, como si todavía pudieran contener algo maravilloso en su interior. Por la forma en que los agentes retiran las barricadas y corren hacia los niños sé que no sabían lo que iba a pasar. Otro grupo de uniformes blancos corre hacia el lugar, pero no son agentes de la paz, sino sanitarios, sanitarios rebeldes. Reconocería los uniformes en cualquier parte. Se meten entre los niños, armados con equipos médicos.

Primero vislumbro una trenza rubia. Después, cuando se quita el abrigo para cubrir a un niño que llora, veo la colita de pato que ha formado su camisa al salirse y tengo la misma reacción que el día que Effie Trinket la llamó en la cosecha. Debo de haber perdido las fuerzas, ya que me encuentro sin darme cuenta en la base del asta y no sé qué ha pasado en los últimos segundos. Después empujo a la multitud, como hice en aquella ocasión. Intento gritar su nombre para que me oiga por encima del escándalo. Estoy casi allí, casi en la barricada, cuando me parece que me oye porque, durante un momento, me ve y sus labios forman mi nombre.

Es entonces cuando estallan los demás paracaídas.

¿Real o no? Estoy ardiendo. Las bolas de fuego que surgieron de los paracaídas salen por encima de las barricadas, atraviesan el aire cargado de nieve y aterrizan entre la muchedumbre. Estaba volviéndome cuando me acertó una, me recorrió la espalda con una lengua de fuego y me transformó en algo nuevo, en una criatura tan inextinguible como el sol.

Un muto de fuego sólo percibe una cosa: la agonía. Ni vista, ni sonido, ni otra sensación que no sea el implacable ardor de la carne. Quizá pase por momentos de inconsciencia, pero ¿qué más da si no me ofrecen consuelo? Soy el pájaro de Cinna, ardiendo, volando como loca para escapar de algo de lo que no puedo escapar: las plumas de llamas que me salen del cuerpo; si las bato no hago más que avivar el fuego. Me consumo sin fin.

Al final mis alas ceden, pierdo altura y la gravedad me tira a un mar espumoso del color de los ojos de Finnick. Floto sobre la espalda, que sigue ardiendo debajo del agua, aunque la agonía se convierte en dolor. Cuando voy a la deriva, incapaz de navegar, aparecen ellos: los muertos.

Los seres que amaba vuelan como pájaros por el cielo que me cubre. Suben, revolotean, me llaman para que me una a ellos.

Estoy deseando seguirlos, pero el agua de mar me satura las alas, impide que me eleve. Los seres que odiaba están en el agua, son horribles criaturas con escamas que me arrancan la carne salada con sus dientes afilados. Me muerden una y otra vez, me arrastran bajo la superficie.

El pajarito blanco con manchas rosas se mete en el agua, me clava las garras en el pecho e intenta mantenerme a flote.

—¡No, Katniss! ¡No! ¡No puedes irte!

Pero los que odiaba están ganando, y si ella, mi pajarito, se aferra a mí, también estará perdida.

—¡Prim, suéltame!

Y, finalmente, lo hace.

Todos me abandonan en las profundidades. Sólo tengo el sonido de mi respiración, el enorme esfuerzo que supone absorber el agua y sacarla de los pulmones. Quiero parar, intento aguantar el aliento, pero el mar entra a la fuerza y contra mi voluntad.

—Dejadme morir, dejad que siga a los demás —suplico a lo que me retiene aquí. No hay respuesta.

Llevo atrapada días, años, quizá siglos. Muerta, pero sin morir del todo. Viva, pero como si estuviera muerta. Tan sola que cualquier persona, cualquier cosa, por desagradable que sea, sería bien recibida. Sin embargo, cuando por fin me visitan, es algo dulce: morflina. Corre por mis venas, amortigua el dolor, aligera mi cuerpo tanto que vuelve a subir y descansa sobre la espuma.

Espuma. Es cierto que floto sobre espuma. La noto bajo la punta de los dedos, acunando algunas partes de mi cuerpo desnudo. Hay mucho dolor, pero también algo parecido a la realidad: la lija de mi garganta; el olor a medicina para quemaduras de la primera arena; el sonido de la voz de mi madre. Son cosas que me asustan, así que intento regresar a las profundidades para encontrarles sentido, pero no hay vuelta atrás. Poco a poco, me veo obligada a aceptar que soy una chica con graves quemaduras y sin alas, sin fuego. Sin hermana.

En el deslumbrante hospital del Capitolio, los médicos obran su magia. Tapan mi cuerpo en carne viva con nuevas capas de piel. Convencen a las células de que son mías. Manipulan unas partes y otras, doblando y estirando las extremidades para asegurarse de que encajen bien. Oigo una y otra vez que he tenido mucha suerte: mis ojos están bien, casi toda mi cara está bien, mis pulmones responden al tratamiento y quedaré como nueva.

Cuando mi delicada piel se endurece lo bastante como para soportar la presión de las sábanas, llegan más visitantes. La morflina abre la puerta tanto a vivos como a muertos. Haymitch, amarillento y serio. Cinna, que cose un nuevo vestido de boda. Delly, que no deja de parlotear sobre lo agradable que es todo el mundo. Mi padre, que canta las cuatro estrofas de *El árbol del ahorcado* y me recuerda que mi madre (que duerme en un sillón entre turnos) no debe saberlo.

Un día me despierto y me doy cuenta de que no me permitirán vivir en mi mundo de ensueño. Tengo que comer con la boca, que mover los músculos, que ir sola al baño. Una breve aparición de Coin lo soluciona todo.

—No te preocupes por él —me dice—. Te lo he guardado.

Los médicos no entienden por qué no hablo. Me hacen muchas pruebas y, aunque mis cuerdas vocales están algo dañadas, eso no lo explica. Al final, el doctor Aurelius, un médico de la cabeza, sale con la teoría de que me he convertido en una avox mental, aunque no física; que mi silencio se debe al trauma emocional. Aunque le presentan cien remedios posibles, él les dice que me dejen en paz, así que no pregunto ni por nadie ni por nada, pero la gente me ofrece un interminable suministro de información. Sobre la guerra: el Capitolio cayó el día que estallaron los paracaídas; la presidenta Coin lidera Panem y se han enviado tropas para acabar con los últimos reductos de resistencia. Sobre el presidente Snow: lo han hecho prisionero, y está a la espera de juicio y, sin duda, de su posterior ejecución. Sobre mi equipo de asesinos: han enviado a Cressida y a Pollux a los distritos para cubrir los destrozos de la guerra; Gale, que recibió dos tiros en un intento de huida, está barriendo agentes de la paz en el 2; Peeta sigue en la unidad de quemados (al final llegó al Círculo de la Ciudad). Sobre mi familia: mi madre trabaja para olvidar su dolor.

Como yo no tengo trabajo, el dolor me aplasta. Lo único que me hace seguir adelante es la promesa de Coin, el poder matar a Snow. Cuando lo haga, no me quedará nada.

Al final me dejan salir del hospital y me dan un cuarto en la mansión, compartido con mi madre. Ella casi nunca está allí, ya que come y duerme en el trabajo. Sobre Haymitch recae la tarea de vigilarme, de asegurarse de que como y me tomo las medicinas. No soy fácil, vuelvo a mis costumbres del Distrito 13: vago sin autorización por la mansión; me meto en dormitorios y despachos, salones y baños. Busco extraños escondrijos, como un armario lleno de pieles, un mueble de la biblioteca o una bañera olvidada en una habitación llena de muebles desechados. Mis escondites son oscuros, tranquilos e imposibles de encontrar. Me acurruco, me hago cada vez más pequeña e intento desaparecer por completo. Envuelta en silencio, le doy vueltas en la muñeca a la pulsera que dice: «MENTALMENTE DESORIENTADA».

«Me llamo Katniss Everdeen. Tengo diecisiete años. Mi casa está en el Distrito 12. Ya no hay Distrito 12. Soy el Sinsajo. Vencí al Capitolio. El presidente Snow me odia. Él mató a mi hermana. Yo lo mataré a él. Y después los Juegos del Hambre acabarán de una vez por todas...»

Cada cierto tiempo me encuentro de vuelta en mi cuarto sin saber bien si me ha traído mi necesidad de morflina o la insistencia de Haymitch. Me tomo la comida y las medicinas, y me obligan a bañarme. No me importa el agua, sino el espejo que refleja mi cuerpo de muto de fuego desnudo. Los injertos todavía tienen ese color rosado de los recién nacidos. La piel que han considerado dañada pero recuperable está roja, caliente y derretida en algunas zonas. Trocitos de mi antiguo yo brillan en medio, blancos y pálidos. Soy como un extraño puzle de piel. Parte del pelo se me chamuscó por completo; el resto me lo han cortado de manera irregular. Katniss Everdeen, la chica en llamas. No me importaría mucho de no ser porque ver mi cuerpo me recuerda el dolor y la razón del dolor. Y lo que pasó justo antes de que el dolor empezara. Y que vi a mi hermana pequeña convertirse en una antorcha humana.

Cerrar los ojos no ayuda, ya que el fuego arde con más fuerza en la oscuridad.

El doctor Aurelius aparece de vez en cuando. Me gusta este hombre porque no dice cosas estúpidas como que estoy completamente a salvo o que sabe que, aunque no me lo crea, volveré a ser feliz algún día, o incluso que todo irá bien en Panem a partir de ahora. Se limita a preguntarme si tengo ganas de hablar y, al ver que no respondo, se duerme en su sillón. De hecho, creo que viene a visitarme cuando necesita una siesta. El arreglo nos viene bien a los dos.

El momento se acerca, aunque no sabría dar horas y minutos exactos. Ya han juzgado al presidente Snow, lo han declarado culpable y lo han sentenciado a morir. Haymitch me lo cuenta y oigo hablar sobre ello al pasar junto a los guardias por los pasillos. El traje de Sinsajo llega a mi cuarto, al igual que mi arco, que está como nuevo, aunque sin flechas, ya sea porque se rompieron o, lo más probable, porque creen que no debería llevar armas. Me pregunto vagamente si debería prepararme de algún modo para el acontecimiento, pero no se me ocurre nada.

Una tarde a última hora, después de un largo periodo escondida en un asiento acolchado en la ventana de detrás de una mampara pintada, salgo y giro a la izquierda en vez de a la derecha. Me encuentro en un lugar desconocido de la mansión y, de inmediato, me pierdo. A diferencia de la zona en la que me alojo, no parece haber nadie a quien preguntar. Sin embargo, me gusta, ojalá lo hubiera descubierto antes: es muy tranquilo, las gruesas alfombras y tapices absorben el sonido; la iluminación es tenue; los colores, apagados; se respira paz. Hasta que huelo las rosas. Me escondo detrás de unas cortinas, temblando demasiado para correr y espero a los mutos. Al final me doy cuenta de que no hay mutos. Entonces, ¿qué estoy oliendo? ¿Rosas de verdad? ¿Es posible que esté cerca del jardín donde crecen esas flores malvadas?

Conforme avanzo por el pasillo, el olor se hace más intenso, quizá no tanto como el de los mutos de verdad, aunque sí más puro, ya que no está mezclado con el hedor de las aguas residuales y los explosivos. A la vuelta de una esquina me encuentro delante de dos sorprendidos guardias. No son agentes, por supuesto, ya no hay agentes; pero tampoco son los atléticos soldados de uniforme gris del 13. Estas dos personas, un hombre y una mujer, llevan las ropas descuidadas y rotas de los rebeldes de verdad. Todavía están vendados y demacrados, y vigilan la puerta que da a las rosas. Cuando avanzo para entrar, forman una equis con sus armas delante de mí.

—No puede entrar, señorita —dice el hombre.

—Soldado —lo corrige la mujer—. No puede entrar, soldado Everdeen. Órdenes de la presidenta.

Me quedo esperando pacientemente que bajen las armas, que comprendan, sin decírselo, que detrás de esas puertas hay algo que necesito. Una sola rosa, una sola flor. Para ponérsela a Snow en la solapa antes de dispararle. Mi presencia preocupa a los guardias. Mientras discuten si llamar a Haymitch, una mujer dice detrás de mí:

—Dejadla entrar.

Reconozco la voz, aunque al principio no la ubico. No es de la Veta, ni del 13, y sin duda tampoco del Capitolio. Me vuelvo y veo a Paylor, la comandante del 8. Parece aún más destrozada que aquel día en el hospital, aunque ¿quién no?

—Con mi autorización —dice Paylor—. Lo que está al otro lado le pertenece por derecho.

Son sus soldados, no los de Coin, así que bajan las armas sin hacer preguntas y me dejan pasar.

Al final de un corto pasillo, abro las puertas de cristal y entro. El olor es tan fuerte que empieza a igualarse, como si mi olfato no pudiera absorber más. El aire, húmedo y cálido, le sienta bien a mi piel caliente. Y las rosas son gloriosas, fila tras fila de suntuosas flores de color rosa exuberante, naranja atardecer e incluso azul pálido. Deambulo entre los pasillos de plantas bien podadas observando, pero sin tocar, porque la experiencia me ha enseñado lo mortíferas que pueden ser estas bellezas. Sé dónde encontrarla, en lo más alto de un fino arbusto: un magnífico capullo blanco que empieza a abrirse. Me tapo la mano con la manga para que mi piel no tenga que tocarlo, recojo unas tijeras de podar y acabo de ponerlas en el tallo cuando lo oigo hablar:

—Ésa es muy bonita.

Me tiembla la mano, cierro las tijeras y corto el tallo.

—Los colores son encantadores, por supuesto, pero no hay nada más perfecto que el blanco.

Todavía no lo veo, pero su voz parece surgir de detrás de un lecho de rosas rojas contiguo. Después de agarrar con delicadeza el tallo del capullo con la tela de la manga, vuelvo la esquina y me lo encuentro sentado en un taburete, con la espalda apoyada en la pared. Está tan bien arreglado y vestido como siempre, aunque sujeto con esposas en las muñecas y en los pies, y marcado con dispositivos de seguimiento. Lleva un pañuelo blanco manchado de sangre fresca. A pesar de su deterioro, sus ojos de serpiente siguen siendo brillantes y fríos.

—Esperaba que lograras encontrar mis aposentos.

Sus aposentos, he entrado en su casa, igual que él entró en la mía el año pasado para amenazarme con su sangriento aroma a rosas. Este invernadero es una de sus habitaciones, quizá la favorita; quizá en tiempos mejores cuidaba de las plantas en persona, pero ahora forma parte de su prisión. Por eso me detuvieron los guardias y por eso me dejó entrar Paylor.

Suponía que lo tendrían encerrado en la mazmorra más profunda del Capitolio, no disfrutando de todos sus lujos. Sin embargo, Coin lo dejó aquí. Para sentar precedente, imagino, para que, si en el futuro ella caía en desgracia, comprendieran que los presidentes (incluso los más despreciables) merecían un trato especial. Al fin y al cabo, ¿quién sabe cuánto le duraría el poder?

—Tenemos que hablar de muchas cosas, pero me temo que tu visita será breve, así que lo primero es lo primero. —Entonces empieza a toser y, cuando aparta el pañuelo de su boca, está más rojo—. Quería decirte lo mucho que siento lo de tu hermana.

A pesar del aturdimiento y las drogas, sus palabras son como una puñalada. Me recuerdan que su crueldad no tiene límites y que se irá a la tumba intentando destruirme.

—Qué perdida tan innecesaria. Llegados a ese punto, ya se sabía que la partida había terminado. De hecho, estaba a punto de emitir un comunicado de rendición oficial cuando ellos soltaron los paracaídas.

Me clava la mirada, sin parpadear, como si no quisiera perderse ni un segundo de mi reacción. Pero lo que ha dicho no tiene sentido: ¿cuando ellos soltaron los paracaídas?

—Bueno, no creerías que yo di la orden, ¿no? En primer lugar está lo más obvio: de haber tenido un aerodeslizador a mi disposición, lo habría usado para escapar. Y, al margen de eso, ¿de qué me habría servido? Los dos sabemos que no me importa matar niños, pero no malgasto nada. Mato por razones muy específicas, y no había razón alguna para destruir un corral lleno de niños del Capitolio. Ninguna en absoluto.

Me pregunto si el siguiente ataque de tos es puro teatro, para que yo tenga tiempo de absorber sus palabras. Está mintiendo. Claro que está mintiendo. Aunque hay una verdad intentando salir de esa mentira.

—Sin embargo, debo admitir que la jugada de Coin fue magistral. La idea de que yo estaba bombardeando a nuestros propios niños indefensos destruyó por completo cualquier frágil lealtad que mi gente sintiera por su presidente. Después de eso se acabó la resistencia. ¿Sabías que lo emitieron en directo? Veo la mano de Plutarch detrás de eso. Y en los paracaídas. Bueno, esa clase de ideas son las que se buscan en un Vigilante Jefe, ¿no? —pregunta Snow mientras se limpia las comisuras de los labios—. Seguro que no pretendía matar a tu hermana, pero esas cosas pasan.

Ya no estoy con Snow, sino en Armamento Especial, en el 13, con Gale y Beetee, mirando los diseños basados en las trampas de Gale, las que se aprovechaban de la compasión humana. La primera bomba mataba a las víctimas; la segunda, a los rescatadores. Recuerdo las palabras de Gale:

«Beetee y yo hemos estado siguiendo el mismo manual que el presidente Snow cuando secuestró a Peeta.»

—Mi fallo fue tardar tanto en comprender el plan de Coin —dice Snow—. Quería que el Capitolio y los distritos se destruyeran entre sí, para después hacerse con el poder sin que el 13 sufriera apenas daños. No te equivoques, pretendía hacerse con mi puesto desde el principio. No debería sorprenderme. Al fin y al cabo, fue el 13 el que comenzó la rebelión que dio lugar a los Días Oscuros y después abandonó al resto de los distritos cuando la suerte se volvió en su contra. Sin embargo, no estaba vigilando a Coin, sino a ti, Sinsajo. Y tú me vigilabas a mí. Me temo que nos han tomado a los dos por idiotas.

Me niego a aceptarlo. Hay cosas a las que ni siquiera yo puedo sobrevivir. Pronuncio mis primeras palabras desde la muerte de mi hermana:

—No te creo.

Snow sacude la cabeza, fingiendo decepción.

—Ay, mi querida señorita Everdeen, creía que habíamos acordado no volver a mentirnos.

En el pasillo me encuentro a Paylor en el mismo sitio en que la dejé.

—¿Has encontrado lo que buscabas? —me pregunta.

Levanto el capullo blanco a modo de respuesta y me alejo tambaleándome. Debo de haber regresado a mi dormitorio, porque lo siguiente que sé es que estoy llenando un vaso con agua en el grifo del baño para meter la rosa dentro. Caigo de rodillas sobre los fríos azulejos y entrecierro los ojos para observar la flor; me cuesta centrar la vista en su color blanco bajo esta luz fluorescente tan dura. Meto un dedo dentro de la pulsera, la retuerzo como un torniquete y me hago daño en la muñeca con la esperanza de que el dolor me ayude a aferrarme a la irrealidad, igual que hacía Peeta. Tengo que aferrarme a ella. Tengo que saber la verdad sobre lo que ha pasado.

Hay dos posibilidades, aunque los detalles relacionados con ellas pueden variar. La primera es que, como yo creía, el Capitolio enviara aquel aerodeslizador, soltara los paracaídas y sacrificara las vidas de sus niños sabiendo que los recién llegados rebeldes correrían en su ayuda. Hay pruebas que respaldan esta teoría: el sello del Capitolio en el aerodeslizador, que no intentaran derribar al enemigo del cielo y su largo historial de usar a niños como marionetas en su batalla contra los distritos. Después está la versión de Snow: que un aerodeslizador del Capitolio pilotado por los rebeldes bombardeara a los niños para acabar rápidamente con la guerra. Sin embargo, de ser así, ¿por qué no disparó el Capitolio contra el enemigo? ¿Acaso el elemento sorpresa los superó? ¿No les quedaban defensas? Los niños son un bien preciado para el 13, o eso parecía. Bueno, puede que yo no; cuando dejé de resultar útil, me hice prescindible, aunque creo que hace tiempo que a mí no me consideran una niña en esta guerra. Pero ¿por qué iban a bombardearlos sabiendo que sus propios sanitarios responderían y morirían en los siguientes estallidos? No lo harían, no podían, Snow miente. Me manipula como siempre ha hecho, con la esperanza de que me vuelva contra los rebeldes y, si es posible, los destruya. Sí. Por supuesto.

Entonces, ¿por qué hay algo que no me cuadra? En primer lugar, por esas bombas que explotaron en dos tiempos. No digo que el Capitolio no tuviera la misma arma, pero sé que los rebeldes sí que la tenían: el invento de Gale y Beetee. Además, está el hecho de que Snow no intentara huir, teniendo en cuenta que se trata de un superviviente consumado. Cuesta creer que no tuviera un refugio en alguna parte, un búnker lleno de provisiones en el que pasar el resto de su asquerosa vida de serpiente. Y, por último, está su evaluación de Coin. Lo que resulta irrefutable es que la presidenta ha hecho justo lo que Snow dice: ha dejado que el Capitolio y los distritos se destrocen mutuamente para así hacerse con el poder sin grandes esfuerzos. Sin embargo, aunque ése fuera su plan, no quiere decir que soltara los paracaídas. La victoria siempre estuvo a su alcance, la tenía en las manos.

Salvo por mí.

Recuerdo la respuesta de Boggs cuando reconocí que no había pensado mucho en el sucesor de Snow: «Si tu respuesta automática no es Coin, te conviertes en una amenaza. Eres el rostro de la rebelión, quizá tengas más influencia que nadie. De cara al exterior te has limitado a tolerarla».

De repente pienso en Prim, que ni siquiera tenía catorce años, que no era lo bastante mayor para ser nombrada soldado, pero que, de algún modo, estaba trabajando en el frente. ¿Cómo pudo pasar? No me cabe duda de que mi hermana habría querido estar allí, está clarísimo que era más capaz que muchas personas mayores que ella. Sin embargo, alguien con un puesto importante tuvo que aprobar que una chica de trece años entrara en combate. ¿Lo hizo Coin pensando que perder a Prim me volvería loca del todo? ¿O que, al menos, me pondría de su lado sin fisuras? Ni siquiera tendría que asegurarse de que lo presenciara en persona, ya que numerosas cámaras cubrían el Círculo de la Ciudad y capturaron el momento para siempre.

No, ahora sí que me estoy volviendo loca, me dejo llevar por la paranoia. Demasiada gente sabría de la misión, no podrían mantenerlo en secreto. ¿O sí? ¿Quién más tendría que saberlo, aparte de Coin, Plutarch y una tripulación pequeña, leal o prescindible?

Necesito resolver esto, pero las personas en las que confiaba están muertas: Cinna, Boggs, Finnick, Prim... Peeta sólo podría especular y quién sabe en qué estado se encontrará su mente. Eso me deja con Gale. Está lejos, pero, aunque estuviera a mi lado, ¿confiaría en él? ¿Qué le iba a decir? ¿Cómo expresarlo sin dar a entender que fue su bomba la que mató a Prim? La idea es tan imposible que no me queda más remedio que pensar que Snow miente.

Al final, sólo hay una persona que quizá sepa lo que pasó y quizá esté de mi lado. Comentar el asunto es un riesgo. Sin embargo, aunque creo que Haymitch es capaz de jugarse mi vida en la arena, no creo que me delate a Coin. Sean cuales sean nuestros problemas, preferimos resolverlos cara a cara.

Me levanto como puedo y cruzo el pasillo hasta su cuarto. Llamo, no responde y empujo la puerta. Puaj, es asombroso lo deprisa que puede destrozar un lugar: por todas partes hay platos de comida a medio comer, botellas de licor hechas añicos y trozos de muebles rotos en plena borrachera. Él, descuidado y sucio, está tirado en un enredo de sábanas en la cama, inconsciente.

—Haymitch —le digo, moviéndole la pierna.

Obviamente, eso no basta. De todos modos, lo intento unas cuantas veces antes de volcarle la jarra de agua en la cara. Se despierta con un jadeo ahogado y ataca a ciegas con su cuchillo. Al parecer, el fin de Snow no ha supuesto el fin de su terror.

—Ah, tú —dice, y por su voz sé que sigue borracho.

—Haymitch —empiezo.

—Mira eso, el Sinsajo ha encontrado su voz —contesta, riendo—. Bueno, Plutarch se va a poner muy contento —dice, y le da un trago a la botella—. ¿Por qué estoy empapado?

Dejo caer la jarra a mis espaldas, y aterriza sobre una pila de ropa sucia.

—Necesito tu ayuda —le explico.

Haymitch eructa y llena el aire de vapores de licor blanco.

—¿Qué te pasa, preciosa? ¿Más problemas de chicos?

No sé por qué, pero sus palabras me hacen un daño que rara vez consiguen. Debe de notárseme en la cara, porque, a pesar de la borrachera, intenta retirarlo.

—Vale, no tiene gracia —dice, pero yo ya estoy en la puerta—. ¡No tiene gracia! ¡Vuelve!

Por el golpe de su cuerpo contra el suelo, supongo que ha intentado seguirme y no lo ha conseguido.

Deambulo por la mansión y desaparezco en un armario lleno de cosas sedosas. Las arranco de las perchas hasta reunir un montón y me entierro en él. Encuentro una pastilla de morflina perdida en el forro de mi bolsillo y me la trago en seco para parar la histeria que amenaza con apoderarse de mí. Sin embargo, no basta: oigo a Haymitch llamándome a lo lejos, pero no me encontrará en su estado, y menos en este escondite nuevo. Envuelta en seda, me siento como una oruga en su capullo esperando la metamorfosis. Siempre he creído que es un periodo de paz, y al principio lo es, pero, conforme me adentro en la noche, me siento cada vez más atrapada, ahogada por mis resbaladizas ataduras, incapaz de emerger hasta haberme transformado en una criatura bella. Me retuerzo intentando deshacerme de mi cuerpo destrozado y averiguar cómo conseguir unas alas perfectas. A pesar de todos mis esfuerzos, sigo siendo una criatura espantosa esculpida por el estallido de las bombas.

El encuentro con Snow abre la puerta a mi antiguo repertorio de pesadillas. Es como si me picaran otra vez las rastrevíspulas. Una ola de imágenes horribles con un breve respiro que confundo con el despertar..., sólo para descubrir otra ola que me derriba. Cuando por fin me encuentran los guardias, estoy sentada en el suelo del armario, enredada en seda y gritando como una posesa. Lucho contra ellos hasta que me convencen de que intentan ayudarme, me quitan la ropa que me ahoga y me acompañan a mi habitación. Por el camino pasamos junto a una ventana, y veo un alba gris y nevada sobre el Capitolio.

Haymitch, que tiene una buena resaca, me espera con un puñado de píldoras y una bandeja de comida que ninguno de los dos consigue tragar. Intenta con poco entusiasmo hacerme hablar de nuevo, pero, al ver que no tiene éxito, me envía a la bañera que alguien me ha preparado. Es profunda, con tres escalones para llegar al fondo. Me sumerjo en el agua caliente y me siento, con espuma hasta el cuello, esperando a que las medicinas hagan efecto. Me concentro en la rosa, que ha abierto sus pétalos esta noche e impregna el aire húmedo de su intenso perfume. Me levanto y voy a por una toalla para cubrirla, cuando alguien llama y la puerta del baño se abre. Tres caras familiares intentan sonreírme, aunque ni siquiera Venia logra disimular la conmoción que le supone ver mi cuerpo de muto destrozado.

—¡Sorpresa! —grazna Octavia antes de echarse a llorar.

Su aparición me desconcierta; entonces caigo en que debe de ser el día de la ejecución. Han venido a prepararme para las cámaras, a dejarme en base de belleza cero. Con razón llora Octavia: es una tarea imposible.

Apenas pueden tocar el puzle de piel por miedo a hacerme daño, así que me enjuago y seco yo sola. Les digo que apenas noto ya el dolor, pero Flavius hace una mueca cuando me pone el albornoz. En el dormitorio me encuentro con otra sorpresa. Está sentada muy recta en un sillón, impecable desde la peluca plateada a los tacones de cuero y agarrada a un cuaderno. La única diferencia es que ahora su mirada parece ausente.

—Effie —digo.

—Hola, Katniss —responde, y se levanta para besarme en la mejilla, como si nada hubiera ocurrido desde nuestro último encuentro, la noche antes del Vasallaje de los Veinticinco—. Bueno, parece que tenemos otro gran, gran, gran día por delante. ¿Por qué no empiezas a arreglarte y yo me acerco a supervisar los preparativos?

—Vale —respondo, aunque ella ya se marcha.

—Dicen que a Plutarch y a Haymitch les ha costado mantenerla con vida —comenta Venia en voz baja—. La encarcelaron después de tu fuga; eso ayudó.

Es echarle mucha imaginación: Effie Trinket, la rebelde. Sin embargo, no quiero que Coin la mate, así que tomo nota de que debo presentarla de ese modo si me preguntan.

—Supongo que al final tuvisteis suerte de que Plutarch os secuestrara.

—Somos el único equipo de preparación que sigue vivo. Y todos los estilistas del Vasallaje están muertos —responde Venia. No especifica quién los ha matado, aunque empiezo a preguntarme si eso importa. Me levanta con cuidado una de las manos quemadas y la sostiene para examinarla—. Bueno, ¿qué prefieres para las uñas? ¿Rojo o quizá negro azabache?

Flavius hace un milagro con mi pelo, consigue igualarlo por

delante y tapar las calvas de atrás con algunos mechones más largos. Como las llamas me respetaron la cara, sólo presenta los desafíos habituales. Con el traje de Sinsajo de Cinna, las únicas cicatrices visibles son las del cuello, los antebrazos y las manos. Octavia me pone la insignia a la altura del corazón y damos un paso atrás para mirarnos en el espejo. No puedo creerme lo normal que parezco por fuera, cuando por dentro soy una ruina.

Llaman a la puerta y entra Gale.

—¿Puedo hablar contigo un minuto? —me pregunta.

Miro a mi equipo de preparación en el espejo. Sin saber bien a dónde ir, se chocan unos con otros hasta acabar escondiéndose en el baño. Gale se me acerca por detrás y examinamos nuestros reflejos. Yo busco algo a lo que aferrarme, algún rastro de la chica y el chico que se conocieron por casualidad en el bosque hace cinco años y se hicieron inseparables. Me pregunto qué les habría pasado si los Juegos del Hambre no se hubieran llevado a la chica, si ella se hubiera enamorado del chico, e incluso casado con él. Y si, en algún momento del futuro, una vez criados los hermanos y hermanas, hubiera huido con él al bosque y dejado el 12 atrás para siempre. ¿Habrían sido felices entre los árboles? ¿O también habría surgido entre ellos esta triste oscuridad sin la ayuda del Capitolio?

—Te he traído esto —dice Gale, levantando un carcaj; cuando lo cojo, me doy cuenta de que contiene una sola flecha normal—. Se supone que es simbólico que seas tú la que dispare por última vez en esta guerra.

—¿Y si fallo? —digo—. ¿Irá Coin a por la flecha y me la traerá? ¿O le pegará un tiro a Snow en la cabeza ella misma?

—No fallarás —responde Gale mientras me ajusta el carcaj en el hombro.

Nos quedamos aquí, mirándonos a la cara, aunque no a los ojos.

—No viniste a verme al hospital —le digo; como no responde, finalmente lo suelto—: ¿Fue tu bomba?

—No lo sé, ni tampoco Beetee —contesta—. ¿Importa eso? Nunca dejarás de pensar en ello.

Espera a que lo niegue, y quiero negarlo, pero es cierto: incluso ahora estoy viendo el relámpago que la hace arder y noto el calor de las llamas. Nunca lograré separar ese momento de Gale. El silencio es mi respuesta.

—Cuidar de tu familia es lo único que tenía a mi favor —me dice—. Apunta bien, ¿vale?

Me toca la mejilla y se va. Quiero llamarlo y decirle que me equivoqué, que descubriré el modo de aceptar todo esto, de recordar las circunstancias en las que creó la bomba, que tendré en cuenta también todos mis crímenes sin excusa, que descubriré la verdad sobre quién soltó los paracaídas, que probaré que no fueron los rebeldes. Que lo perdonaré. Sin embargo, no puedo, tendré que vivir con el dolor.

Effie llega para llevarme rápidamente a no sé qué reunión. Recojo el arco y, en el último segundo, recuerdo la reluciente rosa en su vaso de agua. Cuando abro la puerta del baño me encuentro a mi equipo sentado en fila en el borde de la bañera, hundidos y derrotados. Me sirve para recordar que no soy la única a la que se le ha caído el mundo encima.

—Venga —les digo—, el público nos espera.

Espero que se trate de una reunión de producción en la que Plutarch me explique dónde ponerme y qué decir antes de matar a Snow, pero me encuentro en una sala con otras seis personas: Peeta, Johanna, Beetee, Haymitch, Annie y Enobaria. Todos llevan los uniformes grises de los rebeldes del 13, y ninguno tiene buen aspecto.

—¿Qué es esto? —pregunto.

—No estamos seguros —responde Haymitch—. Una reunión de los vencedores que quedan vivos, al parecer.

—¿Sólo quedamos nosotros? —pregunto.

—El precio de la fama —responde Beetee—: fuimos el objetivo de ambos bandos. El Capitolio mató a los vencedores sospechosos de colaborar con los rebeldes, y los rebeldes mataron a los sospechosos de aliarse con el Capitolio.

Johanna mira a Enobaria con el ceño fruncido y dice:

—Entonces, ¿qué hace ella aquí?

—Cuenta con la protección de lo que llamamos el Trato del Sinsajo —explica Coin al entrar en la sala detrás de mí—. Katniss aceptó apoyar a los rebeldes a cambio de la inmunidad de los vencedores capturados. Ella ha cumplido su parte del trato, así que nosotros también.

Enobaria sonríe a Johanna, que replica:

—No te pongas tan chula. Te vamos a matar de todos modos.

—Siéntate, Katniss, por favor —me dice Coin antes de cerrar la puerta.

Me siento entre Annie y Beetee, y dejo con cuidado la rosa de Snow en la mesa. Como siempre, Coin va directa al grano.

—Os he llamado para zanjar un debate. Hoy ejecutaremos a Snow. En las últimas semanas hemos juzgado a cientos de cómplices de la opresión de Panem que ahora esperan la muerte. No obstante, el sufrimiento de los distritos ha sido tan extremo que las víctimas consideran insuficientes estas medidas. De hecho, muchos piden la aniquilación de todos los ciudadanos del Capitolio. Sin embargo, para mantener una población sostenible, no podemos permitirlo.

A través del agua del vaso veo una imagen distorsionada de una de las manos de Peeta. Las marcas de las quemaduras. Ahora los dos somos mutos de fuego. Subo la vista hasta el punto en el que las llamas le cruzaron la frente y le chamuscaron las cejas; los ojos se libraron por muy poco. Esos mismos ojos azules que solían buscar los míos en el colegio para después apartarse rápidamente, igual que hacen ahora.

—Por tanto, se ha puesto sobre la mesa una alternativa. Como mis colegas y yo no llegamos a un consenso, se ha acordado dejar que decidan los vencedores. Necesitamos una mayoría de cuatro votos para aprobar el plan. Nadie podrá abstenerse —sigue diciendo Coin—. Se ha propuesto que, en vez de eliminar a toda la población del Capitolio, tengamos unos últimos Juegos del Hambre simbólicos con los niños relacionados directamente con los que ostentaban el poder.

Los siete nos volvemos hacia ella.

—¿Qué? —dice Johanna.

—Que tengamos otros Juegos del Hambre usando a los niños del Capitolio —responde Coin.

—¿Estás de broma? —pregunta Peeta.

—No. También debo deciros que, si hacemos los Juegos, se sabrá que fue con vuestra autorización, aunque mantendremos en secreto los votos concretos por cuestiones de seguridad —explica Coin.

—¿Ha sido idea de Plutarch? —pregunta Haymitch.

—Ha sido mía —responde Coin—, para mantener el equilibrio entre la necesidad de venganza y la menor pérdida de vidas posible. Podéis votar.

—¡No! —grita Peeta—. ¡Voto que no, por supuesto! ¡No podemos tener otros Juegos del Hambre!

—¿Por qué no? —pregunta Johanna—. A mí me parece justo, y Snow tiene una nieta, encima. Yo voto que sí.

—Y yo —dice Enobaria, casi con indiferencia—. Que prueben su propia medicina.

—¡Por esto nos rebelamos! ¿Recordáis? —insiste Peeta, mirándonos a los demás—. ¿Annie?

—Yo voto que no, como Peeta —responde—. Y lo mismo habría votado Finnick de estar aquí.

—Pero no está porque los mutos de Snow lo mataron —le recuerda Johanna.

—No —dice Beetee—. Sentaría un precedente. Tenemos que dejar de vernos como enemigos. Llegados a este punto, la unidad es esencial para sobrevivir. No.

—Sólo quedan Katniss y Haymitch —dice Coin.

¿Así sería la primera vez, hace unos setenta y cinco años? ¿Un grupo de gente se reunió en torno a una mesa y votó para aprobar el inicio de los Juegos del Hambre? ¿Hubo alguna oposición? ¿Habló alguien de piedad y acabaron ahogándolo los gritos que pedían la muerte de los niños de los distritos? El aroma de la rosa de Snow me llega a la nariz, me baja por la garganta y se cierra en un nudo de desesperación. Después de perder a todas esas personas a las que tanto quería, ahora estamos hablando de hacer otros Juegos del Hambre para intentar perder más vidas. No ha cambiado nada. Ya no cambiará nada.

Sopeso detenidamente mis opciones y lo medito bien. Sin apartar la mirada de la rosa, digo:

—Yo voto que sí... por Prim.

—Haymitch, depende de ti —dice Coin.

Peeta, furioso, insiste en la atrocidad de la que formaría parte Haymitch si lo acepta, pero yo noto que Haymitch me está mirando a mí. Éste es el momento, el momento en que descubrimos lo mucho que nos parecemos y lo mucho que me comprende.

—Yo estoy con el Sinsajo —responde.

—Excelente. Eso decide el voto —dice Coin—. Ahora tenemos que ocupar nuestros puestos para la ceremonia.

Cuando pasa a mi lado, levanto el vaso con la rosa.

—¿Podrías asegurarte de que Snow la lleve puesta? ¿Justo a la altura del corazón?

—Por supuesto —responde Coin, sonriendo—, y también me aseguraré de que sepa lo de los Juegos.

—Gracias —respondo.

Otra gente entra en la sala y me rodea. Los últimos toques de polvos y las instrucciones de Plutarch de camino a las puertas principales de la mansión. El Círculo de la Ciudad está lleno, hay gente abarrotando las calles laterales. Los otros ocupan sus lugares en el exterior: guardias, oficiales, líderes rebeldes y vencedores. Oigo los vítores que indican que Coin ha aparecido en el balcón. Entonces, Effie me da un toque en el hombro y salgo fuera, bajo la fría luz del sol invernal. Camino hasta mi posición acompañada del ensordecedor rugido de la multitud. Como me han dicho, me vuelvo para que me vean de perfil y espero. Cuando sacan a Snow por la puerta, el público enloquece. Le atan las manos a un poste, cosa que me parece innecesaria porque no va a ir a ningún sitio. No tiene a dónde ir. No estamos en el amplio escenario del Centro de Entrenamiento, sino en la estrecha terraza de la mansión presidencial. Con razón nadie se ha molestado en hacerme practicar: lo tengo a menos de diez metros.

Noto el zumbido del arco en la mano, saco la flecha del carcaj de la espalda, la coloco, apunta a la rosa y lo miro a la cara. Él tose, y una baba ensangrentada le baja por la barbilla; se pasa la lengua por los hinchados labios. Intento encontrar algún rastro de algo en sus ojos, ya sea miedo, remordimientos o rabia, pero sólo encuentro la misma expresión burlona con la que acabó nuestra última conversación. Es como si lo dijera otra vez: «Ay, mi querida señorita Everdeen, creía que habíamos acordado no volver a mentirnos».

Tiene razón, lo hicimos.

La punta de mi flecha se mueve hacia arriba, suelto la cuerda y la presidenta Coin cae por el borde del balcón y se estrella contra el suelo. Muerta.

Entre las reacciones de asombro soy consciente de un sonido: la risa de Snow. Son unas carcajadas horribles, un borboteo acompañado de una erupción de sangre espumosa cuando empiezan las toses. Lo veo inclinarse hacia delante escupiendo la vida hasta que los guardias me tapan la vista.

Cuando los uniformes grises empiezan a rodearme pienso en lo que me deparará mi breve futuro como asesina de la nueva presidenta de Panem: el interrogatorio, probablemente la tortura y, sin duda, una ejecución pública. Tendré que despedirme otra vez de las pocas personas que todavía guardo en mi corazón. La idea de enfrentarme a mi madre, que ahora estará completamente sola en el mundo, me decide.

—Buenas noches —susurro al arco que tengo en la mano, y noto que se queda quieto. Después levanto el brazo izquierdo y bajo la cabeza para arrancar la pastilla de la manga. En vez de eso, muerdo carne. Echo la cabeza atrás, perpleja, y me encuentro mirando a los ojos de Peeta, aunque ahora sí me devuelven la mirada. Le sangran las marcas de dientes en la mano que ha puesto sobre mi jaula de noche.

—¡Déjame ir! —le grito, intentando soltarme.

—No puedo —responde.

Mientras me apartan de él noto que me arranca el bolsillo de la manga y veo caer al suelo la píldora violeta, veo el último regalo de Cinna aplastado bajo la bota de un guardia. Me transformo en animal salvaje que da patadas, araña, muerde y hace lo que sea por liberarse de este red de manos, entre los empujones de la muchedumbre. Los guardias me levantan en el aire para apartarme, y yo sigo luchando mientras me llevan por encima de la gente. Empiezo a gritar llamando a Gale, no lo encuentro entre el gentío, pero él sabrá lo que quiero: un tiro limpio que acabe con todo. Pero no hay flecha ni bala. ¿Es que no me ve? No, sobre nosotros, en las gigantescas pantallas colocadas por todo el Círculo, todos pueden ver lo que pasa. Me ve, lo sabe, pero no lo hace, igual que yo tampoco lo hice cuando lo capturaron. Menudos cazadores y amigos que estamos hechos los dos.

Estoy sola.

En la mansión me esposan y me tapan los ojos. Me llevan, medio a rastras, medio en brazos, por largos pasillos, subiendo y bajando en ascensores, hasta dejarme sobre un suelo enmoquetado. Me quitan las esposas y cierran la puerta. Cuando me quito la venda de los ojos, descubro que estoy en mi antiguo cuarto del Centro de Entrenamiento, donde viví durante aquellos últimos preciados días antes de mis primeros Juegos del Hambre y del Vasallaje. El colchón está desnudo, el armario abierto y vacío, pero reconocería esta habitación en cualquier parte.

Me cuesta levantarme y quitarme el traje de Sinsajo. Tengo muchas magulladuras y quizá un par de dedos rotos, pero es mi piel la que ha sufrido más los efectos de la pelea con los guardias.

Los nuevos parches rosas se han cortado como papel y la sangre mana de las células creadas en el laboratorio. Sin embargo, no aparece ningún sanitario, y yo estoy demasiado ida para que me importe, así que me arrastro hasta el colchón y espero a morir desangrada.

No tengo tanta suerte. Por la noche la sangre se ha coagulado, y me ha dejado rígida, dolorida y pegajosa, aunque viva. Me meto en la ducha y programo el ciclo más suave que recuerdo, sin jabones ni productos para el pelo; después me pongo en cuclillas bajo el agua caliente con los codos en las rodillas y la cabeza entre las manos.

«Me llamo Katniss Everdeen. ¿Por qué no estoy muerta? Debería estar muerta. Sería mejor para todos que estuviera muerta...»

Cuando salgo y me pongo sobre la alfombrilla, el aire caliente me seca la piel dañada. No tengo nada que ponerme, ni siquiera una toalla para taparme. En el cuarto veo que el traje de Sinsajo ha desaparecido, pero que han dejado una bata de papel. También hay una comida enviada desde la misteriosa cocina, junto con una cajita con mi medicación de postre. Me como la comida, me tomo las pastillas y me aplico el ungüento en la piel. Necesito concentrarme en cómo me suicidaré.

Me hago un ovillo en el colchón manchado de sangre; no tengo frío, aunque me siento desnuda con este papel cubriéndome. Saltar no es una opción, ya que el cristal de la ventana tiene como treinta centímetros de grosor. Sé hacer unos nudos excelentes, pero no hay nada con lo que colgarme. Podría acumular las pastillas y tomarme unas dosis letal, pero estoy segura de que me vigilan las veinticuatro horas del día. Por lo que sé, quizá me estén sacando en televisión en estos mismos momentos, mientras los comentaristas intentan analizar qué me habrá impulsado a matar a Coin. La vigilancia hace que casi cualquier intento de suicidio resulte imposible. Quitarme la vida es un privilegio del Capitolio. Otra vez.

Lo que sí puedo hacer es rendirme. Decido tumbarme en la cama sin comer ni beber ni tomarme las medicinas. Y podría hacerlo, morirme y punto..., si no fuera por el mono de la morflina. No poco a poco, como en el hospital del 13, sino de golpe. Debía de estar tomándome una dosis muy alta porque, cuando llega la necesidad, lo hace acompañada de temblores, dolores punzantes y un frío insoportable; aplasta mi voluntad como si fuera una cáscara de huevo. Estoy de rodillas en el suelo, arañando la moqueta en busca de las preciadas pastillas que tiré en un momento de fortaleza. Reviso mi plan de suicidio y decido morir poco a poco mediante la morflina. Me convertiré en una bolsa de huesos amarillenta con unos ojos enormes. Al cabo de dos días del plan, cuando ya estoy haciendo bastantes progresos, sucede algo inesperado.

Empiezo a cantar. En la ventana, en la ducha, en sueños. Hora tras hora de baladas, canciones de amor, aires de montaña... Todas las canciones que mi padre me enseñó antes de morir, porque está claro que ha habido poca música en mi vida desde entonces. Lo más sorprendente es lo bien que las recuerdo: las melodías, las letras. Mi voz, al principio ronca y con gallos en las notas altas, se templa y se convierte en algo espléndido. Una voz que haría que los sinsajos callaran y después se unieran encantados a ella. Pasan días y semanas. Veo cómo la nieve cae en el alféizar de mi ventana. Y en todo este tiempo, sólo oigo mi voz.

¿Qué estarán haciendo? ¿A qué tanto retraso? ¿Tan difícil es preparar la ejecución de una sola asesina? Sigo con mi propia aniquilación. Estoy más delgada que nunca y mi batalla contra el hambre es tan feroz que, a veces, mi parte animal cae en la tentación de un pan con mantequilla o una carne asada. Sin embargo, estoy ganando. Me siento bastante mal durante unos días y creo que por fin voy a abandonar esta vida, hasta que me doy cuenta de que están reduciendo el suministro de morflina. Intentan desengancharme poco a poco. ¿Por qué? Imagino que sería más fácil manejar a un Sinsajo drogado delante de la multitud. Entonces se me ocurre algo terrible: ¿y si no me matan? ¿Y si tienen otros planes para mí, una nueva forma de rehacerme, entrenarme y usarme?

No lo haré. Si no puedo matarme en este cuarto, aprovecharé la primera oportunidad que tenga en el exterior. Pueden engordarme, pueden arreglarme de pies a cabeza, vestirme y ponerme de nuevo guapa; pueden diseñar nuevas armas de ensueño que cobren vida en mis manos, pero nunca jamás me volverán a lavar el cerebro para que necesite usarlas. Ya no siento lealtad hacia estos monstruos llamados seres humanos, a pesar de ser uno de ellos. Creo que Peeta dio con la tecla al comentar que nos destruyéramos entre nosotros para dejar que otra especie más decente ocupara nuestro lugar. Porque algo falla estrepitosamente en unas criaturas capaces de sacrificar a sus hijos para zanjar sus diferencias. Da igual cómo se justifique. Snow creía que los Juegos del Hambre eran un método de control muy eficaz. Coin creía que los paracaídas acelerarían la guerra. Sin embargo, al final, ¿a quién beneficia? A nadie. Lo cierto es que no beneficia a nadie vivir en un mundo en el que pasan estas cosas.

Después de dos días tumbada en el colchón sin comer ni beber, y sin tan siquiera tomarme la morflina, la puerta del cuarto se abre. Alguien se acerca a la cama hasta que puedo verlo: Haymitch.

—Tu juicio ha terminado —me dice—. Venga, nos vamos a casa.

¿A casa? ¿De qué está hablando? Ya no tengo casa y, aunque fuera posible volver a ese lugar imaginario, estoy demasiado débil para moverme. Aparecen unos desconocidos que me hidratan y me alimentan, me bañan y me visten. Uno me levanta como si fuera una muñeca de trapo y me lleva a la azotea, a un aerodeslizador, y me pone el cinturón en mi asiento. Haymitch y Plutarch están sentados frente a mí. Despegamos al cabo de unos segundos.

Nunca había visto a Plutarch tan contento, está entusiasmado.

—¡Seguro que tienes un millón de preguntas! —exclama; como no reacciono, las responde de todos modos.

El caos se apoderó de la plaza después de disparar. Cuando se calmó el jaleo, descubrieron el cadáver de Snow todavía atado al poste. No se ponen de acuerdo sobre si se ahogó él solo mientras se reía o lo aplastó la multitud. A nadie le importa, en realidad. Se llevaron a cabo unas elecciones de emergencia y Paylor salió elegida presidenta. Nombraron a Plutarch secretario de comunicaciones, lo que significa que se encarga de la programación televisiva. El primer gran acontecimiento emitido fue mi juicio, en el que también se convirtió en uno de los testigos estrella. De la defensa, claro. Aunque casi todo el mérito de mi exoneración corresponde al doctor Aurelius, que, al parecer, se ganó sus siestas presentándome como una lunática sin remedio víctima del estrés postraumático. Una de las condiciones de mi liberación es que siga a su cuidado, aunque tendrá que ser por teléfono, ya que nunca viviría en un sitio tan abandonado como el 12, que es donde estaré encerrada hasta nuevo aviso. Lo cierto es que nadie sabe qué hacer conmigo ahora que no hay guerra, aunque, si surgiera otra, Plutarch está seguro de que me encontrarían un papel. Después se ríe de su propio chiste; nunca le molesta que los demás no los aprecien.

—¿Te preparas para otra guerra, Plutarch? —le pregunto.

—Oh, ahora no. Ahora estamos en ese dulce periodo en el que todos están de acuerdo en no repetir los recientes horrores. Sin embargo, esta coincidencia colectiva no suele durar. Somos seres inconstantes y estúpidos con mala memoria y un don para la autodestrucción. Pero ¿quién sabe? Quizá esta vez sea la buena, Katniss.

—¿La buena?

—La vez que acertemos. Quizá estemos siendo testigos de la evolución de la raza humana. Piénsalo.

Entonces me pregunta si me gustaría participar en un nuevo concurso de cantantes que lanzará dentro de unas semanas. Algo animado iría bien. Enviará al equipo de televisión a mi casa.

Aterrizamos brevemente en el Distrito 3 para dejar a Plutarch. Se va a reunir con Beetee para actualizar la tecnología del sistema de retransmisión. Sus últimas palabras son:

—¡No te olvides de llamar!

Cuando volvemos a las nubes, miro a Haymitch.

—¿Por qué vuelves al 12? —le pregunto.

—A mí tampoco me han encontrado un sitio en el Capitolio.

Al principio no lo cuestiono, pero después empiezo a tener mis dudas. Haymitch no ha asesinado a nadie, podría ir a cualquier parte. Si vuelve al 12 es porque se lo han ordenado.

—Tienes que cuidarme, ¿no? ¿Como mi mentor? —pregunto, y se encoge de hombros; entonces me doy cuenta de lo que eso significa—. Mi madre no va a volver.

—No —responde; saca un sobre del bolsillo de la chaqueta y me lo da. Examino las delicadas palabras perfectamente escritas—. Está ayudando a montar un hospital en el Distrito 4. Quiere que la llames en cuanto lleguemos —me explica; yo recorro con el dedo el elegante trazo de las letras—. Ya sabes por qué no puede volver.

Sí, sé por qué: porque entre mi padre, Prim y las cenizas, ese lugar es demasiado doloroso. Sin embargo, al parecer, no para mí.

—¿Quieres saber quién más no volverá? —me pregunta.

—No, mejor que sea una sorpresa.

Como un buen mentor, Haymitch me obliga a comer un sándwich y después finge que se cree que estoy dormida durante el resto del viaje. Se dedica a registrar todos los compartimentos del aerodeslizador para sacar el licor y guardárselo en la mochila. Es de noche cuando aterrizamos en el césped de la Aldea de los Vencedores. La mitad de las casas tienen luces encendidas, incluidas la de Haymitch y la mía, pero no la de Peeta. Alguien ha encendido la chimenea de mi cocina. Me siento en la mecedora frente al fuego agarrada a la carta de mi madre.

—Bueno, nos vemos mañana —se despide Haymitch.

Oigo el tintineo de las botellas de licor de su mochila al alejarse y susurro:

—Lo dudo.

No logro moverme de la silla. El resto de la casa me resulta frío, vacío y oscuro. Me echo un viejo chal sobre el cuerpo y contemplo las llamas. Supongo que me duermo porque, cuando despierto, es por la mañana y Sae la Grasienta está utilizando la hornilla. Me prepara huevos con tostadas y se sienta hasta que me lo como todo. No hablamos mucho. Su nieta pequeña, la que vive en su propio mundo, recoge una bola de lana azul vivo de la cesta de punto de mi madre. Sae le pide que la devuelva, pero yo le digo que puede quedársela; en esta casa ya no teje nadie. Después del desayuno, Sae la Grasienta lava los platos y se va, aunque vuelve a la hora de la cena para hacerme de comer. No sé si está siendo una buena vecina o si está en la nómina del Gobierno, pero aparece dos veces al día. Ella cocina y yo consumo. Intento averiguar qué hacer ahora, ya no hay ningún obstáculo que me impida quitarme la vida. Sin embargo, es como si esperara algo.

A veces suena el teléfono una y otra vez, pero no contesto. Haymitch no viene nunca. Quizá haya cambiado de idea y se haya largado, aunque sospecho que está borracho. Las únicas que me visitan son Sae y su nieta. Al cabo de varios meses de solitaria reclusión es como estar en una multitud.

—Hoy huele a primavera, deberías salir —dice—. A cazar.

No he salido de la casa, ni siquiera he salido de la cocina salvo para ir al pequeño cuarto de baño que está a unos cuantos pasos. Llevo la misma ropa que cuando salí del Capitolio. Me limito a sentarme frente a la chimenea y mirar la pila de cartas sin abrir que se acumulan en la repisa.

—No tengo arco.

—Mira en el vestíbulo.

Cuando se va, pienso en caminar hasta la entrada, pero lo descarto. Al final, al cabo de varias horas, lo hago, me acerco sin hacer ruido, como si no deseara despertar a los fantasmas. En el estudio en el que tomé el té con el presidente Snow encuentro una caja con la chaqueta de cazador de mi padre, nuestro libro de plantas, la foto de boda de mis padres, la espita que mandó Haymitch y el medallón que Peeta me dio en la arena del reloj. Los dos arcos y el carcaj de flechas que Gale rescató la noche de las bombas de fuego contra el distrito están sobre el escritorio. Me pongo la chaqueta y no toco nada más. Me quedo dormida en el sofá del salón para las visitas, y tengo una pesadilla horrible en la que estoy tumbada en una profunda tumba abierta y todas las personas muertas que conozco por su nombre se acercan para echarme encima una palada de cenizas. Es un sueño bastante largo, teniendo en cuenta el tamaño de la lista de personas, y, cuanto más me entierran, más me cuesta respirar. Intento gritar pidiendo ayuda, suplicarles que se detengan, pero las cenizas me llenan la boca y la nariz, y no logro emitir ruido alguno. Y la pala sigue y sigue...

Me despierto sobresaltada. La pálida luz de la mañana entra por los bordes de las contraventanas, pero el ruido de la pala continúa. Sin salir del todo de la pesadilla, corro por el vestíbulo, salgo por la puerta principal y rodeo el lateral de la casa, porque ahora estoy bastante segura de que puedo gritar a los muertos. Cuando lo veo, me detengo en seco. Tiene la cara roja de cavar el suelo bajo las ventanas. En una carretilla hay cinco arbustos ralos.

—Has vuelto —le digo.

—El doctor Aurelius no me ha dejado salir del Capitolio hasta ayer mismo —responde Peeta—. Por cierto, me pidió que te dijera que no puede fingir eternamente que te está tratando. Tienes que contestar al teléfono.

Tiene buen aspecto. Delgado y lleno de cicatrices de quemaduras, como yo, pero en sus ojos ya no se ve esa mirada turbia y atormentada. Sin embargo, frunce un poco el ceño al examinarme. Me aparto el pelo de los ojos con poco entusiasmo y me doy cuenta de que está apelmazado de tanta suciedad. Me pongo a la defensiva:

—¿Qué estás haciendo?

—Fui al bosque esta mañana y desenterré estos arbustos para ella —responde—. Se me ocurrió que podríamos plantarlos en el lateral de la casa.

Miro los arbustos y los terrones de tierra que les cuelgan de las raíces, y contengo el aliento cuando la palabra *rosa* me viene a la cabeza. Estoy a punto de gritarle cosas horribles a Peeta cuando recuerdo el nombre real: son *primroses*, prímulas, la flor que dio nombre a mi hermana. Asiento, corro a la casa y cierro la puerta detrás de mí. Pero aquella cosa malvada está dentro, no fuera. Temblando de debilidad y nervios, corro escaleras arriba.

Me tropiezo en el último escalón y caigo al suelo, pero me obligo a levantarme y entro en mi dormitorio. El olor es tenue, aunque todavía se nota en el aire. Está ahí, la rosa blanca entre las flores secas del jarrón; a pesar de su aspecto marchito y frágil, conserva esa perfección antinatural que se cultivaba en el invernadero de Snow. Agarro el jarrón, bajo dando tumbos a la cocina y tiro el contenido a las brasas. Mientras las flores arden, un estallido de llamas azules envuelve a la rosa y la devora. El fuego vuelve a vencer a las rosas. Estrello el jarrón contra el suelo, por si acaso.

De vuelta en la planta de arriba, abro las ventanas del dormitorio para limpiar el aire del hedor de Snow, aunque todavía lo noto en la ropa y en los poros de mi cuerpo. Me desnudo, y unas escamas de piel del tamaño de naipes se quedan pegadas a las prendas. Evito mirarme en el espejo, me meto en la ducha, y me restriego las rosas del pelo, el cuerpo y la boca. Con la piel rojiza y sensible, busco algo que ponerme. Tardo media hora en peinarme. Sae la Grasienta abre la puerta principal y, mientras prepara el desayuno, echo al fuego la ropa que me he quitado. Siguiendo su consejo, me corto las uñas con un cuchillo.

Mientras me como los huevos, le pregunto:

—¿Adónde ha ido Gale?

—Al Distrito 2. Tiene un trabajo importante, lo veo de vez en cuando en la televisión —responde.

Rebusco en mi interior intentando sentir rabia, odio o añoranza, pero sólo descubro alivio.

—Hoy me voy de caza —afirmo.

—Bien, no me vendría mal carne de caza fresca.

Me armo con un arco y las flechas, y salgo al exterior con la intención de ir al bosque por la Pradera. Cerca de la plaza hay equipos de personas con máscaras y guantes que llevan carros tirados por caballos. Están buscando bajo la nieve que cayó este invierno, recogiendo los restos. Hay un carro aparcado delante de la casa del alcalde y reconozco a Thom, el antiguo compañero de Gale, que se ha parado un momento para limpiarse el sudor de la frente con un trapo. Recuerdo haberlo visto en el 13, pero supongo que habrá vuelto. Su saludo me da el valor que necesito para preguntar:

—¿Han encontrado a alguien dentro?

—A toda la familia. Y a las dos personas que trabajaban para ellos.

Madge, la callada, amable y valiente Madge. La chica que me regaló la insignia que me dio un nombre. Trago saliva con dificultad y me pregunto si se unirá a los protagonistas de mis pesadillas esta noche para echarme más ceniza en la boca.

—Pensaba que a lo mejor, como era el alcalde...

—No creo que ser el alcalde del 12 pusiera la suerte de su parte —responde Thom.

Asiento y sigo moviéndome, procurando no mirar la parte de atrás del carro. Me encuentro con lo mismo por toda la ciudad y la Veta: la cosecha de los muertos. Conforme me acerco a las ruinas de mi antigua casa, la carretera se va llenando cada vez más de carros. Y no hay Pradera o, al menos, ha cambiado de forma drástica: han abierto un profundo hoyo y están colocando dentro los huesos, una fosa común para mi gente. Rodeo el hoyo y entro en el bosque por el mismo lugar de siempre, aunque da igual, ya que la alambrada no está electrificada y la han sujetado con largas ramas para que no entren los depredadores. Sin embargo, cuesta deshacerse de las viejas costumbres. Pienso en ir al lago, pero estoy tan débil que apenas llego a mi punto de encuentro con Gale. Me siento en la roca en la que nos grabó Cressida; es demasiado ancha sin su cuerpo al lado. Cierro los ojos varias veces y cuento hasta diez con la esperanza de que, al abrirlos, se materialice ante mí como solía, sin hacer ruido. Me recuerdo que Gale está en el 2 con un trabajo importante, seguramente besando otros labios.

Es uno de esos días que tanto gustaban a la antigua Katniss: principios de primavera, los bosques se despiertan del largo invierno. Sin embargo, la descarga de energía que empezó con las prímulas se desvanece y, cuando llego a la alambrada, estoy tan mareada que Thom se ve obligado a llevarme a casa en el carro de los muertos. Me ayuda a tumbarme en el sofá del salón y desde allí observo cómo las motas de polvo giran en los débiles rayos de luz de la tarde.

Vuelvo la cabeza rápidamente al oír el bufido, aunque tardo un rato en creérmelo. ¿Cómo habrá llegado aquí? Observo las marcas de garras de algún animal salvaje, la pata trasera que lleva un poco levantada y los prominentes huesos del rostro. Debe de haber venido andando desde el 13. Quizá lo echaron o quizá no podía soportar seguir allí sin ella, así que ha venido a buscarla.

—Ha sido una pérdida de tiempo, no está aquí —le digo, y *Buttercup* vuelve a bufar—. No está aquí, bufa todo lo que quieras, no vas a encontrar a Prim. —Al oír su nombre, se anima, levanta las orejas y empieza a maullar, esperanzado—. ¡Vete! —le grito, y él esquiva el cojín que le tiro—. ¡Lárgate! ¡Aquí no hay nada para ti! —Empiezo a temblar, furiosa con el gato—. ¡No va a volver! ¡No volverá jamás! —Agarro otro cojín y me levanto para apuntar mejor; las lágrimas surgen de la nada y me caen por las mejillas—. Está muerta. —Me agarro el vientre para mitigar el dolor, pero me derrumbo sobre los tobillos y me agarro al cojín, llorando—. Está muerta, gato estúpido. Está muerta.

Un nuevo sonido, parte llanto, parte música, sale de mi cuerpo y da voz a mi desesperación. *Buttercup* también se pone a gemir. Por mucho que intento echarlo, no se va, sino que camina en círculos a mi alrededor, justo fuera de mi alcance, mientras sufro un ataque de llanto tras otro. Al final, me desmayo. Sin embargo, él lo entiende, debe de saber que ha ocurrido lo impensable y que, por tanto, para sobrevivir tendrá que hacer cosas que antes consideraba impensables, ya que, horas después, cuando me despierto en la cama, él está conmigo, a la luz de la luna. Se ha colocado a mi lado, con sus ojos amarillos abiertos y alerta, para protegerme de la noche.

Por la mañana se sienta, estoico, mientras le limpio los cortes, aunque se pone a maullar como un gatito cuando le saco la espina de la pata. Los dos acabamos llorando otra vez, sólo que esta vez nos consolamos mutuamente. Con las fuerzas que saco de esto, abro la carta de mi madre que me dio Haymitch, marco el número de teléfono y también lloro con ella. Peeta aparece con Sae la Grasienta cargado con una barra de pan caliente. Ella nos prepara el desayuno y yo le doy mi panceta a *Buttercup*.

Poco a poco, con muchos días perdidos, vuelvo a la vida. Intento seguir los consejos del doctor Aurelius y regresar a la rutina; me asombra comprobar que, llegado cierto punto, vuelve a tener sentido. Le cuento mi idea del libro, y una gran caja de papel de pergamino llega en el siguiente tren del Capitolio.

La idea la saqué del árbol de plantas de mi familia, el sitio en el que apuntábamos las cosas que no queríamos olvidar. La página comienza con la imagen de la persona, una foto si la encontramos o, si no, un boceto o un dibujo de Peeta. Después, con la mejor caligrafía de la que soy capaz, anoto todos los detalles que sería un crimen no recordar: *Lady* lamiendo la mejilla de Prim; la risa de mi padre; el padre de Peeta con las galletas; el color de los ojos de Finnick; lo que Cinna podía hacer con un trozo de seda; Boggs reprogramando el holo; Rue de puntillas, con los brazos ligeramente extendidos, como un pájaro a punto de volar. Etcétera, etcétera. Sellamos las hojas con agua salada y prometemos vivir bien para hacer que sus muertes no hayan sido en vano. Haymitch por fin se une a nosotros y contribuye con veintitrés años de tributos a los que se vio obligado a ayudar como mentor. Cada vez añadimos menos cosas: un antiguo recuerdo que aparece de repente, una prímula conservada entre las hojas, y pequeños trocitos de felicidad, como la foto del hijo recién nacido de Finnick y Annie.

Aprendemos a mantenernos ocupados de nuevo. Peeta hornea y yo cazo. Haymitch bebe hasta que se acaba el licor y después cría gansos hasta que llega el siguiente tren. Por suerte, los gansos saben cómo cuidarse solitos. No estamos solos. Otros cientos de personas regresan porque, al margen de lo sucedido, éste es su hogar. Con las minas cerradas, aran las cenizas y la tierra, y plantan comida. Las máquinas del Capitolio preparan el terreno para una nueva fábrica en la que se harán medicinas. Aunque nadie la planta, la Pradera vuelve a ser verde.

Peeta y yo nos volvemos a acercar poco a poco. Sigue habiendo momentos en que se agarra al respaldo de una silla y se aferra a ella hasta que acaba el *flashback*, y yo me despierto a veces gritando por culpa de las pesadillas con mutos y niños perdidos. Sin embargo, sus brazos están ahí para consolarme y, al cabo de un tiempo, también sus labios. La noche que vuelvo a sentir el hambre que se apoderó de mí en la playa sé que esto habría pasado de todos modos, que lo que necesito para sobrevivir no es el fuego de Gale, alimentado con rabia y odio. De eso tengo yo de sobra. Lo que necesito es el diente de león en primavera, el brillante color amarillo que significa renacimiento y no destrucción. La promesa de que la vida puede continuar por dolorosas que sean nuestras pérdidas, que puede volver a ser buena. Y eso sólo puede dármelo Peeta.

Así que, después, cuando me susurra:

—Me amas. ¿Real o no?

Yo respondo:

—Real.

EPÍLOGO

Juegan en la Pradera: la niña de pelo oscuro y ojos azules que baila por la hierba; el niño de rizos rubios y ojos grises que intenta seguirla con sus rechonchas piernecitas de bebé. He tardado cinco, diez, quince años en aceptar, pero Peeta estaba deseando tenerlos. Cuando la sentí moverse dentro de mí por primera vez, me ahogó un terror que me parecía tan antiguo como la misma vida. Sólo la alegría de tenerla entre mis brazos logró aplacarlo. Llevarlo dentro a él fue un poco más fácil, aunque no mucho.

Las preguntas están empezando. Las arenas se han destruido por completo, se han construido monumentos en recuerdo a las víctimas y ya no hay Juegos del Hambre. Sin embargo, lo enseñan en el colegio y la niña sabe que formamos parte de ello. El niño lo sabrá dentro de unos cuantos años. ¿Cómo les voy a hablar de aquel mundo sin matarlos de miedo? Mis hijos, que dan por sentadas las palabras de la canción:

En lo más profundo del prado, allí, bajo el sauce,
hay un lecho de hierba, una almohada verde suave;
recuéstate en ella, cierra los ojos sin miedo
y, cuando los abras, el sol estará en el cielo.

> Este sol te protege y te da calor,
> las margaritas te cuidan y te dan amor,
> tus sueños son dulces y se harán realidad
> y mi amor por ti aquí perdurará.

Mis hijos, que no saben que juegan sobre un cementerio.

Peeta dice que no pasará nada, que nos tenemos los unos a los otros y que tenemos el libro. Podemos lograr que comprendan todo de una forma que los haga más valientes. Pero un día tendré que explicarles lo de mis pesadillas, por qué empezaron y por qué, en realidad, nunca se irán del todo.

Les contaré cómo sobreviví. Les contaré que, cuando tengo una mañana mala, me resulta imposible disfrutar de nada porque temo que me lo quiten. Entonces hago una lista mental de todas las muestras de bondad de las que he sido testigo. Es como un juego, repetitivo, incluso algo tedioso después de más de veinte años.

Aun así, sé que hay juegos mucho peores.

FIN

AGRADECIMIENTOS

Me gustaría rendir homenaje a la gente que brindó su tiempo, su talento y su apoyo a *Los Juegos del Hambre*.

En primer lugar, debo dar las gracias a mi extraordinario triunvirato de editores: Kate Egan, cuyos conocimientos, humor e inteligencia me han guiado a través de ocho novelas; Jen Rees, cuya clara visión localiza las cosas que los demás no vemos; y David Levithan, que se mueve como pez en el agua por sus múltiples cometidos de dador de notas, maestro de los títulos y director editorial.

Superando primeros borradores, intoxicaciones y altibajos, vosotros estáis conmigo: Rosemary Stimola, consejera creativa de gran talento y mentora profesional, mi agente literaria y mi amiga; y Jason Davis, mi agente en la industria del espectáculo desde hace años, qué suerte tenerte a mi lado en nuestro camino hacia la pantalla.

Gracias a la diseñadora Elizabeth B. Parisi y al artista Tim O'Brien por las preciosas cubiertas que han logrado captar tanto a los sinsajos como la atención de la gente.

Un gran aplauso para el increíble equipo de Scholastic por llevar *Los Juegos del Hambre* al mundo: Sheila Marie Everett,

Tracy van Straaten, Rachel Coun, Leslie Garych, Adrienne Vrettos, Nick Martin, Jacky Harper, Lizette Serrano, Kathleen Donohoe, John Mason, Stephanie Nooney, Karyn Browne, Joy Simpkins, Jess White, Dick Robinson, Ellie Berger, Suzanne Murphy, Andrea Davis Pinkney, todo el equipo de ventas de Scholastic, y todos los demás que han dedicado tanta energía, sabiduría y buen hacer a esta serie.

A los cinco amigos escritores en los que más confío, Richard Register, Mary Beth Bass, Christopher Santos, Peter Bakalian y James Proimos, muchas gracias por vuestros consejos, perspectivas y risas.

Un recuerdo especial para mi difunto padre, Michael Collins, que construyó los cimientos de esta serie educándonos sobre la guerra y la paz, y para mi madre, Jane Collins, que me presentó a los antiguos griegos, la ciencia ficción y la moda (aunque lo último no cuajó). También para mis hermanas, Kathy y Joanie; para mi hermano, Drew; para mis suegros, Dixie y Charles Pryor; y para todos los miembros de mi gran familia, cuyo entusiasmo y apoyo me han permitido seguir adelante.

Y, finalmente, me dirijo a mi marido, Cap Pryor, que leyó *Los Juegos del Hambre* en su primer borrador, insistió en que respondiera a preguntas que yo ni siquiera me había planteado y fue mi experto de referencia durante toda la serie. Gracia a él y a mis maravillosos hijos, Charlie e Isabel, por permitirme disfrutar todos los días de su amor, su paciencia y la alegría que aportan a mi vida.